DANIELLE THIÉRY

MISES À MORT

ROBERT LAFFONT

ISBN : 2-266-09869-1

À Guillaume et à la Clo, « mes » chers aficionados,
À Jacques et Nini de Baque-morte,
À Papinou, l'homme de la forêt...

1

Le petit homme couché sur le côté dans ses excréments tentait, depuis qu'il avait partiellement refait surface, de se souvenir de son nom, de l'endroit où il était, du pourquoi et du comment de sa présence dans ce lieu nauséabond. Du lieu en question, c'est tout ce qu'il percevait d'ailleurs : une odeur détestable de chairs mortes et de relents fauves d'animal sauvage. L'obscurité était totale autour de lui. Il voulut se redresser mais ses mains étaient prisonnières et sa tête lui parut infiniment lourde, comme soudée au sol par un bloc de fonte. L'effort inutile fit jaillir dans sa gorge un liquide acide qui lui brûla l'œsophage. Il vomit de la bile tiède en toussant à perdre haleine. Son crâne heurta le sol mou et malodorant et il s'y laissa aller, épuisé, sans forces, saisi d'une sensation de froid. Il se rendit compte qu'il était nu, il ne comprenait pas ce qu'il faisait là et il prit peur. Puis il eut la sensation d'une chaleur diffuse près de lui, la conscience incertaine du glissement d'un corps contre le sien. Des fils infiniment doux et soyeux frôlèrent son visage, son cou, toute la partie exposée de son torse. Une peau tiède et lisse se colla à la sienne, le fit basculer sur le dos. Les fils de soie recommencèrent leur exploration sur sa poitrine, son ventre, ses cuisses. La peau se frotta à son sexe, deux formes rondes l'emprisonnèrent, il tressaillit. Le corps de femme — à présent il ne doutait plus que c'en fût un — continua son manège, effleurements subtils et contacts plus précis. Un corps privé de mains et de souffle qui semblait suspendu dans l'espace obscur de ce lieu inconnu. Un corps qui faisait réagir le sien, repoussant très loin la peur et la douleur. Le petit homme n'avait plus de tête embrouillée, plus de mains entravées, plus froid, plus mal. Il lévitait aux portes du plaisir, propulsé dans un grand ciel étoilé. Le peau à peau cessa soudain et il se tendit en avant. Un gémissement de protestation sortit de ses lèvres sèches. La peau l'avait quitté et il en ressentait une énorme frustration. Son sexe érigé cogna contre ses mains liées, le froid le saisit de nouveau. Il gargouilla quelques sons, entre sanglots et requête énervée : il lui fallait encore cette peau, absolument.

Une autre chose se produisit, qu'il n'espérait pas : le corps revint sur lui, contact chaud, précis, autour de sa virilité sans défense livrée à cet autre sexe en creux qui s'emparait de lui. Il crut défaillir et un râle caverneux lui échappa. Mais la peau s'agita très vite sur lui en quelques mouvements crus et dépourvus de douceur. Puis elle se raidit, trembla brièvement et le petit homme perçut un cri ténu, identique à celui d'un animal pris au piège dans la forêt. Mais peut-être n'était-ce que le cri de son propre sang qui se ruait dans ses oreilles. La peau le quitta de nouveau, sans ménagement, le laissant au seuil d'un plaisir imminent et qu'il avait un instant entrevu éblouissant, au-delà de l'humain.

— Non ! cria le petit homme.

Aussitôt après ce fut l'horreur. Une lumière blanche et crue violenta ses rétines à vif, transperçant ses paupières qu'il avait resserrées par réflexe. Une musique de castagnettes et de cuivres déchaînés outragea ses tympans, expédiant un torrent d'adrénaline dans ses veines. Le rythme de son cœur subit de graves désordres tandis que, de manière très incongrue, lui revenait la mémoire de son nom.

— Paul Demora, balbutia-t-il, je m'appelle Paul Demora.

Mais dans ce vacarme, qui pouvait l'entendre ?

Il fut tiré violemment en avant, bascula sur le côté, entraîné par son propre poids pourtant modeste. Une poigne autoritaire le redressa, il se retrouva à genoux, appuyé sur ses avant-bras, la face dans ses vomissures. Il resta ainsi longtemps, tremblant, les muscles tétanisés, la nuque contractée.

La musique se fit plus forte encore. Il entendit quelqu'un crier. Une voix de femme qui lui donnait des ordres dont il ne percevait pas le sens.

— Regarde-moi, Paul Demora ! crut-il comprendre.

Mais sans doute se trompait-il. Comment cette inconnue pouvait-elle savoir son nom ? La drogue qui dérivait dans ses veines lui donnait la fièvre, le faisait délirer, brouillait son esprit.

— Regarde ! hurla la voix.

Il releva la tête avec difficulté, entrouvrit les yeux. À contre-jour, il distingua une silhouette debout, immense, étincelante. La lumière vive se refléta sur elle en d'innombrables miroirs constellés de couleurs vives. Une comète éclaboussée de soleil qui se mit à tournoyer sur elle-même, les bras levés prolongés d'étranges objets. Paul Demora ne pouvait voir son visage mais il sut que cette comète portait la mort. Sa mort. La tête se mit à lui tourner plus fort tandis qu'une nouvelle nausée secouait son corps mince.

Paul Demora vit l'étoile plonger en avant. Il ressentit un double choc dans le dos, juste au-dessus des reins et, avec un temps de retard, l'immonde brûlure des pointes qui le transperçaient. Il hurla, fou de douleur. Une seconde attaque de la comète le fit basculer sur le côté. Sa bouche s'ouvrit mais aucun son n'en sortit. Il reçut le troisième assaut par-derrière, sans rien voir de son agresseur. Aux portes du coma, il sentit le sang couler de ses plaies, inonder ses reins. Une fois de plus, le tueur auréolé de lumière lui intima un ordre mystérieux d'une voix aiguë d'adolescent muant.

— Regarde ! Regarde-moi !

Ses paupières se soulevèrent avec peine sur son regard déjà voilé. Dans les mains de la comète, un long objet brillant accrocha la lumière. Paul Demora le reconnut sans peine. Il eut la vision brève d'enfants courant dans des prairies brûlées de soleil, d'une fillette aux longs cheveux pâles dansant sur un mur étroit. Son visage éclaboussé de sang se décalqua sur le mur blanc tandis que quelque part claquait une porte au milieu de cris affolés et d'insupportables beuglements. Puis le silence se fit, le noir aussi dans l'espace inconnu et le petit homme mourut sans comprendre.

2

Lyon. Groupe criminel de la P.J.

Le commissaire Marion épongea son front ruisselant à l'aide des bracelets de tissu-éponge qui encerclaient ses poignets. Il n'était encore que sept heures mais le soleil cognait dur sur les berges de la rivière où, en toutes circonstances et sauf cas de force majeure, la jeune femme accomplissait le rite de ses dix kilomètres quotidiens. Elle escalada un promontoire d'où la vue plongeait sur un parcours de golf encastré dans une des larges boucles de la rivière, ralentit pour contempler le spectacle de la nature requinquée par la fraîcheur nocturne. Des pans de brume se dissipaient lentement au-dessus de la chênaie aux fûts énormes et tourmentés. Elle en profita pour souffler et songea avec un plaisir impatient à la douche dont la perspective se rapprochait à chaque foulée. « Le meilleur moment du sport, disait-elle non sans ironie à tous les sceptiques qui s'étonnaient de ce besoin quotidien de se faire souffrir. Détrompez-vous, ce n'est pas du masochisme mais de la défonce : je me shoote aux endorphines ! » Les endorphines, ces petites hormones sécrétées par le cerveau pour faire un sort à toutes les douleurs en mettant du soleil dans la tête...

Sans accélérer, Marion parvint en vue du barrage qui retenait les mouvements capricieux de la rivière et aperçut l'attroupement, voitures de police et de secours, barques et pompiers-plongeurs en combinaisons orange, silhouettes agitées autour d'une forme étendue à même le sol, en même temps que retentissaient les bips saccadés de l'avertisseur accroché à la ceinture de son short.

Le commissaire Edwige Marion, que tout le monde, y compris elle-même, n'appelait jamais que Marion tout court, vérifia le numéro qui s'affichait sur l'appareil. Elle constata sans surprise qu'il s'agissait de celui du téléphone de sa voiture de fonction qu'elle distinguait d'ailleurs parmi d'autres, en contrebas du chemin où elle courait à présent à foulées modérées. Elle dévala en souplesse les quelques centaines de mètres qui la séparaient encore du groupe et rejoignit la Renault grise. Accoudé à la vitre ouverte, Lavot était penché vers l'intérieur du véhicule dans lequel Talon, assis à la place du passager, attendait que Marion rappelle.

— Où est-ce qu'elle est *encore* ? marmonna Lavot en regardant sa montre.

— Ici ! s'exclama Marion en lui donnant une tape dans le dos. Salut les gars !

Talon quitta promptement sa place sans paraître s'apercevoir de la tenue de Marion tandis que le visage de Lavot se colorait légèrement. Il s'écria pour se donner une contenance :

— Déjà là, patron ? Vous avez des ailes !

— Non, de bonnes chaussures, rétorqua Marion en désignant ses Nike. Alors c'est quoi ce cirque ?

Elle désigna l'attroupement sans quitter des yeux les deux officiers de police du groupe criminel de la P.J., « son » groupe, celui qu'elle dirigeait depuis trois ans et dont ils étaient, Lavot, le balèze armé comme un porte-avions, et Talon, le scientifique à l'air intello, deux pivots essentiels. Elle posait la question par habitude mais elle connaissait déjà la réponse : « on » avait trouvé un cadavre. C'était son lot, les cadavres et la confrontation permanente avec la mort violente, la raison d'être de son équipe.

— Je crois qu'on l'a retrouvée, dit Talon en montrant du doigt la forme étendue par terre à quelques mètres d'eux.

Lavot hocha la tête en remontant ses Ray-Ban sur son nez. Encore essoufflée, Marion se pencha en avant, ses mains enserrant ses chevilles, le front collé aux genoux, pour récupérer et détendre ses muscles crispés par l'effort.

— C'est une devinette ? gargouilla-t-elle la tête en bas.

Pourtant elle connaissait déjà la réponse, c'était juste pour retarder le moment d'y aller et se donner le temps de reprendre son souffle.

Lavot s'avança, pouces dans la ceinture, les épaules élargies par le blouson de cuir trop chaud pour la saison mais indispensable pour dissimuler son artillerie.

— Je sais pas comment vous faites ça, admira-t-il, moi, quand j'essaie, c'est un supplice, j'arrive à peine à toucher mes genoux.

— C'est à cause du bide, sc moqua Marion en se redressant, les joues rouges et les cheveux en bataille.

— Merci, patron, murmura Lavot vexé, la journée commence bien...

— Je plaisantais, coupa la jeune femme en secouant ses cheveux blonds en désordre et détrempés.

De fines gouttes de sueur s'irisèrent dans le soleil déjà haut et frôlèrent les deux officiers de police avant d'aller se perdre dans l'herbe sèche.

Elle répéta, une lueur espiègle dans ses yeux noirs :

— Je plaisantais, mais vous devriez faire attention quand même...

En riant de la tête chagrine de Lavot, elle se dirigea vers les gens qui s'agitaient plus loin. Elle distingua parmi eux, une fraction de seconde, le docteur Marsal, le médecin légiste, penché vers le corps.

Son apparition fit sensation. Toutes les personnes présentes la connaissaient mais aucune d'entre elles ne l'avait encore vue se présenter sur une scène de crime vêtue d'un short et d'un tee-shirt trempé de sueur qui dessinait avec précision le galbe de ses seins, le visage encore rose de l'exercice accompli. Marion sourit de leur stupeur tout en contemplant le corps nu étalé sur l'herbe, les chairs boursouflées aux teintes marbrées variant du jaune au brun en passant par le vert mousse et trouées, rongées, décapées par tous les petits carnivores rencontrés au cours de son séjour dans l'eau.

— Salut, toubib, dit-elle en se penchant en même temps que lui sur le visage de la femme dont les longs cheveux pendaient en mèches clairsemées, plaqués par paquets et maculés de boue, d'herbes et d'autres matières indéfinissables.

À cet endroit, la rivière s'élargissait à l'approche du barrage. L'eau et ses tourbillons avaient creusé des trous profonds grignotant les rives où subsistaient des arbres à moitié immergés dont les branches retenaient des débris flottants. Cette zone marécageuse était peu fréquentée, sauf par quelques pêcheurs qui s'y aventuraient parfois grâce à de petites barges à fond plat.

Le légiste examina le cadavre sans s'attarder, se redressa.

— Si vous voulez mon avis, dit-il en lissant son pantalon de toile bleue, fripé et un rien trop court, il faut l'évacuer sans tarder, car avec la chaleur elle va gonfler et elle risque de nous péter au nez.

Marion eut un hoquet de dégoût. Malgré l'habitude qu'elle en avait, c'était chaque fois une épreuve nouvelle, un impossible défi. Il lui arrivait de rêver pendant des semaines de cadavres décomposés, ses muqueuses olfactives douées de mémoire lui restituant inopportunément les effluves dérangeants.

— Elle a une allure bizarre, vous ne trouvez pas ? murmura Talon derrière eux.

— C'est aussi mon avis, approuva le docteur Marsal en retirant ses lunettes pour s'éponger le front avec un vaste mouchoir à carreaux.

Malgré son aspect rachitique, Marsal suait beaucoup, été comme hiver.

Il se redressa :

— Il a dû lui arriver des bricoles à cette sirène... Je parierais qu'elle n'est pas morte de noyade... Et ça doit bien faire un mois qu'elle est là-dessous.

— Je dirais un mois et deux jours exactement, avança Talon après une courte réflexion.

Marion contempla intensément la chose informe étalée devant elle. Elle essaya d'y superposer le visage de la ravissante avocate entrevue au palais de justice lors du procès d'une affaire de troisième catégorie. Ses photos s'étaient étalées dans tous les journaux lorsqu'elle avait brutalement disparu, sans prévenir et sans laisser de traces, ou si peu. Marion revit sa silhouette fine et sa chevelure auburn flamboyant. Que pouvait elle avoir de commun avec ce corps gonflé et à moitié dévoré par l'eau et les carnivores aquatiques ? Pourtant, c'est à elle qu'elle avait pensé d'emblée en voyant l'attroupement de ce qu'elle appelait, les jours de déprime, les « bouffeurs de mort ». Comme pour se convaincre de la réalité de son intuition, elle murmura :

— Y a pas cinquante bonnes femmes qui ont disparu au cours des deux derniers mois de toute façon...

Comme frappée par un détail capital, Marion s'accroupit près du corps exposé au soleil et qui commençait à exhaler de suaves odeurs. En haut de la cuisse droite, presque au creux de l'aine, elle repéra le tatouage miraculeusement préservé des prédateurs. Sur trois centimètres de haut et deux de large, une tête de taureau exhibait ses cornes effilées et ses yeux rouges. Même le petit anneau d'or incrusté dans la peau de la jeune femme au niveau du mufle de l'animal avait résisté aux dommages de l'immersion.

— Eh oui, patron, soupira Talon, c'est bien elle. Maître Marie-Sola Lorca.

3

Luna ferma les yeux pour digérer l'excitation monstrueuse et laisser refluer la méchante vague. Ses doigts se crispèrent sur le cuir fatigué du fauteuil qui laissait échapper des boules de crin par les plaies et les griffures de ses accoudoirs.

Luna s'y était assise, entièrement nue, le corps en surchauffe, inondée de sueur, épuisée, l'habit aux mille paillettes dorées posé en travers de ses cuisses.

Ses autres vêtements, éparpillés, gisaient en petits tas informes sur les carreaux de terre cuite aux joints couverts de moisissures verdâtres : la longue jupe noire effrangée, le bustier incrusté de pierres multicolores, les espadrilles rouges à lacets, la mantille de dentelle noire rebrodée de fils d'argent.

Des images se bousculèrent sous ses paupières closes. Des sons forts et brouillés investirent sa conscience.

Les clarines déchirent l'air torride tandis que la corrida défile devant elle. De sa montera *levée, le geste élégant, retenu, le* torero *salue la foule excitée. Il lance le couvre-chef en l'air derrière lui, sans se retourner. La montera tournoie dans l'air plombé, retombe à l'envers avec un son mat, vacille un moment avant de s'immobiliser. Un coup d'œil furtif du maestro vérifie ce mauvais présage.*

Puis l'odeur puissante du toro *monte dans l'arène. Le mufle au ras du sol, l'œil vif à la recherche d'une proie, il court lourdement, lâché vers la mort. Le regard tendu du matador évalue son adversaire, mesure l'ampleur de l'armure, le nombre de piques qu'il faudra lui infliger pour le châtier. Le tournoiement des capes fait battre le cœur de Luna... Mauve, jaune, jaune, mauve... mauve, mauve... Sa tête tourne aussi, les sons s'éteignent, les mouvements se font lents, imprécis.*

La pique plantée dans son morrillo, *le toro est encastré sous le caparaçon du cheval, le sang coule à gros bouillons jusque sur les sabots, jusque dans le sable blond. Le sable vire au rouge. Luna a l'estomac au bord des lèvres, le cœur qui cogne contre les côtes, près d'exploser...*

L'homme assis près d'elle lui prend la main, la porte à ses lèvres. C'est un homme ordinaire. Il la désire. Elle se sent mollir sous ce regard enflammé. Elle pense en le regardant : « Je sais qui tu es et je vais te tuer. »

L'homme est là, derrière la porte. Il s'appelle Paul Demora et il est mort.

Luna réprima un hoquet, s'agita sur son siège, se souleva légèrement. Sa peau collée au cuir émit un bruit de succion en laissant sous elle une large auréole humide. D'autres images succédèrent aux premières comme dans un film au rythme saccadé.

Dans l'arène, l'excitation est à fleur de peau. Alors commence la danse subtile des banderilleros, *étirés sur leurs pointes de pied comme des ballerines. Le toro râle dès la première paire de banderilles blanches, secoue la tête avec fureur. Le sang coule toujours de son morillo percé. La foule exulte sa joie plus fort que la bête blessée dont les babines s'ourlent de bave. De longs filets visqueux qui luisent dans la lumière rasante d'une fin de journée brûlante. La musique surmonte tant bien que mal les cris et les sifflets.*

Le maestro est seul dans l'arène avec sa muleta *rouge. Il s'offre au taureau. Leur jeu est un jeu de sexe et de mort. Sexe contre sexe, sang contre sang, mort contre mort. Rouge la muleta comme le sang du toro, rouge comme le voile qui obscurcit soudain le paysage et le regard de Luna quand survient l'estocade.*

L'homme est tout contre elle, sa jambe collée à la sienne, il ne cache plus son désir. Il pose une main sur son sexe comme pour en éprouver la consistance, l'autre s'égare sur sa cuisse à elle, à travers la jupe noire.

Le toro s'agenouille et râle, haletant, la langue énorme et pâle hors des babines. Le torero cambre la taille fièrement. L'épée fichée jusqu'à la garde dans son dos, le toro nommé Cameron agonise. Les capes virevoltent autour de lui, son regard se brouille. Le maestro vise le bon endroit, entre les cornes, où il va planter le descabello. *Le toro bascule dans un dernier sursaut, les pattes raidies haut levées vers la foule en transe et debout qui agite en hurlant des mouchoirs blancs. Le torero salue, tourne autour de l'arène pour accueillir les hommages des* aficionados, *les fleurs qui jaillissent des gradins, les chapeaux et les bérets qu'il relance à leurs propriétaires. Il est jeune, d'un blond ardent presque roux, une tache brune s'étale sur sa joue gauche. La musique explose...*

« Viens », dit Luna à l'homme assis près d'elle.

L'homme est venu. Il est mort, couché derrière la porte.

Luna s'arrêta devant la lourde cheminée landaise en briques roses et bois sombre dont le manteau défraîchi se perdait dans le toit. Le plafond avait disparu, laissant apparentes une charpente encore solide et des tuiles arrondies qui filtraient la lumière en de multiples éclaboussures. Insolite dans le décor de la maison vétuste, un taureau de bois couleur châtaigne, lisse comme un galet poli par l'océan, penchait la tête vers le sol, exhibant une armure magnifique, une paire de vraies cornes, recourbées vers l'avant et acérées comme des poignards.

Luna prit l'épée dans ses mains, la leva à hauteur de son visage, la tint un moment pointe en l'air, caressa comme par inadvertance son corps du pommeau ouvragé, depuis ses seins lourds jusqu'au pubis lisse et au sexe étroit. Quelques traces de sang rouge sombre maculaient encore la lame effilée, suintant de la garde. Elles laissèrent une imperceptible traînée sur la peau claire de Luna mais celle-ci n'y prêta pas attention.

Elle se dressa sur la pointe de ses pieds joints, pivota brièvement. Le genou gauche légèrement décalé du droit, elle éleva la lame devant son visage, un œil fermé pour viser.

Luna plongea le corps en avant et ficha l'épée jusqu'à la garde dans le cou du taureau de bois, juste derrière le morillo proéminent.

— *Entera en la cruz...*, murmura-t-elle, agitée d'images lointaines.

Puis Luna poussa la porte du fond. Au seuil de la chambre, un mélange d'odeurs complexes l'agressa. D'humidité, de sueur, de sang, d'émissions intimes diverses. Sperme, urine, matières fécales. Elle fronça le nez mais s'avança dans la pièce noire, capitonnée de haut en bas, isolée du monde. Un silence épais, bruissant, la submergea. L'ouverture de la porte laissa pénétrer une faible lueur qui éclaira le visage livide, immobile et froid de Paul Demora. Luna repoussa de son pied nu la forme recroquevillée au milieu de la pièce.

Elle prit une inspiration profonde et se pencha sur le cadavre qu'elle saisit par les épaules. La chair était froide et il conserva sa position prostrée quand elle le traîna vers la porte. Sous le corps, une large tache rouge sombre imbibait la terre battue.

Avant de ressortir, Luna se tourna vers l'ombre de la pièce, en scruta longuement le fond mystérieux, noyé dans les ténèbres. La lumière indécise de la porte entrouverte effleura une masse immobile dans le coin, un tas de chiffons aux formes imprécises. Un léger sourire adoucit le visage tendu de la jeune femme.

— Ça t'a plu, Stefano? murmura-t-elle, le corps penché en avant. Je dois l'emmener à présent, il va sentir mauvais avant demain. Il fait tellement chaud... Il faudra que je fasse le ménage ici, ça pue vraiment trop. Tiens, Stefano, regarde, c'est pour toi.

Luna revint dans la chambre, se pencha, rassembla d'un geste vif la chemise, le pantalon et les espadrilles de Paul Demora. Elle les jeta sur le tas déjà constitué.

— Tu vois, Stefano, dit-elle encore très doucement, je ne t'ai pas oublié. Je suis revenue.

Elle resta immobile un instant, en attente d'une réponse, d'une approbation ou d'un compliment. Elle n'obtint pour réponse qu'un silence froid et figé. Elle tourna les talons avec un imperceptible haussement d'épaules et referma la porte sans bruit.

4

Lyon. Institut médico-légal.

Le compartiment réfrigéré n° 12 de la morgue se referma avec un claquement sec. Talon observa Marcel, l'assistant du médecin légiste, qui retournait à la table d'autopsie pour la laver à grande eau au moyen d'une brosse et d'une douchette reliée à un flexible en caoutchouc noir. Marcel marmonnait en permanence et prenait un plaisir visible à raconter les histoires les plus incroyables. À l'arrivée de Talon, venu assister à l'autopsie de Marie-Sola Lorca, le « doc », ainsi baptisé par Talon depuis son stage de police scientifique aux États-Unis, était encore occupé avec des étudiants. Des garçons et des filles qui n'en finissaient pas de poser des questions et de prendre des notes, à l'intense satisfaction du docteur Marsal, heureux de pérorer au milieu de ses « allongés ». Entendre par là tous les cadavres qui lui tenaient compagnie au milieu des salles sinistres et glaciales de l'I.M.L. Le fait que l'on fût le 14 Juillet, jour férié et chômé, semblait laisser le « doc » totalement indifférent. Appuyé contre la table où l'avocate défunte attendait les ultimes outrages que subirait, à coups de scalpel, de scie électrique et de cisailles, son corps déjà fort dévasté, Marcel raconta à

Talon comment, quelques mois plus tôt, il avait perdu un cadavre au milieu d'une foule, sur un marché, en plein jour. Bien que familier des pratiques médico-légales et habitué au pire, Talon avait grimacé d'horreur. Réaction interprétée par Marcel comme une mise en cause de l'authenticité de son aventure.

— C'est vrai, clamait-il en tétant un vieux mégot de gitane maïs, j'emmenais un « client » — un qu'avait fait don de son corps à la science... Mais quand y sont trop vieux, les morts, la science elle peut pas en faire grand-chose, voyez-vous ! Alors je les emmène à la sécurité routière, vous savez, là où on fait les essais.

Le visage de Talon exprimant un étonnement poli, Marcel insista :

— Ben oui, quoi, les essais d'accidents ! Choc de front, choc latéral, choc arrière ! Y mettent un macchabée dans les bagnoles pour voir ce que ça fait comme fractures, avec ou sans la ceinture, des trucs comme ça, vous voyez. Bref, le hayon de l'ambulance était mal fermé, je freine à mort — sans jeu de mots, hein ! — pour éviter une vieille et son chien qui venaient se jeter sous mes roues.

Marcel rigolait de toutes ses dents noirâtres de nicotine.

— Et vlan ! V'là le hayon arrière qui s'ouvre, le brancard — j'avais oublié de l'attacher — part en avant, bute contre le siège, repart en arrière. Avec les roulettes, vous pensez que ça file... V'là le macchabée sur la chaussée... Bien sûr, j'étais tout seul et il était lourd l'artiste, j'vous dis pas, lieutenant ! C'est un flic de la circulation qui m'a aidé à le ranger ! Pas très content le gars, mais comme j'y ai dit, c'était pas de ma faute. Et les gens qui gueulaient « Assassin ! Assassin ! ». J'ai cru qu'y z'allaient me licher...

— Lyncher, murmura Talon, dégoûté.

Le docteur Marsal revint enfin. Tout en enfilant des

gants de caoutchouc souple, réputés « sensitifs », un bonnet de chirurgien, un vaste tablier de plastique sur sa blouse verte trop grande pour sa petite taille et des lunettes en matière synthétique par-dessus les siennes, il interrompit Marcel et son histoire qu'il avait déjà entendue vingt fois.

— Suffit, bouffon ! maugréa-t-il, toujours la même rengaine ! Tiens, retourne-la sur le ventre, je vais commencer par examiner ses membres inférieurs...

Même Marion la connaissait, la rengaine de Marcel. Elle coupa Talon dans son élan quand, deux heures plus tard, il entreprit de la lui raconter à son tour.

— C'est un affabulateur, trancha-t-elle, un mythomane doublé d'un pervers. Si je comprends bien, j'ai échappé au pire.

Marion n'avait pas pu accompagner Talon à l'Institut médico-légal pour cause de cérémonie de fête nationale à la préfecture. Cette réjouissance annuelle l'avait contrainte à revêtir son uniforme de commissaire que ses hommes avaient baptisé, non sans ironie, son « habit de lumière ».

Talon était venu l'attendre à la sortie mais avait dû laisser la voiture assez loin, le quartier étant inaccessible en raison de l'événement. Bien que débarrassée de son tricorne orné de liserés argentés, Marion crevait de chaleur. Ses chaussures réglementaires gonflaient ses pieds et lui faisaient des ampoules tandis qu'elle rejoignait le véhicule de service.

— Alors, dit-elle à Talon qui trottinait à côté d'elle, à l'aise dans son jean, sa chemisette Lacoste rose et ses chaussures de cuir souple, à part les turpitudes de Marcel, vous ramenez quoi de l'I.M.L. ?

— Identification confirmée : la noyée est bien Marie-Sola Lorca. J'ai vérifié la formule dentaire du cadavre, ça coïncide avec la fiche remise par le dentiste traitant. La photo du tatouage colle aussi parfaitement. Le doc a prélevé le morceau de peau, il va le conserver dans le formol. J'ai fait faire plusieurs clichés par l'I.J. pour le cas où le produit décolorerait les encres. Nous aurons les résultats des analyses toxicologiques demain soir. Comme sa famille est loin, c'est son associé qui est venu l'identifier. Enfin quand je dis « son associé »... Il la connaissait à fond... si j'ose dire.

— Un homme qui a au moins deux fois son âge !

— « Rien n'est obstacle pour ceux qui s'aiment », déclama Talon la main sur le cœur. Maître Lemoine connaissait l'existence du tatouage, puisqu'il nous l'avait décrit quand nous recensions les signes particuliers de la jeune femme. Il a également apporté une autre précision qu'il n'avait pas donnée à ce moment-là.

Talon ouvrit la portière de la voiture tandis que Marion ôtait sa veste d'apparat avec un soupir de soulagement. Elle jeta le vêtement sur le siège arrière et un coup d'œil interrogateur à Talon.

— Marie-Sola Lorca, reprit-il, avait subi une hystérectomie après deux grossesses extra-utérines. Il était à l'origine de la deuxième. La première était très ancienne, semble-t-il, mais s'il en connaissait l'existence, il n'en a jamais su les circonstances exactes. Une histoire de jeunesse sans doute. À l'époque elle avait pu sauver son utérus, ce qui n'a pas été le cas la deuxième fois ainsi que l'autopsie l'a confirmé. Maître Lemoine a identifié le corps. Il est tombé dans les vapes. Je crois qu'il tenait vraiment à elle.

— Et il l'a butée parce qu'elle allait le quitter ? suggéra Marion avec un soupir exténué.

Elle mit en marche la radio de bord tandis que Talon démarrait. La voiture était un véritable four, Marion ouvrit sa vitre en grand pour tenter de respirer. La radio émit un message et elle dut refermer précipitamment pour entendre ce qui se disait.

— Et voilà, gronda-t-elle, on est condamné à mourir étouffé si on veut faire son boulot. Quelle misère ! Les Américains ont des voitures climatisées, je suppose ?

Talon acquiesça. Depuis son passage au centre de formation du F.B.I. à Quantico, il était devenu incollable sur tout ce qui concernait la police américaine.

— La « clime » est montée en série dans toutes leurs voitures aujourd'hui, précisa-t-il, comme le chauffage. Il ne viendrait à l'idée de personne de fabriquer des voitures sans chauffage, n'est-ce pas ?...

— Quand les administrations françaises seront capables d'une telle logique, les poules auront des dents. Alors notre noyée...

— La noyée n'est pas morte noyée...

— C'est ce que le toubib pressentait...

— Oui. Marie-Sola Lorca a subi de multiples traumatismes mais c'est une vaste hémorragie interne due à l'éclatement de son foie et de sa rate qui l'a tuée. Elle présente quand même deux fractures de la colonne vertébrale et une bonne vingtaine des membres inférieurs. En d'autres termes...

— L'histoire de la vieille folle est vraie ! s'exclama Marion. Elle est tombée du balcon de l'hôtel des Ducs !

— En effet ! Vu le nombre et la gravité des lésions le doc estime crédible la chute d'un troisième étage. De l'hôtel des Ducs ou d'ailleurs, en tout cas, elle a fait un beau valdingue.

Ainsi que l'avait annoncé Talon à la découverte du corps, un mois et deux jours plus tôt, La « Roulotte », une clocharde qui squattait sous un tas de cartons derrière l'hôtel des Ducs, avait vu un corps dévaler la façade de l'établissement et entendu le bruit de l'impact sur les dalles de la terrasse encore fermée en ce mois de juin frisquet et pluvieux. Elle n'avait pu approcher de l'hôtel dont le jardin était protégé de la voie publique par un grillage et était tellement imbibée d'alcool qu'elle avait fini par douter de ses perceptions lorsque, après être allée donner l'alerte, elle était revenue avec le directeur de l'établissement et la police du quartier. Il n'y avait rien sur la terrasse, pas de corps en bouillie, pas de sang, pas la moindre trace de chute. D'ailleurs la pluie qui menaçait depuis un moment venait de crever le ciel comme un sac. Une averse d'orage tout aussi violente et soudaine que les deux coups de tonnerre qui l'accompagnèrent. Les policiers avaient cherché partout et vérifié que tout était normal dans l'hôtel, les fenêtres côté jardin fermées. Comme la « Roulotte » prétendait aussi avoir vu, avant la chute du corps et à plusieurs reprises, quelqu'un marcher sur la rambarde du balcon comme un funambule, ils avaient conclu à un accès de délire éthylique de la vieille femme et embarqué la susdite pour la nuit, en cellule de dégrisement, histoire de lui remettre les idées en place.

Marion réfléchissait, deux plis verticaux creusant son front.

— Cela signifierait que quelqu'un l'a aidée à sauter ou en tout cas se trouvait là quand c'est arrivé. Cette personne a refermé la fenêtre, la porte, emporté son sac et la clef de la chambre...

— Est descendue à toute allure, a ramassé la fille pendant l'absence de la « Roulotte », effacé les traces de la chute et embarqué le corps en escaladant le grillage...

— On peut voir les choses autrement, rétorqua Marion, agacée par le ton persifleur de Talon. Le quelqu'un pouvait avoir une voiture sur le parking de l'hôtel qui n'est qu'à quelques mètres de la terrasse et un ou deux complices. Dommage que personne, à part la clocharde, n'ait rien vu.

Talon secoua la tête. Il conduisait lentement, de

façon à entendre la radio sans être obligé de fermer les vitres. Marion laissa son regard errer sur les vitrines, lointaine soudain.

Il y avait un peu plus d'un mois, Marie-Sola Lorca, avocate parisienne, séjournait à Lyon pour y assurer la défense d'un homme confondu dans une affaire d'association de malfaiteurs et d'escroquerie et traduit devant la justice pour quelques milliers de francs. Une affaire banale, n'eût été la personnalité de ce prévenu : Manuel Bianco, une ancienne gloire de la tauromachie que sa célébrité passée et sa déchéance nouvelle mettaient encore une fois en vedette, loin des arènes qui l'avaient tant fêté et à six cents kilomètres de Dax où il vivait, dans la solitude, une retraite modeste. Le jour du verdict, ni Manuel Bianco qui comparaissait comme prévenu libre, ni Marie-Sola Lorca, son défenseur, ne s'étaient présentés à l'audience, à la surprise de toutes les parties au procès. Maître Lemoine, l'associé de Marie-Sola, s'était inquiété, avec un excès démonstratif suspect, de cette défection incompréhensible. Son émotion, attribuée un peu vite aux seuls sentiments qu'il portait ouvertement à sa jeune consœur, avait toutefois été considérée sous un autre jour quand le corps de Manuel Bianco, nu et torturé, avait été découvert, dans une chambre d'un hôtel minable, à l'opposé géographique et qualitatif de celui où séjournait Marie-Sola Lorca, saigné comme un poulet après avoir subi une série de mutilations à la tête et dans le dos, exécutées à l'aide d'un objet tranchant. Dans l'instant, cette découverte avait apporté un éclairage nouveau sur la disparition de l'avocate et de l'ancien torero. Le groupe criminel de Marion s'était trouvé saisi des deux affaires : de l'homicide volontaire sur la personne de Manuel Bianco et de la disparition de Marie-Sola Lorca que nul dès lors ne songea plus à traiter comme un épisode anodin de la vie d'une jeune femme capricieuse.

Marion sursauta : Talon lui parlait.

— La vision de la « Roulotte » est invérifiable, en effet. Il faisait froid, les gens étaient chez eux et l'arrière de l'hôtel n'est pas visible des immeubles voisins.

— Une fille qui danse sur la balustrade d'un balcon, rêva Marion. C'est peut-être tout simplement quelqu'un qui veut se jeter dans le vide et qui hésite...

Ils avaient discuté de l'affaire vingt fois, évoqué toutes les possibilités, sauf celle-là que l'absence de cadavre avait écartée d'emblée.

Talon fit une moue en s'arrêtant pour laisser passer un bus.

— Si j'en crois Marsal, cela pourrait en effet être le cas... Le doc prétend que le nombre important de fractures sur le corps de l'avocate est l'indication d'une chute volontaire. Quand le sujet est sur le point de se jeter dans le vide et malgré sa détermination au passage à l'acte suicidaire, il est la proie d'un stress violent. La contraction musculaire est alors telle que ses muscles tendus à craquer forment une gaine de compression, comme un fourreau très rigide qui rend les os cassants comme du verre.

— Une ultime manifestation de l'instinct de conservation, fit Marion. Comme le mal aux jambes et aux tripes que vous ressentez quand vous vous penchez au-dessus du vide... Cette démonstration est assez connue ! L'absence de souplesse des muscles provoque les fractures multiples, notamment celles des membres quand ils touchent le sol en premier, ce qui est le cas quand on saute...

— Sauf que la disparition du corps et les circonstances de sa réapparition indiquent qu'il y avait *forcément* quelqu'un avec elle. Quelqu'un qui l'a transportée depuis la terrasse de l'hôtel et l'a jetée à l'eau après l'avoir déshabillée. Et dans un lieu d'où le corps aurait pu ne jamais remonter. Pour faire croire à une fugue, j'imagine.

— Ou pour une tout autre raison, soupira Marion, le visage sombre.

La jeune femme se sentit saisie d'une angoisse : la découverte du corps de l'avocate et les rebondissements qu'elle ne manquerait pas de susciter n'étaient pas de bon augure pour ses vacances canadiennes pourtant très proches. Benjamin, son amant québécois, allait encore l'attendre. Ou pas. À force, les gens se lassent, même les hommes amoureux. Le silence maussade de Talon indiquait qu'il pensait à la même chose. Lui, c'est un stage de golf dans le Midi qu'il avait programmé, sa dernière lubie. Marion se demanda depuis combien de temps elle n'avait pas pris de vacances, des vraies, de détente avec des inconnus qu'on ne revoyait jamais, d'insouciance de jours qui coulent sans « flags » et sans cadavres...

« Encore des projets qui tombent à l'eau ! Serait-ce le destin des flics de passer à côté de leur vie ? » s'interrogea-t-elle tandis qu'ils abordaient la rue conduisant à l'hôtel de police, un bâtiment à l'architecture moderne, massif et insolite dans un quartier de banlieue pavillonnaire.

— Passez chez moi, dit Marion tout à trac, je ne vais pas finir la soirée dans cette tenue. Ensuite vous récupérez maître Lemoine et vous le ramenez au service. Je suis sûre qu'il a encore des choses à nous dire.

5

Luna transporta l'homme mort dans la forêt, plus facilement qu'elle n'aurait cru malgré son poids qu'aggravaient l'inertie et la rigidité du fardeau.

À l'aller, elle ne rencontra pas l'ombre d'un être vivant. Les phares de sa Jeep ne balayaient que des troncs de pins serrés les uns contre les autres, en un alignement parfait, impénétrable et oppressant. Elle dut traîner le cadavre en le tirant par les épaules, assez loin dans le bois pour qu'on ne le voie pas depuis le pare-feu où elle avait arrêté la Jeep. Les animaux le dévoreraient avant que quiconque ne le découvre.

C'est au retour, alors qu'épuisée par l'effort elle s'était assise, adossée à un grand pin à quelques mètres de son véhicule, qu'elle le vit.

Toine.

Silencieux, il la contemplait, assis sur un vieux vélo de facteur déglingué et couvert de poussière, ses jambes maigres écartées, les bras croisés, l'air grave et vaguement curieux.

Les pensées de Luna dérapèrent. Des voix se chevauchèrent dans son cerveau troublé. Qui étaient donc ces gens qui lui parlaient sans cesse du fond de son enfance, du plus loin de ses souvenirs enfouis ? Qui réclamaient vengeance en voulant sortir de leur enfermement ?

À qui appartenaient ces voix ? À sa mère dont le regard glacé fauchait en elle tout élan ? À sa mère, Esmeralda, qu'elle méprisait et haïssait tout à la fois ? À Toine ?

— Laisse-moi faire, petite fille, laisse-toi faire, petite lune...

Sa mémoire s'envola, assaillie par le visage de Toine, ses traits purs, ses mains expertes. Ses rires et ses colères. Toine, le fils rebelle de Stefano qui lui prédisait un avenir de grand maestro... Luna rêva, les yeux mi-clos.

Toine court, elle décolle à côté de lui, sa petite main crispée sur les doigts du garçon dont le rire fait s'envoler un couple de crécerelles.

— Pas si vite ! Pas si vite, s'époumone la fillette. Je vais tomber.

Elle tombe, le nez dans l'herbe. Toine s'abat à côté d'elle. Il a le souffle court à cause de la course et du rire qui n'en finit pas. Ses doigts s'égarent dans les cheveux humides de la fillette, glissent sur son cou, palpent son dos de moineau, sa taille de libellule. Puis... le petit cœur s'emballe, prêt à jaillir de sa poitrine comme un oiseau affolé.

Toine pose ses doigts sur elle. Le plaisir infini.

Elle revint à elle, reprit son examen de l'adolescent campé sur son vélo. La tête penchée sur le côté, il l'observait gravement, rassurant, le défi et la fierté à égalité dans ses yeux noirs. Mais pourquoi était-il là, dans ce fond de forêt où les ombres des pins immobiles se découpaient sur le ciel ?

Alors, bien que repoussée avec force, vint l'image du dernier jour.

Le pré des Chartreux à la lisière de la forêt paresse dans le silence grave des grands pins aux interminables troncs dépouillés. Le temps est suspendu au taureau immobile, à son regard sombre frangé de longs cils à contre-jour, à l'entre-cornes frisé qui cache le soleil rouge et se découpe en mèches stylisées dans la lumière déclinante. D'où est-il sorti, cet énorme mâle ? Pourquoi ne l'ont-ils pas entendu arriver ? Est-ce à cause de la porte ouverte au fond de l'enclos ? Qui a ouvert la porte ?

La petite fille a peur, elle sent qu'elle va faire pipi sous elle.

Elle serre la main de Toine. Le taureau incline la tête vers l'herbe rousse, gratte du sabot le sol aride. Un liquide tiède coule le long des jambes de la fillette qui lâche la main rassurante de Toine et presse les siennes entre ses cuisses violemment serrées l'une contre l'autre. Une onde de plaisir la surprend ainsi. Elle a honte, s'affole, rattrapée par la voix d'Esmeralda. « Pas se toucher, pas se toucher, c'est mal... »

Elle regarde Toine, silhouette élancée encore adolescente, demande pardon en silence, ses lèvres entrouvertes sur un gémissement avorté.

Mais Toine ne s'est aperçu de rien. Il fixe le taureau d'un regard ardent, halluciné, subjugué.

On dirait qu'il attend ce moment depuis longtemps. Il fait un pas en avant, excite l'animal d'un claquement de langue, s'immobilise avec grâce, amorce de sa main vide une passe parfaite. Toine sait jouer avec elle comme il joue avec le taureau.

— Ce n'est qu'un jeu, Luna, un simple jeu. Regarde. Regarde-moi.

Luna regarde, elle se déchire les yeux pour le voir. Elle frissonne.

Ce qu'elle voit surtout, c'est Paul Demora qui a ouvert la porte de l'enclos et qui s'enfuit dans la forêt de toute la vitesse de ses petites jambes de cafard.

À présent, le corps de Paul Demora qui voulait la place de Toine dans ses jeux de fillette en avance pour son âge va se décomposer dans la forêt...

Elle fut surprise de constater que Toine n'avait pas changé après toutes ces années puis se demanda comment il pouvait être là puisque la dernière fois qu'elle l'avait vu, il était allongé dans un cercueil de bois clair, le visage livide et glacé. Elle sursauta au sortir de son mauvais rêve, accommoda sa vision en le fixant intensément. Comment avait-il fait pour la suivre jusqu'ici sur un tel engin sans qu'elle s'en fût aperçue ? Il aurait dû s'enliser dix fois dans le sable mou du pare-feu...

« Bien sûr, songea Luna, il a dû s'accrocher à la Jeep pour se faire tirer... »

Toine se tenait à l'écart des phares du véhicule mais il ne faisait rien pour qu'elle ne le vît pas. Il paraissait avoir attendu qu'elle ait terminé sa besogne sans songer à profiter de l'abri des milliers de pins qui l'entouraient. Quand elle s'en approcha lentement, prudemment, les jambes molles et la tête en feu, il ne bougea pas. Elle tendit les mains pour le toucher, son cœur s'affola mais il n'eut pas plus de réaction qu'un des arbres de la forêt.

Ce n'est que quand elle fut tout contre lui qu'elle vit que ce n'était pas Toine.

6

Lyon. Hôtel des Ducs.

Marion rejeta la tête en arrière, contemplant par en dessous les moineaux qui se chamaillaient bruyamment dans les branches des platanes géants de la place Bellecour. Le soleil couchant filtrait à travers les feuilles, la ville abattue par la chaleur cherchait une illusion de bien-être aux terrasses de cafés bondées. Tout à l'heure, alors qu'elle se changeait dans son grand studio sous les toits où régnait la relative fraîcheur des vieilles maisons aux murs épais, la jeune femme avait hésité entre l'envie de s'installer pour la nuit sous une douche froide et celle d'aller dormir à la belle étoile quelque part dans un coin de campagne. Loin de la ville, du bruit, de la poussière et de la canicule. Mais maître Lemoine l'attendait en compagnie de Talon, dans la voiture de service surchauffée. Ils avaient ensuite consacré deux heures à passer en revue, une à une, les questions que soulevaient les nouvelles données de l'enquête. Le résultat n'était pas à la hauteur des espoirs de Marion mais elle savait qu'il pourrait en être ainsi longtemps avant que n'apparaisse la vérité. Elle voulait d'abord éliminer toute implication directe de maître Lemoine dans le double meurtre. Puis explorer des éventualités liées à son entourage privé et professionnel, la vengeance d'une femme trahie, d'enfants craignant d'être lésés, de concurrents jaloux, de voyous mal défendus. Les complices de Manuel Bianco avaient aussi été passés au peigne fin. Du moins leur entourage et leurs relations car les intéressés eux-mêmes étaient détenus au moment de la mort de Bianco. Rien de déterminant ne sortait de centaines de vérifications, criblages de fichiers et autres enquêtes de voisinage. À peine des impressions.

Se traîner à la terrasse du Cintra, un bar fréquenté par le groupe criminel de la P.J., avait constitué ensuite la seule démarche volontaire dont Marion se fût encore sentie capable.

Talon sortit du cartable de cuir noir qu'il trimballait sur son dos comme les écoliers un micro-ordinateur portable, un Macintosh PowerBook, sa dernière folie payée de ses deniers personnels. Son « Mac », comme il disait. Le « jingle » de mise en marche fit se retourner les plus proches consommateurs et arracha un sourire à Marion qui l'observa en silence tandis qu'il manipulait l'ordinateur avec aisance. Il leva la tête, perçut l'ironie dans le regard de son commissaire :

— Je peux stocker un très grand nombre de procédures dans cet outil, vous savez, se justifia-t-il.

— Et si on vous le vole, toute la ville sera au courant de son contenu. Et le secret des procédures et de l'enquête ?

— Il y a un code d'accès, protesta Talon, que je suis le seul à connaître... Si je le perds ou si on me le pique...

— La bande s'autodétruit dans les cinq secondes, ironisa Marion. Enfin, de toute façon, c'est pas grave ! Aujourd'hui tout le monde « balance » à la presse, les flics et les juges en premier lieu. On devrait tout mettre sur la place publique, ce serait plus honnête...

Elle parlait pour elle-même, sans espérer de réaction de Talon qui continuait à pianoter sans répondre, le portable sur ses genoux serrés, l'air concentré et plus intello que jamais avec ses petites lunettes rondes.

Julio, le barman, s'approcha. Il lorgna sur l'officier et son portable, se pencha vers Marion en désignant les gens au coude à coude aux tables voisines :

— Si vous avez à « travailler », vous seriez plus tranquilles à l'intérieur ! Et si vous voulez mon avis, il y fait beaucoup plus frais...

Marion acquiesça en soupirant, se leva en étirant devant elle ses bras dénudés par un débardeur de coton blanc. Elle héla Talon toujours plongé dans ses fichiers et se dirigea vers le bar. Au moment où elle s'engageait pour traverser la rue, une 405 noire freina brutalement à sa hauteur, faisant hurler ses pneus. Elle se rejeta sur le trottoir tandis que Lavot s'extirpait en gesticulant du véhicule, le torse moulé dans un tee-shirt où apparaissaient de larges auréoles humides, les pectoraux dessinés par les lanières du holster qui laissait voir la crosse trafiquée de son 357 Magnum.

— Ça va, patron ? s'exclama-t-il, confus. Vous voulez mourir ou quoi ?

— Non mais dites donc, protesta Marion, vous avez vu à quelle vitesse vous déboulez ? Et planquez votre artillerie s'il vous plaît, la guerre est finie...

Lavot reflua vers la 405, exhibant un deuxième revolver coincé dans sa ceinture, au-dessus des reins. Avec sa stature, Lavot freinait toute mauvaise impulsion des voyous qu'il soumettait la plupart du temps d'un simple regard. Il n'avait donc guère besoin de cette armurerie ambulante mais Marion avait renoncé, une fois pour toutes, à la lui faire abandonner, tant elle paraissait faire partie de lui-même. Des consommateurs se mirent à rire tandis que Julio se renfrognait subitement. Il aimait bien les flics de la P.J., surtout

Marion, mais pas leurs démonstrations de force. Les clients rigolaient mais, il le pressentait, certains se plaindraient au patron, au maire ou au pape de ce que des hommes — et des femmes — en armes se prélassaient dans « son » bar avec sa bénédiction à lui, Julio. Et pour tout dire, il était contre la violence et les armes, converti depuis peu au culte des Témoins de Jéhovah et surtout aux convictions implacables de son épouse, une femme passionnée en toute chose. Il poussa un soupir excédé en pénétrant dans le Cintra.

— J'étais sûr de vous trouver là ! s'exclama Lavot en rajustant ses Ray-Ban qui glissaient sur son nez. Je vous cherchais, patron.

Marion eut l'intuition que son programme immédiat allait subir des bouleversements et ne put se défendre d'une légère excitation. Lavot fit durer le plaisir quelques secondes, le temps de voir le noir du courroux monter dans le regard de Marion. Il se hâta :

— Après l'article du *Progrès* de ce matin sur la découverte du corps de Marie-Sola Lorca, nous avons reçu plusieurs coups de fil. Bidon pour la plupart mais ce soir, une femme s'est manifestée. Une employée du service d'étages de l'hôtel des Ducs.

Marion leva un sourcil intéressé tandis que Talon revenait sur ses pas, soudain passionné. Lavot sourit, l'air content de lui :

— Je sais pas ce que ça vaut. Elle s'appelle Conception Mirales et elle est de service jusqu'à vingt heures. J'ai pensé...

Marion s'était déjà engouffrée dans la Peugeot.

— D'où sort-elle, cette Conception ? s'étonna-t-elle une minute plus tard alors que Lavot abordait l'avenue flanquée de platanes derrière lesquels ils apercevaient déjà la façade à l'architecture baroque de l'hôtel des Ducs. Pourquoi ne se manifeste-t-elle qu'aujourd'hui ?

— Elle a vu la photo de Marie-Sola Lorca dans le

journal, dit Lavot en garant le véhicule le long du trottoir.

— Il y a un mois, la photo est déjà passée dans le journal, objecta Talon. Plusieurs jours de suite.

— Si j'ai bien compris, répondit Lavot en passant la porte à tambour, elle était malade à ce moment-là. Hospitalisée, même. Je vous préviens, elle a un léger accent...

Il imitait les intonations espagnoles de Conception Mirales. Marion jeta un coup d'œil rapide au hall de l'hôtel du début du siècle dont les dorures ternissaient tandis que se décoloraient à grande vitesse des tapisseries et des tissus de velours qui auraient supporté un petit rafraîchissement. Elle était venue plusieurs fois dans cet établissement au cours du mois passé sans y trouver autre chose qu'une ambiance affectée, désuète et oppressante.

Conception Mirales avait des rondeurs partout, un bon sourire, d'épais cheveux noirs et elle était effectivement dotée d'un charmant accent. Les mains posées à plat sur ses genoux écartés, les boutons de sa blouse rose tendus par un ventre replet, elle attendait que Talon fût prêt à enregistrer ce qu'elle avait à dire.

— Ça te démangeait de faire joujou avec ton... truc, marmonna Lavot qui ne décolérait pas depuis que Talon s'était équipé de son micro-ordinateur, convaincu qu'il ne visait qu'à leur en mettre plein la vue et à épater Marion.

— Mon truc est un Macintosh..., dit Talon entre ses dents et sans lever les yeux. Et tu ferais bien de t'y mettre. C'est l'avenir.

Lavot haussa les épaules en retirant son blouson de cuir qu'il avait remis sur les injonctions de Marion. Il était en nage et il s'éventa d'une main en faisant rouler ses muscles dessinés par le holster. Conception le contempla bouche bée tandis que Talon lui jetait un regard furtif, vaguement hostile : il ne s'habituait pas aux manières de son collègue même s'il admirait son courage physique, sa spontanéité et, pour des raisons plus obscures, sa virilité sans ambiguïté. Marion décela une nouvelle tension à travers cet échange désormais habituel entre ses hommes, et elle en fut chagrinée. Pour couper court, elle invita Conception Mirales à décliner son identité.

— Je fais les chambres du troisième, poursuivit la femme de ménage après s'être exécutée. La demoiselle Lorca était au 315 depuis plusieurs jours... À cause de sa robe noire dans la penderie, je croyais qu'elle était juge. Un matin, je lui ai demandé, elle m'a dit qu'elle était avocate.

Il y avait de l'admiration dans la voix de Conception.

— Elle était très gentille, rêva-t-elle en hochant la tête. C'est triste de finir comme ça...

Conception triturait l'ourlet de sa blouse entre ses doigts aux ongles courts, les yeux brillants. Marion l'encouragea d'un signe de tête. Elle se lança :

— Le dernier jour qu'elle a passé ici, le 5 juin, je l'ai vue l'après-midi. On a parlé dans sa chambre. Elle travaillait, avec plein de papiers sur la table. Elle était... comment je peux dire ?

— Préoccupée ?

— Oui ! Elle m'a demandé de lui faire monter du thé. Quand je lui ai apporté le plateau elle était au téléphone. Je ne voulais pas écouter mais elle m'a fait signe de rester. Elle avait l'air très mal, elle était pâle et sa voix tremblait.

— Que disait-elle ?

— Je ne sais plus très bien. Quelque chose comme « je ne vous crois pas » ou « ce n'est pas possible ». Puis elle a dit : « Puisque vous savez où je suis, venez ! » Elle avait l'air contrarié, et même plus...

Elle cherchait ses mots, traduire sa pensée de sa langue maternelle en français semblait lui poser un vrai problème.

— En colère ? suggéra Marion.

Conception hésita en glissant une main dans son corsage pour se gratter un sein.

— Non, plutôt retournée...

— Bouleversée ! s'exclama Lavot qui suivait, fasciné, les mouvements des mains de l'Espagnole.

— C'est ça ! s'exclama la femme avec un sourire ravi, son regard noir braqué sur Lavot.

Ce dernier se détourna, pas emballé de l'effet qu'il produisait.

— Donc, résuma Marion, mademoiselle Lorca parlait au téléphone, elle avait l'air bouleversée et elle demandait à son interlocuteur de venir la voir. Elle vous a dit à qui elle parlait ?

— Non, quand même pas ! Je n'aurais pas osé. J'ai seulement demandé si cela allait et j'ai servi le thé. Elle tremblait la demoiselle, elle a même renversé du thé sur la moquette.

— Et alors ?

La femme ouvrit de grands yeux :

— Rien ! Que voulez-vous de plus ? J'avais mon service à assurer, deux chambres à finir, les couvertures à faire.

— Ensuite ? s'enquit Marion, incapable d'imaginer que la femme assise en face d'elle n'ait pas cherché à voir à quoi ressemblerait le mystérieux correspondant.

— Mademoiselle Lorca a appelé son ami à Paris alors que j'étais dans sa chambre pour la couverture. À dix-neuf heures.

— Que lui a-t-elle dit ?

— Je ne me souviens plus. Des mots gentils, je pense.

Elle se concentra.

— Ah, ça me revient ! Elle a dit qu'elle ne se sentait pas bien à Lyon, qu'elle avait hâte de rentrer et qu'elle n'arrivait pas à joindre quelqu'un. Elle a dit un nom mais je ne m'en souviens pas.

— Elle n'a pas fait allusion au coup de fil précédent ? s'enquit Marion.

Conception fit un signe de dénégation après une courte réflexion.

Marion regarda ses deux équipiers. Talon leva le nez de son ordinateur, le regard au loin, Lavot prit un air décontenancé. Il marmonna :

— Je vois pas où ça nous mène ! La vie privée de maître Marie-Sola Lorca...

— Ça va, Lavot, s'énerva Marion, c'est peut-être un détail mais ça peut aussi être important. Madame Mirales, essayez de vous souvenir de ce nom... Ce n'était pas Manuel Bianco, par hasard ?

— Excusez-moi ?

— Vous disiez que Marie-Sola Lorca...

— Oui, oui, s'impatienta la femme. Redites le nom !

— Manuel Bianco.

— Bianco, Bianco...

Son visage se déformait tant elle voulait apporter son aide aux policiers. Lavot sourit, retenant un commentaire ironique. Il s'exclama en regardant sa montre :

— On perd notre temps, patron ! Cette femme ne sait rien et moi j'ai un rancard... On peut tout passer en revue si vous voulez, les parents de Marie-Sola, ses amis, jusqu'à ce cave de Manolito...

— Comment vous dites ? sursauta la femme de service.

— Manolito ?

— C'est ça ! s'écria Conception. Manolito, c'est ce nom-là.

Marion jeta un regard mauvais à son lieutenant.

Celui-ci rougit, partagé entre la confusion et le triomphe.

— On dit : merci Lavot ! marmonna-t-il.

« Évidemment, songea Marion, j'aurais dû penser à son surnom. »

Manolito était le nom de scène de Bianco ainsi qu'il est de coutume d'en adopter un pour les toreros soit parce que leur nom de baptême ne fait pas assez tauromachique, soit parce qu'ils souhaitent prendre celui d'un ancien par admiration et déférence. C'est maître Lemoine qui avait donné quelques clefs de ce genre à Marion en évoquant le désir de Marie-Sola Lorca de défendre ce « has been », ainsi qu'il le nommait, partagé entre le mépris et la rancune. Manuel Bianco, Manolito pour les amateurs de corrida, était un ami d'enfance de José Lorca, le père de Marie-Sola. Il avait fait sauter la petite sur ses genoux et quand elle avait appris sa mésaventure, elle avait volé à son secours. Maître Lemoine, qui connaissait mal la famille de son amie et encore moins les relations de ce père dont elle le tenait éloigné, avait exprimé un désaccord de circonstance mais cédé à la fin, tant était forte sa passion pour sa jeune maîtresse.

— Qu'a-t-elle dit exactement ? insista Marion qui n'avait pas mémorisé la moindre allusion de maître Lemoine à cette conversation, du moins à ce détail de son contenu.

Conception haussa les épaules :

— Qu'elle ne pouvait pas le joindre, qu'elle le cherchait depuis le matin. Enfin je crois... Ah, et puis qu'elle avait peur qu'il soit reparti chez lui et que ce serait mauvais pour lui.

— Tu parles, ricana Lavot. Un peu que ça a été mauvais pour lui.

— Ah bon ? s'étonna la femme de ménage presque timidement.

— Il est mort. Si vous avez lu tout l'article du journal de ce matin il en est question.

— C'est mon fils qui me l'a lu. Moi j'ai seulement reconnu la photo de la demoiselle.

Elle déglutit :

— Je crois que c'était pas beau sa mort...

— Pas très, non, éluda Marion. Mais vous semblez avoir un souvenir très précis de ce jour-là ?

Conception secoua vigoureusement ses courts cheveux noirs :

— Je m'en souviens parce que je suis entrée à l'hôpital dans la nuit.

Elle baissa les yeux avec une grimace contrite.

— Une fausse couche avec complications. Je suis restée deux semaines à Grange rouge et comme je ne lisais pas les journaux... je ne pouvais pas savoir.

— Bien, soupira Marion, c'est bien. Autre chose : vous connaissez la clocharde qui « habite » derrière l'hôtel ?

— Tout le monde la connaît. Mon fils m'a dit ce qu'elle raconte. Que mademoiselle Lorca est tombée par la fenêtre de la chambre. Moi j'en sais rien, j'étais partie quand c'est arrivé. Si c'est arrivé. J'avais fini mon service. C'est simple, je suis partie juste après l'arrivée de la fille.

Talon leva les yeux de son écran, Lavot cessa de jouer avec un élastique qu'il avait subtilisé autour d'un dossier, Marion se dressa :

— Quelle fille ?

— Une blonde. Elle est arrivée vers sept heures et demie. Mademoiselle Lorca venait de commander un sandwich pour dîner. Le room-service a porté le plateau, il est revenu et quand je suis sortie de la lingerie, la fille était devant la porte du 315.

— Vous êtes sûre ?

— Tout de même, s'offusqua la femme. Je connais

mon étage ! La 315 on ne peut pas se tromper, c'est la seule côté jardin avec balcon. Les autres sont sur la cour ou sur l'avenue.

— Ensuite ?

— La porte s'est ouverte, la fille est entrée, c'est tout.

— Ça alors ! s'exclama Marion en proie à une nouvelle vague d'excitation. Si Marie-Sola Lorca a ouvert à cette fille, c'est qu'elle l'attendait...

— Ou qu'elle s'est fait passer pour la femme de service, répliqua Lavot.

— Elle mettait toujours la chaîne, expliqua Conception. Maintenant que j'y pense, c'était peut-être cette fille qui avait téléphoné et à qui elle avait demandé de venir. Mais je me trompe peut-être...

Elle redevenait timide, son regard de chien battu allant de l'un à l'autre de ses interlocuteurs.

— Non, non, dit Marion en se levant d'un bond, c'est tout à fait possible. Vous pouvez décrire cette fille ?

Elle était menue et plutôt jolie, avec une chevelure longue et très claire. Des cheveux presque blancs. Ce détail occultait tout le reste. Il en résultait un signalement vague quant à la taille, l'âge et les vêtements. Pourtant Conception Mirales en était sûre : la fille portait un vêtement de pluie, court, de couleur claire et une jupe longue. Sa mise modeste lui avait d'abord fait penser qu'il s'agissait d'un de ces rats d'hôtel qui s'introduisent parfois dans les étages en échappant à la vigilance de la sécurité.

— Justement, s'étonna Marion, vous n'avez pas prévenu la sécurité en partant ?

— Mais pourquoi j'aurais fait ça ? Vous pensez que j'aurais dû ?

Elle était de nouveau décontenancée, le regard chargé de culpabilité.

« Pauvre femme, se dit Marion, elle a dû être conditionnée toute petite. Au service des autres et coupable de tout, tout le temps. » Elle la rassura :

— Bien sûr que non. Vous ne pouviez pas savoir. Cette fille avait un sac, un bagage ?

La femme réfléchit de nouveau, les yeux mi-clos. Elle revoyait la silhouette fine et dansante, les cheveux pâles, un profil très joli à regarder.

— Oui, s'exclama-t-elle. Enfin non, ce n'était pas un sac. Ça ressemblait à un sac mais plus long, plus... raide.

— Un sac-polochon ? proposa Lavot.

La femme secoua la tête.

— Un sac de marin ?

— Non, non, s'énerva Conception, une chose rigide pour mettre un instrument ou un bâton... J'en ai déjà vu, des trucs comme ça, mais je ne sais plus où.

À nouveau, elle se tut, navrée. Pourtant elle se cassait la tête, cela se voyait aux rides verticales qui se creusaient entre ses sourcils.

— Une arme ? suggéra encore Marion, pleine d'espoir mais à court d'imagination. Un fusil ou une carabine...

La femme secoua la tête puis tout à coup son regard s'éclaira. Une faible lueur qui fit retenir leur souffle aux trois policiers.

— Ça me rappelle... Ça y est, je me souviens. Mon frère avait un ami qui faisait de l'escrime. Il avait une boîte comme celle qu'avait la fille. Pour y mettre son épée. Une boîte à épée, c'est ça qu'elle avait la fille blonde !

7

Luna attendit longtemps dans la nuit que se calment les soubresauts détraqués de son cœur. Traîner le corps du faux Toine, cette fille de la forêt forte comme un garçon, une vraie sorcière, une bête sauvage, avait miné ses dernières forces. Elle roula lentement vers la maison en ruine, tous feux éteints, sans bousculer la mécanique de la Jeep qui, parfois, pétaradait un peu trop fort. Elle connaissait les chemins par cœur, pourtant, plus d'une fois, elle faillit rater un tournant, verser dans un fossé. Elle se trompa même à un embranchement et crut s'être enlisée pour de bon dans le sable mou d'un pare-feu. Quand la Jeep fut à l'abri dans la remise à moitié effondrée, elle revint sur le chemin, retira ses tennis et se mit à courir, courir à perdre le souffle pour laver son cerveau du stress et de la peur. Les pierres de remblai et les ronces écorchaient la peau de ses pieds nus mais elle ne sentait rien, rien que l'immense apaisement qui montait en elle après l'effort. La libération d'après l'assouvissement des sens et de la pulsion de mort. La quiétude des voix qui se taisaient enfin, le calme revenu dans sa tête enflammée.

Elle courut jusqu'à ce que lui parviennent les premiers effluves de bois brûlé. Elle se laissa alors aller sur les pierres, s'allongea de tout son long, sur le dos, la tête dans les étoiles. La sueur, les larmes et un peu de sang coulé de son front se mêlèrent dans ses yeux.

Plus tard, Luna s'empara des ciseaux rouillés découverts dans la vieille cuisine où Stefano préparait la soupe autrefois, avec les gestes lents des paysans taciturnes. Elle prit une de ses longues mèches pâles entre ses doigts qui tremblaient encore un peu et la coupa d'un geste sec. Les cheveux fins tournoyèrent jusqu'au sol où ils se posèrent mollement. D'autres suivirent et d'autres encore. En grimaçant, Luna tâta la plaie qui ceignait le haut de son crâne. La fille sauvage qu'elle avait prise pour Toine s'était défendue comme une diablesse, projetant même sur elle, à la fin, son vieux vélo de facteur. Elle avait frappé, griffé, attrapé de toutes ses dernières forces Luna qui faiblissait et qui avait dû l'achever avec la Jeep. Rouler sur ce corps qui refusait de rendre les armes et l'écraser jusqu'à le faire disparaître dans le sable. À présent il allait brûler, comme celui de Paul Demora, se consumer et flamber avec les arbres jusqu'à se confondre avec le sable et la terre noire.

Luna coupa ses mèches jusqu'à la dernière.

Sa chevelure pâle gisait à présent sur le sol à côté des ciseaux rouillés.

Elle se contorsionna pour contempler sous toutes les coutures son crâne pelé. Des plats, des méplats ternes, des creux brillants que la lumière des bougies caressait en un ballet mouvant. Un rictus découvrit ses dents éclatantes. Elle n'avait jamais pensé qu'un crâne, son crâne, fût aussi bosselé.

« C'est les diables, dit la voix de Toine, c'est eux qui veulent sortir de ta tête... Ne les laisse pas sortir. Pas avant d'en avoir fini. »

Elle s'attarda avec curiosité sur son image méconnaissable. Puis elle nettoya avec un peu d'alcool la plaie de son oreille gauche. Un des sept anneaux qui s'y trouvaient disposés en couronne avait été arraché par la furie. Luna n'avait pas cherché à le retrouver : dans cette immense zone sablonneuse, c'était peine perdue. Un coagulum s'était formé mais le sang suintait encore et Luna faillit s'évanouir sous la brûlure du liquide qui abrasait la blessure comme de l'acide.

Au petit matin, Luna sortit dans la fraîcheur qui hérissa la peau de son crâne dépouillé. Elle huma longuement les senteurs piquantes de résine et quelques relents de fumée froide et rentra dans la maison pour y prendre un grand chapeau de paille noire jeté entre les pattes du taureau de bois. Elle vérifia la solidité des contrevents clos et tira derrière elle la porte qui grinça. Les vantaux de bois remis en place, elle ferma d'un claquement sec le gros verrou, seul objet neuf au milieu de ce décor à l'abandon. D'un regard circulaire, elle s'assura qu'elle ne laissait derrière elle aucune trace de sa visite.

La rosée mouilla le cuir fauve de ses bottines en y laissant des marques noires. Le grondement rauque de la Jeep fit s'envoler une colonie d'aigrettes occupées à picorer les vermisseaux que la fraîcheur avait fait sortir du sol par des trous minuscules. La barre sombre des pins semblait coupée en deux par une chape de brume au ras du sol. Les cimes immobiles effleuraient le ciel pâle, statues vigilantes et mornes.

À cinq heures, Luna quitta la vieille maison.

8

Lyon. Hôtel de police.

— Dix-neuf heures trente, murmura Marion, c'est juste avant l'heure qu'a donnée la « Roulotte ». À une demi-heure près.

— À un litron près, ajouta Talon. Je vois où vous voulez en venir, patron.

— Tant mieux. La visite de cette fille blonde à Marie-Sola Lorca est probablement la clef de l'histoire.

Après sa disparition, les enquêteurs avaient retrouvé tous les effets personnels de Marie-Sola Lorca dans la chambre 315 à l'exception de son sac à main et de la clef de l'hôtel. La robe noire et sa cravate d'hermine, les vêtements et les papiers sur lesquels elle travaillait avaient été déposés dans le bureau de Marion, examinés avec soin et, depuis la veille, placés sous scellés après l'ouverture d'une instruction judiciaire par un juge lyonnais. Ils voisinaient avec les quelques affaires, elles aussi saisies et scellées, découvertes dans la chambre de Manuel Bianco et qui n'avaient pas encore été déposées au greffe du tribunal.

Marion déballa un des paquets entouré d'une ficelle et déplia le vêtement de Nylon d'un blanc sale où était accrochée une étiquette jaune. Il y était indiqué qu'il s'agissait d'un blouson de femme de marque K-way, taille 36, usagé. Talon, en enquêtant auprès du fabricant, avait établi que ce vêtement de pluie était un modèle ancien que la marque ne produisait plus depuis 1983. Marion l'étala sous le nez de Conception Mirales qui, son service achevé, avait consenti à les suivre jusqu'à l'hôtel de police.

La femme pencha la tête de côté, indécise.

Marion s'éloigna d'elle, le vêtement tendu à bout de bras. Puis, comme Conception hochait toujours la tête sans répondre, elle se décida brusquement et l'enfila par-dessus son débardeur.

Le blouson la serrait un peu, elle fit quelques pas avec, tournant sur elle-même. Talon gardait le silence.

— Oui, c'est possible, murmura Conception. Je suis pas sûre. Où vous l'avez trouvé ?

La femme d'étage dardait sur Marion un regard ruisselant de curiosité. Elle prenait un plaisir manifeste à l'aventure même si le départ de Lavot, parti pour son rendez-vous, la privait d'un facteur d'excitation supplémentaire.

Marion ne répondit pas tout de suite. Que pouvait-elle dire à un témoin encore inconnu ? Le K-way dont elle était pour l'heure revêtue et dans lequel elle transpirait avait été retrouvé dans la chambre de Manuel Bianco, abandonné au pied du lit. Avant d'être placé sous scellés, il avait été épluché, aspiré, décortiqué. Le contenu de ses poches et des coutures exploré dans le détail. L'I.J. y avait découvert des fibres, des matières géologiques, des poils et des résidus poussiéreux colorés identifiés comme des grains de pollen, abondants et variés.

— Je ne peux pas vous le dire, soupira Marion en se défaisant du vêtement. Talon, vous avez noté la réponse de madame Mirales ?

Le lieutenant acquiesça en passant un doigt sur son front pour y essuyer quelques traces d'humidité. Il fit asseoir Conception Mirales en face de lui. Marion leur tourna le dos, saisit un à un les sachets contenant les pièces à conviction, récapitulant en silence ce que ces découvertes avaient pu apporter à l'enquête.

Le vêtement de marque K-way en était la pièce maîtresse. Mais il y avait aussi des éléments pileux en abondance, de provenances diverses. Plusieurs cheveux longs que les examens avaient attribués à un individu probablement de race blanche. Déduction tirée de l'examen microscopique de la section transversale du cheveu, ovale chez les Blancs, ronde chez les Jaunes... Les spécialistes ne pouvaient en tirer aucune indication de sexe mais par leur longueur, leur finesse et leur texture, il existait une probabilité de les attribuer à une femme. Ils possédaient une pigmentation très faible comme ceux d'une personne âgée ou d'un individu à la carnation très claire. L'absence de bulbes indiquait qu'ils étaient tombés spontanément et interdisait l'établissement d'une formule génétique, pourtant largement utilisée par les techniciens. Marion l'avait regretté même si le docteur Marsal prétendait que la technique des bulbes n'était pas encore très au point, contrairement à la recherche faite à partir de l'A.D.N. du sang, du sperme ou de la salive.

Elle se livra à un travail minutieux de mémoire puis laissa vagabonder son imagination tandis que lui parvenaient vaguement les échanges intermittents de Talon et de Conception Mirales. Avant de mourir, Manuel Bianco avait consommé de l'alcool et une grande quantité de Témesta. On n'avait retrouvé aucun verre, flacon ou récipient, aucun résidu, aucune empreinte digitale exploitable dans sa chambre. Pas de témoin fiable dans les autres chambres de cet établissement pouilleux, plus proche du squatt que de l'hôtel.

Enfin, et ce n'était pas le moins intéressant, Bianco avait eu un ou plusieurs rapports sexuels avant sa mort. Marion ne put s'empêcher de rapprocher les deux séries de constatations effectuées sur les deux scènes de crime. Si les liens entre Manuel et Marie-Sola Lorca ne faisaient aucun doute, leurs morts paraissaient être également reliées par de mystérieux paramètres dont l'un au moins se dessinait sous les formes d'une jolie fille aux cheveux blonds.

Plus tard, dans le silence relatif de la bâtisse en partie désertée, Marion se replongea dans la procédure pour en débusquer les plus infimes secrets. Malgré la rigueur et la méthodique exploitation des indices, il restait des zones mal élaguées, des points obscurs. Il manquait encore les conclusions des analyses du laboratoire de police scientifique sur le contenu des poches du coupe-vent. Une partie du personnel non policier était en grève depuis plusieurs semaines, retardant la remise des résultats. De plus, les recherches sur les pollens avaient dû être sous-traitées, faute pour le labo de disposer des moyens et de la documentation nécessaires. Les enquêtes effectuées par les gendarmes de Saint-Sever et les policiers de Dax dans l'environnement de Manuel Bianco et Marie-Sola Lorca n'avaient pas été déterminantes. Les conclusions en étaient sommaires comme si les « locaux » ne pouvaient imaginer de relier ces morts, survenues si loin, à « leur » région. Marion en ressentait une insatisfaction tenace. De nombreuses questions l'assaillaient et même si, dans l'immédiat, il était indispensable d'interpeller de nouveau maître Lemoine comme témoin susceptible de corroborer les dires de Conception Mirales et d'apporter quelque éclairage encore inconnu sur la vie, les habitudes et les fréquentations de sa maîtresse et de son étrange client, elle eut la certitude que la solution était ailleurs. Elle quitta son bureau, rejoignit Talon occupé à agrafer des procès-verbaux. Elle se planta en face de lui, massa ses tempes comprimées par la chaleur étouffante que la nuit n'apaisait pas.

— Talon ?

Sa voix était un peu cassée. La fatigue, l'été exténuant n'y étaient pas pour rien. L'officier leva la tête.

— Je me demandais... Qu'est-ce que ça vous dit, à vous, la tauromachie ? La corrida ?

Talon haussa les épaules. Il ne savait pas. La fatigue accusait ses traits comme elle avait dessiné des cernes mauves sous les yeux de Marion. À cette heure de la nuit, Talon n'avait plus d'idée sur rien.

9

Les Landes de Gascogne.

Abel Lafon arpenta d'un pas vif les quelques dizaines de mètres inaccessibles en véhicule, même tout-terrain, qui conduisaient au carré de pins, source momentanée de ses soucis. Un fouillis de hautes bruyères, d'ajoncs et de ronces dans lequel un incendie s'était déclaré trois jours plus tôt, un feu vite maîtrisé mais dont Abel ignorait encore les causes. Mégot de cigarette, étincelle produite par un véhicule à moteur ? Comme dans toutes les forêts de résineux, le feu était un casse-tête de chaque instant pour le conseiller municipal chargé de veiller sur les quelques milliers d'hectares de forêt communale et domaniale, un petit morceau du parc naturel des Landes de Gascogne.

Parvenu au cœur du problème, l'homme se pencha, observant attentivement les résidus des arbres calcinés et les traces sombres des fougères anéanties par le feu et piétinées par les pompiers. Le périmètre concerné n'était pas très grand, deux cents mètres carrés peut-être, trois cents tout au plus, mais c'était plus fort que lui, Abel détestait ce spectacle de désolation. Cette terre, cette forêt où il était né, c'était chez lui, c'était lui tout entier et chaque fois le feu l'atteignait intimement, comme une offense grave à son amour pour ces arbres.

Abel souleva la casquette de marin qui ne le quittait jamais d'une saison à l'autre, s'épongea le front tout en remontant le cercle de troncs noircis.

Ira, sa jeune chienne pointer, incommodée par les émanations tenaces de bois brûlé, s'ébrouait à intervalles réguliers en faisant claquer ses muscles.

La chaleur de l'été avait jauni les fougères autour de la zone calcinée, mais plus loin, dans le sous-bois intact, les bruyères panachaient déjà leurs teintes délicates du blanc à peine rose au violet profond.

« L'automne sera précoce », pensa Abel Lafon.

Il prit des repères, mesura quelques fûts, avec des gestes sobres, exécutés machinalement, constatant que cette partie de la forêt aurait supporté un débroussaillage. Il trouva l'épicentre de l'incendie et l'examina avec soin. La plupart du temps, la foudre était à l'origine du feu. L'éloignement du lieu du sinistre de toute zone habitée le conforta dans cette idée. Les orages avaient abondé au cours des dernières semaines, la foudre avait dû tomber par là, allumer un foyer qui avait couvé plusieurs jours avant de se déclarer, attisé par un coup de vent ou par la sécheresse persistante. Il chercha sans succès le pin « marqué » par la foudre pour preuve de son hypothèse, bouscula de sa botte quelques tas d'aiguilles et de pommes de pin amassées par les arrosages violents et massifs des unités de défense forestière contre les incendies. Si les pompiers avaient déserté les lieux après une surveillance continue de deux jours, c'est qu'il n'y avait plus le moindre risque de reprise du feu. Rassuré, il regarda sa montre. Midi. Son estomac grogna. Abel pensa au steak qui l'attendait, au petit vin blanc et à la tarte aux cerises qu'il avait vue sortir du four avant de partir en forêt. Il chercha Ira des yeux, l'appela brièvement. Le bois désert et silencieux lui renvoya l'écho assourdi de sa voix. Il ne perçut aucun des mouvements familiers du pointer qu'il héla encore en se dirigeant vers son vieux Toyota tout-terrain garé sur le pare-feu.

— ... Ra... Ra ! Ici, ma fille ! On s'en va ! Viens, fille, viens !

Dérouté par le silence, il s'arrêta net. La chaleur gonflait l'air autour de lui. Il s'épongea de nouveau le visage, garda quelques instants à la main sa casquette avec laquelle il s'éventa en soufflant. Indécis, il embrassa d'un regard circulaire les grands pins maritimes reproduits à l'infini et figés dans la torpeur de la canicule. Le ciel était d'un bleu cru mais des nuages se formaient au ras des cimes, du côté de l'océan. Un autre orage était en route.

Irrité par les fugues à répétition de sa chienne, il revint sur ses pas, en direction de la zone où le feu avait été le plus intense. Il buta sur un obstacle dur enfoui sous des débris d'écorces et de fougères calcinés, siffla trois coups brefs et stridents pour faire revenir la vagabonde. Posant les yeux sur l'obstacle, il se pencha pour toucher ce qu'il prit pour un morceau de bois à la forme inhabituelle et torturée. Il eut un haut-le-corps en constatant que ce qu'il tenait n'était pas un bout de bois mais un pied.

Un pied humain noirci par le feu.

Le corps d'Abel se couvrit d'une sueur froide, la forêt aux couleurs tendres lui parut soudain sombre, hostile et glacée. Avec précaution et une incontrôlable répulsion, il dégagea les débris qui recouvraient un corps noir marbré de couleurs allant du bleu sombre au vert, couché sur le dos, recroquevillé sur lui-même, les bras serrés contre le torse, les mains à hauteur d'un appareil génital mâle partiellement préservé du feu. La tête avait beaucoup souffert, le mort exhibait une bouche sans lèvres béant sur des dents charbonneuses et des globes oculaires vides.

Désemparé, Abel tourna un moment autour du cadavre en se remémorant des bribes de recommandations qu'il avait entendues à la télévision : il ne fallait pas détruire les traces, ne toucher à rien. Avec un haut-le-cœur, il pensa qu'il serait bien incapable de toucher à cette... chose. À court d'idées, il décida d'aller prévenir les gendarmes.

Loin de lui, beaucoup plus loin, un petit cri de chien émergea, entre la joie, l'excitation de la découverte et l'inquiétude. Un aboiement ravi, aigu et bref, un appel qui signifiait : « Viens voir ce que j'ai trouvé. »

« Elle a dû tomber sur un lapin ou un lièvre, se dit Abel à présent plus dérouté qu'agacé, ou un chevreuil peut-être », bien que l'heure rendît improbable cette supposition.

Abel savait que si sa chienne n'obéissait pas aux injonctions de son maître, cela signifiait que l'animal détecté n'était pas « parti ». S'il n'allait pas lui-même la chercher, il pourrait l'attendre longtemps, aussi longtemps que le chasseur et sa proie resteraient face à face, à guetter la première défaillance de l'autre pour attaquer, s'enfuir ou renoncer.

Bouleversé par sa découverte et pressé de se décharger sur d'autres du poids qui lui broyait la poitrine, Abel se mit en route à travers les hautes fougères où subsistaient des traces de foulage des pompiers. Il progressa rapidement, empruntant une coulée faite par les chevreuils dont les sabots pointus avaient enfoncé les herbes dans le sol au lieu de les aplatir comme l'auraient fait des pieds humains. Les jappements excités de la chienne le conduisaient vers un bouquet d'arbres, des feuillus drus, vert clair et or, anachroniques dans l'uniformité sombre des pins.

Le deuxième cadavre gisait à vingt mètres de là au bord d'un trou d'eau responsable de la coulée verte au milieu des résineux.

Nu comme un nouveau-né, il était couché sur le ventre, les bras étendus dans l'eau rare et verdâtre, les jambes maigres jointes et tendues en arrière comme celles d'un plongeur. La tête disparaissait presque sous les herbes de la rive dont les bords sablonneux et mous cédaient sous son poids. Un nuage de mouches grondait autour de lui, se disputant la place avec rage.

Incrédule, Abel Lafon resta d'abord pétrifié, puis jura tout bas. En état de choc, il se décida à faire quelques pas en direction de cet autre mort. Des bataillons de fourmis avaient investi les chairs molles dont la couleur, à cause de la chaleur et de la putréfaction, avait viré au brun clair marbré de sombre.

De la tête, en partie immergée dans une vase épaisse, ne subsistait que la peau du crâne aux cheveux ras et quelques lambeaux de chair autour d'une denture en bon état, découverte jusqu'aux gencives presque transparentes. Les insectes avaient envahi et vidé les cavités naturelles où des colonies de fourmis rouges luttaient pied à pied avec des armées de larves. Abel s'avança et se pencha, faisant fuir une grosse araignée. Un anneau minuscule brillait à ce qui subsistait du lobe de l'oreille gauche du cadavre. Abel, au bord du malaise, remarqua les hanches étroites et les fesses musclées, les jambes et la taille fines. Son regard remonta vers le buste, il murmura : « C'est pas vrai ! » en se redressant. Ce qu'il avait d'abord pris pour le dos d'un jeune garçon, à cause des cheveux très courts et des formes androgynes, dissimulait à peine des seins de belle taille dont il vit bien qu'il s'agissait de vrais seins. Des seins de femme sur un buste étroit d'adolescente.

Abel se gratta le crâne où perlaient sans relâche de grosses gouttes de sueur qui dégoulinaient le long de ses joues et dans son cou sans qu'il songeât à les essuyer. Il se demanda qui pouvait être cette jeune fille qu'il ne reconnaissait pas et comment il allait se débrouiller de ce double problème inattendu. Il trouva soudain saugrenue son idée d'être venu là ce matin, crétine sa conscience professionnelle de défenseur de la forêt. Il songea fugitivement, avec un léger remords à cause des deux cadavres oubliés dans la forêt, au repas dont la perspective venait de reculer brutalement.

La puanteur l'assaillit comme une vague, son estomac se noua et c'est d'une voix enrouée qu'il rappela Ira. La chienne continuait à tourner autour du cadavre, aboyant sans discontinuer en une parodie de danse macabre.

10

Lyon. Hôtel de police.

— Non mais comment tu tiens ça ? C'est pas un balai !

Talon, muni d'un club de golf, faisait face à Lavot et, souple sur ses jambes écartées, tentait de l'initier à des gestes mystérieux que l'autre s'appliquait à reproduire. Ce qui lui donnait l'air d'un crapaud à l'affût ou d'un humanoïde très constipé.

— Comme ça ? questionna Lavot en tendant un peu plus les fesses en arrière.

Comme toujours maître de lui, Talon posa son propre club et contourna Lavot pour se placer derrière lui. Il était beaucoup plus petit et il dut se coller à son collègue pour saisir le club de golf que celui-ci tenait maladroitement entre ses jambes raides comme des baguettes de tambour. Ce contact arracha un sursaut à Lavot.

— Ça va ! s'exclama Talon, t'excite pas ! T'es pas mon genre.

Lavot avança par réflexe le bas de son corps pour échapper à une sensation qui lui répugnait vaguement. Le bruit courait que Talon aimait les garçons et Lavot songea qu'à la vérité il ne lui connaissait pas de relations féminines. Amoureuses ou non. D'instinct, il gagna encore quelques millimètres.

— Mais non, te redresse pas !

Dans le même temps, il s'empara de ses mains pour lui faire rectifier la position. Lavot frémit, révulsé par le contact de mains d'homme, moites et rêches.

Ils se tenaient au milieu du bureau 312, un de ceux du groupe criminel de la police judiciaire : Lavot avec ses cheveux noirs trop longs et ses Ray-Ban, son jean trop serré et un tee-shirt blanc qui dessinait soigneusement son torse large et un léger empâtement au niveau de la ceinture, Talon avec ses lunettes rondes, ses cheveux coiffés avec soin en arrière et son polo Lacoste vert pâle irréprochable.

— Fais chier, merde, marmonna Lavot.

Agacé, il envoya un coup de club rageur dans la balle qui gicla en direction de la porte au moment où celle-ci s'ouvrait. Cabut aperçut le tableau insolite que composaient ses deux collègues en même temps que la petite balle blanche percutait violemment son épaule gauche. Il poussa un hurlement sauvage en refluant précipitamment dans le couloir.

— Bande de cinglés, cria-t-il en se massant l'épaule, vous voulez me tuer ou quoi ?

Alertée par le remue-ménage, Marion s'annonça sur le seuil du bureau voisin sur la porte duquel le brigadier Potier, responsable du matériel, avait depuis peu fixé une plaque : « Bureau du commissaire Edwige Marion ».

Marion avait trouvé l'initiative aussi ridicule que son prénom, caprice d'une mère qui cultivait la nostalgie de théâtres où elle n'avait jamais mis les pieds, mais Potier avait des choses à se faire pardonner depuis la mort tragique de l'inspecteur Joual[1] et, en

1. Voir *Le Sang du bourreau,* J.-C. Lattès.

signe de bonne volonté à son égard, elle l'avait laissé faire.

— Tiens, Cabut ! s'écria-t-elle, je vous croyais encore en vacances ! Vous en faites du bruit ! Il y a des gens qui travaillent ici !

— C'est la meilleure, s'offusqua Cabut dont le crâne dégarni avait pris une belle teinte de brique mal cuite, c'est moi qui vais me faire engueuler maintenant ! Ces deux... sauvages ont tenté de m'assassiner !

D'un ample signe de tête circulaire et vague, il désignait l'étage, l'immeuble même tant il semblait scandalisé par ce qu'il avait subi. Marion fronça les sourcils, se pencha pour regarder dans le couloir désert, derrière le lieutenant Cabut dont le pantalon gris débordé par une bedaine précoce tire-bouchonnait sur des chaussures de toile bordeaux.

L'été avait vidé les bureaux, il régnait dans l'hôtel de police un calme relatif, en tout cas Marion aurait juré qu'il n'y avait personne dans les parages.

— Dites donc, Cabut, dit-elle en mettant les poings sur les hanches, vous n'auriez pas abusé du soleil par hasard ?

— C'est ça ! se récria l'intéressé, je suis cinglé, alors qu'il y a là deux malades qui ont failli m'éborgner !

Dans le bureau, Lavot et Talon ne purent contenir plus longtemps leur fou rire.

— En plus ils se paient ma tête ! Vous savez ce qu'ils font, alors que vous les croyez en train de travailler ? Ils jouent au golf !

— Dans le bureau ? s'exclama Marion, je ne vous crois pas !

Elle était elle-même près d'exploser de rire devant la tête courroucée de Cabut dont les sourcils en bataille se rapprochaient dangereusement, signe chez lui d'une grande colère.

— Ne faites pas cette tête ! dit Marion en ouvrant grande la porte. Ils sont pas mignons tous les deux ?

— Je suis mort de rire ! marmonna Cabut décidément de mauvaise humeur.

Lavot fonça sur Cabut à qui il plaqua un gros baiser sur son front bronzé :

— Tu sais que t'es beau, ma biche ?

— Imbécile ! s'écria Cabut en s'essuyant vivement le front comme s'il avait été mordu par un animal venimeux.

Lavot sourit, tandis que Talon se hâtait de ranger sa panoplie de golfeur, gêné d'avoir été surpris par Marion en flagrant délit de récréation. Malgré la fenêtre ouverte, il régnait dans le bureau une chaleur suffocante, les chiches courants d'air ne parvenant qu'à agiter de la poussière sèche qui se collait aux peaux moites.

De la cour de l'hôtel de police montaient les bruits habituels de portières qui claquent, de deux tons mourant dans l'air brûlant, d'interpellations et de coups de gueule énervés.

— Vous êtes déjà en roue libre tous les deux ? s'étonna Marion.

Talon bredouilla une vague explication en regagnant son bureau sur lequel une pile de paperasses menaçait de s'effondrer :

— J'aimerais bien ! dit-il d'une voix raffermie, presque agressive, en désignant le tas de dossiers.

— C'est sûrement en golfant que vous allez en venir à bout, gronda Marion. Vous n'êtes pas sérieux !

Talon se rebiffa :

— On n'a pas arrêté depuis ce matin, même pas pris le temps de déjeuner...

— Même pas, appuya Lavot, et ça fait une semaine qu'on tire des sonnettes toute la journée. Si vous voyiez mes pieds !

— Merci non ! s'exclama Marion.

— Cabut va nous donner un coup de main...

— C'est ça ! Je passe dire bonjour — je signale pour ceux qui l'ignorent que j'ai encore une semaine de vacances à prendre —, « on » essaie de me tuer, « on » ne s'excuse même pas et il faudrait que je donne un coup de main. Pas question !

Au fond de la pièce, la sonnerie du fax retentit. Talon se précipita vers l'appareil coincé entre une étagère bourrée de dossiers et deux plants de cannabis séchés. Cabut alluma une cigarette en engageant une conversation animée avec Lavot. Marion faisait demi-tour pour rejoindre son bureau quand Talon l'interpella :

— Attendez patron ! c'est un fax du labo...

Il déchira le papier d'un geste sec dès qu'il eut fini de se dérouler et entreprit de le lire. Marion tendit la main :

— Je vous en prie, Talon...

Il lui remit le fax en soupirant et s'assit derrière son Mac à côté duquel trônait une imprimante flambant neuve, à peine plus grosse qu'une boîte à chaussures.

— Dis donc, apprécia Cabut, tu investis... J'ai pourtant entendu le patron dire qu'on aurait du matériel informatique à la rentrée.

Lavot se renfrogna :

— C'est bien ma veine ! Déjà que j'ai horreur des machines à écrire.

— Vous vous y mettrez, assura Marion, le nez sur le fax. Comme Cabut avec les autopsies, c'est le premier pas qui coûte.

L'intéressé marmonna qu'il n'avait pas plus envie de se mettre à l'informatique qu'au découpage de chairs mortes, deux activités qui lui répugnaient à égalité.

Marion les interrompit.

— Passionnant ! On l'a attendu longtemps ce rapport mais ça valait la peine.

Le document détaillait les différents éléments découverts dans les poches et les coutures du vêtement de marque K-way taille 36, découvert dans la chambre de Manuel Bianco. Il y avait du sable, une sorte de fine poussière foncée, presque noire, très riche en fer. Un matériau sablonneux qui constitue la base géologique des Landes de Gascogne. Déduction tirée de la provenance de la victime, après comparaison avec d'autres sources géologiques. S'y trouvaient également des poils de chenilles, un parasite bien connu des résineux. *Des Thaumetopoea pityocampa* ou chenilles processionnaires du pin qui passent l'hiver dans des nids hermétiques, de vrais fours solaires formés en septembre ou octobre après la ponte du *Dendrolinus pini,* le papillon responsable. Leurs œufs résistent à tout : aux chocs, aux écarts de température, entre – 80 °C et + 60 °C. Au printemps, elles descendent en procession pour s'enfouir dans le sol en chrysalides avant la nymphose. Au cours de leur passage à l'air libre, elles libèrent des milliers de poils urticants qui se dispersent à tous les vents. Cette transhumance se fait au printemps.

— Des chenilles processionnaires et des pins... C'est un arbre courant dans les Landes de Gascogne, il me semble.

— Bien sûr, renchérit Talon, le massif forestier des Landes est le plus grand d'Europe. Un million d'hectares. Essentiellement constitué de pins maritimes plantés à l'époque de Napoléon III qui en a profité pour créer un réseau d'assainissement de cette lande insalubre en faisant creuser des fossés.

— Bianco a dû apporter ce vêtement dans ses bagages, commenta Cabut, logique.

— Ou bien c'est la fille blonde..., dit Marion qui,

devant l'air largué de Cabut, se mit en devoir de lui donner les explications qui lui faisaient défaut.

— On peut savoir la suite ? s'impatienta Talon que démangeait l'envie d'arracher à Marion le papier qu'elle triturait tout en parlant.

Elle se mit à lire à haute voix la seconde moitié du rapport du laboratoire de police scientifique sous-traité à l'Institut de paléontologie humaine de Paris, département palynologie, pour la partie relative aux pollens.

— *Parmi les éléments organiques poudreux examinés, trois types ont pu être isolés :*

1) Une très faible quantité de grains de pollen provenant de gymnospermes reconnaissables à la forme subsphérique de leur noyau flanqué de deux ballonnets. Taille : 70 microns en moyenne. Calotte épaisse à réseau fin. Ballonnets de forme globuleuse à mailles grandes et irrégulières parfois ouvertes. Il s'agit de pollen de Pinus pinaster, *communément nommé pin maritime...*

2) Une très abondante quantité de grains de pollen de structure morphologique identique à la précédente mais de taille très inférieure : entre 40 et 50 microns. Le corps est de forme ellipsoïde aplatie, la calotte épaisse et non boursouflée. Les deux ballonnets ont une forme subsphérique, réseau régulier à mailles moyennes en surface. Il s'agit de grains de pollen de Pinus sylvester *communément nommé pin sylvestre.*

3) Des grains de pollen d'angiospermes. Grains ronds ellipsoïdes sans ballonnets. Trois sillons visibles sur la périphérie permettant la fécondation. Petites verrues protubérantes sur la surface. L'examen en coupe de la forme et la structure de la petite dentelle autour du noyau permettent de préciser qu'il s'agit d'une espèce à feuilles caduques. Taille moyenne des grains : 30 microns. Quercus pubescens *ou* Quercus rubra. *Communément nommés chêne commun ou chêne rouge d'Amérique.*

Marion releva la tête, perplexe. Les trois officiers se taisaient, attendant la suite.

— Quel charabia ! proféra enfin Lavot.

— En effet, admit Marion, mais nous sommes à présent fixés : les secrets de ce vêtement ne sont sûrement pas ici. Peut-être dans la région des Landes. Talon, vous annexerez ce rapport à la synthèse demandée par le juge. Je lui porterai le tout ce soir.

— Il me manque encore le rapport d'autopsie de Marie-Sola Lorca, objecta l'intéressé. Je l'ai réclamé deux fois au doc, mais il paraît qu'il est débordé lui aussi...

— Merde, s'exclama Lavot en se frappant le front du plat de la main, j'ai oublié de vous dire, patron ! le... doc a téléphoné. Il voulait que vous passiez le voir.

— Et ça remonte à quand cet appel ? demanda Marion, pincée, à la semaine dernière ?

— Non, non, à ce matin !

— Qu'est-ce qu'il voulait, Marsal ?

— Je suis pas dans le secret des dieux ! se récria Lavot qui ne vouait pas un amour immodéré au médecin légiste. Il avait l'air tout excité.

— Excité ! s'étonna Marion, c'est un scoop ! Ce serait bien la première fois !

— Il y a peut-être eu un accident d'avion et cent cinquante cadavres à découper, ricana Lavot. Y a que ça qui l'excite !

Marion se dirigea vers la porte, suivie de près par Cabut, morose.

— Eh bien, lui dit-elle une fois dans le couloir, vous vous ennuyiez à ce point en vacances ?

Cabut se renfrogna, l'air chagrin. Trois semaines plus tôt, il était parti, enthousiaste, pour une croisière en Méditerranée, flanqué d'une jeune femme très amoureuse avec laquelle il avait entretenu, à Paris et avant sa mutation en province, une relation houleuse, vaguement masochiste, entrecoupée de scènes déchirantes et de retrouvailles torrides.

— Elle m'a quitté, dit Cabut sombrement, le regard sur ses chaussures. Pour le cuisinier du bateau. Un Black en plus, je me demande ce qu'elles leur trouvent. Elle a terminé la croisière dans les cuisines. Et moi je ne pouvais même pas me tirer de ce fichu barlu... J'ai dû supporter le spectacle jusqu'au bout. Boire le potage jusqu'à racler le fond du bol avec les dents...

Marion eut une ébauche de sourire entre tristesse et nostalgie. Elle évoqua fugitivement Benjamin, son fiancé canadien qu'elle n'avait pas vu depuis...

« Hou, là, là, pensa-t-elle sans joie, une éternité. » Benjamin Bellechasse qui était reparti pour le continent nord-américain lui écrivait souvent de longues lettres dans lesquelles il racontait les forêts d'érables, le Grand Nord canadien. Son père adoptif avait sombré dans la sénilité après la disparition de sa femme, et Benjamin avait repris l'affaire familiale de négoce de bois. Le temps d'y mettre de l'ordre et de la vendre. Il y avait trouvé un bonheur inattendu et voilà qu'il bâtissait des projets autour de cette nouvelle vie dans laquelle — ses lettres tendres en témoignaient — il incluait Marion. Elle allait partir là-bas pour un mois de vacances, ensuite... Elle savait qu'il ne reviendrait pas vivre en France, qu'elle devrait se décider, choisir.

Partir ? Tirer un trait sur sa vie d'ici ?

« Choisir c'est renoncer... », murmura une petite voix qu'elle aurait bien aimé faire taire. Marion respira pour chasser la boule qu'elle sentait se former dans sa gorge, convaincue, au fond d'elle-même, qu'elle n'était pas prête à faire ce choix.

Elle se planta devant Cabut, le forçant à la regarder :

— Une croisière est une épreuve impitoyable, je vous avais prévenu. Mais il vaut mieux qu'elle vous quitte maintenant... Ne regrettez rien, Cabut, cette fille ne vous mérite pas. Oubliez-la !

— J'essaie, ronchonna Cabut, mais cette fois j'y croyais... Je projetais de la faire venir ici. Elle-même était d'accord, elle parlait de maison, d'enfants...

Il s'insurgea :

— C'est terrible de ne pouvoir dominer ses pulsions ! Elle est complètement soumise à sa sexualité, folle de son corps. Les femmes sont toutes les mêmes, d'ailleurs...

Marion s'abstint de commenter. Cabut était à vif, le chagrin et la colère se disputaient la place et qu'aurait-elle pu lui dire ? Qu'il avait cette femme dans la peau parce que précisément elle était ce qu'elle était, qu'il y avait des milliers de femmes ordinaires avec lesquelles il ne risquait pas ce genre de pépin mais avec lesquelles il s'ennuierait comme un rat mort. Que la passion et l'amour sont douloureux, toujours. Elle dit simplement :

— Elle reviendra. Elle a besoin de sensations fortes, de danger. Plus elle vous manque et plus vous la voulez.

— C'est dur de se retrouver seul, murmura Cabut d'une voix tremblante.

— Je sais, dit Marion avec un petit sourire triste. Mais ça ne sert à rien de vous lamenter. Ou vous attendez qu'elle en ait assez de son cuistot des îles ou vous allez la chercher par la peau des fesses. Parce que si je comprends bien, ça ne doit pas être le genre violon-bouquet de fleurs. Il lui faut du hard.

Le teint de Cabut s'enflamma tandis que son regard prenait du champ. Il s'agita comme s'il s'y voyait déjà puis tout aussi brusquement, il renonça, abattu :

— Ça ne marchera pas. C'est une panthère, vous savez.

Marion reprit avec plus de douceur :

— Allez, mon vieux, courage, nous sommes là, non ?

— Justement, je voulais vous demander...

Marion entra dans son bureau, une pièce exiguë, sans aucun objet personnel, sans photos, sans tableaux sur les murs d'un jaune administratif pisseux mais encombrée d'un invraisemblable bric-à-brac qui débordait des tiroirs et de l'armoire-bibliothèque à laquelle, faute de pouvoir s'en approcher, aucune main n'avait accordé le moindre coup de chiffon depuis des mois. La main sur le téléphone, elle attendit, observant Cabut qui se dandinait dans l'embrasure de la porte.

— Bien sûr, dit-elle, devinant ce qu'il allait demander, vous pouvez reporter votre dernière semaine de vacances... Il y a du travail ici...

— Merci, souffla Cabut sans bouger, mais...

Marion désigna du menton la pièce voisine d'où elle percevait le son étouffé des voix de Talon et Lavot qui avaient de toute évidence repris leur partie de golf :

— Ne vous en faites pas, ils ne sauront rien...

Elle refoula d'un geste la reconnaissance de Cabut puis elle appela le médecin légiste.

11

Les Landes. Domaine des Chartreux.

Luna arriva à la *ganaderia* vers sept heures. Le soleil déjà haut dans le ciel cognait sur les prairies des Chartreux jaunies par la sécheresse. Elle arrêta sa Golf blanche sur l'esplanade après avoir franchi l'imposant portail surmonté d'un fronton en arc de cercle sur lequel s'étalait le nom du domaine : « Lorca ». Sur chacun des piliers, le fer de la ganaderia, un J et L entrelacés, annonçait la couleur du propriétaire. Deux têtes de bovins réduites aux ossements indiquaient avec ostentation l'activité du *cortijo.* Le domaine...

Luna observa avec acuité la grande bâtisse ocre aux contrevents de bois d'un rouge sombre, sanguin, encore fermés malgré l'heure. Elle vit les selles posées sur des trépieds devant la porte, sous l'auvent ombragé d'une vigne ancienne à laquelle se mêlait une glycine touffue au tronc tourmenté. Pas un mouvement, pas âme qui vive, seulement, au loin, de brefs beuglements énervés et quelques hennissements inquiets. Des appels d'animaux que l'on a oubliés.

Luna noua le ruban noir qui maintenait en place le grand chapeau posé sur son crâne rasé, se mordit la lèvre inférieure et s'avança sous l'auvent, laissant grande ouverte la portière de la voiture.

Il faisait presque froid dans la maison silencieuse. Éblouie par le soleil de la cour qui rendait plus dense l'obscurité du vestibule, Luna heurta quelques objets. Elle jura en traversant le hall au fond duquel s'amorçait une volée de marches de pierre tapie dans la pénombre. Un bref regard à la tête naturalisée du grand toro noir dont le nom, « Catalan », gravé en lettres d'or sur un socle de bois, luisait faiblement, et elle pénétra dans la grande pièce commune. Haute comme la nef d'une cathédrale, la salle était ceinte à mi-hauteur d'une galerie protégée par des balustres de bois ouvragé. Dans la partie haute, les murs disparaissaient sous les livres et les tableaux représentant des hommes portant béret et moustache sévère, des femmes brunes coiffées de bandeaux plaqués à leurs fronts austères. Et des taureaux, encore des taureaux. Solitaires ou en groupe, des photos de dépouilles sans oreilles devant lesquelles des matadors pavoisaient, des têtes naturalisées au regard vide, des articles de presse encadrés et jaunis relatant de triomphales corridas... Luna contempla la table monumentale qui, en bas, occupait presque tout l'espace. Elle était encore dressée, encombrée de bouteilles vides et des reliefs d'un repas qui avait dû rassembler une douzaine de convives.

Les yeux clos, Luna les entend parler et rire.

Ils rient en commentant la tienta *de l'après-midi, à moins que ce ne soit une de ces corridas privées, interdites, qu'organise le maître parfois... Ils rient en buvant, ils rient fort et gras. Les hommes, les vachers, les* péons. *Les valets et les amis, excités par l'alcool et la chaleur, serrés autour du maître assis au bout de la table, un gros cigare entre ses doigts épais. Debout près de lui, une main posée sur son épaule, en une attitude amicale et déférente à la fois, il y a Manuel Bianco, dit Manolito, la tête levée, le torse bombé.*

Sous ses paupières serrées, elle voit au-dessus d'elle, dans la galerie, entre la tête d'un frère de Catalan et une lointaine aïeule du maître, le fenestron obturé d'un rideau de dentelle, les petites filles accroupies serrées l'une contre l'autre tandis que derrière elles craque le grenier aux ombres hostiles.

Elle voit le maître. Et la femme à genoux devant lui, magnifique avec sa jupe de coton rouge et son caraco de dentelle tendu par des seins plantureux et blancs, ses longs cheveux défaits masquant un visage rosi par la boisson, ses hanches épanouies agitées d'une houle grandissante. Et les hommes rient plus fort, excités soudain.

« Amusez-vous ! Profitez d'elle ! Elle est à vous », dit le maître. Un des hommes s'avance, des banderilles bleu et rouge à la main. Elle ne distingue pas son visage malgré ses efforts. Il danse, tourne sur lui-même, ivre et énervé. Il a sur la tête la montera des toreros. Entre ses cuisses moulées par le pantalon brodé, la bosse du sexe grossit. La femme crie, rit en même temps, retrousse sa robe. Les globes pâles de ses fesses dévoilées tranchent sur le noir de la culotte. Les cuisses épaisses étranglées par l'élastique des bas s'écartent tandis que l'homme à la montera s'approche en titubant, tendu vers elle. Dans le grenier, la petite fille ferme brutalement la bouche de sa compagne pour museler le cri et la peur. Elle sent encore contre sa paume la tiédeur des lèvres et le léger choc des dents nacrées qui mordent sa chair, elle a encore sur la langue le goût de son propre sang tandis qu'elle lèche comme un petit chat les plaies minuscules.

Luna réprima un hoquet qui fit monter de la bile dans sa bouche. Elle frissonna et ouvrit les yeux, contemplant, hébétée, le décor vide autour d'elle. Les images oubliées revenaient de plus en plus souvent, à présent qu'elle était installée ici. Elles se mélangeaient aussi jusqu'à ce qu'elle ne puisse plus trier entre les souvenirs longtemps enfouis et les cauchemars qui la terrifiaient, chaque nuit ou presque. Et ces visages qui se cachaient encore obstinément ! Ils reviendraient, elle le savait, comme étaient apparues les gueules de Manolito, Paul Demora et de Marie-Sola dont la seule évocation la faisait trembler de haine tandis que se mélangeaient dans sa tête les voix qui réclamaient vengeance.

Luna se remit en marche, automate silencieux.

José Lorca, le maître, était assis au fond de la pièce, immobile dans son fauteuil de bois sombre sculpté à l'espagnole, la tête appuyée au dossier haut ajouré et orné d'arabesques complexes, le regard fixe.

Luna s'approcha de lui à pas glissés, précautionneux, comme si elle eût craint de le réveiller. Elle nota qu'il portait sa tenue de cheval, les bottes de cuir brun, le pantalon noir et la chemise blanche sans col, à manches larges et plastron plissé, froissés et défraîchis comme s'il avait passé la nuit avec, des cernes bistres sous les yeux. Elle s'arrêta près de lui sans qu'il parût s'apercevoir de sa présence, posa une main fine et légère sur la chevelure dense, blanche et bouclée. Le maître ne cilla pas mais un soupir tendu, gémissement hésitant, sortit de ses lèvres entrouvertes. Luna s'agenouilla devant lui, dénoua avec lenteur le ruban noir, retira son grand chapeau de paille molle qu'elle posa sur les carreaux de terre vernie. Le regard de José Lorca s'abaissa, il tendit la main vers la tête rasée sans y prêter attention, la caressa machinalement, s'arrêtant comme par mégarde sur les plaies où le sang avait séché en formant des excroissances, des aspérités douloureuses qu'il grattouilla d'un ongle distrait. Luna grimaça tout en le laissant faire.

Il parut chercher son souffle au fond de son torse large pour parler et Luna sut ce qu'il allait dire.

— Elle est morte, murmura-t-il.

Sa voix résonna étrangement fort dans la grande salle vide. Luna prit la main du maître, y frotta son museau, sa bouche aux lèvres pleines, son nez délicat, ses paupières aux longs cils sombres, huma sur elle l'odeur des bêtes et de la sueur rance.

— Marie-Sola, ma petite, dit-il encore. Elle est morte... Je les ai renvoyés, tous.

— Je sais, dit Luna en l'entourant de ses bras si minces et si forts.

— Où étais-tu ? demanda l'homme, d'une voix lointaine.

— Chez mon père, chuchota Luna. Viens !

Grisée par sa capacité à mentir, à s'inventer un père — mais inventait-elle vraiment ? —, elle le souleva sans effort, l'entraîna dans les profondeurs de la maison. Il se laissa conduire comme un enfant jusqu'au grand lit flanqué aux quatre coins de colonnes de bois où elle le fit s'allonger. Elle le dévêtit. Puis elle retira sa longue robe de coton noir sans un mot, le regard rivé sur le maître nu, la gorge râpée par la jubilation.

Les yeux clos, le maître souffrait, le maître avait mal mais il n'était pas encore au paroxysme de son calvaire.

Sur le ventre de Luna, entre le nombril minuscule et le mont de Vénus bombé et enfantin, les yeux de rubis du taureau doré émirent un bref éclat, comme un signal menaçant. La main du maître se propulsa en avant, crocha dans le sexe épilé. Luna gémit, prononça dans sa tête le nom de « Toine », plusieurs fois, comme lorsque dans la solitude de sa chambre, après sa mort, elle essayait, les paupières serrées à s'en éclater la rétine, de retrouver les éblouissements magiques que lui procuraient les doigts du garçon, légers comme des lucioles.

Une nausée lui emplit la bouche, âcre et sauvage. Luna serra les dents, si fort qu'elle les entendit grincer dans le silence de la chambre du maître. Elle se laissa glisser pour échapper à la main qui la fouillait sans précautions et s'évanouit sur le carrelage.

12

Lyon. Institut médico-légal.

— Seigneur tout-puissant, s'exclama Marion, quelle horreur !

Elle se laissa tomber sur une chaise et, en un geste familier, renversa la tête en arrière pour trouver un peu d'air. Ou effacer de sa mémoire ce qu'elle venait de voir. Le bureau du docteur Marsal, contrairement à la morgue et aux salles d'autopsie voisines, n'était pas climatisé et il y régnait une température infernale alourdie par les relents de chairs mortes et de formol. Par la vitre qui séparait le bureau de la première salle, Marion aperçut Marcel occupé à laver à grande eau les résidus d'une récente opération de découpage du légiste. Il lorgnait la jeune femme avec son habituel regard plein de sous-entendus. Marion le soupçonnait d'inavouables perversions tant il paraissait prendre de plaisir au contact des cadavres qu'il manipulait à longueur de temps.

Marsal et Talon, nullement incommodés par l'atmosphère détestable, examinaient une série de clichés en échangeant quelques considérations techniques.

Elle ferma les yeux. Les images de l'homme représenté sur les photos, couché en position fœtale dans la nature, les gros plans du corps calciné, des blessures qui avaient provoqué sa mort et de celles qu'il avait subies post mortem se télescopaient sous ses paupières closes. « Encore un, pensa-t-elle avec amertume, encore un corps martyrisé... »

— Ça ne va pas, commissaire ? s'inquiéta Marsal.

— Mais si, sursauta Marion, c'est cette chaleur... « On » aurait pu climatiser votre bureau, c'est insupportable !

— Manque chronique de crédits, dit Marsal, abrupt. Alors, qu'en pensez-vous ?

Marsal désignait les photos d'un signe de tête. Son visage aigu agrémenté de lunettes aux verres troubles luisait, de même que son crâne dégarni paré de taches de rousseur et de quelques touffes de cheveux gris, raides comme les poils d'une balayette.

— Je pense que c'est moche. Très, très moche. D'ailleurs vous n'avez que des trucs moches à nous montrer. De plus en plus moches.

— Mais commissaire, c'est votre destin ! Vous n'aviez qu'à faire un autre métier.

Marion observa le légiste : il était dans un bon jour. Un de ceux où il avait trouvé un os à ronger, ce qui, dans sa position, ne manquait pas de saveur...

Au téléphone il s'était montré énigmatique, jubilant. À présent, à sa manière vaguement perverse, il jouait avec ses nerfs. Bien que morte de curiosité, elle choisit la stratégie du silence afin de ne pas renforcer le médecin légiste dans sa conviction déjà bien ancrée qu'il était un génie.

Elle se leva, passa les pouces dans la ceinture de son pantalon de toile beige froissé par la chaleur et la transpiration.

Marsal jeta un regard perçant au décolleté de la jeune femme et à ses bras musclés de sportive :

— Vous n'avez pas bonne mine, commissaire...

vous êtes blanche comme une endive. Et trop maigre. Vous travaillez trop la nuit et vous ressemblez de plus en plus à mes allongés.

Marion ignora l'allusion et le coup d'œil en dessous du médecin légiste.

— O.K., docteur ! soupira-t-elle. Ça vous démange, alors dites-le-moi : c'est quoi, ces photos ?

— Peut-être l'occasion de vous faire prendre des vacances et des couleurs...

Marion l'interrompit, à bout :

— Je suis censée partir dans une semaine justement ! J'ai dix rapports d'enquête à terminer et je prie le ciel vingt fois par jour pour que les voyous de la ville soient tous allés se faire prendre ailleurs... Je vous en prie...

Elle avait failli dire : « ne me faites pas perdre mon temps... ».

Marsal soupira, un sourire léger étira ses lèvres minces tandis qu'il pointait un index court et effilé sur les photos étalées au milieu de piles de dossiers et d'autres clichés de corps torturés :

— Cet homme a été découvert il y a moins d'une semaine dans le parc naturel des Landes de Gascogne. Vous connaissez la région ?

Marion s'exhorta au calme malgré l'agacement qui l'envahissait comme une bouffée de chaleur.

— Non, dit-elle presque doucement, et ce n'est pas dans mon programme immédiat. Je vais au Canada m'enivrer de grands espaces, respirer les forêts d'érables et les Grands Lacs et dormir, loin de vos... allongés.

— Vous avez tort, insista Marsal avec une drôle de mimique, c'est une région de France qui vaut le détour et où il fait beau aussi, en tout cas l'été. Il y a la mer, la forêt, le vin, la bonne chère...

— On dirait un dépliant touristique, vous êtes payé par l'office du tourisme ?

Ignorant la moquerie, Marsal précisa qu'il ne pouvait que connaître une région dont il était originaire.

— Je suis né à Hossegor, au sud du massif forestier des Landes.

Puis il sauta du coq à l'âne avec brusquerie :

— Où en êtes-vous de votre enquête sur l'ancien torero ?

— Je vous demande pardon ?

Marion le contempla, médusée. Marsal utilisait sa stratégie favorite : la dérouter avec ses sautes d'humeur, son caractère emporté et sa suffisance affectée. Pour montrer qu'il était le patron chez lui. Ce qui était partiellement vrai car c'était un bon légiste. « Quel vieux cabotin insupportable ! » songea-t-elle.

Il revint à la charge :

— Manuel Bianco Manolito, si vous préférez. Vous avez progressé ?

— Mais enfin, docteur ! protesta Marion, sur la défensive. Qu'est-ce que vous allez chercher ? Vous vous prenez pour le juge d'instruction, le directeur de la P.J. ?

Talon ne pipait mot mais son regard vif allait de Marsal aux photos.

— Ça y est, j'y suis ! Regardez, dit Talon.

Il rapprocha deux photos particulièrement éloquentes. Marion ne voyait pas très bien où ils voulaient en venir mais elle eut une intuition brutale. Elle soupira puis martela, l'air détaché :

— Manuel Bianco et l'homme des Landes ont été tués de la même façon ! Je ne me trompe pas, docteur ?

Marsal hocha la tête, une lueur d'intérêt perçant à travers ses lunettes aux verres troubles. Il attrapa derrière lui une liasse de papiers de taille inégale qui s'enroulaient sur eux-mêmes : un fax découpé à la hâte qu'il tendit à Marion sans un mot. Talon se pencha sur son épaule, elle sentit son souffle chaud dans son cou et sans qu'elle pût se l'expliquer, ce détail l'irrita. Elle se détourna avec brusquerie et se mit à lire, le dos appuyé à la paroi vitrée.

Quand elle eut terminé, elle passa la liasse à Talon sans le regarder, sûre qu'elle lirait des reproches dans ses yeux marron.

— Pigé, dit-elle sobrement. Alors ?

Les mains dans le dos, Marsal se mit à arpenter son bureau, slalomant entre les tas de dossiers empilés dans tous les coins. Le légiste était réfractaire à l'informatique et une partie de la mémoire de son service était là, par terre, dans ces douze mètres carrés.

— Le cadavre que vous voyez sur les photos a été découvert à l'issue d'un incendie de forêt. Il n'est pas exclu de penser que c'est sa crémation qui a enflammé les résineux et que, sans un hasard complaisant et une intervention rapide des services de lutte contre l'incendie, on n'aurait retrouvé que des fragments épars de ses ossements. Dans dix ou vingt ans peut-être ou bien jamais. Les prédateurs à poil et à plume et les fourmis auraient nettoyé le chantier avant que quiconque n'ait eu l'idée de le chercher dans ce coin perdu de la forêt landaise. Premier constat : il a subi des mutilations relevées notamment sur les parties du corps non exposées au feu. Deux : ces blessures ont été pratiquées ante mortem. Les plaies sont rétractées et la présence de quelques caillots indique un début de coagulation. Trois : la crémation était destinée à faire disparaître un cadavre, autrement dit l'homme était déjà mort quand on lui a mis le feu. La blessure qui a entraîné le décès a été provoquée par un objet tranchant qui a pénétré dans le dos entre la 3e et la 4e côte, dans le quart supérieur gauche de la cage thoracique. La lame a éraflé la 4e vertèbre cervicale, provoquant une déchirure du tissu conjonctif... Elle a perforé le poumon gauche et sectionné l'aorte, déclenchant une hémorragie foudroyante. Le corps du sternum porte une large incision et le cartilage costal entre le sternum et la 5e côte a été partiellement tranché, ce qui démontre que le coup a été porté à l'horizontale ou quasiment.

« Dans la partie supérieure dorsale du tronc, protégée du feu par le sol sablonneux sur lequel il était couché, six blessures ont été localisées, identiques à celles que j'avais observées, sans en situer l'origine, sur votre vieux torero. Regardez !

Marsal souleva un épais dossier d'où il extirpa d'autres photos, en noir et blanc et en couleurs. « Manolito » y exhibait ses formes empâtées par l'âge et le manque d'exercice, une peau jaunâtre, granuleuse et gonflée par les abus de table. Marion revit en un éclair l'autopsie de l'ancienne gloire de la tauromachie, découvert un matin dans une chambre d'hôtel d'une ville sans arènes où il n'aurait jamais dû se trouver.

Le légiste tapota de ses petites mains — des mains d'enfant, disait Marion — un cliché montrant le dos du cadavre et six blessures boursouflées dont il était difficile d'estimer par quoi elles avaient été provoquées.

— La logique de ces blessures nous a échappé puisque nous n'avons su en déterminer ni la nature ni la cause, reprit Marsal en s'éventant avec la photo, mais, confrontés au deuxième corps, nous pouvons émettre une hypothèse : ces blessures ne sont pas le fait du hasard. Qu'observez-vous, commissaire ?

Le ton quelque peu pédagogique du docteur Marsal portait sur les nerfs de Marion qui faillit lui dire qu'elle n'était pas une de ses étudiantes. Elle se contint pourtant, plus intéressée par ce qu'il disait que par les formes qu'il y mettait.

Le médecin avait placé la photo du torero à côté de celle qui représentait le dos du cadavre découvert dans les Landes. Marion se pencha :

— Même nombre de blessures, même forme, dit-elle, studieuse malgré elle. Blessures cruciformes de un à deux centimètres de profondeur selon les parties du dos plus ou moins charnues où elles ont été exécutées. Bords des plaies boursouflés, les chairs ont été arrachées comme avec un tire-bouchon...

— Exact, approuva Marsal. Le torero a succombé à une blessure par arme blanche qui a transpercé son cou, sectionné la carotide avant de buter sur la deuxième vertèbre cervicale. Hémorragie massive et foudroyante. Les six blessures du dos ont saigné, elles ont donc été infligées avant la blessure décisive.

— Je vois quand même une logique dans ces six blessures ! remarqua Marion. Elles sont groupées deux par deux !

Le légiste approuva d'un vigoureux coup de tête.

— Tout à fait d'accord avec vous ! Et c'est en comparant les deux séries de photos que cette logique devient éclatante...

Marion observa longuement les clichés, essayant d'imaginer ce qui avait bien pu arriver à ces deux hommes. Le mort des Landes ne ressemblait plus à un homme, avec la boule noire qui lui tenait lieu de tête et ses membres squelettiques recouverts d'écailles sombres. Pourtant il avait eu une vie, un métier, des enfants. Elle se dressa : le doc avait dit qu'on l'avait trouvé dans les Landes de Gascogne. Encore les Landes !

— Au fait, docteur ! l'apostropha-t-elle.

Mais Marsal lui tournait le dos, digressant avec Talon sur un sujet qui paraissait passionner l'officier.

— Parfaitement, un ou plusieurs rapports sexuels..., dit le médecin. Je ne sais plus si je vous l'ai dit, mais les examens du sperme de Manuel Bianco découvert sur son lit et les prélèvements effectués post mortem révèlent une azoospermie.

— Non, s'irrita Marion, vous ne nous l'avez pas dit. Et comme vos rapports se font attendre depuis quelque temps...

Marsal haussa les épaules :

— Ça n'a sans doute pas une importance capitale pour la suite de votre enquête, mais savez-vous...

Marion se mit soudain à le détester. Elle sut qu'il avait envie de marquer un point, que cela lui serait facile vu qu'elle-même était flic, pas médecin.

— L'importance ou la non-importance, c'est moi qui en juge, dit-elle sèchement. Quant à cette absence de spermatozoïdes dans le sperme, était-elle naturelle ou provoquée ? Je veux dire : Manuel Bianco avait-il subi une vasectomie volontaire ?

Le regard de Talon, embusqué derrière ses lunettes rondes, allait de son commissaire au légiste et il se dit que Marion venait de bluffer Marsal. Ce dernier sourit, beau joueur, mais ne put s'empêcher de récupérer la situation à son avantage :

— Bravo, commissaire, je constate qu'à force de me fréquenter, vous finissez par acquérir quelque savoir...

Comme Marion s'avançait pour lui arracher les yeux, il se hâta d'ajouter :

— Pas de vasectomie. Une azoospermie congénitale. Ce n'est pas un cas rare...

Il ricana :

— Et ce n'est pas héréditaire...

Marion leva les yeux au ciel.

— Et l'autre, celui de la forêt ? s'enquit-elle sans commenter le mauvais calembour.

Marsal s'agita :

— Impossible de démontrer s'il y a eu rapport sexuel avant la mort : il a été découvert plusieurs jours — entre quatre et cinq — après le décès. La crémation et la putréfaction rendent caduque toute recherche d'émission séminale ante mortem. Et comme il y a tout lieu de penser qu'il n'a pas été tué à l'endroit où on l'a découvert...

Marion s'appuya des deux mains contre le bureau encombré de Marsal :

— Mais dites-moi, docteur, comment votre confrère de Bordeaux a-t-il eu l'idée de vous faxer ce rapport d'autopsie et de vous expédier ces photos ?

Marsal sourit légèrement en remontant ses lunettes sur son nez :

— Une idée à moi. Vous avez vos fichiers et vos banques de données criminelles. Les légistes n'ont pas l'habitude de ces méthodes et n'échangent que peu d'informations en dehors de congrès ennuyeux et de revues qu'ils entassent la plupart du temps sans les lire. J'ai tenté une expérience après le meurtre de Manuel Bianco.

— Vous avez décrit « votre » cadavre à votre collègue de Bordeaux et il avait justement le même qui traînait dans un frigo...

Marsal s'épongea le front en exhalant un soupir irrité.

— J'ai fait passer une circulaire à mes confrères, pas seulement à celui de Bordeaux mais également à tous les autres. Cette mort et ce type de blessures m'intriguaient. C'est un cas original, peu commun. Quand le légiste de Bordeaux a autopsié son client de la forêt, il a réagi tout de suite. J'ai comparé les données observées au cours des deux autopsies.

— Et vous en concluez ?

— À mon avis, ces deux hommes ont été exécutés de la même façon...

— Par la même personne ?

— Ce n'est pas ce que j'ai dit, rétorqua Marsal. Ce n'est pas impossible, remarquez, mais ce sera à vous de le démontrer. J'en arrive à une autre hypothèse : ces blessures ressemblent à une sorte d'exécution... rituelle. Vous avez noté la symétrie des blessures du dos dans les deux cas. Pour moi, elles ne sont pas le fait du hasard, de même que les mutilations qui, elles aussi, ont un sens. Ce que nous avons pris pour des maladresses ou de l'acharnement gratuit dans le cas de Manolito et l'œuvre des charognards et du feu sur celui des Landes procède en fait du même rite : on leur a *coupé* les oreilles, délibérément. On leur a planté des trucs dans le dos pour ensuite les arracher violemment. Ils ont dû souffrir terriblement avant d'être achevés d'un coup de rapière décisif.

— Je n'y connais rien, murmura Marion, mais ces blessures groupées par deux, ces mutilations et la mise à mort d'un coup de lame... Ça me fait penser à...

— La corrida, commissaire, la corrida.

13

Lyon. Hôtel de police.

Marion fit pivoter son fauteuil de cuir noir décoloré, étendit les jambes devant elle jusqu'à toucher de ses pieds l'appui de la fenêtre ouverte. Elle se laissa aller au fond du siège, ferma les yeux. Un rayon de soleil levant, faufilé entre une cheminée et la méga-antenne des transmissions de la P.J. plantée au-dessus d'un mât de 40 mètres, frappa son visage en y décalquant les croisillons de la grille, noire de poussières collées par la pluie et la pollution. Une torpeur bienvenue se glissa le long de son dos noué de fatigue, détendit ses doigts, décrispa la tension dans sa nuque. Elle se rêva pieds nus, les chaussures à la main, les bas de pantalon relevés, au bord de vagues écumantes mourant sur un sable éblouissant, les cheveux agités par un vent tiède et salé. Une porte claqua quelque part derrière le soleil, elle sursauta, au seuil de l'endormissement.

Une odeur de café frais l'éveilla tout à fait.

Le fauteuil pivota dans l'autre sens. Cabut, Lavot et Talon, alignés comme des petits soldats à la revue, attendaient son bon vouloir, des gobelets de carton à la main.

— Je suis crevée, dit-elle en bâillant.

Elle huma le liquide chaud dans le verre posé devant elle en murmurant un « merci » inaudible.

— Ça va ? insista-t-elle devant l'absence de réaction de ses hommes.

Talon et Lavot se mirent à parler en même temps :

— Patron, on voulait vous dire. Le golf dans le bureau... C'était une connerie. On n'aurait pas dû.

— J'ai dit quelque chose ? s'étonna Marion.

Ils s'entre-regardèrent, ennuyés. Cabut sirotait son café, pas concerné, pas ennuyé non plus. Tranquille et sûr de lui, savourant une petite vengeance facile.

Marion se mit debout. À cause des 35 degrés ambiants, elle avait exceptionnellement troqué son incontournable jean contre une jupe courte qui dénudait ses jolies jambes musclées quoiqu'un peu pâles encore. Lavot, qui triturait un coup-de-poing américain, une de ses plus récentes prises de guerre, ne put se défendre d'un regard connaisseur. Cabut haussa les épaules en le traitant entre ses dents de « maquignon ».

Marion se planta devant la fenêtre, les mains dans le dos, le visage sérieux.

— Poursuivre l'enquête ici ne nous mène nulle part, nous n'avons pas le moindre début de commencement de piste. Notre tueur n'est pas d'un genre connu par ici et la mystérieuse fille que nous cherchons est sans doute repartie depuis longtemps. Nous devons explorer ailleurs. Si j'en crois l'hypothèse du docteur Marsal, le tueur, cette fille ou quelqu'un d'autre, aurait pu sévir dans le sud-ouest de la France et le seul lien entre ces faits nous parle de tauromachie. Nous ne sommes pas en présence de meurtres de type compulsif mais d'une série d'actes obéissant à une logique rituelle. Puisque de toute évidence, nous sommes bloqués, ce matin, j'ai vu le juge d'instruction ainsi que le directeur. Ils se sont rendus à mes arguments : l'enquête doit être poursuivie dans le Sud-Ouest. J'ai une commission rogatoire. *Je* pars dans une heure.

Elle fit une pause pour évaluer l'effet de sa décision. Ses hommes observèrent un silence consterné.

— J'ai eu un entretien téléphonique avec mon collègue de la P.J. de Bordeaux, le commissaire Cadaux, de la brigade criminelle, qui enquête sur le mort de la forêt landaise. Le corps a été découvert dans une zone située au nord du parc naturel des Landes de Gascogne, au fond du bassin d'Arcachon, à cent kilomètres de Dax où vivait la victime, un certain Paul Demora qui a disparu un dimanche après-midi à l'entrée des arènes dacquoises où allait se dérouler...

Elle s'interrompit pour ménager son effet. Le vrombissement d'une grosse mouche bleue perturba un instant l'attention de ses vis-à-vis. L'insecte se posa sur le front couleur brique de Cabut qui l'envoya valser d'une claque rageuse, avant d'allumer une cigarette.

— Une corrida ! reprit-elle. Il s'y est volatilisé jusqu'à ce qu'on le retrouve calciné dans la forêt avec ses trous dans le dos et ses oreilles tranchées. Revoilà donc Dax où vivait Manuel Bianco avant ses exploits lyonnais. À proximité de cette localité, je vous le rappelle, la famille de Marie-Sola Lorca est implantée sur un millier d'hectares composés de forêt pour une partie, de prairies pour le reste. Le père, José Lorca, est éleveur-reproducteur de bovins et de chevaux. Après vérifications, j'ai appris qu'entre autres bovins, il produit, devinez quoi ? Des taureaux de combat ! Ceux qu'on envoie mourir dans l'arène...

— L'enquête des gendarmes n'en a pas fait état, objecta Talon, la voix rauque.

— Justement, fit la jeune femme sans sourire, c'est bien ce qui me gêne. Je redoute qu'ils n'aient omis d'autres détails de ce genre.

— Ces choses-là font partie de leur vie, de leur culture, les défendit Cabut. Ils ne l'ont peut-être pas fait exprès.

— Raison de plus pour aller leur ouvrir les yeux.

Elle se tenait à contre jour, et les trois officiers en pleine lumière lui livraient, sans pouvoir rien en dissimuler, l'intégralité des sentiments qui les agitaient. Elle se dirigea vers la porte :

— Cabut, vous m'accompagnez. Faites préparer la voiture, plein d'essence, niveaux. Et n'oubliez pas le matériel d'usage : armes, matériel de transmission, boîte de réactifs « stupes », une trousse I.J. de première urgence, etc, etc. J'ai horreur de m'occuper de ces questions. Je gère le dossier, les paperasses. Soyez prêt dans une heure et préparez-vous à conduire, je déteste ça aussi.

La porte claqua derrière elle.

— Putain, je savais que cette partie de golf était une connerie, explosa Lavot. Talon, on sent le gaz ou quoi ?

— Plaignez-vous ! rétorqua Cabut. Vous allez partir en vacances.

— Et si elle a des problèmes là-bas ?

— Arrête de fantasmer ! T'es pas le seul flic de la planète, si ?

— Peut-être pas, mais quand ça merde on est bien content de le trouver, Lavot !

Sans un mot, Talon fit demi tour et quitta la pièce, l'air malheureux mais décidé : il n'était pas question que Marion parte seule avec Cabut. Son stage de golf lui sembla tout à coup une idée stupide, chère et sans le moindre intérêt. Il fit une sortie digne mais dès qu'il se trouva hors de la vue des deux autres, il se mit à courir pour rattraper Marion.

14

Bordeaux. Hôtel de police.

Ils arrivèrent à Bordeaux en début de soirée, liquéfiés, épuisés par la chaleur, excédés par les embarras de la circulation.

— J'espère qu'on va bouffer autre chose que des casse-dalle de station-service, maugréa Lavot, j'ai jamais rien avalé de plus dégueulasse.

— Tu parles, renchérit Cabut, c'est le pire repas de toute ma vie.

Marion haussa les épaules en se tournant vers Talon, absorbé par la conduite de la Renault.

— Ça va, Talon ? Vous êtes comme moi, vous vous fichez de ce que vous mangez !

— C'est-à-dire que là, tout de suite, je conduis, mais je ne dirais pas non pour un petit cassoulet...

— Pourquoi un petit ? se récria Lavot. Une énorme marmite de cassoulet.

— Par cette chaleur ! soupira Marion en consultant le plan de la ville déployé sur ses genoux, dites-moi que je rêve ! Et puis le cassoulet c'est à Toulouse qu'on le mange, pas à Bordeaux. Tournez à droite, Talon !

Ils s'engagèrent dans la rue Castéja, une artère

étroite et sombre rendue plus sinistre encore par les hauts murs de l'hôtel de police noir et massif.

— C'est là, dit-elle, on va rentrer dans la cour.

— C'est pas gai ! constata Cabut. Cette ville est noire, vous avez remarqué ?

Marion tendit sa carte tricolore au planton en indiquant qu'elle avait rendez-vous avec le commissaire Cadaux.

— Ça m'étonnerait qu'il soit encore au service à cette heure, dit le gardien qui propulsait en avant une cinquantaine bedonnante et un fort accent régional.

— C'est à cause de la pierre..., affirma-t-elle tandis que le planton s'éloignait pour se renseigner.

De l'arrière du véhicule, Lavot et Cabut la dévisagèrent, ahuris.

— La pierre, insista Marion, la ville est noire à cause de la pierre poreuse qui avale toute la pollution. On a beau la nettoyer, elle ne reste jamais claire très longtemps.

— Vous êtes déjà venue ici ? s'exclama Cabut.

— Non, j'ai lu.

— En tout cas, c'est moche, conclut Lavot, définitif.

— Si vous n'arrêtez pas de râler, vous faites demi-tour, gronda la jeune femme. Je veux bien vous emmener avec moi, pas vous traîner. D'ailleurs on reste à Bordeaux le temps de s'informer et ensuite on file vers le sud. Ce soir nous serons dans la forêt...

Les hommes observèrent un silence prudent. Ils ne souhaitaient pas s'exposer à un accès de mauvaise humeur de Marion qui se montrait taciturne depuis qu'elle avait décidé d'emmener toute son équipe, cédant aux arguments de Talon. Talon qui n'avait pu s'empêcher de l'énerver juste après, quand ils l'avaient trouvé sur le trottoir devant son domicile, disparaissant presque derrière deux gros sacs.

— Tu vas où comme ça? avait ironisé Lavot. Tu t'es engagé pour le Camel Trophee? T'as pas oublié les rations de survie au moins?

Sans un mot, Marion avait ouvert le coffre de la voiture, désigné tour à tour l'espace réduit réservé à Talon et le barda qu'il entendait y installer :

— Vous avez droit à un sac, le plus petit. Dépêchez-vous de choisir sinon on part sans vous.

Le choix avait dû être terrible car durant les cent premiers kilomètres Talon avait boudé, faisant et refaisant sans cesse l'inventaire de ce qui allait lui manquer : casquettes, chapeaux, crème antimoustique, crème solaire...

— Vous pensiez peut-être aller à la plage? s'était offusquée Marion.

Le planton revenait sans se presser, son visage rubicond luisant de sueur sous la casquette. Il se pencha vers Marion :

— C'est bien ce que je disais, il est parti. Vous pouvez revenir demain matin, à partir de neuf heures.

Marion n'en croyait pas ses oreilles. Elle insista :

— Est-ce qu'il y a un permanent? Je veux le voir!

Le gardien hocha la tête :

— Il est sorti aussi, il a une affaire. Il planque sur un racket à ce qu'on m'a dit. Demain matin, vous les trouverez, madame le commissaire.

— Charmant accueil, marmonna Lavot, je sentais bien que c'était naze! Chapeau, votre collègue Cadaux. Si j'osais, je dirais que ça ne doit pas en être un...

— Un quoi? demanda Cabut, ingénu.

— Un cadeau, banane! Et d'ici à ce qu'il n'y ait même pas de cassoulet à becqueter...

— Bonjour la nuit dans la forêt, insinua Cabut.

— Je trouve ça quand même cavalier, s'en mêla Talon, nous donner rendez-vous et filer à l'anglaise...

— Ça suffit ! cria Marion, si fort que le planton sursauta.

Il fit demi-tour comme si tout cela ne le concernait pas. Marion sortit de la voiture, livide de colère. Elle l'apostropha :

— Espèce de mal élevé ! Des collègues qui viennent de faire six cents bornes dans un four, ça vous dit quoi ? Rien ?

Le gardien revint sur ses pas, l'air ennuyé, entaché d'un soudain zézaiement :

— Z'y suis pour rien, patron, faut pas vous en prendre à moi ! Si vous voulez ze peux vous indiquer un hôtel où ze suis sûr qu'y a encore de la place.

Marion lui tendit sans un mot un bout de papier sur lequel il griffonna une adresse. Elle claqua sèchement la portière de la Renault sans le regarder. Au sortir de la cour presque déserte à cette heure, elle ne put s'empêcher d'imiter le gardien zézayant

— Ze suis sûr qu'y a de la place...

Ce qui fit hurler de rire les trois autres en libérant Marion de sa soudaine montée de stress, de sa colère abrupte. Lavot jura de se venger sur le cassoulet, Cabut sur le vin de Bordeaux tandis que Talon essayait de repérer le chemin de l'hôtel, devant lequel ils cessèrent brusquement de plaisanter.

— Ze suis sûr qu'y a de la place, murmura une fois de plus Marion en considérant la façade décrépite du Cantabile, un établissement sordide situé en bordure de la rocade qui menait, par centaines à la minute, des automobilistes pressés sur l'autoroute des vacances.

Trop épuisés pour chercher ailleurs, les trois hommes s'entassèrent dans une chambre, laissant Marion s'installer seule dans l'autre. En compensation, elle prit la chambre sur rue, ce dont elle devait se maudire tout au long d'une interminable nuit où elle eut l'impression de camper au bord d'un circuit de formule 1, furieuse contre les habitants de cette région qu'elle avait imaginée plus amicale.

Même la recherche d'un restaurant « typique » avait tourné au fiasco. Au bout d'une heure, affamés, ils s'étaient rabattus sur une pizzeria où faute d'une révélation culinaire ils avaient trouvé de quoi se nourrir. Lavot et Cabut s'étaient jetés sur le chianti, ce qui avait considérablement arrangé leur moral.

Marion était retombée dans un silence lointain, picorant distraitement dans son assiette. Elle leva tout à coup la tête d'un mouvement brusque :

— Je me demande si Cabut n'a pas raison quand il dit que Bianco a apporté ce K-way avec lui à Lyon.

— Un vêtement trop petit pour lui? s'empressa Talon avec effort car lui aussi semblait fatigué. Pour quoi faire?

Marion haussa les épaules. Son expérience des hommes et de la vie lui en avait appris beaucoup sur leurs défauts, leurs travers et pire encore...

— Je ne sais pas. Fétichisme. Superstition. Les gens se baladent avec des trucs incroyables et je pense que les toreros sont très portés sur les porte-bonheur, les grigris. Ce vêtement a peut-être appartenu à une amie, une maîtresse, sa mère...

Mais Talon n'y croyait guère.

— Le vêtement contenait des éléments naturels récents qui laissent à penser qu'il servait de façon habituelle et pas comme un objet qu'on transporte dans une valise pour le toucher de temps en temps ou l'avoir près de soi. Je vous rappelle aussi qu'aucun de ces éléments ne se retrouve dans les vêtements personnels de Bianco ni sur lui. Or le pollen, par exemple, on en traîne partout, dans les cheveux entre autres.

— C'est exact. Mais j'ai du mal à croire que quelqu'un ait fait tout ce chemin pour tuer Bianco et probablement aussi Marie-Sola Lorca. Une fille blonde vêtue d'un vieux K-way...

Marion repoussa son assiette. Elle avait trop chaud, pas faim. Quelque chose la dérangeait, une langueur inconnue lui vrillait les reins et une oppression tenace lui bloquait le sternum. L'origine en était bien sûr les contrariétés successives de la journée achevée en apothéose bordelaise mais il n'y avait pas que cela. Elle s'était vue une heure plus tôt au milieu de la chambre décatie du Cantabile, à présent dans une pizzeria au décor froid, et elle se demandait ce qu'elle faisait là. « Je deviens maniaco-dépressive, s'inquiéta-t-elle en aparté, une heure je ris, une heure je déprime... » Elle en profita pour se lamenter sur son sort un court instant, le temps de se dire qu'elle était, sans raison valable, très malheureuse. Bien sûr il y avait eu la voix triste de Benjamin au téléphone quand elle lui avait annoncé la mauvaise nouvelle. « Je ne peux pas venir, Benjamin, une affaire inattendue... » Mais ce qui la dérangeait le plus, c'était sa propre réaction, plus proche du soulagement que du regret. « Je l'aime moins, se dit-elle, amère. Le crépuscule de l'amour, déjà... » En d'autres temps d'amour, elle n'aurait pas baissé les bras aussi facilement, elle se serait arrangée, elle aurait trouvé une solution pour rejoindre son amant, coûte que coûte, même pour un jour, une nuit... Elle se prit à regretter que les couleurs de la passion pâlissent aussi vite et qu'un simple coup de fil sonne le glas de sentiments qu'elle avait crus inébranlables.

— Pourquoi pensez-vous que ce vêtement a transité par la région des Landes ? s'enquit Talon, inquiet de lire de la nostalgie sur le visage de son commissaire. Le pollen de pin, les poils de chenilles, on peut en trouver ailleurs. Il suffit d'un arbre, d'une chenille...

Marion n'était jamais abattue très longtemps, surtout quand il s'agissait de boulot. Elle secoua la tête avec vigueur :

— La quantité importante de pollen trouvée dans

les poches indique la proximité d'une grande quantité d'arbres producteurs de cette substance à la période de pollinisation. Un million d'hectares de forêt, cela produit un raz de marée jaune qui envahit jusqu'aux maisons landaises. Ces pluies polliniques durent plusieurs semaines, elles recouvrent tous les chemins d'une couche de poussière jaune de plusieurs millimètres. Il y en a en suspension dans l'air, des nuages se forment au-dessus des arbres, c'est impressionnant.

— Quelque chose vous chagrine, patron, à propos de ce pollen ! affirma Talon.

— Justement oui. Ce qui me chagrine ce n'est pas le pollen, ce sont *les* pollens, corrigea Marion. Le travail d'expertise est remarquablement complet... Les observations n'autorisent pas à conclure avec certitude mais les comparaisons effectuées nous permettent de formuler une hypothèse. Que dit le rapport ? Que plusieurs différences existent entre les deux espèces de pins comme la structure de leurs grains de pollen et la période à laquelle ils fleurissent. Le pin maritime fleurit en mars, le pin sylvestre plus tard, vers mai-juin, ce qui explique qu'on ait trouvé ce pollen en abondance dans les poches du K-way. Sur la base de l'observation statistique de la taille moyenne des grains, il nous indique en effet la prédominance quantitative d'un pollen de pin sylvestre dans les poches du vêtement. Si celui-ci est bien venu des Landes de Gascogne, on devrait y trouver le pollen de pin maritime en majorité puisque la totalité du massif en est constituée. Or le pollen dominant découvert dans le vêtement provient d'une espèce de pins que l'on ne trouve pas dans cette région : le pin sylvestre pousse en grande quantité autour de Paris — Rambouillet, Fontainebleau — et en Sologne mais, je me suis renseignée, pas dans les Landes...

— Pourquoi ?

— Je l'ignore, c'est une des questions que nous poserons sur place... Le troisième pollen est un pollen de chênes. Il doit y avoir dans les Landes du chêne commun à feuilles caduques à profusion comme dans toutes les zones boisées. Ces espèces courantes poussent spontanément. Mais le chêne rouge d'Amérique est une espèce ornementale originaire du continent nord-américain qui a forcément été importée et plantée.

Talon fit une mimique admirative. À l'évidence, Marion avait potassé le sujet et il se demanda à quel moment elle l'avait fait. C'était un de ses signes particuliers : faire les choses sans qu'on s'en aperçoive. Donner une impression de légèreté superficielle et révéler sa science au moment le plus inattendu.

Talon soupira, l'air découragé tout à coup.

— J'espère que nous n'aurons pas à explorer le massif forestier des Landes pour vérifier les affirmations du labo... Vous semblez douter, patron, alors que, ce matin encore, vous étiez sûre que la solution était ici.

— Vous ne doutez jamais de rien, Talon ? dit Marion doucement. J'ai souvent l'angoisse de faire fausse route. Nous avons quelques faits, des indices et une intuition. Ça ne fait pas lourd, alors comprenez mes doutes... Si nous ne trouvons rien dans la forêt landaise nous chercherons ailleurs... Si je n'avais pas besoin de rencontrer Cadaux, je partirais sur-le-champ. J'ai hâte de *la* rencontrer.

Talon n'osa pas demander à Marion de qui elle parlait. De la forêt ou d'une mystérieuse jeune fille. Il se contenta d'observer qu'elle s'était mise distraitement à dessiner sur la nappe de papier blanc des arabesques, des étoiles et des soleils, morose et le regard perdu.

15

Bordeaux. Hôtel Cantabile.

Assise face au gardien zozotant du commissariat central de Bordeaux, Marion attendait que celui-ci décrochât le téléphone qui sonnait inlassablement. L'homme, vêtu d'une chemise d'un vert cru sans rapport avec l'uniforme réglementaire, fouillait dans le sac de Marion, le micro-ordinateur de Talon ouvert devant lui, sans prêter la moindre attention au téléphone ni à Marion qui ne trouvait en elle aucune force pour s'y opposer. Les paupières lourdes de sommeil, les membres ankylosés, elle ressentait une incoercible envie de dormir et une soif pire encore. Incapable de résister à l'engourdissement qui la prenait, elle se laissa dériver.

Elle était nue à présent, exposée aux regards du policier bordelais qui persistait à l'ignorer. Une porte s'ouvrit quelque part, le flic toussota doucement, puis avec insistance.

Marion ouvrit les yeux sur le papier défraîchi de la chambre du Cantabile, la nuque douloureuse à cause du traversin dur comme une bûche, la bouche sèche comme du carton. Elle fixa le plafonnier en verre dépoli, noir de crasse, effleura du regard le paravent délabré qui dissimulait un lavabo et une douche préhistoriques, tourna la tête vers la porte. Un homme s'y encadrait, un plateau chargé de vaisselle dans une main, un sac en papier dans l'autre. Grand, brun, les cheveux courts et le regard clair, la quarantaine athlétique, nonchalamment appuyé au chambranle de la porte, il contemplait Marion, la tête légèrement penchée de côté. La jeune femme lut dans les yeux bleus une gourmandise qui lui fit réaliser subitement sa nudité exposée, impudique. Son rythme cardiaque s'emballa tandis qu'elle remontait d'un coup sec le drap sur son corps moite.

— Vous pourriez frapper avant d'entrer ! s'exclama-t-elle, furieuse.

— J'ai frappé, dit l'homme en faisant trois pas dans la pièce exiguë, j'ai même essayé le téléphone. Une bonne trentaine de sonneries. J'ai cru que tu étais dans le coma...

Marion, soudain, manqua d'air. Ébahie, elle détailla l'homme qui se penchait pour déposer le plateau au pied du lit, ouvrait le sachet de papier d'où il sortait des croissants dont l'odeur de sucre et de beurre chaud parvint aussitôt jusqu'à ses narines. Le geste calme et sûr de lui, il se mouvait avec une aisance débordante de charme et de séduction. Marion revit en un éclair le veilleur de nuit qui les avait accueillis, sa peau noiraude grêlée, ses paupières tombantes sur des yeux éteints, sa chemise douteuse qui reniflait l'huile de friture et la sueur. Rien à voir avec la chemisette blanche impeccable au col entrouvert sur une poitrine bronzée, le pantalon de toile beige retenu par une ceinture de cuir griffée « YSL » de l'homme qui, à présent, versait du café dans une tasse en louchant du coin de l'œil sur Marion, un léger sourire flottant sur sa belle gueule. Mais pourquoi diable cet inconnu la tutoyait-il ?

Elle allait lui poser la question, quand il se redressa,

une tasse à la main. Il la lui tendit avec un sourire qui mit en évidence une denture éclatante :

— Je devais me faire pardonner, chère... collègue ! Je me présente : Philippe Cadaux, commissaire principal à la P.J. de Bordeaux. Bienvenue en Gironde.

Marion resta sans voix. Bouche bée, elle suivit les mouvements du commissaire Cadaux qui s'asseyait en douceur sur le bord du lit et, malgré les précautions infinies qu'il y mettait, renversait un peu de café dans la soucoupe, marmonnait un juron. Cette grossièreté, tout à coup, le remit à sa place dans le monde familier de Marion, celui dont elle connaissait les codes et le langage. Elle avait cru un instant se trouver face à un policier de salon, un fonctionnaire, trop propre, trop poli. Soulagée, elle se laissa submerger par un fou rire qui finit par gagner Cadaux à son tour.

Quand ils reprirent leur souffle, il n'y avait presque plus de café dans la tasse, une large tache brune maculait le drap qui en raison des mouvements désordonnés de Marion avait glissé, dévoilant ses seins qu'elle ne songeait plus à dissimuler, anesthésiée. Un silence se posa entre eux, troublé par les rugissements proches des voitures sur la rocade. Marion voulait poser des questions, exiger des explications, mais, le regard collé sur les pupilles bleues de Cadaux, elle se sentait enveloppée d'une torpeur délicieusement incapacitante.

Philippe Cadaux se ressaisit le premier.

— Je t'attends en bas, dit-il en se dirigeant vers la porte.

Avant de sortir, il se tourna vers Marion qui n'avait pas bougé :

— Hier soir, j'ai dû partir plus tôt que prévu, à cause d'une affaire... personnelle importante. J'avais laissé un message à la permanence pour toi ainsi que l'adresse d'un hôtel un peu plus reluisant que celui-ci mais ces abrutis ont mangé la consigne...

Il désignait la chambre minable avec un sourire contrit. Marion ne put s'empêcher d'avoir une mauvaise pensée relative à l'affaire personnelle dont Cadaux faisait état. Sûrement une histoire à la Lavot. Comme lui, Cadaux devait être couvert de femmes... Elle eut envie de le lui dire, tout à trac, pour rompre l'enchantement.

Au contraire, elle se mit à bredouiller que cela n'avait aucune importance et qu'on ne pouvait se fier à personne.

— Je t'attends en bas, répéta Cadaux avec un autre de ses sourires dont il semblait user sans réserve.

Marion accorda un peu plus d'intérêt que d'ordinaire à sa toilette, choisit avec soin un débardeur de soie bleue et un pantalon de toile de couleur assortie qui mettaient en valeur ses formes de sportive. Elle ne put pas grand-chose pour ses mèches rebelles qu'elle tenta cependant de discipliner, sans grand succès, de ses doigts écartés. Le miroir trop haut du cabinet de toilette lui renvoya l'image d'un regard noir, pétillant comme une coupe de champagne. Elle estima que la journée commençait bien et que Bordeaux devait être, en définitive, une ville pas si mal.

L'hôtel de police de Bordeaux ressemblait à tous les hôtels de police que Marion connaissait : un immeuble vétuste et sombre dans le centre-ville avec des pièces exiguës et surpeuplées, des bureaux disposés en quinconce, envahis de matériel informatique flambant neuf qui achevait de remplir un espace déjà insuffisant. Des flics en civil, vêtus de jeans, de chemises à manches courtes ou de tee-shirts, chaussés de Nike ou de Reebok et tous affublés de lunettes noires. Des Ray-Ban ou des contrefaçons. Comme Lavot qui, pour se distinguer et quand, exceptionnellement, il ne les avait pas sur le nez, les portait accrochées par une branche à une chaîne en or, présent d'une conquête depuis longtemps oubliée.

« Tout est ici comme ailleurs, songea Marion en regardant autour d'elle. Les commissariats et les flics se ressemblent tous, on les dirait fabriqués au carbone. »

Tous, sauf Cadaux. Elle le suivit des yeux alors qu'il donnait des ordres pour leur faire apporter, sur une table ronde installée dans un coin de son bureau à peine plus spacieux que les autres, le dossier réclamé par Marion. C'était incontestablement un magnifique spécimen de la race, un de ces hommes avec lesquels les fées se sont montrées d'une générosité telle qu'elle en paraît presque suspecte.

Elle se secoua : « Y a forcément un lézard, une ribambelle de fiancées suspendues à son téléphone ou à sa porte. Ou une tare bien cachée. » D'un rapide coup d'œil, elle avait examiné le bureau du commissaire principal en y pénétrant. Pas de photo de femme ni d'enfants comme la plupart des hommes se plaisent à en exposer sur leur lieu de travail, afin que nul n'en ignore. Marion s'en demandait souvent la raison. Exhibition ? Besoin de se rassurer ? Peur de les oublier ? Dans le cas de Philippe Cadaux, l'absence de photos ne voulait rien dire : il avait sûrement une famille mais il préservait sa part de mystère. Marion se sentit agacée par une curiosité inopportune et des questions dont elle connaissait d'avance les réponses.

Qu'il fût sportif ne faisait aucun doute. Le sac Adidas posé sous la fenêtre et d'où dépassait le manche d'une raquette de tennis en témoignait de même que quelques photos d'un petit voilier de régate où l'on distinguait un skipper en combinaison rouge couché au ras de l'eau, hors du bateau, dans des postures invraisemblables. Des coupes argentées disposées dans une vitrine prouvaient avec un rien d'ostentation que le commissaire ne faisait pas que poser pour les photos.

Philippe Cadaux était bien élevé, prévenant, tenait la portière de la voiture à Marion, l'aidait à en descendre, détails insignifiants auxquels elle n'était pas habituée et qui n'avaient pas échappé à son équipe. Lavot, d'emblée, avait pris l'homme en grippe. Les deux autres, bien que plus nuancés, faisaient preuve à son égard d'une excessive réserve.

Le matin, le commissaire s'était annoncé à l'hôtel Cantabile peu après sept heures, ce dont les trois officiers s'étaient indignés en chœur. Ils avaient supporté la mélancolie maussade de Marion toute la soirée, et voilà qu'à présent elle était survoltée, ils l'avaient immédiatement compris, par la présence d'un homme qui, non content d'être beau, était de surcroît commissaire principal. Convaincus que les commissaires ne pouvaient se reproduire qu'entre eux, ils avaient aussitôt flairé le danger représenté par Cadaux. Marion avait déjà entendu Lavot le traiter de « bellâtre ». À titre préventif.

Le commissaire posa devant Marion deux grosses chemises cartonnées tandis qu'elle observait les mines renfrognées de ses hommes et les allées et venues faussement fortuites de ceux de Cadaux qui pointaient leurs baskets à tour de rôle pour voir la tête de cette commissaire venue de l'autre bout de la France et dont ils avaient entendu parler comme d'une belle plante doublée d'un redoutable limier.

Marion s'étonna :

— Pourquoi deux procédures ?

— Deux morts. Deux procédures, résuma Cadaux avec un art affirmé de la litote et une aisance dans le geste qui firent lever les yeux de Lavot au ciel.

— Comment ça, deux morts ?

Cadaux ouvrit d'un geste précis les sangles des deux chemises, s'assit face à Marion, posa sur les deux dossiers ses avant-bras bronzés, discrètement ornés de fins poils blondis par le soleil.

— Le cadavre de Paul Demora a été découvert par un habitant de Salles qui venait constater les dégâts d'un incendie de forêt. Son chien a trouvé le second à quelques dizaines de mètres du premier, au bord d'un trou d'eau.

Cadaux fit un bref résumé de la journée terrible qu'avait vécue Abel Lafon, le conseiller municipal chargé de la forêt.

Malgré leur animosité, les trois officiers écoutèrent avec intérêt l'exposé du commissaire.

— Les gendarmes du secteur sont intervenus les premiers sur les lieux, ajouta Cadaux. Ils ont fait les constatations et procédé aux premières investigations. Mais le parquet compétent a estimé que l'affaire était trop compliquée et les gendarmes trop imbriqués dans le tissu social local, ce qui, parfois, nuit à la qualité de leurs enquêtes. Il a décidé de saisir la P.J. de cette double affaire.

Marion approuva en se souvenant de l'enquête des gendarmes à Dax et à Saint-Sever dans l'environnement de Manuel Bianco et Marie-Sola Lorca. Survolée et frustrante.

— Quel rapport y a-t-il entre les deux morts ? demanda-t-elle en ouvrant le dossier que lui tendait Cadaux. Si toutefois il y en a un...

Le commissaire fit la moue, hésitant à répondre d'emblée à la question de Marion.

— Difficile à établir. Céline Duroc avait seize ans. Retirée à sa mère alors qu'elle était bébé, elle a été placée par la D.D.A.S.S. dans des foyers et des familles successives avant d'atterrir, voilà six ans, chez les Ronquey, des gens implantés dans la région des Landes de Gascogne depuis trois ou quatre générations. Le père est employé à La Cellulose du pin, comme la moitié des habitants du coin.

— C'est quoi, ce truc ? questionna Lavot du bout des lèvres.

— Une usine qui transforme le bois en papier, sourit Cadaux, pas dupe de l'hostilité de l'officier. Celle-ci se trouve à Facture-Biganos, elle produit du papier d'emballage. C'est une véritable institution dans la région et ça fait vivre beaucoup de monde.

— C'est elle ? enchaîna Marion en se penchant sur les photos de l'I.J. montrant le cadavre de Céline Duroc dans diverses positions au milieu du décor forestier où elle avait été découverte, puis à la morgue, enfin sur la table d'autopsie où de nombreux gros plans s'attardaient sur les blessures qu'elle avait subies.

Talon se posta derrière Marion pour examiner plus à l'aise les clichés. Une fois de plus, cette proximité la dérangea et d'instinct, elle poussa le buste en avant. Par-dessus son épaule, elle lui tendit les photos d'un geste sec dont l'officier comprit le sens. Il recula.

— C'était une fille un peu... spéciale, dit Cadaux en faisant un geste de la main à hauteur de sa tempe. Pas finie, imprévisible, rétive à toute scolarisation, très difficile. Une personnalité destructurée, une sorte de sauvageonne qui sillonnait inlassablement la forêt sur un vieux vélo. Elle parlait peu, ne savait ni lire ni écrire. Une jolie fille aux allures de garçon manqué, incasable sur le marché du travail. Les quelques tentatives d'insertion ont été des échecs. Complètement asociale.

— Y cause bien, le mec, marmonna Lavot entre ses dents à l'intention de Cabut.

— Non, pas de mec, fit Cadaux, commettant ainsi un involontaire contresens.

Marion, qui, elle, avait parfaitement capté le propos, fronça les sourcils. L'attitude de Lavot commençait à l'indisposer. Elle demanda, pour faire diversion, s'il était possible de boire un café. Cadaux se leva et, un sourire éblouissant sur son visage hâlé, se dirigea vers la porte.

— Je vous préviens, Lavot, gronda Marion à voix basse dès qu'il fut sorti, si vous ne mettez pas un bémol tout de suite, je vous renvoie au service. Séance tenante et à vos frais. Je ne supporterai pas votre stupidité une seconde de plus. Tenez-vous-le pour dit et c'est valable pour vous deux aussi.

— Je le sens pas, ce type, se justifia Lavot à voix basse, sans laisser aux deux autres le loisir de réagir. Pourquoi c'est toujours le genre merlan frit qui vous plaît, patron ? Il lui manque que les pompes bicolores et une grosse gourmette. Je suis sûr qu'il a une chaîne en or sur la moquette.

Il se frotta la poitrine en ponctuant son geste d'une mimique entendue.

Marion ne put se retenir de hausser le ton :

— Vous êtes mal placé pour en juger, siffla-t-elle avec un coup d'œil éloquent sur la croix d'or qui scintillait dans l'ouverture du col de l'officier. En outre, ce que j'aime ou non ne vous regarde pas. Et je me fous de votre avis, d'accord?

Lavot piqua un fard, ouvrit la bouche pour répondre encore, par défi, par bravade. Mais déjà Cadaux revenait. Il reprit sa place, ses lèvres s'étirèrent en un sourire :

— Ah, la famille..., dit-il en fixant la jeune femme. Le café arrive.

— Merci. On peut continuer ?

— Quelles sont, selon vous, les circonstances de la mort de Céline Duroc ? s'empressa Talon qui avait feuilleté les procès-verbaux ainsi que le rapport d'autopsie et examiné les photos.

Cadaux s'éclaircit la voix :

— Vous avez lu le rapport du légiste et les constatations. Causes de la mort : strangulation et rupture des vertèbres cervicales. Selon moi, l'auteur s'est servi d'un objet contondant, probablement une manivelle car, outre la marque d'un objet rigide, il y avait de la graisse sur son cou. Elle portait aussi des traces de choc aux jambes, des blessures provoquées par un contact avec un véhicule automobile. L'impact et l'emplacement des hématomes font penser à un véhicule haut sur pattes, genre 4 × 4. À hauteur des cuisses, elle porte aussi la trace des roues, transversalement. Mon hypothèse est qu'elle a été heurtée plusieurs fois par un véhicule qui lui a ensuite roulé dessus. Accidentellement ou délibérément. La fille n'était pas encore morte, l'auteur a paniqué et il l'a achevée en l'étranglant. Elle ne s'est pas laissé faire, elle s'est même débattue avec force car elle avait sur les avant-bras et les mains des blessures de défense, hématomes, griffures. Les traces relevées sur ses talons, des plaies qui n'ont pas saigné, indiquent qu'elle était morte lorsqu'on l'a traînée jusqu'à une sorte de mare, un point d'eau à moitié asséché au milieu des bois. Bien qu'elle ait eu la tête dans la vase, elle n'avait pas d'eau dans les poumons ni aucun résidu organique, ce qui confirme ce que je viens de dire. Elle avait les ongles rongés, on n'a pas pu faire de curage.

— Et le rapport avec l'autre mort ? insista Marion qui n'avait toujours pas eu la réponse à sa question.

— Nous n'en avons pas établi, soupira Cadaux en s'écartant pour laisser une jeune femme très brune déposer sur la table un plateau chargé de tasses fumantes. Merci, Janita.

Lavot suivit des yeux la superbe fille vêtue d'une longue chemise blanche et d'un jean qui sortait de la pièce, sans se presser, avec un déhanchement provocant et un regard de biais propre à incendier tous les hommes présents.

— L'homme calciné, poursuivit Cadaux, Paul Demora, était installé à Dax depuis toujours. Il est né dans la région. Marié, trente ans, deux enfants. Sans problème. Comme il était employé dans une exploitation forestière, il lui arrivait de venir jusqu'à l'usine de Facture mais il ne semble y avoir aucun lien avec la famille de placement de Céline. Néanmoins, on a tout épluché, y compris l'éventualité qu'il ait connu Céline ou sa mère naturelle. Mais celle-ci a plus de cinquante ans, elle est internée depuis dix ans dans un hôpital psychiatrique de l'est de la France et n'a jamais mis les pieds par ici. L'autopsie a démontré que Céline n'était plus vierge mais qu'elle n'avait pas eu de rapport sexuel récent. Cela écarte en partie l'hypothèse d'une rencontre fortuite et intime qui aurait mal tourné entre Demora et elle.

— Sauf s'il a pas pu se la faire, s'exclama Lavot. Il a peut-être essayé...

Cadaux hocha la tête, avala d'un trait une tasse de café déjà froid. Il reprit, les yeux dans ceux de Marion :

— Je ne crois pas. L'homme a été tué ailleurs, transporté dans la forêt et incendié à l'endroit où on a retrouvé Céline Duroc qui, elle, a été exécutée sur place. Il est très improbable que l'un des deux soit le meurtrier de l'autre. Et quand bien même, il y a forcément un troisième intervenant.

Cadaux se montrait sûr de lui. Marion se perdit un instant dans ses propres affaires, dans les exécutions de Marie-Sola Lorca et de Manuel Bianco. Il lui vint à l'esprit qu'elle cherchait une jeune femme, celle qui avait rendu visite à Marie-Sola Lorca, peut-être tué Manolito après avoir fait l'amour avec lui et oublié dans sa chambre un K-way usagé. Elle attira à elle une fiche signalétique de Céline Duroc : 1,70 m, 55 kilos. Des mensurations qui n'entraient pas dans la taille 36 d'un vêtement de pluie. Cependant Marion savait être prudente et telle que la décrivait Cadaux, Céline Duroc devait être forte, comme toutes les sauvageonnes, comme la personne qui avait charrié le corps de Demora dans la forêt. Elle se concentra sur une hypothèse : Céline Duroc était la mystérieuse visiteuse de Marie-Sola Lorca. Pour des raisons qui restaient à établir, elle l'avait tuée de même que Manolito. Paul Demora avait été sa victime suivante et tandis qu'elle amenait son cadavre dans la forêt pour le faire disparaître, quelqu'un l'avait surprise. Peut-être au moment où elle y mettait le feu. Quelqu'un du coin qui avait essayé de l'en empêcher, un forestier, un défenseur de la forêt. L'affrontement avait mal tourné, ensuite, paniqué, il avait caché le corps et disparu sans oser rien dire.

— Qui a signalé l'incendie ? s'enquit-elle d'une voix lointaine, l'esprit déconnecté de ce qui se passait autour d'elle, de Cadaux qui la contemplait, médusé.

— Pardon ?

— L'incendie de forêt, insista Marion, quelqu'un a bien dû avertir les pompiers...

— Plusieurs personnes ont vu la fumée de loin, un groupe de randonneurs qui rentraient d'une balade en 4 × 4 après une journée du côté de La Teste. Pourquoi cette question ?

Marion décida de garder son idée pour elle, pour l'approfondir de son côté, avec les éléments dont elle disposait et que son collègue ignorait encore. Elle n'éprouva aucun remords à l'égard de Philippe Cadaux qui lui ouvrait ses dossiers sans réserve. « Une enquête c'est comme un concours, se dit-elle, c'est le premier qui arrive qui gagne. »

— Pour rien, dit-elle à voix haute, simple curiosité.

— Céline Duroc, qui rôdait toujours dans la forêt, a dû surprendre quelqu'un, reprit Cadaux qui ne fut pas un instant abusé par l'air innocent de Marion. L'auteur du meurtre de Demora, par exemple. Celui-ci n'est pas venu dans la forêt par ses propres moyens. Sa voiture est restée à Dax près des arènes et aucun véhicule abandonné n'a été retrouvé dans les parages. Quelqu'un a dû l'amener là. Pourquoi ? On n'arrive pas à le savoir. On ne lui connaît pas d'autre passe-temps que la corrida et encore, de loin en loin. Sa femme dit qu'il n'y était pas allé depuis longtemps mais là, il avait gagné une place et reçu le ticket chez lui, par la poste. C'est un mari et un père de famille exemplaire, ses copains sont unanimes, il n'a pas de maîtresse ni de vice caché. Son entreprise n'exploite pas dans la forêt de Salles. Et il n'avait aucune raison de se retrouver à plus de cent kilomètres de chez lui. Aucune.

« La corrida encore..., songea Marion ramenée à sa conversation avec le docteur Marsal. Quoique, ici, la corrida c'est comme le rugby ou la palombe : on n'y échappe pas. »

Un peu de sueur perlait à sa lèvre supérieure. En le constatant, Marion prit brusquement conscience de la chaleur effrayante qui envahissait la pièce et de l'incroyable torpeur qui la lui avait fait oublier.

Cadaux la dévisagea alors qu'elle se penchait sur les dossiers. Il admira son air concentré, sérieux, s'attarda sur les deux plis verticaux qui barraient son front en se faisant la réflexion qu'elle était bien le plus joli collègue qu'il ait croisé de toute sa carrière. Le regard hostile de Lavot qui le surprenait ainsi le força à atterrir : les choses n'allaient pas être faciles avec ce chien de garde.

— Un détail intéressant, reprit-il en faisant un effort pour revenir au sujet qui amenait Marion dans son espace vital. On a retrouvé le vélo de Céline Duroc à plusieurs kilomètres de son cadavre, près de la voie de chemin de fer. Tordu, esquinté comme s'il avait été heurté aussi par un véhicule. De toute évidence il n'est pas allé là-bas tout seul.

— Je suppose que vous avez exploré les environs ?

— À l'endroit où le vélo a été découvert, nous n'avons relevé aucune trace d'un accident ou d'une bagarre, répondit Cadaux, alors que dans la forêt, elles pullulent. Il faut dire que tout le monde y a mis du sien : les pompiers, les gendarmes, nous. Et à commencer par Abel Lafon, celui qui a trouvé les deux corps.

— Et qui roule en 4 × 4..., insinua Talon après avoir lu le rapport de synthèse.

Cadaux haussa les épaules.

— On a vérifié l'état de son Toyota. Ce n'est pas un engin neuf et il ne porte aucune marque récente de choc, d'éraflures ou de frottement. D'ailleurs il est rouge et les résultats du laboratoire concernant le vélo font état de traces de peinture verte dont rien n'indique cependant qu'elles aient le moindre rapport avec les faits qui nous occupent. Nous n'avons pas trouvé le constructeur automobile susceptible d'utiliser cette peinture qui ne paraît être commercialisée nulle part.

— Cela peut être un ancien modèle, objecta Marion. Je suppose que les 4 × 4 sont des engins très utilisés par ici ?

— Exact. Tout le monde en a. Des 4 × 4 ultramodernes ou des vieilles Jeep de l'armée.

— Et les traces de roue sur le corps de la fille, ça donne quoi ?

— Une partie de l'empreinte déposée par le caoutchouc est assez nette. On y distingue les structures d'un pneu usé jusqu'à la corde, sûrement aussi ancien. Aucune identification à ce jour et cela ne correspond en rien au Toyota d'Abel Lafon qui, je devance ta question, n'a pas, depuis l'affaire, changé ses roues ou ses pneus. À mon avis c'est un modèle de Jeep Willis comme il en traîne encore pas mal par ici.

— Ah ?

— On en a entrepris un recensement dans un rayon

de cent kilomètres autour de la zone de feu. C'est un travail de titan car il faut chercher partout, y compris dans les granges où certaines d'entre elles ont été abandonnées. Mais je ne désespère pas. Autre chose encore : sur la poignée du frein gauche et le haut du guidon, nous avons retrouvé quelques traces de sang.

— De groupe AB, rhésus négatif, compléta Talon qui avait lu les rapports.

— Intéressant, murmura Marion.

La tête dans les mains, elle se plongea dans une récapitulation minutieuse de ce qu'elle venait d'entendre en essayant de rapprocher ces éléments de ce qu'elle avait découvert à Lyon.

— Qu'est-ce que tu suggères ? demanda-t-elle enfin à Cadaux qui attendait la fin de sa réflexion.

— Que tu termines la lecture des pièces. J'ai quelques coups de fil à donner et des dispositions à prendre pour la suite de *notre* voyage.

Le cœur de Marion s'offrit une petite arythmie. Les trois officiers oublièrent de respirer. Le temps parut soudain suspendu aux lèvres du beau commissaire.

Marion leva vers lui un regard troublé. Il précisa, naturel et décontracté :

— J'avais prévu de prendre quelques jours de congé pour faire comme tout le monde. Sans projet précis ni obligations...

Il appuya délibérément sur les mots projet et obligations et Marion imagina qu'elle était sans doute devenue son projet le plus immédiat. Elle ressentit un vertige à la fois délicieux et dérangeant sans pouvoir se retenir de penser que tous les projets se heurtent tôt ou tard à des obligations. Sa gêne grimpa d'un cran. Dans la confusion de ses sentiments, elle perçut la voix de Philippe Cadaux :

— ... et je me suis dit que ton enquête m'intéressait puisqu'elle a peut-être un lien avec la mienne. Je ne serais pas fâché de trouver une piste car, pour ne rien te cacher, je piétine. Et pour toi, je crois qu'il sera intéressant de visualiser les lieux, dans la forêt, même si cela ne te concerne pas directement. Qu'en penses-tu ?

Marion acquiesça mais elle savait que cette décision, Cadaux l'avait prise au pied levé. Sûrement à la minute où il l'avait vue ou juste après. Cette enquête commune, ainsi que la vie de même nature qu'elle suggérait, n'était pas une bonne idée. Elle pressentit l'hostilité de son équipe, les difficultés que cela pourrait créer pour la suite de l'expédition. Et son propre trouble face à cet homme la déconcertait. La pensée, plutôt désagréable à cet instant précis, de son amant canadien l'effleura. Elle le trouva terriblement loin, de plus en plus flou, immatériel. Elle avait vécu avec lui une histoire magnifique, d'amour et de chair. Longtemps après son départ, il lui suffisait de fermer les yeux et de se concentrer un peu pour retrouver les sensations, les mots et les gestes, l'émoi et le plaisir. Le rêve ne suffisait plus, son corps renâclait, la vie et sa nature impétueuse exigeaient autre chose que des amours télépathiques. Benjamin appartenait au passé, au souvenir. Le beau Philippe, lui, était bien présent, en chair et en os. Elle n'avait qu'à tendre la main pour le toucher et lui ne demandait que cela.

— Est-ce bien nécessaire? murmura-t-elle faiblement.

— J'en suis persuadé, affirma Cadaux. Nous gagnerons du temps tous les deux.

Il se leva, se dirigea vers la porte :

— Ne te presse pas pour lire. Je vais m'occuper de l'hébergement. Après je t'emmène déjeuner.

Déjà il hélait dans le couloir la jeune femme qu'il avait appelée Janita et qui avait servi le café. Elle apparut à la porte, libérée de sa chemise blanche, sanglée dans un jean moulant et un tee-shirt rouge sang largement échancré sur une poitrine scandaleusement offerte et bronzée. Il y avait du défi dans le regard de braise qu'elle posa sur Marion. Celle-ci se trouva en comparaison fade, blanche et maigrichonne. Cadaux poussa la jeune femme dans la pièce :

— Le lieutenant Janita Moreno. Elle nous accompagnera dans le Sud. Dans l'immédiat, elle va s'occuper de tes hommes. Les emmener boire un verre et manger un morceau. Ça vous va, les gars ?

Les trois officiers restèrent figés, collés à leurs chaises. Lavot, qui bouillait depuis que Cadaux avait annoncé son intention de se joindre à eux, changea d'attitude à l'entrée de Janita Moreno dont il avait remarqué la plastique. Il se leva avec empressement et, empourpré comme un jeune coq, lui baisa légèrement le bout des doigts.

Le sourire ironique dont Cadaux gratifia la scène conforta Marion dans l'idée que le commissaire avait identifié en Lavot le noyau dur du groupe et trouvé le moyen de le neutraliser.

« Et pour cause, pensa-t-elle, ils sont identiques, ils se sont repérés au premier coup d'œil. Des hommes à femmes, des chasseurs, toujours à l'affût. » Découragée, elle se dit que Lavot avait raison. Un seul type d'hommes l'attirait : ceux qu'elle ne pourrait jamais garder.

16

Les Landes de Gascogne. Domaine des Chartreux.

Luna contempla le maître endormi, son regard doré luisant de haine. Elle était revenue à elle et il l'avait possédée sans précaution ni tendresse mais avec la violence destructrice qui lui était naturelle. Ensuite, c'est lui qui avait crié, hurlé son plaisir comme un porc à l'abattage.

— Tu es ma drogue, disait-il arc-bouté sur elle, son corps massif agité de spasmes, tu es à moi. Tu m'appartiens, tu ne partiras jamais. Jure-le !

Elle jurait, l'encourageait de mots crus, stimulait son désir jusqu'au délire. D'autres fois, pendant l'amour, les larmes du maître inondaient son visage et son corps, se mêlaient à la sueur de leurs ventres soudés. Elle jubilait de cet asservissement auquel il finissait par se livrer. Elle attendait le jour où il saurait la vérité, où elle la lui jetterait au visage. L'estocade qui le foudroierait comme l'animal dans l'arène. Parfois, l'odeur forte du maître, une odeur bestiale décuplée par le désir, déclenchait chez Luna une séquence intempestive. Ses souvenirs émergeaient, elle plongeait dans l'arène, dansait avec les banderilleros, agonisait avec le toro, tournait, tournait avec les capes jusqu'au vertige. Mauve, jaune, mauve, jaune. Rouge, rouge sang. Rouge terreur. Alors, elle hurlait dans le pré des Chartreux où Toine finissait sa vie sur la corne d'un mâle de cinq ans. Le maître se méprenait sur ses cris, s'acharnait plus fort et plus vite sur son corps tout à coup passif, s'abandonnait à la jouissance en d'amples soubresauts ridicules que Luna percevait à peine, anéantie par les images indésirables.

Luna se fichait pas mal du maître et de ce qu'il lui faisait. D'ailleurs, elle jouissait de l'interdit absolu de sa relation avec lui. Pour le reste, une seule chose la guidait, une seule pensée était susceptible de soulever en elle les vagues du plaisir : rêver à ce que le maître ferait le jour où il saurait.

Elle le détailla tel qu'il était, le corps lourd et pâle couvert de poils gris, englouti dans la petite mort d'après le rut, anéanti, dévasté pour de longues minutes qu'elle mettait à profit pour s'enfuir.

Elle se vêtit en silence, sortit dans la touffeur d'une fin de matinée qui, comme les précédentes, ne laissait présager aucun répit, aucune fraîcheur. Elle partit à pas rapides en direction de l'enclos des *sementales,* les taureaux reproducteurs qui cohabitaient avec les vaches et les *cabestros,* ces bœufs inoffensifs que suivaient docilement les toros de combat en toutes circonstances... Elle s'attarda longuement à les contempler, calmes et tranquilles sur leurs antérieurs écartés, agités dès que le parfum d'une femelle en chaleur effleurait leurs naseaux. Alors ils se mettaient à beugler, à sauter, à courir en tous sens. Elle crut entendre les chocs des piétinements énervés et ne put refouler l'image du corps de Louisa enfoui dans cette terre brune foulée par ces mâles énormes qui la fixaient de leurs yeux rapprochés et sournois. Elle s'ébroua vivement pour chasser la vision puis partit vers la gauche, longeant la haie de lauriers-roses mêlés de pieds d'hibiscus hybrides aux lourdes fleurs blanches qui masquaient la clôture au-delà de laquelle les courbes de l'arène de tienta agressaient le regard de leur blancheur éblouissante. Elle atteignit l'écurie désertée par les chevaux que les vachers avaient conduits au pré. Les chevaux de taureaux, ceux qui les connaissaient le mieux, savaient prévoir, anticiper chacun de leurs mouvements, qui ne les quittaient jamais, sauf à leur dernier jour, à la porte de l'arène.

Luna accueillit le silence et la fraîcheur comme un bienfait céleste. Elle longea les boxes vides, impeccables, où flottait encore l'odeur pénétrante de paille souillée et de crottin séché. Avant qu'elle n'atteigne le dernier, une tête blanche se propulsa par-dessus le bat-flanc tandis qu'un hennissement heureux l'accueillait.

— Salut ma Brise, murmura Luna en frottant le chanfrein de la jument d'une main tendre, s'attardant sur la soie des naseaux frémissants.

L'animal releva ses lèvres sur des dents immenses et jaunes. Luna frotta son visage contre les joues si douces, accompagnant les mouvements brefs de la tête de l'animal qui s'agitait de haut en bas pour exprimer un plaisir touchant. Brise portait ses vingt ans avec aisance malgré sa robe d'andalouse racée, à présent entièrement blanche, et ses rhumatismes qui l'éloignaient des pâturages. Comme tous les vieux elle était devenue sensible aux écarts de température et on la maintenait au frais dans l'écurie.

Elle était aussi un peu sourde et elle y voyait moins bien qu'avant. Pourtant, quand Luna était entrée dans l'écurie trois mois plus tôt, elle avait manifesté sa joie et son émotion avec tant d'enthousiasme et de fébrilité que le doute ne pouvait être permis : le temps avait gardé sa mémoire intacte. Elle avait senti et reconnu Luna. Le maître ne pouvait pas comprendre les raisons de cette soudaine excitation. Il avait froncé les sourcils, les mains sur les hanches.

« Voilà quinze ans que je ne l'ai pas vue comme ça, avait-il commenté, perplexe. C'est une bonne bête, elle a fait huit poulains, mais elle était devenue plutôt mélancolique... » Le maître n'était pas allé au bout de sa phrase, comme dérangé par des images ou des souvenirs qu'il avait chassés de la main avec la brusquerie que Luna avait retrouvée, elle aussi, intacte. Puis il avait entraîné Luna au-dehors pour lui faire les honneurs du domaine.

Luna murmura de longues phrases mystérieuses à la jument qui semblait l'approuver par de vigoureux hochements de tête puis elle se sépara de l'animal et sortit de l'écurie sans se retourner. Elle savait qu'un jour Brise serait couchée sur la paille de son box, incapable de se relever, avec dans le regard le voile de résignation des vieux qui savent qu'ils vont mourir.

Alors qu'elle traversait la cour en sens inverse, Luna perçut les mouvements du domaine dans son dos. Les employés étaient revenus, elle les sentait là, les yeux dardés sur elle. Elle n'aimait pas ces regards qui la détaillaient, ni ces hommes dont les mauvaises pensées transperçaient sa robe. Elle ne tourna pas la tête pour les voir.

Elle contourna la maison du maître sans y porter le regard, pénétra dans une construction basse enfouie sous une vigne chargée de raisins encore verts. Il régnait à l'intérieur une obscurité épaisse comme la nuit. Luna cligna des yeux pour lutter contre l'éblouissement du soleil qui continuait à imprimer sa rétine. Elle referma sans bruit la porte, avança, bras tendus devant elle pour éviter les objets et les meubles qui encombraient l'unique pièce au fond de laquelle trônait un lit bas protégé par un ciel de lit bleu et or comme les maisons landaises en disposaient autrefois pour se protéger du froid, des poussières et des insectes, avant que l'on découvrît les vertus des plafonds.

Les rideaux du lit étaient fermés et Luna s'en approcha dans le noir, sans songer à ouvrir les contrevents ou à donner de la lumière. Elle les tira brusquement. Un vertige la saisit : le lit était vide ! Même pas défait, tiré au cordeau, sans un pli ni une quelconque trace d'utilisation sur le couvre-lit assorti aux rideaux.

Se retournant brusquement, elle aperçut le fauteuil de dos avec en haut la couronne de cheveux blancs, immobile. Face à la fenêtre fermée, il semblait figé à tout jamais, comme son occupante.

Luna vint lentement se placer en face de la femme âgée tassée dans le fauteuil Voltaire tapissé de velours noir. Noir comme les vêtements de la femme endormie, le menton abandonné sur la poitrine, les mains jointes à l'abandon sur ses maigres cuisses écartées. Une phrase d'Esmeralda, sa mère revêche et pieuse qui n'aimait pas la vieille dame, lui revint en mémoire : « Vieillesse qui dort est proche de la mort. »

Sous le fauteuil, une flaque malodorante tachait les carreaux de terre brune. Luna fronça le nez, étonnée que la mère Quitterie se soit laissée aller, elle si pointilleuse, si maniaque, si exigeante sur les bonnes manières... Puis elle comprit d'un seul coup. Le maître avait dit que, la veille au soir, il avait renvoyé tout le monde. Elle, Luna, était occupée ailleurs et on avait oublié de coucher la vieille femme qui avait passé la nuit dans son fauteuil. N'eût été le léger soulèvement de sa poitrine décharnée, Luna aurait pu croire qu'elle était morte dans la nuit.

Elle la réveilla sans douceur, apporta de l'eau dans une cuvette pour la nettoyer, éponger le liquide puant sur le sol. Puis elle défit le chignon serré sur la nuque, ramena vers l'avant la longue chevelure neigeuse et mit dans les mains de la vieille un court peigne métallique aux dents écartées.

Sans un mot, à gestes mesurés et saccadés, déclenchée par un invisible mécanisme, Quitterie se mit à coiffer ses longues mèches blanches en suivant d'un œil aigu les allées et venues de la jeune femme. Luna s'activa un moment dans la pièce, ouvrit une fenêtre, entrebâilla un contrevent, laissant pénétrer un peu de la chaleur torride du dehors avant de refermer. Puis elle interrompit les mouvements que la grand-mère semblait pouvoir répéter à l'infini, sans se lasser, le regard fixé sur Luna à travers les mèches clairsemées. La jeune femme recomposa le chignon en y enfonçant sans précaution des épingles argentées, tourna le fauteuil du côté du téléviseur, un modèle révolu composé d'une énorme caisse d'acajou et d'un tout petit écran. Quitterie leva sur Luna un regard indécis, l'iris de ses yeux autrefois d'un noir d'ébène troublé par le voile bleuté de la vieillesse. Il s'y mêlait de la crainte, de la rancune, du désespoir et tant d'autres sentiments indéchiffrables que Luna en fut interloquée :

— Qu'est-ce qu'il y a? Tu as faim?

Quitterie ne fit aucun signe de confirmation. Elle soutint le regard doré posé sur elle en y mettant toute l'acuité dont elle était capable.

Luna, tout d'abord, se méprit sur la signification de ce regard dont elle sentait l'hostilité et, aussi, la peur. Elle fit le tour de la pièce, s'arrêta sur une canne de bois sombre surmontée d'un pommeau d'argent, usé et poli par des années d'usage quotidien. Elle la flanqua dans les mains craquelées avec brusquerie.

— Tiens, dit-elle, méprisante. Si ça peut te faire plaisir! Je me demande pourquoi tu y tiens tant à cette canne puisque tu ne marcheras plus jamais. Tu n'es qu'une épave, un rebut. Tu ne sers plus à rien.

Quitterie ne referma pas ses doigts noueux sur la canne qui glissa contre sa jupe de lainage noir. D'un geste délibéré, comme pour délivrer un message ou une provocation, elle laissa échapper le peigne qu'elle tenait à la main. Le cliquetis du métal sur le carrelage arracha un sourire aigre à Luna qui se pencha pour l'observer de plus près. Puis elle prit la vieille par les épaules, la secoua sans ménagement, sourit de l'expression affolée qu'elle décelait dans les yeux au regard éteint.

— Je sais ce que tu as, dit-elle lentement. Tu m'as reconnue ! C'est ça ? Hein ? Tu m'as reconnue ?

Quitterie ne broncha pas mais ses paupières clignèrent brièvement. Avec les gestes lents et mécaniques du coiffage, c'était le seul mouvement volontaire dont elle était capable. Le sourire de Luna s'élargit tandis que ses yeux étincelaient.

— Tu m'as reconnue, répéta-t-elle comme une litanie. Tu sais qui je suis... Vas-y, dis-le !

Les lèvres de la mère Quitterie s'arrondirent. Elle fit un effort désespéré pour émettre un son, mais ne proféra qu'une bulle silencieuse, un pet de la bouche muet et avorté.

Luna éclata d'un rire strident.

— Tu le sais mais tu ne pourras le dire à personne. Surtout pas à ton fils chéri, hein ! En admettant qu'il revienne un jour jusqu'ici. Personne ne viendra plus, sauf moi. J'y veillerai. Tu as compris ?

Elle se pencha de nouveau vers la vieille, les mains en appui sur les accoudoirs du Voltaire. La tête inclinée, elle murmura, sans sourire :

— Tu comprends..., chère grand-mère ? Et tu sais que je vais tous vous tuer. Tu le sais, n'est-ce pas ?

17

Salles. Landes de Gascogne.

Marion contempla la maison à deux étages enfouie dans les arbres. Elle n'était jamais venue dans les Landes de Gascogne et ne put se défendre d'une pensée pour le docteur Marsal qui lui en avait fait la réclame. Les pins alignés en rangées successives reproduites à l'infini laissaient pénétrer une lumière brouillée qui se fragmentait en échappées mouvantes à travers leurs branches immobiles. De hautes fougères déjà dorées luttaient avec les bruyères rose et mauve pour étendre à leurs pieds un tapis de parade. Ils paraissaient poser pour l'éternité avec hauteur, rectilignes et majestueux, toujours présents, toujours verts. Cette uniformité affectée procura à Marion une étrange émotion, un apaisement inattendu. Elle s'imagina en train de courir au milieu de cette nature magnifique, se promit de le faire dès le lendemain, à l'heure où résonnent les cris des oiseaux encore éraillés par la nuit et où les premières éclaboussures du soleil incendient la rosée.

Ou alors ce bien-être, elle le devait à la présence de Philippe Cadaux.

Pour rallier Salles, il avait d'autorité installé Marion

à bord de sa Jeep Cherokee blanche sous prétexte que celle-ci était climatisée. Janita Moreno avait pris place avec les trois officiers dans la Renault, à la grande joie de Lavot. Cabut, échaudé par son passé douloureux avec une belle fille torride et un peu folle, se tenait à distance de celle qu'il avait surnommée « la bombe », métaphore qui n'arracha à Talon qu'un haussement d'épaules blasé.

En cours de route, Cadaux avait commenté sa région avec humour. Son accent du Sud-Ouest ensoleillait les anecdotes, les affaires qu'il avait traitées ou dont il avait eu à connaître depuis qu'il y était affecté. Là, le braquage de la poste, ici le démantèlement d'un réseau d'indépendantistes basques, plus loin un meurtre encore non élucidé. Marion l'écoutait sans rien dire, toute au plaisir de ce tête-à-tête qui se prolongeait depuis le restaurant où la magie des yeux bleus et du bon vin lui avait presque tourné la tête au point qu'elle redoutait d'aborder des questions plus personnelles, de peur de rompre le charme.

C'est lui qui avait dégainé le premier. Au dessert, il avait désigné de sa petite cuiller l'annulaire gauche de Marion qui, comme ses autres doigts, était vierge de toute bague, de tout anneau.

— Tu n'es pas mariée ?

Marion avait souri légèrement :

— Je ne porte jamais de bague. À cause des sports de combat. Un jour, à l'entraînement, mon alliance m'a entaillé le doigt après un méchant coup de pied... C'est moi qui l'ai coupée avec une pince.

— Ah !

— J'ai enlevé l'alliance et divorcé !

Philippe Cadaux avait ri et les choses en étaient restées là. Marion s'était refusée à commenter plus avant cet épisode de sa vie. Pour une raison tout aussi obscure, elle avait tu l'existence de Benjamin, son lointain fiancé, tu leurs projets d'avenir mis à mal par la tragédie à laquelle lui et son jumeau perdu puis retrouvé avaient été mêlés. Peu de gens dans la grande maison connaissaient l'histoire de Ben[1] et de son incroyable destin et Marion tenait à conserver le secret tant il s'y attachait, pour elle, de mauvais souvenirs.

La maison à la façade claire arborait des volets gris-bleu et des corbeaux en pin ouvragé de la même teinte passée, écaillée par plaques. Elle était située à l'entrée du bourg de Salles et trônait au milieu d'un airial soigneusement entretenu. Une grange typique de la région, précédée d'un vaste préau soutenu par de grosses poutres grises de vieillesse, s'appuyait contre la forêt et plusieurs petites constructions de bois éparpillées dans l'enclos cachaient des bûchers, resserres et autres fours à pain enfouis sous des vignes grimpantes, des glycines centenaires mêlées à des bignones ou à des rosiers anciens. Sur le devant de la maison, une galerie donnait accès aux chambres. Deux hamacs s'y balançaient mollement, attachés aux piliers de bois autour desquels s'enroulaient des chèvrefeuilles encore pourvus de fleurs odorantes.

— Ravissant, murmura Marion en posant son sac à côté d'elle.

Ils avaient déposé le reste de l'équipe devant l'unique hôtel du village où Cadaux avait réquisitionné les quatre dernières chambres libres. Avec un sourire, il avait expliqué à Marion que, pour eux deux, la seule solution possible en plein mois de juillet dans une région au fort développement touristique, était d'aller loger chez l'habitant. Interloquée, Marion s'était dit que, décidément, cet homme prévoyait tout avec soin. Et trouver un habitant prêt à les recevoir au pied levé ne semblait pas lui poser plus de problème que de

1. *Le Sang du bourreau.*

s'installer à la terrasse d'un café pour commander une bière.

Une femme sortit de la maison. Brune, petite et sèche comme un sarment de vigne, elle montrait une soixantaine montée sur ressort, un regard pointu extraordinairement vif qui évalua Marion avant de se poser sur Philippe Cadaux dont la vue parut la réjouir. Elle s'approcha de lui, l'étreignit avec une joie démonstrative. Malgré la chaleur, elle portait une robe à manches longues, d'une coupe désuète, gris et bleu comme les couleurs de sa maison, des bas de coton marron et des chaussures fermées. Cadaux se tourna vers Marion, épatée par la scène :

— Marion, je te présente ma tante Victorine. Tantine, je te présente Edwige Marion, une collègue.

Marion lança à Cadaux un regard offensé. Qu'avait-il besoin de révéler son prénom ridicule ? Et d'abord comment le connaissait-il ? Elle songea sans plaisir qu'il avait enquêté sur elle, ou appris par cœur l'annuaire des commissaires, la bible où ils figuraient tous sans exception avec leur pedigree, leur carrière...

— Bonjour mademoiselle, dit la tante Victorine, la tête un peu penchée de côté, ses lèvres minces étirées sur des dents gâtées. Vous savez, ici, c'est la bonne franquette. J'espère que vous vous plairez. Si vous avez besoin de quoi que ce soit... Vous connaissez la région ? Vous n'êtes jamais venue par ici, je parierais ? Et vous êtes d'où donc ? De Paris, sûrement, avec ce teint ! Et vous faites aussi ce métier ?

Philippe Cadaux se mit à rire :

— Eh là ! doucement, tantine ! Ne te laisse pas faire, Marion, ou elle va te soumettre à un interrogatoire serré.

Marion se demanda quand et comment Philippe Cadaux avait passé sa commande à sa chère tantine. Les deux chambres proposées par Victorine étaient voisines, presque identiques avec leurs poutres brunes assorties aux meubles régionaux : lits à rouleaux et baldaquins, commodes en pin, petites lingères basses décorées de sculptures représentant des oiseaux et des paniers pleins de fleurs. Les carreaux des rideaux et du ciel de lit étaient bleus et blancs chez Marion, rouges et blancs chez Cadaux. C'était la seule nuance de taille. Une unique salle de bains, décorée de céramiques rouges et bleues, séparait les deux pièces.

— Vous vous arrangerez, dit Victorine d'un air entendu.

Et Marion ne put se retenir d'une mauvaise pensée : cette situation n'était pas originale, sans doute la vieille Landaise l'avait-elle vécue cent fois avec cent autres compagnes sans lendemain de ce neveu pour lequel elle éprouvait un faible manifeste.

Victorine lorgna les bras pâles de Marion avec un demi-sourire pointu, se hissa jusqu'à l'oreille de Philippe Cadaux :

— J'espère que tu vas la mener à la plage, cette petite, elle en a bien besoin, pardines !

Cadaux riait, les mains sur les hanches. Ses dents brillaient dans le soleil, comme ses courts cheveux sombres et ses yeux bleus.

— Je ne savais pas que tu étais de la région, dit Marion un peu plus tard alors qu'ils se dirigeaient vers la mairie.

— Ma mère est de Belin-Beliet, le village où naquit Aliénor d'Aquitaine. C'est tout près d'ici. Après des études à Bordeaux, ma mère était revenue s'y établir, comme professeur de français au collège et parce qu'elle fréquentait un garçon.

— Elle l'a épousé et ils eurent plein de beaux enfants...

— Non, elle ne l'a pas épousé. Il est mort broyé par une machine dans une exploitation forestière mobile où il travaillait. Au fin fond de la lande, personne n'a rien pu faire pour lui.

— Oh !

Il haussa les épaules, insouciant :

— Cela fait bien longtemps. Ma mère est restée vieille fille puis à trente-cinq ans elle est « montée » à la capitale pour suivre mon père, un parigot à l'accent pointu qui était venu traiter des affaires dans la région. Plus âgé qu'elle de trente ans. Je suis fils unique, un gosse de vieux...

Marion hocha la tête en riant :

— Ben dis donc, pour un gosse de vieux, t'es plutôt réussi...

Il se mit à rire :

— Je n'y suis pour rien, tu sais.

Il ajouta, malicieux :

— Tes parents devaient être très vieux aussi...

Marion rit à son tour.

— Tes parents vivent encore à Paris ? s'enquit-elle, troublée.

— Mon père est mort quand j'avais onze ans. Ma mère est revenue à Belin-Béliet. Elle est très chiante mais je l'adore. Je te la présenterai, tu verras.

Marion ne répondit pas. Elle eut l'impression bizarre que le beau Philippe lui sautait dessus, l'emprisonnait, investissait sa vie sans lui demander son avis. Elle en fut encore une fois dérangée. Par chance, ils arrivaient à la mairie. Après la fraîcheur de la Cherokee, la température extérieure lui parut accablante, une chape flamboyante qui montait du sol le long de ses jambes, attaquait son dos avant de lui brûler la peau du crâne. Elle se hâta vers la bâtisse du XIXe précairement protégée de la canicule par de grands arbres et quelques massifs de fleurs. Talon était déjà dans le hall en grande discussion avec un homme plutôt costaud, la soixantaine alerte, vêtu d'un jean et d'un polo vert, une casquette en drap bleu à la main. Son visage jovial réagit à la vue de Philippe Cadaux :

— Monsieur le commissaire va bien ? Pas de poisson pilote aujourd'hui ?

Cadaux lui tendit la main en se tournant vers Marion :

— Je te présente Abel Lafon. Il connaît la forêt dans ses moindres recoins et va nous y accompagner. Le poisson pilote, c'est l'adjudant-chef de la gendarmerie de Belin-Béliet. Chaque fois que je viens dans le secteur pour l'enquête, il ne me lâche pas d'un pouce... Aujourd'hui il n'est pas libre, il a arrêté deux petits casseurs...

— La grosse affaire, alors ! sourit Abel Lafon. Un événement, par ici ! D'habitude, c'est plutôt calme, vous savez !

— Personne ne va s'en plaindre, conclut Cadaux. Et vous ne perdez pas au change. Je vous présente le commissaire Marion.

Marion voulait se rendre sur les lieux sans tarder et elle s'installa d'autorité dans le vieux Toyota rouge à côté d'Abel Lafon, qui, malgré la chaleur, avait remis sa casquette de marin sur sa tête. Cadaux embarqua Talon, sans enthousiasme. Afin de limiter le déploiement de forces, Lavot et Cabut étaient restés en compagnie de Janita pour visiter le bourg. Marion se prit à regretter la tournure que prenaient les événements. Elle aurait préféré conduire son enquête comme elle voulait, avec ses hommes et ses méthodes. Puis elle songea que si elle se trouvait là, à bord d'un 4 × 4 avec un vieux loup de mer sur la route de la forêt landaise, c'était dans le cadre de l'enquête de Cadaux qui consentait à lui en livrer quelques éléments pour faire avancer la sienne.

Ils roulèrent un moment en silence, franchirent un pont sous lequel des dizaines de personnes revêtues de gilets de sauvetage orange descendaient de canoës en s'éclaboussant joyeusement.

— C'est l'Eyre, dit Abel Lafon. Autrefois on disait la Leyre et beaucoup de gens d'ici l'appellent encore ainsi. Elle se jette dans le bassin d'Arcachon après un parcours superbe entre des murailles de verdure. Son delta est célèbre, c'est une des plus belles rivières touristiques de France. Vous devriez faire la balade, cela vaut le coup...

Il avait accéléré sur une ligne droite qui s'amorçait après le supermarché du village, rouge, vert et blanc, rutilant, et, à cause du bruit du moteur, il devait hausser le ton.

Ils passèrent les dernières maisons du bourg, un camping avec une piscine toute neuve sur la gauche et partout, la forêt était là. Le moindre mètre carré de la terre ingrate des Landes avait été ensemencé, il y avait des pins jusque dans les cours des habitations, aussi loin que le regard pouvait porter. Il y en avait aussi en tas sur le bord de la route, empilés et marqués de signes rouges mystérieux et quand les voitures tournèrent pour s'engager sur une voie communale, un énorme engin de débardage obstruait la route. Abel Lafon dut passer sur le bas-côté pour l'éviter, s'enfonçant dans un sable mou qui gonfla derrière eux en un nuage grisâtre. La Cherokee de Cadaux suivit sans difficulté. Le nuage de sable retomba sur eux, s'engouffra dans le Toyota. Marion se mit à tousser.

— Nous vivons dans le sable, s'excusa Abel Lafon, on en mange, on en emporte dans son lit ! Ici, c'est tout ce qu'il y a, du sable. Et des pins, des pins, encore des pins...

Ils atteignirent de nouvelles maisons, des constructions neuves alignées le long d'une route étroite, puis de très anciennes posées sur des terrains plus grands, des « enclos » enserrés au milieu de la forêt.

— Nous sommes à Bilos, commenta Abel Lafon. C'est un quartier de Salles, ce qu'ailleurs vous nommeriez un hameau. Salles, comme les communes voisines, est composée de plusieurs quartiers satellites comme celui-ci. Avant le développement des moyens de communication, chacun avait son école, ses installations propres. Aujourd'hui, tout est recentré sur le bourg, les quartiers ne sont plus que résidentiels.

D'autres tas d'énormes billes de bois jalonnaient la route qui, passé les dernières maisons, s'enfonçait dans les pins. Marion s'en étonna.

— Cette partie de la forêt, dit Abel Lafon, a disparu au cours d'un incendie gigantesque en 1945, en plein mois de juillet. Plus de dix mille hectares de pins ont brûlé et détruit le quartier de Bilos. Le feu est notre hantise ici et rien ne brûle aussi facilement que des résineux. À la fin de la guerre, les moyens de lutte étaient inexistants, on ne pouvait compter que sur le dévouement de l'homme. La forêt a brûlé comme un tas de paille, de même que des maisons, des granges et du bétail. On a replanté des arbres mais il faut cinquante ans pour faire un pin exploitable. Aujourd'hui, ils sont arrivés à maturité et le temps est venu de les couper.

Marion contempla les énormes trouées faites par les coupes.

— C'est impensable de détruire ainsi cette forêt, reprocha-t-elle.

— Ces parcelles sont privées à 90 % et les gens d'ici n'ont rien d'autre pour vivre. Autrefois, lorsque a débuté l'exploitation du pin, c'était pour produire de la résine. Elle se vendait à prix d'or puis les choses ont changé, les cours ont chuté en raison de l'apparition de la concurrence d'autres pays puis des produits chimiques. La forêt a fait vivre beaucoup de monde, à présent nous devons en quelque sorte la manger pour subsister.

— Mais on pourrait les faire devenir plus vieux, ces arbres !

— Au-delà de cinquante ans, les usines de traitement du bois n'ont pas la capacité d'exploiter de trop gros bois. Mais n'ayez crainte, on sème de nouveaux plants, la forêt se reconstitue sans cesse. On élabore des plans de gestion pour échelonner de façon plus rationnelle la repousse. Tenez, regardez !

Il désignait un champ de petits arbres d'un mètre à peine, aussi impeccablement alignés que leurs aînés.

— Ces semis ont trois ou quatre ans. Le pin maritime pousse vite. C'est un arbre frugal qui vit de peu, il est très adapté à ce sol pauvre.

— Quand même, hurla Marion pour couvrir les rugissements du moteur, c'est tellement beau, les grands arbres. Dites-moi, il n'y a que des pins maritimes dans cette forêt ?

— Quasiment. Un peu de chêne et quelques espèces isolées, acacias, châtaigniers, peu nombreuses en fait.

— Et d'autres espèces de pins ? insista Marion. Comme le pin sylvestre, par exemple ?

Abel Lafon secoua la tête. De grosses gouttes de sueur descendaient en rigoles dans son cou, trempaient son col. Il s'épongea d'un mouchoir blanc tiré de sa poche :

— Bon Dieu, quelle chaleur ! marmonna-t-il. Non, le pin sylvestre est plus gourmand que le pin maritime, donc il pousse plus lentement. Il n'aurait pas une rentabilité suffisante par ici. Pourquoi cette question ?

Marion n'eut pas le courage d'expliquer son intérêt pour les pins sylvestres. Elle avait chaud et les bruits de ferraille martyrisée du vieux Toyota limitaient la qualité de la conversation.

— Comme ça, se contenta-t-elle de dire.

Ils laissèrent sur la gauche le fossé de Gayac et dépassèrent un panneau à moitié dissimulé par des fougères, indiquant que l'on entrait dans la forêt communale de Salles. Abel Lafon ralentit devant un carré dénudé, entre de vieux pins immenses qui paraissaient caresser le ciel de leurs cimes aplaties et de hautes herbes jaunes raidies dans l'air immobile.

— Vous avez là le seul endroit de Gironde où l'on trouve encore des bleuets sauvages. L'été dernier il y en avait cent seize pieds, cette année il n'y en a plus que cinquante.

— Vous les avez comptés ?

— Pardines ! C'est une espèce en voie de disparition, elle intéresse les botanistes. Et moi je donne un coup de main à la science, j'ai le temps, je suis à la retraite.

Un héron s'éleva mollement, à quelques mètres devant eux, les ailes arrondies. Sur une ligne électrique qui s'enfonçait au loin dans une passe, des hirondelles étaient rassemblées.

— L'automne sera précoce, dit le conseiller qui avait suivi le regard de Marion.

Cette phrase résonna étrangement dans sa mémoire. Le moment où il l'avait prononcée lui revint brutalement. Au souvenir des deux corps martyrisés qu'il avait découverts quelques jours plus tôt dans la forêt, il frissonna. Marion s'en aperçut.

— Vous avez froid ?

— Pensez !

Mais il n'en dit pas plus. C'était un homme de la terre, silencieux et secret, qui ne parlait que ce qu'il était nécessaire.

— La forêt change tout le temps, dit-il enfin après un long interlude. Vous venez plusieurs fois dans la journée, tout est différent à chaque moment.

Il pila pour laisser passer une cane colvert et sept canetons qui traversaient sans se presser la passe de l'Escourte. Une buse dérangée par la visite inopportune des humains et de leurs engins bruyants poussa un cri rauque et s'enfuit en vol rasant sous les pins. Marion leva les yeux pour suivre le mouvement lent et inquiétant du prédateur. Elle aperçut au loin, au-delà des cimes, un panache de fumée. Elle s'alarma :

— C'est un feu de forêt, là-bas ?

Abel Lafon sourit :

— Non. C'est l'usine de Facture-Biganos. Elle est à dix kilomètres d'ici, à vol d'oiseau. Par vent d'ouest, on ne fait pas que voir la fumée, on la sent aussi, croyez-moi ! Les résidus de la cellulose dégagent une odeur très... particulière.

Derrière eux, la Cherokee de Cadaux s'impatienta d'un bref coup de klaxon.

— Que se passe-t-il ? cria le commissaire en passant la tête par la portière.

— Rien, répondit Marion, une petite famille en promenade.

Elle montra du doigt les derniers canetons qui disparaissaient dans les touffes de molinie et d'avoine sauvage sur lesquelles s'agitaient de nombreux papillons noirs.

Ils reprirent leur route doucement. À cet endroit la piste devenait plus dure, couverte d'herbe rase, plus étroite aussi entre les fossés de drainage. Cent mètres devant eux, un jeune chevreuil bondit par-dessus la piste, s'enfuit dans les arbres en piétinant une énorme touffe d'onagre dont les fleurs jaunes vacillèrent sous l'assaut.

Marion s'extasia, mais pas le conseiller :

— Malheureusement les chevreuils prolifèrent un peu vite. Ils détruisent les jeunes arbres, mangent les semis.

— Vous ne les chassez pas ?

Abel Lafon n'eut pas à répondre. Ils venaient de s'engager dans un grand pare-feu et, tout de suite après, le Toyota s'arrêta. Abel coupa le moteur.

À cet endroit la base des grands pins disparaissait sous une broussaille abondante faite de hautes bruyères dont on tirait la brande et d'ajoncs hauts comme des hommes.

— Cette partie de la forêt sera nettoyée l'année prochaine, expliqua Abel Lafon. Après, on coupera les pins.

Cadaux et Talon approchaient. Le commissaire désigna les lieux d'un ample mouvement.

— Voilà, ça s'est passé ici.

Du théâtre d'un double meurtre ne subsistaient que des bandes de plastique jaune où le mot « police » s'étalait en lettres noires tous les dix centimètres. Bien visibles à vingt mètres du pare-feu, elles délimitaient l'espace où avait été retrouvé le corps de l'homme calciné. Marion s'y dirigea.

— Le feu a été mis volontairement, dit Abel Lafon. Du moins, ce n'est pas la foudre qui l'a provoqué.

— Comment le savez-vous ? interrogea Marion en zigzaguant entre les touffes de bruyère.

— Il n'y a aucun pin marqué.

— Pardon ?

— Quand la foudre tombe sur un arbre, intervint Cadaux, les traces qu'elle laisse sont incontestables. Cela n'a pas été le cas ici. En revanche le L.I.P.S.[1] de Toulouse, compétent sur ce secteur, a mis en évidence des traces de carburant dont le corps de Demora a été arrosé, après sa mort. Selon toute probabilité, il a été tué quelque part, transporté ici et incendié.

Marion regarda autour d'elle. La forêt avait un air normal en dehors d'une surface où des traces noirâtres maculaient encore les arbres situés à l'intérieur de la bande jaune. Marion s'était imaginé quelque chose de plus spectaculaire. Elle fut presque déçue de ne consta-

1. Laboratoire interrégional de police scientifique.

ter que ces marques somme toute infimes et déjà en voie de disparition. Absorbées par une nature qui s'imposait à l'homme, le dépassait, le dominait dès qu'il la laissait vivre sans chercher à la contraindre.

— On suppose que la bagarre a eu lieu ici, reprit Philippe Cadaux en revenant sur ses pas et après qu'ils eurent examiné une nouvelle fois l'épicentre de l'incendie.

Il montrait, sur le pare-feu, légèrement en avant de l'endroit où étaient arrêtés les 4 × 4, une zone de quelques mètres de diamètre repérée par le même plastique jaune entourant le sable mou dont on pouvait penser qu'il avait été labouré tant les traces de roues enchevêtrées avaient par endroits creusé de profonds sillons.

— Et le deuxième corps ? s'enquit Marion en regardant autour d'elle.

Philippe Cadaux tendit le bras vers la gauche, là où la forêt paraissait plus épaisse encore. Abel Lafon prit la tête de la troupe, s'enfonçant entre les ajoncs très hauts et d'épaisses touffes de brande en forme d'arbustes, le tout composant un sous-bois presque impénétrable au milieu duquel le conseiller se dirigeait aisément. Marion peinait derrière lui pour tenter d'éviter le contact des épines et des ronces qui griffaient ses bras nus. Après une bonne centaine de mètres d'une progression épuisante, ils parvinrent au trou d'eau. Là aussi une bande de plastique délimitait l'endroit où Céline avait fini sa jeune vie.

— J'ai du mal à imaginer comment quelqu'un a pu traîner un corps jusqu'ici, à travers cette végétation, dit Marion en soufflant.

— En effet, admit Cadaux, mais c'est pourtant le cas. Je ne vois pas d'autre explication. Il n'y avait aucune trace de véhicule et de toute façon seul un bulldozer pourrait se frayer un chemin dans un tel fouillis.

Marion observa avec intérêt les grands feuillus aux

teintes claires qui tranchaient sur les verts sombres des pins figés en arrière-plan. Elle perçut les pépiements des oiseaux en même temps que l'environnement s'assombrissait soudain. Elle constata qu'il était déjà presque dix-huit heures.

— La nuit tombe vite en forêt, fit remarquer Abel Lafon surprenant le coup d'œil de Marion à sa montre.

Elle chercha Talon du regard pour entendre son avis sur les lieux du double crime et les éventuelles questions qu'il ne manquait jamais de poser en pareil cas, mais elle ne le vit pas. Elle en conclut qu'il était resté en arrière, sur le pare-feu où il avait peut-être repéré quelque chose et elle sentit la curiosité la gagner.

Cadaux la contemplait, une lueur bizarre dans le regard. La jeune femme y lut de la convoitise et de l'impatience, comme s'il condescendait à cette visite des lieux parce que Marion y tenait et uniquement pour lui être agréable.

— Tu as tout vu ? On peut y aller ?

« Ça y est, se dit Marion, agacée. Il recommence à décider de ma vie, de mon emploi du temps. »

— Qu'a donné l'enquête de voisinage ? demanda-t-elle sans répondre à sa question.

Il eut un sourire contraint :

— Le voisinage, tu sais... Les premières maisons sont à plusieurs kilomètres d'ici.

— Oh, intervint Abel Lafon, ne vous y trompez pas, il y a toujours quelqu'un pour voir quelque chose. Même ces pins pourraient parler si on les interrogeait.

Marion appréciait modérément la façon qu'avait Cadaux de la traiter en citadine demeurée ou ignare. Elle revint à la charge avec calme :

— J'aimerais savoir d'où ont pu venir ce véhicule et ce mort. Est-ce qu'ils ont pris le même chemin que nous ? Il y a une autre issue, un autre moyen de venir jusqu'ici ?

Le conseiller s'empressa :

— Il y a une autre piste en effet. Vous voulez la voir ?

Marion acquiesça d'un signe de tête. Ils revinrent sur leurs pas et trouvèrent Talon à quatre pattes dans les herbes qui faisaient la transition entre le sable du pare-feu et les premiers bosquets du sous-bois. Cadaux annonça qu'il était temps de partir, pourtant Talon poursuivit ses investigations solitaires.

Abel Lafon désigna d'un geste, à cent mètres sur la droite, l'amorce d'une piste que Marion n'avait pas remarquée.

— Le seul autre accès, c'est cette piste. Une piste forestière privée où la circulation est interdite sauf pour quelques personnes dont je fais partie. En raison de mes fonctions à la D.F.C.I.

— Elle conduit où ?

— Nulle part. Enfin, c'est une façon de parler. Elle s'arrête contre la voie ferrée Bordeaux-Bayonne. Au bout, il y a une maison qui, autrefois, avait une activité liée à la forêt, à la recherche agroforestière. Puis cette maison a été louée par la commune à des particuliers et abandonnée. Elle tombe en ruine et personne ne circule plus sur ce chemin, sauf les gens de l'I.N.R.A. [1], de temps à autre. Je vais vous montrer.

Talon s'était redressé. Il s'étira en grimaçant, une main à hauteur des reins. Visiblement bredouille, ce que Cadaux constata avec soulagement.

— Mauvaise pêche ? sourit-il.

— Pas tant que ça, dit Talon avec calme.

Marion s'approcha :

— C'est-à-dire ?

Talon sortit un sachet en plastique de la poche de poitrine de sa chemisette jaune pâle en coton, impec-

1. Institut national de la recherche agronomique.

cable malgré la chaleur étouffante qui laissait craindre un orage proche. Il agita l'objet :

— Des cheveux. Une jolie mèche. Dans l'herbe, là.

Il désignait un point à un mètre derrière la bande de plastique jaune.

— On ne ratisse jamais assez large, commenta-t-il à l'usage de Cadaux qui se rembrunit. Si vous voulez mon avis, il faudrait revenir demain pour chercher plus avant. Je suis sûr qu'il y a encore des trucs à trouver par ici.

— On a fouillé toute cette zone pendant deux jours avec les gendarmes mais on peut aussi ratisser la forêt, bougonna Cadaux, pas content. Il nous faudra seulement un an ou deux. Faites voir.

Il s'impatientait, toute bonhomie disparue. Marion exulta :

— Des cheveux ! Talon trouve toujours des cheveux, c'est une manie chez lui.

Ils étaient une dizaine, longs, emmêlés, en apparence clairs. Talon commenta :

— Ils ont leurs bulbes, ils ont dû être arrachés. Vu la longueur et la finesse, je dirais que ce sont des cheveux de femme... On pourra peut-être faire une recherche d'empreinte génétique...

Cadaux s'en saisit, les examina.

— On verra, marmonna-t-il encore.

Il leva les yeux vers le ciel assombri.

— C'est inutile de rester plus longtemps ici, il va faire nuit. On reviendra demain si le temps le permet...

— Pas de crainte, dit Abel Lafon, ce n'est qu'un nuage, il n'y aura pas d'orage ce soir.

Il ne précisa pas comment il tirait cette conclusion de l'examen des nuages pourtant inquiétants qui s'étaient amoncelés au-dessus d'eux. Marion fit un clin d'œil à Talon. Ces quelques cheveux étaient une façon de garder l'avantage sur le beau Philippe. Elle remonta dans le Toyota.

— On fait un métier formidable, s'exclama-t-elle, toute contente.

Abel Lafon ne commenta pas. Il murmura que Philippe Cadaux passait dans le secteur pour un garçon un peu trop sûr de lui.

— Il est marié ? interrogea Marion.

— Pas que je sache. Il n'a jamais été capable de choisir. C'est un papillon, un enfant gâté.

Marion s'étonna de ce jugement définitif.

— On dirait que vous lui en voulez ?

Ils s'étaient engagés sur la piste forestière après avoir levé et refermé derrière les deux véhicules une barrière qui offrait une protection symbolique.

— C'est dissuasif, expliqua Abel Lafon. On ne peut pas cadenasser car les pompiers doivent pouvoir intervenir librement, très vite et en tous lieux.

Ils roulèrent un moment sur la piste empierrée sans que le conseiller se décidât à reprendre ses commentaires sur la vie amoureuse de Cadaux. La forêt s'assombrissait de plus en plus, le soleil avait disparu derrière une grosse montagne de nuages près de s'écraser sur les pins.

— Il a fait beaucoup de malheureuses, fit-il seulement sur un ton qui signifiait qu'il n'en dirait pas plus.

Ils débouchèrent bientôt dans une clairière où des arbres gigantesques pourvus de larges feuilles dentelées d'un vert profond et brillant remplacèrent les immuables pins. Au fond, une vieille baraque abandonnée disparaissait presque sous les ronces et d'autres plantes grimpantes tout aussi sauvages. Au milieu de l'airial, l'émail blanc d'un appareil ménager rouillé détonnait, incongru dans le paysage sauvage.

Les 4 × 4 s'étaient arrêtés à proximité de la voie ferrée qui longeait le côté de la maison, au nord. Marion descendit, contempla la vieille bâtisse qui, malgré son délabrement avancé, montrait par ses proportions et une harmonie de formes qu'elle avait été belle en d'autres temps.

— Personne n'habite plus là depuis au moins dix ans, dit Abel Lafon.

Marion ressentit une forte envie d'aller jusqu'à la maison, de traverser l'airial planté de ces immenses arbres qui, l'automne venu, allaient flamboyer, se parer de couleurs violentes dans toute la gamme des jaunes, orange, rouges. Quelque chose la retint, elle n'aurait su dire quoi, une impression étrange, un malaise diffus.

— Ces arbres sont immenses, remarqua Marion.

— Ce sont des chênes américains. Des plants importés à titre expérimental. Pour la recherche et l'ornement.

Son ton exprimait le très léger mépris des gens de la terre pour des arbres certes décoratifs mais inutiles. Marion tendit l'oreille :

— Il y en a beaucoup par ici ?

Abel Lafon parut surpris de son intérêt pour des arbres qui précisément n'en avaient aucun à ses yeux. Il affirma qu'on en trouvait un peu partout dans le massif landais de même qu'une espèce d'érable dont les gens truffaient leurs jardins. Il convint que ces arbres venus du continent américain étaient beaux mais que c'était là une fonction anecdotique.

— Cet endroit s'appelle Baque-morte, reprit-il alors que Marion semblait perdue dans ses pensées.

— Drôle de nom, murmura la jeune femme avec un effort pour fuir la gêne que lui communiquait ce lieu.

— C'est du patois d'ici, ça veut dire « vache morte » et dans l'esprit on se réfère à un animal auquel on tient, pour lequel on a du respect car les animaux de ferme, comme les vaches, ne meurent pas. Ils crèvent.

Marion ne saisissait pas trop la nuance et Abel se lança dans un complément d'explication d'où il ressortait que les animaux utilitaires n'avaient d'autre intérêt que leur fonction. Un chien fidèle ou tout autre animal de compagnie meurt, on l'enterre au fond du jardin. Une vache à lait crève, on la fait enlever par l'équarrisseur et on la remplace par une autre vache à lait tout aussi anonyme. Comme on remplace sa voiture quand elle est hors d'usage. Marion fit signe qu'elle avait compris.

Cadaux avait suivi Talon le long de la voie ferrée, ils regardaient au loin, là où les voies se perdaient sous les caténaires en ogives.

— C'est là qu'ont eu lieu les premiers essais de vitesse du T.G.V., dit Talon qui revenait, indifférent à l'ambiance que dégageait la vieille bâtisse. Ces voies toutes droites s'y prêtaient parfaitement. Trois cents kilomètres à l'heure. Un exploit technique.

— Et comment ! approuva Abel Lafon. Je vous proposerais bien de venir prendre l'apéritif à la maison ? Ma femme doit être morte de curiosité à l'heure qu'il est...

Il émit un petit rire de gorge. Marion refusa mollement. Cadaux, son regard bleu vissé sur elle, se récria qu'il était tard, qu'ils avaient d'autres projets — Marion se demanda bien lesquels — et qu'ils étaient trop nombreux pour déranger madame la conseillère sans préavis. Abel Lafon ayant balayé la dernière objection, Marion, par jeu, par agacement aussi, suggéra à Cadaux d'accepter et d'aller chercher le reste de l'équipe. Le commissaire la fusilla de son regard bleu mais elle lui tourna le dos, dédiant à Abel Lafon un sourire éblouissant.

Il faisait presque nuit quand ils s'éloignèrent de Baque-morte.

Telle une armée disciplinée et impavide, la barre noire des pins fermait l'horizon.

— Tu veux prendre un verre ? Profiter de la fraîcheur ?

La voix de Philippe Cadaux se faisait caressante, confidentielle. Il désigna un hamac, invita Marion à s'y installer. La galerie était vide, la maison plongée dans l'obscurité à l'exception d'une lanterne qui émettait une pauvre lumière jaunâtre. Victorine avait disparu, couchée ou embusquée dans un coin pour voir comment son neveu chéri s'en tirerait avec cette nouvelle future conquête. Marion secoua ses boucles décoiffées avec un petit rire nerveux :

— Je crois qu'on a assez bu, non ?

Les apéritifs s'étaient succédé chez Abel Lafon, généreusement servis par le conseiller et madame, une petite femme à l'œil vif, à l'élégance discrète, presque citadine. Ils racontaient leur pays, leurs souvenirs, les grandes et petites histoires d'un terroir semblable à d'autres. Les verres se remplissaient et se vidaient, avivant les couleurs de Lavot et de Cabut qui n'avaient pu résister à une partie de canoë et en avaient récolté de furieux coups de soleil. Déjà bronzée, Janita Moreno s'en tirait bien mais, comme les hommes, elle buvait sec. Au deuxième whisky, Marion avait déclaré forfait : elle voulait être en forme le lendemain.

Puis il avait été question de manger un morceau. Cadaux, déjà renfrogné, avait protesté, comme s'il voyait ses projets sombrer définitivement. Marion n'avait pas faim mais Abel Lafon avait insisté :

— En compagnie les oies se baignent...

Cabut, Lavot et Talon avaient sauté sur le foie gras et le confit d'oie miraculeusement sortis du grenier. Lavot, les yeux dans le décolleté de Janita, plus suggestif d'heure en heure, buvait. Malgré un mal de tête invasif, Cabut faisait de même en silence. Comme toujours, Talon posait des questions intelligentes.

Philippe Cadaux ne buvait pas, mangeait peu. Marion avait lancé la conversation sur une des passions des habitants de cette région qu'elle découvrait.

La corrida. Le commissaire, de plus en plus agacé, avait levé les yeux au ciel puis regardé sa montre. Marion n'avait pas l'intention d'aborder cette question avec lui. Elle voulait garder pour elle l'idée que la tauromachie pouvait être le fil rouge de ces affaires en apparence si diverses, visiter les lieux qui avaient vu grandir Marie-Sola Lorca, se faire et se défaire la carrière et la gloire de Manolito, résoudre le mystère de leur mort presque simultanée. Abel Lafon avoua ne pas être très intéressé ni compétent en la matière mais sa femme se montra intarissable. Leur fille était une vraie aficionada, et lui communiquait sa fougue malgré quelques aspects du spectacle qui, parfois, la dérangeaient : les piques, la mise à mort. Elle montra des photos, proposa quelques livres d'initiation que Marion s'empressa d'accepter. Les autres jacassaient entre eux. Janita riait des blagues approximatives de Lavot. Cadaux s'ennuyait.

— Un peu de champagne ? insista-t-il alors que Marion s'appuyait sur le bord du hamac, lui imprimant un léger balancement.

— Non merci, dit-elle fermement en se demandant quand même d'où sortirait le miraculeux champagne. À moins de l'avoir prévu pour la circonstance ou sur commande de son neveu, la tante Victorine n'était pas du genre à en avoir une réserve dans son réfrigérateur. Marion se sentit plus mal à l'aise encore face à cette entreprise de séduction trop préméditée. Comme Philippe Cadaux semblait s'attendre à ce qu'elle change d'avis, elle précisa :

— Je ne veux rien boire. Je vais me coucher. J'ai l'intention de me lever tôt pour courir dans les bois. Le matin, ça doit être superbe...

— Sûrement, murmura Cadaux en s'approchant d'elle.

À cet instant, Marion sentit l'ennui tomber sur ses épaules. Cadaux menait son affaire sans broncher, sans se rendre compte qu'il était à côté des clous. Elle ne ressentait plus rien du trouble qui l'animait le matin même, plus rien de cette émotion sensuelle que lui avait fait éprouver Philippe Cadaux pendant quelques heures. Cela tenait à son impatience, à la mauvaise humeur qu'il avait manifestée, en enfant gâté qu'il était et à qui, comme l'avait suggéré Abel Lafon, tout avait toujours été facile.

« Être beau peut être un handicap, finalement, se dit-elle en le regardant se pencher vers elle. Il ne fait aucun effort de séduction, ne cherche pas à faire rire, à épater, ça tombe tout seul. » Comme disait Lavot : « Il se met sous l'arbre, il donne un coup de pied dedans et trente minettes en dégringolent, la culotte à la main... »

Cadaux ne mettait aucune fantaisie dans sa quête amoureuse, ni l'enthousiasme, la ferveur qui annoncent les grandes passions, les grandes marées. Il fallait à Marion sentir l'intensité du désir de l'autre pour s'y abandonner. Faute de quoi ce ne serait qu'une partie de jambes en l'air, une gesticulation tout au plus plaisante. Sans garantie de résultat...

— Je veux aller à Mont-de-Marsan dimanche, dit-elle en se redressant.

Il était presque contre elle, concentré sur la naissance de ses seins qu'il devinait dans la pénombre. Il releva la tête :

— À Mont-de-Marsan ? Quelle idée ?

— Il y a une corrida.

— C'est pas vrai ! Tu veux voir une corrida ?

— Oui. Tu as une objection ?

Se sentant agressé, Cadaux recula, piqué :

— Aucune. Je n'ai rien contre la corrida. Je trouve que c'est un spectacle sans intérêt. Sans moi.

Marion s'abstint de dire que cette décision la soulageait.

« Je suis injuste », songea-t-elle, en se remémorant tout ce qu'il avait mis en œuvre depuis le matin pour l'aider dans son enquête et aussi — ça c'était le petit démon têtu qui la narguait — pour la mettre dans son lit.

Ou pour lui laisser faire à sa place des progrès dans une enquête où il pataugeait. Injustement peut-être, Marion l'estimait peu motivé, paresseux, superficiel. Défauts qu'elle ne pouvait tolérer chez un homme qui prétendait la conquérir. Pour cela, il fallait l'épater, lui faire toucher les épaules, et Cadaux en était loin.

— À vrai dire, dit-il en changeant imperceptiblement d'attitude, je me fiche de la corrida et de tout le reste. J'ai envie de te prendre dans mes bras. Tu veux bien ? Dis-moi que tu le veux.

Sa voix s'était faite amoureuse. Il tendit la main vers Marion, son sourire éblouissant revenu sur son visage hâlé, plus sombre dans la galerie à peine éclairée. Il effleura du bout de l'index une longue estafilade rouge qui ornait le bras droit de Marion et qu'un ajonc agressif avait créée comme une ligne mystérieuse, de vie, de chance ou de cœur. Elle s'écarta :

— Écoute, Philippe... Je ne veux pas te faire de peine, mais... je vais me coucher seule.

— Je ne comprends pas.

— Il n'y a rien à comprendre. Tu es beau mec, tu dois avoir un tas de nanas prêtes à se coucher en travers de ta porte...

— Ce n'est pas vrai, je t'assure... Et toi, c'est différent. Tu me plais...

Elle ne put retenir une petite vacherie :

— Pourquoi ? Il t'arrive de draguer des filles qui ne te plaisent pas ?

Elle ne lui laissa pas le temps de riposter :

— Peu importe d'ailleurs. Je ne crois pas que ce soit une bonne idée. Et pour tout dire, je préfère descendre seule, continuer mon enquête avec mes gars. Nous sommes trop nombreux, c'est toi qui l'as dit ce soir dans la forêt.

Elle se mit en mouvement en direction de sa chambre. Les mains dans les poches, muet, mécontent de lui et d'elle, Cadaux la laissa partir sans esquisser un geste.

Elle venait de se laisser glisser dans une onde bienfaisante, dans ce presque abandon qui précède le grand plongeon dans le noir de la nuit. À cause de la chaleur, elle était allongée nue, directement sur le coton rugueux du drap, les bras le long du corps. Elle perçut quelques vagues mouvements autour d'elle, un léger rêve captura son esprit, la fit dériver plus loin et plus vite dans une forêt lumineuse et claire. Des ombres bienveillantes l'entouraient, effleuraient ses cheveux, son visage, agaçaient son cou, un souffle léger et tiède caressait sa joue. Puis des mains se posèrent sur elle, s'enroulèrent autour de ses seins, en une série de gestes tendres et sensuels. Elle sursauta légèrement au sortir du rêve naissant comme lorsque l'on croit trébucher sur une pierre, une marche d'escalier ou le bord d'un trottoir et sentit son corps se tendre sous la caresse qui le dessinait aussi précisément. Elle voulut repousser les mains et protester mais un doigt léger se posa sur ses lèvres tandis qu'une autre main descendait le long de son ventre.

Des lèvres douces et savantes remplacèrent les doigts sur sa bouche. Les mains l'investirent. Elle ne résista plus.

18

Salles. Landes de Gascogne.

— La nuit a été bonne, madame le commissaire ?

Abel Lafon posa sa question avec une innocence que démentait l'éclat mutin de son regard.

— Moyenne ! s'exclama Marion sur le même ton. Mais le footing à six heures dans la forêt, un vrai bonheur !

Elle se retourna vers l'arrière du Toyota où, en l'absence de sièges, Lavot et Talon s'étaient installés à même le sol, entre une trousse à outils et divers objets à la fonction moins claire. Cabut s'était sacrifié pour prendre place dans la Cherokee de Cadaux et résigné à la compagnie de Janita Moreno dont Lavot semblait vouloir éviter la proximité à tout prix. Les genoux sous le menton, coincé contre la porte arrière, il avait la gueule de travers, les délices suggérés par la pulpeuse Janita ayant visiblement tourné court.

« Chou blanc, mon pote », s'était-il contenté de répondre au coup d'œil interrogateur de Cabut. Alors qu'ils s'engageaient sur une piste en mauvais état, un cahot précipita les deux officiers l'un contre l'autre. Leurs fronts s'entrechoquèrent, leurs visages se touchèrent.

— Putain, hurla Lavot hors de lui, tu vas pas me rouler une pelle, en plus ?

— Ça risque pas, riposta Talon sans se démonter. Faudrait que tu te rases d'abord !

— Elle est belle, hein ? hasarda Abel Lafon.

— Elle a du chien, osa Marion qui redoutait de mal comprendre, un peu vulgaire, vous ne trouvez pas ?

— Je parlais de la forêt, reprocha Abel Lafon avec un sourire crispé.

La tension à l'arrière n'avait pas décru.

— Une pouffe et un merlan frit ça va ensemble, s'énerva Lavot. D'ailleurs je suis sûr qu'il se la tape aussi. Au fait, c'est un bon coup, patron ?

— Écrase ! dit Talon entre ses dents. T'es pas drôle.

Marion fit la sourde oreille mais elle sentait peser sur elle le regard lourd de sous-entendus de ses hommes. La tante Victorine les avait conviés au petit déjeuner et d'un coup d'œil Marion avait évalué la situation : l'air fermé de Janita Moreno, toujours sur ses grands chevaux et plus aguichante que jamais, pas la tête d'une femme chavirée par une nuit d'amour, la lippe renfrognée de Lavot qui, abrité derrière ses Ray-Ban, avait pris un air de dogue à qui on a refusé son os. À l'évidence, la belle s'était couchée seule et Lavot avait mal dormi. Marion s'était demandé quelle tête elle avait, elle, malgré le footing et la douche glacée.

« Ils se comportent comme des maris jaloux..., s'offusqua-t-elle en douce. Je devrais peut-être demander leur permission pour m'envoyer en l'air ! » Surtout que s'envoyer en l'air n'était pas l'expression la plus appropriée pour qualifier des ébats tout au plus plaisants. Ils avaient été comme elle les avait pressentis : peu inspirés.

Philippe Cadaux avait été parfait en beurrant ses tartines : détaché et professionnel, presque lointain. Au point qu'elle s'était demandé si elle n'avait pas rêvé pour de bon cette nuit d'amour tiède. Il avait même expliqué aux officiers quel intérêt il y avait à retourner gratter dans la forêt pour y découvrir quelques possibles indices oubliés. Sidérée, Marion l'écoutait dire le contraire de ce qu'il affirmait la veille quand il prétendait avoir ratissé les lieux de fond en comble. Son regard bleu posé sur elle n'exprimait alors qu'indifférence polie.

« Bien fait pour toi, se dit-elle, tu le savais. Il n'y avait pas de choc amoureux à redouter, ce n'est pas le style de l'homme. »

— Elle est belle, reprit Abel Lafon, mais dangereuse, mystérieuse. Envoûtante.

Il en parlait vraiment comme d'une femme. Marion s'en étonna.

— Il est vrai qu'elle est exigeante, possessive et que, quand on se prend à son jeu, elle ne vous laisse pas en repos. Jamais. Vous n'avez pas rencontré les lutins ce matin ?

— Quoi ?

Marion le regarda à la dérobée. Il énonça, sérieusement :

— On est superstitieux dans la forêt. On croit à tout un tas de légendes, de superstitions.

— Il y a des messes noires, des sacrifices humains ? intervint Talon en criant presque pour se faire entendre.

— Pas à ce point, rit Abel Lafon. Mais pas loin... Autrefois, il se passait de drôles de choses et comme on ne savait pas expliquer certains phénomènes naturels, on préférait croire à l'intervention divine. Ou à celle du diable. Les fées et les loups-garous alimentaient les histoires à la veillée. Bien sûr tout cela n'est plus aussi vrai maintenant mais il reste encore de nombreuses traces de ces anciennes pratiques.

Il ralentit et Marion remarqua qu'ils n'avaient pas

pris le même chemin que la veille. Lavot, toujours de mauvais poil, contesta en ronchonnant que l'on pût faire la différence entre des chemins et des pistes qu'il trouvait d'une extrême similitude et, de surcroît, d'une affligeante banalité.

— En effet, je vous fais emprunter une passe qui donne un autre point de vue sur la forêt, répondit le conseiller. Et puisqu'on parle de croyances et de légendes, on a le temps de faire un petit détour ? Je voudrais vous montrer quelque chose.

Il tourna sur la gauche à travers une zone forestière dense et touffue puis ils longèrent une parcelle où une coupe récente avait laissé des traces terribles.

— Après les coupes, expliqua Abel Lafon, on laisse le terrain reposer trois ou quatre ans pour donner le temps aux parasites du pin de disparaître. Ensuite on nettoie et on réensemence sur un sol propre.

Ils dépassèrent un étang enfoncé sous les arbres et les vestiges d'une construction qu'Abel Lafon désigna comme les ruines d'une ancienne forge. La pauvreté des minerais de fer, quoique abondants dans les landes environnantes, avait sonné le glas de leur exploitation et condamné les forges.

Ils roulèrent encore sur quelques centaines de mètres, dans un décor de plus en plus touffu et sombre, puis Abel Lafon arrêta le Toyota.

— On ne peut pas aller plus loin, il faut continuer à pied.

Cadaux jaillit de sa Cherokee grise de poussière.

— Mais qu'est-ce que vous fabriquez à la fin ? vociféra-t-il. Ne me dites pas que vous les amenez à la Pierre du Diable ?

Des traînées de poussière maculaient le contour de ses yeux et de sa bouche. Janita Moreno, descendue à son tour, époussetait ses vêtements avec des gestes secs, énervés. Marion avisa Cabut qui paraissait sorti tout droit d'une mine de charbon pour incarner Lantier dans *Germinal* ou les chauffeurs de *La Bête humaine*. Elle croisa le regard de Lavot et tous deux éclatèrent de rire.

Cadaux haussa les épaules et retourna s'asseoir dans sa Jeep, maussade et vexé. Il s'écria :

— Allez-y sans moi, je connais par cœur. J'ai fait trente fois le pèlerinage, chaque fois qu'on a une visite, on amène les amis ou la famille à la Pierre du Diable. Ça et l'église du vieux Lugos, c'est à peu près tout ce qu'il y a à voir par ici.

Ils escaladèrent un monticule au milieu d'une végétation épaisse : des ajoncs hauts comme des églises, des fougères aux larges feuilles luttant avec des ronces aux ramifications tourmentées, une zone de lande qui ressemblait à de la friche dense émaillée de quelques pins.

Ils s'arrêtèrent au sommet, entourant, dubitatifs et déçus, une large pierre plate, d'un mètre quarante de côté, épaisse de cinquante à quatre-vingts centimètres, posée sur le sol, à l'horizontale. Une pierre du pays, formée des mêmes ingrédients que toutes les autres parmi lesquelles elle avait pris corps : du quartz et des petits cailloux qui pullulent dans les sables, des éléments ferrugineux et du calcaire agglutinés et cimentés par l'eau et l'humidité. De l'alios noir aux reflets bruns ou rouges, une pierre de terre, profonde et grave, bien loin des pierres marines, blanches et constellées de fossiles de coquillages que l'on rencontrait aussi dans la région.

— On évalue son poids à deux tonnes, dit Abel Lafon. Elle a été cassée par les chercheurs qui pensaient y découvrir Dieu sait quel secret...

Il désigna, sur la face exposée au soleil, des signes tracés profondément dans le matériau. Talon se pencha.

— C'est pour *ça* qu'on a transpiré ! maugréa Lavot.

— Ces signes représentent une main à sept doigts, dit le conseiller, imperturbable. L'annulaire mesure 45 centimètres, il est plus long que le médius et la paume fait 17 centimètres sur 26. Et là, vous voyez, il y a une autre main plus petite.

— Celle de la femme du diable ? se moqua Cabut qui soufflait comme une vieille haridelle.

— C'est ce que dit la légende en effet, confirma Abel Lafon sans rire.

Marion regarda autour d'elle.

— On sait comment cette pierre est arrivée là et à quoi elle servait ?

— Les spécialistes ont longuement polémiqué. L'un a supposé qu'il s'agissait d'un dolmen mais on n'a pas retrouvé d'autre morceau d'un tel objet, incomplet tel qu'il est là et vestige préhistorique qui plus est. Un autre a prétendu qu'il s'agissait d'un tombeau édifié en 788 et recouvert du sceau de Charlemagne, puisque la route qu'empruntaient les armées du roi pour aller en Espagne est toute proche, entre ce monticule et la vieille église de Lugos. Cette hypothèse est contestable car Charlemagne interdisait que le peuple vénère les pierres, les arbres et les fontaines et après de nombreux conciles tenus entre 452 et 681, il rendit un décret frappant d'anathème et d'excommunication quiconque leur rendrait un culte. On peut, dans le même esprit, envisager un hommage funèbre à un croisé, inhumé au lieu même où il avait trépassé. La main indiquerait alors pour les autres le chemin à suivre, celui que lui-même avait envisagé de prendre pour aller au loin combattre l'infidèle. Plus tard, on évoqua l'idée de « pierre de sacrifice ». La main à sept doigts, mystérieuse et monstrueuse, serait la copie de celle d'une sorte de géant qui vivait par ici, un de ces colons venus d'ailleurs et qui aurait transporté la pierre lui-même.

— Deux tonnes ! s'exclama Marion, il devait être sacrement balèze.

— Les Gaulois d'alors étaient gigantesques. On aurait fait de ce mégalithe un lieu de culte rituel, la grande main servant aux hommes, la petite aux femmes.

— La discrimination sexuelle est donc préhistorique..., sourit Marion.

— Aucune explication n'a été donnée à l'existence de ces mégalithes, poursuivit le conseiller. On en trouve en assez grand nombre dans la France entière. La légende qui se raconte depuis des siècles dans la région fait intervenir le diable. C'est plus commode. Les sacrifices et les incantations au diable se déroulent ici les nuits de pleine lune, entre les loups-garous et les chimères, les lutins et les elfes...

— Vous inventez, là ! protesta Marion qui avait du mal à comprendre, même venues de la nuit des temps, de telles pratiques. Les deux pieds posés par terre, elle ne pouvait concevoir ce qui justifiait ces mystérieux rituels.

Abel Lafon se pencha, fouilla sous les herbes hautes, en retira une plaque de pâte molle constellée de sable et de déchets organiques.

— Vous voyez ! s'exclama-t-il avec satisfaction.

— Qu'est-ce que c'est ? s'empressa Talon.

— Ça m'a tout l'air d'être de la bougie, répondit le conseiller en portant la pâte rosâtre à ses narines. Tout juste ! Et ce n'est pas vieux.

— Vous voulez dire..., interrogea Marion, saisie.

— Ce que je vous disais. Certains viennent encore ici pour faire des messes noires ou des incantations au diable.

— Ou des rave-parties, émit Talon avec son pragmatisme qui ne se laissait pas facilement démonter.

Marion allait expliquer à Abel Lafon ce qu'étaient

les rave-parties, ces nouvelles et gigantesques boums noyées dans l'alcool et l'ecstasy, quand des coups d'avertisseurs impatients déchirèrent l'air brûlant. Le grondement incessant de l'autoroute proche masquait à peine les stridulations de quelques insectes et le grincement des cigales mis en danger par les nombreux oiseaux qui squattaient la colline. Cadaux les replongeait dans la réalité et un quotidien moins magique où les ordinateurs remplaçaient les fées mais où la cruauté restait intacte.

Cadaux et Janita Moreno se tournaient le dos, le commissaire arborant une mine ennuyée, l'officier un air malheureux qui mirent Marion mal à l'aise. En coupant par les pare-feu pour aller plus vite, ils rejoignirent les lieux du double crime. Lavot fit une moue dégoûtée, se demandant ce qu'ils pourraient découvrir de nouveau dans cette succession de carrés de pins, tous semblables.

Marion pointa le doigt en direction de parcelles où poussaient des arbres de hauteur, de couleurs différentes, sous un ciel lavé de tout nuage. Le grand bleu annonçait une canicule encore plus insupportable que la veille. Immobiles sur le bord des passes, les herbes légères tendaient leurs têtes jaunies vers une pluie qui ne viendrait pas.

— Vous êtes de mauvaise foi, Lavot, et de mauvais poil, dit-elle. Mettez-vous au travail au lieu de vous lamenter sur votre sort. À quoi servent ces sachets suspendus aux jeunes arbres ? s'enquit-elle ensuite.

— Du sang de bœuf séché, répondit Abel Lafon comme si la chose allait de soi.

— C'est pour éloigner les fées ou les loups-garous ? se moqua Marion.

— Non, les cervidés. Ils sont friands des jeunes pousses de pin et ils sont protégés, donc nombreux.

Les forestiers ont découvert que le sang de bœuf est un répulsif efficace. On ferait mieux de canaliser le développement anarchique de ces bestioles, ce serait plus efficace et plus réaliste. Mais ce n'est pas l'avis des écologistes qui savent tout sur tout et arrivent à imposer des positions absurdes.

Il parlait comme à son habitude, sans hausser le ton, regardant sans les voir les écharpes de fumée de l'usine de Facture mêlées aux traînées blanches laissées dans le ciel par des avions de passage. La fin de sa phrase pourtant résonna différemment. Il connaissait la forêt mieux que quiconque et son humeur égale souffrait de ne pas être toujours compris et écouté.

Puis chacun reçut son petit carré de forêt à explorer et commença à s'activer. Seule Janita Moreno ne bougea pas. Les mains dans les poches de son jean, les bras resserrés contre sa poitrine moulée dans un tee-shirt de la couleur du ciel, elle semblait perdue dans la contemplation du commissaire Cadaux.

Marion, en se retournant, capta son air sérieux, presque douloureux. Philippe Cadaux, indifférent à la présence de Janita, s'avança dans le sillage de Marion devant laquelle il s'arrêta un instant, relevant d'un doigt léger une mèche folle qui cachait son regard :

— Tu es belle dans le soleil, murmura-t-il avec un petit sourire, et, Marion l'aurait juré, un coup d'œil éclair en direction de Janita.

Elle secoua la tête, envahie par une sensation désagréable.

— Tu n'as pas pu résister, hein? fit Janita quand Cadaux passa enfin près d'elle.

Il y avait du défi et du mépris dans son regard ardent. Cadaux haussa les épaules en tendant la main :

— Mets-toi au boulot, on ne va pas passer la nuit là !

— Évidemment..., il y a mieux à faire... la nuit. Je te préviens...

Il l'attrapa par le bras, proféra sèchement :

— Tu ne me dis pas ce que je dois faire, tu me lâches !

Ce qu'il fit à son tour en laissant la trace blanche de ses doigts sur la peau hâlée de la jeune femme.

Interloquée, Marion vit l'officier Moreno lever la tête, respirer fortement et se mettre en route, des larmes plein les yeux.

Abel Lafon leva à hauteur de son visage ruisselant de sueur un objet si petit que, d'où elle se trouvait, Marion ne le vit pas. Elle se précipita vers le conseiller tandis que Cadaux s'approchait à son tour et se penchait en prenant appui, l'air de rien, sur l'épaule de Marion. La scène avec Janita Moreno lui revint brutalement en mémoire. Toute à ses recherches, elle avait oublié l'officier volcanique. Elle se retourna, la cherchant des yeux tandis qu'elle s'écartait de Cadaux d'un mouvement sec. Elle ne la vit nulle part et revint à Abel Lafon, rejointe par les trois hommes de son équipe, bredouilles.

Ce que le conseiller tenait à la main était un anneau d'or minuscule. Talon sortit la trousse I.J. de son sac à dos. Il en extirpa une pince à épiler avec laquelle il saisit l'objet et une loupe au manche articulé qu'il déplia pour l'observer. Puis, avec précaution, il introduisit l'anneau dans une pochette de plastique translucide.

— Il y a du sang là-dessus. Très intéressant tout ça... Bravo, monsieur Lafon !

Philippe Cadaux haussa les épaules en tournant le dos au groupe.

Ils poursuivirent leurs recherches pendant une heure encore mais personne ne trouva plus rien. Midi était passé, l'attention se relâchait et Janita Moreno était toujours invisible. Décontenancée, Marion évitait de poser la moindre question à son collègue, sûre qu'elle était de n'obtenir qu'une réponse frelatée. Un détail la taraudait : pourquoi, alors qu'il avait des vues sur Marion, Cadaux avait-il amené Janita dont, sans le moindre doute, il était l'amant ? Pour neutraliser Lavot ? Cette raison était insuffisante et, de toute façon, Marion s'estimait en mesure de mettre son officier au pas. Elle sentit son malaise s'accroître en réalisant qu'elle était peut-être entrée dans un jeu pervers dont elle ne connaissait pas les règles et elle s'en voulut terriblement.

— On peut s'en aller, dit-elle en lançant à Cadaux un regard noir. Tu devrais peut-être t'inquiéter de ta... collaboratrice.

— Ne t'en fais pas, elle n'est pas loin, répliqua Cadaux, agacé mais, à l'évidence, sûr de lui.

Il appela Janita deux fois, sa voix se répercutant entre les fûts rectilignes des pins. Les autres retenaient leur souffle. Au troisième appel, Janita sortit de la forêt, cachée derrière une brassée de bruyères rose pâle qu'elle colla, avec une inutile brusquerie, dans les bras d'Abel Lafon :

— Tenez, pour votre femme...

Marion remarqua les traces noirâtres qui entouraient ses yeux sombres et maculaient ses joues. Il était clair que Janita avait pleuré.

— T'es pas chiée comme collègue, rouspéta Lavot. Madame batifole dans les fleurs pendant qu'on glande ici à chercher je ne sais quel trésor.

Il rouspéta plus encore quand Marion émit le souhait d'aller rendre visite à la famille adoptive de Céline Duroc. Ce fut même un tollé qui accueillit cette proposition. Ils avaient tous faim, à l'exception d'Abel Lafon, qui adoptait l'attitude de celui qui était à disposition et ferait ce qu'on lui dirait et de Janita Moreno qui évitait de croiser le regard de Marion.

— On pourrait revenir cet après-midi, hasarda Talon.

— C'est dommage, on est à côté, plaida le conseiller plein de bonne volonté. Ils habitent au Grand-Lagnereau, c'est sur la commune de Sanguinet.

— Et ça va servir à quoi ? s'emporta Cadaux. C'est comme de revenir ici. Ça a servi à quoi, tu peux me le dire ? Ce qu'on a trouvé n'est pas déterminant pour l'enquête. Céline portait un anneau à une oreille. Et je crois me souvenir que c'était le même que celui-là...

— Et l'autre ?

— L'autre ! L'autre ! Est-ce que je sais ? C'est sûrement celui qu'a trouvé M. Lafon. Il a dû être arraché dans la bagarre. Il faut lire le rapport d'autopsie, c'est sûrement dedans. Moi, j'ai vu et entendu ces gens dix fois. Je vais déjeuner.

Il partit s'installer au volant de sa Cherokee, sans un regard pour personne. Janita lui emboîta le pas et, d'autorité, s'assit à côté de lui. Les yeux sur la cime des pins, lointaine et tendue, elle semblait peiner à contenir ses larmes. Malgré sa colère, Marion fut soulagée de les voir partir.

19

La maison forestière du Grand-Lagnereau était une construction à deux étages, située au ras de la route qui marquait la limite entre les communes de Salles et de Sanguinet. Des tas de bois, des objets divers et des jouets d'enfants jonchaient la cour.

Mme Ronquey, une petite femme d'un âge incertain, courte sur pattes et aussi large que haute, portait des cheveux courts coiffés sans recherche et des vêtements bon marché. Quand ils arrivèrent, elle était occupée à nourrir quatre enfants attablés devant un plat de pommes de terre dont les effluves embaumaient jusqu'à l'airial parsemé de chênes noirs qui encerclaient la bâtisse. Ils avaient franchi les six ou sept kilomètres de piste entre les lieux du double crime et le domicile des Ronquey dans une chaleur torride. Cabut les ayant rejoints en raison de la défection de Cadaux, les trois officiers, entassés à l'arrière, ne disaient plus un mot. Marion, gagnée par une torpeur qui l'engourdissait, avait failli céder à un début de somnolence. Abel Lafon l'avait réveillée en lui faisant remarquer que la piste qui menait à la maison des Ronquey passait par Baque-morte.

— Décidément, murmura-t-elle en observant la

maison toujours aussi déserte et abandonnée. Vous êtes sûr qu'il n'y a personne dans cette baraque ?

— Quelques chats-huants et des chouettes, peut-être ! ironisa le conseiller. Sinon, personne ne vit là depuis longtemps. Les derniers habitants n'étaient pas d'ici. C'est la mairie qui en est propriétaire et elle ne veut ni la vendre ni la restaurer.

Mme Ronquey ne parut pas autrement démontée par l'intrusion de cinq inconnus dans son espace vital, à l'heure du repas. Elle avait eu les gendarmes, la P.J. de Bordeaux pendant plusieurs jours et c'est d'un air résigné qu'elle fit entrer ces autres policiers dans sa salle de séjour où trônaient un vieux canapé de Skaï marron, des fauteuils dépareillés et un énorme téléviseur dernier cri.

Marion réclama un verre d'eau puis entra dans le vif du sujet.

— Madame, j'imagine que vous avez répondu à de très nombreuses questions au sujet de Céline. Cela vous ennuie si nous vous en posons encore quelques-unes ?

La femme haussa les épaules sans proférer un son. Ce n'était pas une causante. Elle fixa sur Marion des petits yeux noirs ronds comme des boutons de bottine pour l'inviter à commencer.

— Est-ce que Céline fréquentait des gens de son âge ou d'autres personnes ?

— Non, j'ai déjà dit aux gendarmes et aux autres... policiers. Céline était spéciale. Très sauvage. Elle pouvait rester toute seule, sans parler à personne pendant des semaines. Je crois qu'elle se plaisait bien ici à cause de la forêt où elle pouvait s'isoler. Au début c'était dur. Elle ne s'habituait pas à nous, elle avait peur, elle n'approchait pas les enfants, elle ne les aimait pas.

— C'est pas vrai.

Marion se retourna, saisie. Un enfant d'une huitaine d'années se tenait dans l'embrasure de la porte. L'œil vif sous une épaisse frange de cheveux aile de corbeau, il présentait l'apparence d'un gamin déluré, un rien sournois.

— Jojo, on t'a pas sonné. Va finir de manger.

Le gamin hésita, jeta à sa mère un regard chargé de rancune et fit demi-tour. La femme croisa ses bras grassouillets sur sa poitrine lourde.

— C'est Georges, mon second, fit-elle comme si elle jugeait nécessaire de l'excuser. C'est vrai que lui et Céline ça marchait bien. Trop bien, même, pour les bêtises, si vous me suivez. Elle avait pas grandi Céline, dans sa tête. Alors, avec Jojo ils en faisaient pas mal. Des bêtises.

Elle soupira tandis que le gosse s'éloignait en haussant les épaules plusieurs fois.

— Ça a dû être dur pour lui quand elle est morte..., dit Marion.

Elle se reprit en hâte :

— Pour vous tous aussi d'ailleurs...

— Oh, dit la femme en s'agitant dans son fauteuil. Pour moi Céline elle devait finir comme ça. On aurait plus pu la garder de toute façon, à présent qu'elle était femme. Elle se rendait pas compte mais les hommes, eux...

Au ton de la femme, Marion comprit qu'il avait dû se passer de drôles de choses dans cette forêt immense peuplée de loups-garous déguisés en hommes et sûrement aussi dans cette maison isolée du monde. Elle tenta d'en savoir plus mais la femme se buta, les yeux sur le carrelage. Marion se promit de rencontrer M. Ronquey dès que possible. Si ça se trouvait, l'hypothèse énoncée par quelqu'un la veille était la bonne. Céline avait été « draguée » par Demora, elle l'avait tué, emmené dans la forêt et brûlé. Ensuite...

— Elle savait conduire ? demanda-t-elle tout à trac.

La femme Ronquey se mit à rire.

— Qui, Céline ? Son vélo, oui... Et qui lui aurait appris ? On n'a pas de voiture, vous savez. Juste la camionnette de l'usine que mon mari emprunte de temps en temps pour aller à Mammouth.

Elle devança la question suivante :

— Y a le car de ramassage pour les enfants. Il s'arrête au pont, pour l'école. Des fois je le prends pour aller à Salles, au coiffeur.

Elle s'abîma dans une réflexion que Marion jugea laborieuse à l'expression de son visage. Le silence s'installa, bref et fragile. De la cuisine parvinrent les exclamations des enfants qui se chamaillaient autour des dernières patates. Lavot penché en avant, la tête dans les mains, faisait semblant de réfléchir mais plus sûrement s'endormait. Talon prenait des notes, assis sur le bord de son siège, vaguement crispé par la peur d'attraper Dieu sait quelle sale maladie. Cabut s'était discrètement levé et contemplait, les mains dans le dos, un dessin fixé au mur.

— Vous parliez de votre fils, Jojo ? reprit Marion pour faire repartir la conversation.

— Lui ? Il a rien dit. Pas pleuré, rien. Comme si c'était une fatalité, la mort de Céline.

— Pourquoi ?

— Il disait qu'elle était sorcière, qu'elle avait le mauvais œil. Elle savait toujours un tas de choses mystérieuses, étranges. Elle voyait des trucs bizarres partout et quand elle les racontait à Jojo, ça lui faisait peur.

— Quelles choses, par exemple ?

— Des stupidités, pensez ! Je sais plus, il faudrait lui demander au gamin. Moi, vous savez... elle me disait pas grand-chose. Elle mangeait, dormait, faisait quelques bricoles dans la maison. Le reste du temps elle pédalait dans la forêt. Je sais rien d'autre.

— Les anneaux qu'elle portait aux oreilles, c'est vous qui les lui aviez offerts ?

La femme se troubla et fit un signe de dénégation.

— Elle a dit qu'elle l'avait trouvé.

— Comment ça, elle *l*'avait trouvé ? Il y en avait deux, non ?

Mme Ronquey se dressa, piquée, comme si Marion l'accusait d'un acte honteux :

— Quoi, deux ? Non, Céline avait ramené une boucle d'oreille, c'est tout.

— Elle a dit où elle l'avait trouvée ?

— Dans la forêt. Mais elle disait toujours ça. Chaque fois qu'elle ramenait quelque chose, elle disait qu'elle l'avait trouvé dans la forêt. Y en a plein la cour des cochonneries qu'elle ramassait dans la forêt. Et y fallait rien jeter parce qu'elle piquait des colères épouvantables. À présent...

Elle fit la moue en rejetant la tête en arrière du côté de l'airial.

— On va mettre tout ça au bourrier.

— Je vous demande pardon ?

— Le bourrier, c'est la décharge publique communale, s'empressa Abel Lafon qui était resté debout près de la fenêtre.

— Et qui lui avait fait percer l'oreille ? insista Marion.

— Ça, c'est une idée de Ronquey. Mon mari, quoi. Comme si on avait trop de sous, pardines ! Cent francs que ça coûte pour percer une oreille chez Dubos, le bijoutier de Salles. Et encore il a fait un prix à cause qu'il y en avait qu'une. Ronquey voulait lui faire plaisir pour son anniversaire, à Céline. Elle, elle savait même pas ce que c'était, un anniversaire ! Mais elle a pas dit non, tiens !

Le ton était chargé de rancune. « Voir Ronquey », dirent les yeux de Marion en croisant le regard de Talon occupé à enregistrer la conversation.

Cabut s'agita soudainement.

— Ce dessin, madame, vous l'avez acheté où donc ? Par contagion ou pour l'amadouer, voilà qu'il se mettait à parler comme elle, allant jusqu'à imiter son accent gascon en ne prononçant pas le « c » de donc.

« Qu'est-ce qu'il a inventé encore ? » songea Marion, amusée de l'air stupide que savait prendre Cabut quand il mijotait un coup tordu.

— Acheté ! s'exclama Mme Ronquey. Quelle idée, pardines ? C'est Céline qui l'a apporté aussi. Elle a pas dit où qu'elle avait déniché cette horreur. Parce que, brigadier, ce vieux bonhomme, il est très laid, non ?

— Lieutenant ! murmura Cabut en louchant sur le vieux bonhomme en question. Je suis lieutenant, pas brigadier.

La femme le fixa d'un air absent, comme si elle ne pouvait capter la différence entre deux grades qui, de toute façon, pour elle, ne signifiaient rien. Cabut se hâta de la rassurer :

— Mais c'est sans importance, madame. Vous pouvez m'appeler brigadier. Il est laid en effet, ce bonhomme.

— Ah oui ! s'écria la femme avec colère. Très laid. Mais elle l'a accroché là, avec un clou et le talon de sa chaussure. Encore une fois, Ronquey a laissé faire. Qu'est-ce que vous voulez...

Marion soupira. Son estomac grogna, la rappelant à des préoccupations plus prosaïques.

— Est-ce que Céline voyageait ? demanda-t-elle pour la forme, sûre que la femme allait encore s'étrangler d'indignation.

Il n'en fut rien.

— Deux fois par an je l'emmenais à Bordeaux par le train. À la D.D.A.S.S. pour passer une visite médicale et prendre les vêtements neufs pour la saison.

— Je voulais dire : est-ce qu'il lui arrivait de voyager seule, ailleurs qu'à Bordeaux ?

La femme secoua la tête d'un air apitoyé. Marion n'insista pas : la petite Céline, morte dans la forêt, n'était pas celle qu'elle cherchait.

Elle se leva, donnant le signal du départ. Abel Lafon s'approcha de la femme Ronquey, lui parla bas. La Landaise réfléchit un court instant puis lui murmura à son tour quelque chose à l'oreille.

Quand ils quittèrent l'airial, Jojo était près de la sortie, assis sur un empilement de palettes de bois, le regard louche sous sa lourde mèche noire. Abel Lafon le rejoignit, un sourire avenant sur son visage coloré.

— Tu peux venir avec nous un petit moment, bonhomme ? Ta maman est d'accord.

Abel Lafon répondit d'un clin d'œil complice au regard interrogateur de Marion. Ils s'entassèrent une nouvelle fois dans le Toyota. Jojo prit place sur les genoux de Marion, se trémoussant pour se caser entre la jeune femme et une barre d'appui qui permettait de se cramponner dans les chemins cahoteux.

— Tu sais, toi, par où elle passait, Céline, quand elle allait dans la forêt ? Je suis sûr qu'elle ne faisait pas le grand tour par la route et le pont de chemin de fer...

Abel Lafon parlait avec bienveillance. L'enfant haussa les épaules une nouvelle fois.

« Il a un tic, ma parole ! » pensa Marion alors qu'ils arrivaient au carrefour de plusieurs pistes.

— Par là, dit Jojo en tendant la main vers la gauche.

Il n'y avait pas de chemin tracé, seulement, en contrebas de la voie de chemin de fer, du sable mou bordé de touffes de genêts, d'ajoncs et de fougères déjà brunes. Abel Lafon s'y engagea à petite vitesse après avoir enclenché ses quatre roues motrices, soulevant un nuage de poussière presque blanche. Deux cents mètres plus loin, Jojo s'écria : « Stop ! » d'une voix suraiguë en s'agitant sur les genoux de Marion.

— Du calme, Jojo, protesta Marion, arrête de remuer, il fait déjà assez chaud.

Abel Lafon avait stoppé. Sans couper son moteur, il ouvrit la portière et descendit tandis que Jojo se glissait au sol, souple comme un chat, suivi de près par Marion.

Une sente tracée par des passages répétés descendait jusqu'au fond d'un fossé où deux traverses de chemin de fer posées l'une sur l'autre permettaient d'escalader le talus et de se retrouver sur la voie ferrée. Un étroit intervalle entre deux piquets qui soutenaient le grillage de protection autorisait le franchissement à pied. Marion projeta son regard en face, de l'autre côté de la double voie. Le même système s'y trouvait en parallèle.

— C'est par là qu'elle passe, Céline, dit Jojo en pointant son doigt devant lui.

Il en parlait comme d'une vivante.

Marion se tourna vers Abel Lafon, perdu dans une contemplation méditative. Il fixait un point de l'autre côté de la voie. Son regard s'égara vers la droite, revint.

— Vous avez vu quelque chose ? demanda-t-elle, étonnée de l'air concentré du conseiller.

— Non, non, répondit-il, lointain. Rien.

Marion suivit la même direction que lui sans rien observer que des pins, encore et encore des pins, aussi loin que pouvait porter son regard. En face d'eux, une masse compacte de résineux, plus petits et plus touffus, se serraient les uns contre les autres. Quand Marion regarda de nouveau vers la gauche, un rayon de soleil frappa un objet dont l'éclat incendia l'espace entre deux chênes américains de trente mètres de haut. Juste devant une vieille baraque que Marion reconnut aussitôt. Elle se déplaça pour voir ce qui attirait ainsi le soleil et repéra un véhicule arrêté à quelque distance de la ruine. Éblouie par le flash renvoyé par le rétroviseur, Marion ne distinguait ni le genre ni la couleur de cette voiture et Abel Lafon estima qu'il pouvait s'agir d'un couple d'amoureux en quête d'un coin discret. Il en profita pour ronchonner après les jeunes qui ne respectaient rien.

Alors qu'ils remontaient dans le Toyota pour rebrousser chemin, Marion constata que le véhicule en face faisait mouvement et qu'il était blanc. Elle le suivit des yeux en se tordant le cou pour apercevoir les occupants. Elle en fut pour ses frais mais elle fit remarquer au conseiller qu'il s'était trompé : la voiture qui fuyait à vive allure n'était occupée que par une personne, le conducteur, dont elle ne distingua qu'une vague silhouette imprécise. Les deux automobiles suivirent des chemins parallèles, chacune d'un côté de la voie ferrée. Quand le Toyota rejoignit la route, la voiture blanche avait disparu.

20

Luna claqua avec violence la porte de la maison basse où elle venait de laver, nourrir et coucher Quitterie. L'odeur fade de la vieillarde lui soulevait le cœur, lui faisant penser à celle de la mort qu'elle ne connaissait que trop. Un mélange d'odeurs de peau mal lavée où la crasse s'insinue dans les rides et les craquelures, d'où suintent sans cesse des humeurs, des sueurs et des urines nauséabondes. La vieille gardait les yeux clos, obstinément, depuis que Luna l'avait explicitement menacée de mort.

Luna, en la couchant, petit tas informe osseux et mou tout à la fois, venait de décider comment la vieille mourrait. Elle la laisserait moisir dans son urine, sa crotte, sa crasse. Crever de faim comme le chien errant et galeux qu'elle avait enfermé un jour dans une ancienne cabane de résinier, près de la voie ferrée. Pour voir comment ça faisait, la mort lente. Il avait tellement hurlé, sa voix était tellement enrouée, qu'à la fin elle en était devenue presque inaudible. Personne ne l'avait entendu mourir. D'ailleurs la cabane était abandonnée depuis des lustres et les trains fracassaient le silence à intervalles proches, couvrant tous les autres bruits à trois kilomètres à la ronde. Luna avait vu la bave écumer autour des babines de l'animal, l'humeur couler de ses yeux injectés de sang, la peau de sa truffe desséchée se craqueler, son poil tomber par plaques, maculé du sang qui coulait des blessures que l'animal s'infligeait en se jetant contre le bois pour échapper à son tombeau de planches disjointes. Elle voulait que la vieille Quitterie finisse de la même façon. Comme un chien.

Luna revint d'un pas vif vers la maison du maître. José Lorca l'attendait devant la porte. Elle s'arrêta à deux mètres de lui, au pied des marches, lui jeta un regard aigu. Il la contemplait dans le contre-jour de la fin d'après-midi avec l'avidité de l'amant qui se demande s'il est toujours en cour et s'il aura, le soir, les faveurs de sa belle. Il fronça les sourcils à la vue de la courte perruque de cheveux auburn. Il se troubla.

— Qu'est-ce qui est arrivé à tes cheveux ?

— C'est une perruque, dit Luna, abrupte.

— Merci, j'avais remarqué... Mais pourquoi cette perruque, Lucie ? Tes cheveux étaient si beaux, si clairs, couleur de lune...

Il s'interrompit net. Son trouble s'accentua. Luna s'affola. Il ne fallait pas que le maître se doute de quelque chose, qu'il comprenne trop vite, trop tôt. Il fallait qu'il continue à l'appeler Lucie.

— J'ai eu la gale des cheveux, dit-elle très vite. J'ai dû les raser.

Il la détailla en silence. Cette perruque auburn, c'était une provocation inutile. Elle aurait dû se douter qu'il penserait à Marie-Sola en la voyant ainsi affublée. C'était sa deuxième erreur de la journée. La première remontait à midi. Elle était partie pour Dax, acheter cette perruque justement. Sur la route, elle avait croisé deux motards de la gendarmerie. Elle roulait trop vite et ils avaient fait demi-tour pour la coincer. Son cœur avait sauté dans sa poitrine : elle n'avait pas les papiers de la Golf. À coups de charme elle les avait fait fléchir mais ils avaient exigé qu'elle présente les papiers le soir même, à la brigade de gendarmerie. Elle avait dû se creuser les méninges pour se souvenir de ce qu'elle avait fait de ces maudits papiers. Finalement, elle avait trouvé : ils étaient restés à Baque-morte, dans le petit sac de raphia tressé mélangé de fils dorés qu'elle utilisait pour aller à la corrida. Très contrariée, elle avait dû retourner là-bas alors qu'elle n'y allait jamais la semaine ni en pleine journée en prenant le risque d'utiliser la Golf alors qu'elle la laissait toujours à la grange des Espieds où elle l'échangeait contre la Jeep. Elle avait bien cru se faire repérer en sortant de l'airial par un groupe de personnes qui se tenaient de l'autre côté de la voie de chemin de fer autour d'un Toyota rouge. Ces gens regardaient de son côté et observaient les environs. Elle avait déjà vu le Toyota plusieurs fois dans la forêt. Il n'était pas dangereux. Son conducteur était un vieux bonhomme uniquement préoccupé des arbres et des plantes chétives qui bordaient les pistes. Mais d'un seul coup, ses capteurs, ses antennes lui avaient fait savoir que les autres occupants du Toyota étaient menaçants. Elle avait juste eu le temps de filer et de se jeter sur la route avant que le véhicule rouge, qu'elle voyait arriver de loin à travers les pins, ne croise son chemin. Deux erreurs. Deux erreurs le même jour.

Le maître descendit les marches en prenant tout son temps. Vivement, Luna saisit la perruque à deux mains et l'arracha de son crâne. José Lorca, proche d'elle jusqu'à la toucher de son corps épais, tendit la main vers les estafilades et les croûtes séchées qui ornaient le crâne rasé de Luna. Il les caressa, s'y attarda, les suivit de l'ongle avec dans le regard une drôle de lueur qui se partageait entre l'interrogation, le doute et la crainte. Luna eut la révélation aiguë de l'imminence de la fin. Elle sentit que, comme Quitterie, il était sur le point de comprendre. Seuls, son désir fou et la passion qu'il lui vouait faisaient encore écran. S'en servir. Elle devait se servir de son désir, c'était sa seule garantie d'aller jusqu'au bout.

Il toucha le haut du pavillon de son oreille gauche où une grosse croûte s'était formée à l'emplacement de l'anneau arraché.

— Et ça ? murmura José Lorca, c'est quel genre de maladie ? Tu as montré ces bobos à un médecin ?

Son ton était léger, mais Luna sentait une tension, une foule d'interrogations, derrière l'apparente désinvolture du maître.

— Ce n'est rien, j'ai déjà eu ça. C'est une pelade. Ça passe tout seul.

Il lui sourit et elle s'en voulut de son inutile brusquerie. Elle le connaissait, elle savait son intelligence et cette intuition que donnent l'âge et l'expérience. Elle ne pouvait pas le laisser la découvrir. L'issue, pour les autres et pour lui, était inéluctable.

— Nous avons encore deux bonnes heures de jour devant nous, dit lentement José Lorca sans la lâcher des yeux. Si nous allions faire un tour à cheval ? Après nous irons dormir. Je dois partir tôt demain.

Luna ne répondit pas. Elle savait où allait le maître le lendemain. Chercher Marie-Sola, sa fille, du moins ce qu'il en restait. Sa fille ! Luna imagina le corps pourri, décomposé, dévasté et en ressentit une jubilation vertigineuse.

La perruque au bout du bras, elle fit demi-tour avec raideur. Elle s'éloigna rapidement en direction de l'écurie tandis que José Lorca s'emparait des deux selles posées sur leurs trépieds.

Sa fille ! Prononcer le mot lui écorchait la mémoire, lui donnait la nausée, la révoltait. Ils mourraient. Tous.

La vieille Quitterie, elle ne savait pas combien de temps elle mettrait à mourir de faim et de soif. Le chien, lui, ça lui avait pris neuf jours, cinq heures et trente-deux minutes.

21

Marion passa l'après-midi avec son équipe dans un bureau de la mairie de Salles. Après un repas au restaurant du camping et un bain dans la piscine flambant neuve de l'établissement, le moral des troupes se portait mieux. Lavot avait repéré une ou deux douzaines de vacancières hollandaises ou anglaises, blondes, roses et rouges et il avait déjà deux rendez-vous pour le soir même. Talon avait longuement détaillé le serveur, un grand autochtone brun taillé comme un rugbyman. Seul Cabut restait sur sa réserve et à l'ombre, victime de son imprudence de la veille. Marion savait que quelque chose le turlupinait et elle était prête à parier sur sa nature. Ça ressemblait à un immonde vieillard barbu accroché au mur d'une maison des bois par une sauvageonne morte depuis.

Elle donna quelques coups de téléphone pour rendre compte au juge d'instruction des nouveautés glanées dans la forêt et du contenu des procès-verbaux rédigés par Talon. Distraitement, Marion regardait autour d'elle les meubles impersonnels, la peinture défraîchie des murs et la plante verte rachitique qui se mourait lentement sur le coin d'un bureau municipal vide de tout objet ou papier.

— Pour l'instant, conclut-elle, je ne peux encore

établir aucun lien formel entre les meurtres de Lyon et ceux des Landes. Céline Duroc n'est pas la fille que nous cherchons et l'enquête de la P.J. de Bordeaux n'a pas démontré la présence d'une femme ayant un rapport avec les deux cadavres de la forêt. À vrai dire, ils n'ont pas grand-chose non plus. Pas de témoins directs et peu d'indices exploitables. Il me reste une ou deux vérifications à faire ici et je quitterai cette région demain pour Dax et les environs si vous en êtes d'accord.

Le juge était d'accord.

— Dommage que nous ne puissions pas envoyer les saisies à notre labo, à Lyon, dit-elle après avoir raccroché. Ces Bordelais ne m'inspirent aucune confiance.

— Ça fait plaisir à entendre, ça, patron ! apprécia Lavot qui apposait des cachets de cire sur des fiches cartonnées accrochées par des ficelles aux pochettes plastique de Talon.

L'odeur de la pâte rouge en fusion envahit la pièce.

— N'exagérons rien ! protesta Talon. Ce n'est pas parce que le commissaire Cadaux est un pédant désagréable qu'il faut généraliser les caractéristiques des Girondins. Il doit bien y en avoir un ou de deux de sympathiques.

Lavot se mit à rire, ce qui eut pour effet de projeter en l'air quelques gouttes de cire brûlante dont une lui retomba sur la main. Il hurla.

— Putain de merde ! La vache, le *bad trip* !

— Il délire en anglais à présent ! ironisa Cabut, l'air toujours absent. Il va peut-être falloir l'amputer.

— Déconne pas, s'écria Lavot, ça fait vachement mal. Tu sais pas que ça peut tuer, une douleur pareille ?

Marion s'interposa :

— Il n'y a pas de risque, hélas ! Ça ne vous gêne pas que je travaille pendant que vous vous amusez ?

— C'est vrai, dit Talon en replongeant le nez dans son Mac, que le commissaire Cadaux a l'air de s'en foutre. Mais ces scellés sont à lui. Il faut les porter à Toulouse, puisque c'est le labo compétent.

Il fixa Lavot avec insistance.

— Pourquoi moi ? s'exclama l'intéressé. Cadaux n'a qu'à se débrouiller, c'est son affaire, après tout. Et moi, j'ai des rancards ici.

Marion réfléchit rapidement. Elle posa un doigt sur ses lèvres :

— À propos, Talon, cet anneau que M. Lafon a trouvé dans le pare-feu, vous avez pu vérifier...

— Je me souviens du P.V. de constatations et du rapport d'autopsie ainsi que des photos du corps de Céline, des gros plans de sa tête, et je suis presque sûr que l'anneau n'a pas été arraché à l'une de ses oreilles.

— Cela corrobore ce que dit madame Ronquey. Cela signifie que cet anneau pourrait appartenir à son agresseur...

— Il faut vérifier... Je vais appeler la P.J. de Bordeaux.

Marion se laissa gagner par des pensées contrastées. Cadaux avait disparu avec Janita depuis midi et malgré elle, ce comportement l'irritait. Elle se décida d'un coup : la proximité du commissaire de Bordeaux ne pouvait rien lui apporter, sinon des désagréments. Il était urgent qu'elle se dissocie de lui. Mais avant, elle voulait vérifier quelque chose.

— Cabut, dit-elle en se mettant debout, je retourne chez les Ronquey. Ça vous tente ?

Cabut ne se le fit pas dire deux fois. À peine Marion avait-elle fini sa phrase qu'il était déjà à la porte, le regard étonnamment vif malgré la chaleur et les séquelles de son insolation sur lesquelles il gémissait cinq minutes plus tôt, la tête dans les mains.

Mme Ronquey écossait des haricots sur le seuil de sa porte, un torchon à carreaux plein de trous étalé entre ses genoux écartés. Deux de ses enfants jouaient aux Indiens dans l'airial avec des arcs, des flèches et des fusils en bois. Marion arrêta la voiture à l'entrée de l'enclos, près de Jojo toujours juché sur son tas de palettes.

Pour éviter de déranger une fois de plus Abel Lafon et son 4 × 4, ils avaient pris le véhicule de service, inefficace sur les pistes sablonneuses, et ils s'étaient un peu perdus sur des routes inconnues et dépourvues de signalisation.

Jojo, le visage fermé, tenait d'une main un gros oiseau noir qui battait frénétiquement des ailes, le bec écartelé pour aspirer l'air dont le gamin, qui serrait avec force son cou fragile entre ses doigts, le privait. De l'autre main, le gosse enfournait dans la gorge du volatile des mouches vivantes auxquelles il avait préalablement arraché les ailes. Quand l'insecte touchait le fond de la gorge de l'oiseau en se débattant encore, Jojo y enfonçait l'index afin d'éviter une régurgitation intempestive. À moitié étouffé, le corbeau émettait des sons désespérés entre le raclement de chaise et le râle d'agonie avant de se résigner à avaler. Le gamin enfournait avec une régularité presque mécanique sans oublier, de temps en temps, de relâcher légèrement la pression de ses doigts pour faciliter la manœuvre d'avalement. Marion, horrifiée, lui demanda ce qu'il faisait.

— Je le gave, dit Jojo d'une voix plate en haussant les épaules.

— Je t'ai déjà dit d'arrêter, s'interposa sa mère qui l'avait entendu. C'est pas un canard.

— Tu vas le tuer, souffla Marion. Pourquoi tu fais ça ?

— C'est un corbeau, grogna Jojo comme si ce simple fait pouvait justifier le traitement qu'il lui infligeait.

— Relâche-le, intima Marion en descendant de voiture, ce n'est pas bien de maltraiter les animaux.

Elle fit deux pas en direction des palettes.

— C'est pas un animal, s'insurgea Jojo d'une voix suraiguë en sautant à terre. C'est pas un animal. C'est un corbeau.

Il haussa deux fois les épaules et s'enfuit en direction de la forêt. Marion s'élança derrière lui dans une étroite sente herbeuse. Il courait vite mais elle était entraînée. Gêné par le corbeau qu'il n'aurait lâché pour rien au monde, il perdit rapidement du terrain. Après s'être retourné deux fois pour constater que Marion se rapprochait à chaque foulée, il choisit la reddition, se jeta à plat ventre sur l'herbe clairsemée, hors d'haleine, les doigts toujours serrés sur le cou de l'oiseau. Marion le contempla, à peine essoufflée.

— Jojo, dit-elle doucement, je voudrais seulement parler un peu avec toi. N'aie pas peur. Et s'il te plaît, donne de l'air à ce corbeau.

Jojo ne bougea pas. Marion vint s'asseoir près de lui. Elle chercha par quel bout l'attraper sans l'effaroucher.

— Qu'est-ce que tu veux faire plus tard ? proféra-t-elle avec patience et douceur.

— Gaveur.

« Bon, songea Marion, ça promet. Ce môme, il lui manque vraiment un cercle. » Elle renonça à en savoir plus sur les techniques de gavage, édifiée par la démonstration du petit Ronquey.

— Parle-moi de Céline, dit-elle sans hausser le ton. Tu l'aimais bien, Céline, non ?

L'enfant ne répondit pas. Il tentait de retrouver son souffle en émettant des sons bruyants de chambre à air qui se dégonfle.

— Tu sais quel métier je fais ? demanda Marion, choisissant une autre tactique.

— Flic ! éructa Jojo. J'aime pas les flics !
— Boh ! tu ne sais même pas ce qu'ils font !
— Y mettent les gens en prison !
— Bien sûr, mais seulement les méchants. Celui qui a tué Céline, c'est un méchant. Tu es d'accord ?
Jojo haussa les épaules mais ne démentit pas.
— Et moi, je le cherche et quand je l'aurai trouvé je le mettrai en prison. Qu'est-ce que tu en dis ?
— Céline elle disait que les enfants aussi on les met en prison, proféra Jojo d'une voix qui s'apaisait progressivement mais où perçait une sourde agressivité.
— Non, c'est faux, on ne met pas les enfants en prison, affirma Marion. Jamais. Mais si tu es au courant de quelque chose, il faut me le dire, sinon « il » pourra recommencer... tuer une autre personne.
— Même moi ?
— Peut-être.
— Céline a dit qu'il fallait pas rapporter, fit-il, buté.
— En général, oui, dit Marion avec une infinie patience. Mais quand c'est grave, quand quelqu'un risque de mourir, il faut rapporter. C'est obligatoire.
— Sinon, on va en prison ? Tu vois !
— Je t'ai dit que les enfants ne vont pas en prison. Tu sais si elle allait à la vieille maison, Céline ? Baque-morte, c'est ça ?
Jojo respira trop fort, avala du sable, se mit à tousser. Une quinte violente qui le rendit vite écarlate. Marion lui tapa dans le dos en levant les yeux au ciel. « Il est pas fini ce gosse, c'est pas possible ! » murmura-t-elle sans le lâcher des yeux. Il se calma, bredouilla quelques mots. Par prudence, le corbeau avait cessé tout mouvement. Marion insista :
— Elle rencontrait des hommes, Céline, à Baque-morte, non ?
Le gamin secoua la tête vigoureusement.
— Pas à Baque-morte, souffla-t-il. Dans les bois, des fois.

— Raconte, dit Marion en caressant son dos moite, et encore une fois, laisse partir cet oiseau.

Doucement et comme à regret, Jojo relâcha la pression de ses doigts, puis les ouvrit tout à fait.

Surpris de sa liberté toute neuve, le corbeau ne bougea d'abord pas. Puis, s'apercevant de sa situation inespérée, il prit le large dans les pins en titubant.

Quand, une demi-heure plus tard, Marion revint à la maison forestière avec Jojo, un homme en bleu de travail avait rejoint Mme Ronquey et Cabut en grande discussion sur la pluie qui n'arrivait pas et le beau temps qui finissait d'assécher la lande et ne réjouissait que les « pointus » de la capitale. Petit, râblé, les jambes légèrement torves, l'homme portait un béret qu'il retira quand Marion se présenta. Jean Ronquey paraissait très inquiet de ce que Marion faisait avec Jojo dans la forêt. Plutôt, songea-t-elle, de ce qu'elle avait pu lui faire dire. Il souffrait d'un regard en dessous dont son fils avait manifestement hérité. La racine des cheveux au ras des sourcils, il remuait quelques pièces de monnaie au fond de sa poche, plus nerveux qu'un sac de puces. Marion l'entraîna à l'écart, à l'abri des oreilles avides de sa femme et bien que celle-ci, à l'évidence, n'ait rien ignoré de ses relations coupables avec la défunte petite Céline. En triturant son béret et après avoir rechigné pour la forme, Jean Ronquey livra à Marion quelques secrets de cette troublante histoire.

— Mais patron ! s'exclama Cabut, le bout de carton serré contre son cœur. Je n'ai pas volé ce dessin. Je lui ai proposé de l'argent, elle a refusé. Elle dit que ce vieux bonhomme sale lui donne le cafard et, même, qu'il porte la poisse. C'est depuis que Céline l'a apporté qu'il est arrivé des malheurs.

— Cette version vous arrange plutôt, non ? Je ne

comprends pas que vous fassiez autant de cas d'un truc aussi affreux.

Cabut sourit, un peu plus énigmatique encore.

— Un truc affreux, murmura-t-il, lointain. Affreux mais rare et précieux. Je pense que c'est un Goya. Un autoportrait.

Marion pila, projetant Cabut, qui ne s'était pas attaché, dans le pare-brise.

— Vous plaisantez ?

— Aïe ! Non. Je peux me tromper mais je ne le crois pas. Goya a réalisé de nombreux dessins de lui-même. À tous les âges. Celui-là devait être un de ses derniers et comme il en avait l'habitude il ne l'a pas signé.

— Alors, comment savez-vous qu'il est de lui ?

— Je le suppose. Regardez ! dit Cabut en mettant le vieux bonhomme la tête en bas.

D'un doigt, il se mit à tracer une arabesque mystérieuse dans les cheveux en broussaille du vieillard.

— C'est une macrosignature. Son nom est écrit dans les boucles de ses cheveux.

Marion se pencha, distingua, en même temps que Cabut les lui montrait, les lettres du nom du peintre.

— Et là, continua Cabut en tournant une nouvelle fois le rectangle de papier jauni, dans sa barbe y a une microsignature. Elle est minuscule mais toutes les lettres y sont. Vous pouvez vérifier. Je suis sûr qu'il y en a une ou plusieurs autres dans les plis du cou ou le drapé de la chemise.

— Fascinant ! Mais je persiste à dire que ce n'est pas honnête de dépouiller cette femme d'un véritable Goya. Vous avez vu comment ils vivent, ces gens.

— Ils sont modestes mais pas pauvres, protesta Cabut. Mais si vous y tenez, je ferai expertiser le dessin et je les dédommagerai.

— Bien sûr que j'y tiens ! D'ailleurs vous devriez me le confier, je le ferai moi-même.

D'instinct, Cabut serra plus fort le dessin contre lui en jetant à Marion un regard noir.

— Et le gamin, comment il s'appelle, déjà ? Jojo ? C'est ça ? Qu'est-ce qu'il vous a dit ?

Marion hocha la tête en riant :

— C'est ça, dit-elle, faites diversion... prenez-moi pour une idiote !

Elle tourna le regard vers les pins que le soleil au couchant enflammait d'une lumière incendiaire en couches d'intensité variable selon l'épaisseur de la forêt.

— Regardez-moi ça ! murmura-t-elle, regardez ce festival. Vous qui aimez la peinture, cela ne vous tente pas ?

— Je n'ai jamais su tenir un crayon, hélas, dit Cabut.

Marion rêva un moment, troublée au plus profond d'elle-même par une émotion intense, mélange de tristesse et de gravité. « C'est le manque d'amour, se dit-elle. Pourquoi je n'ai pas d'amour, au fait ? »

Plutôt que d'essayer de répondre à cette question en présence de Cabut qui avait bien des soucis rapport à l'amour justement, elle proféra d'une voix lointaine :

— Jojo dit que Céline passait son temps dans les bois et qu'elle rôdait souvent du côté de Baque-morte.

L'enfant avait reconnu qu'il suivait parfois Céline dans ses déambulations, mais de loin car elle refusait de lui faire partager certains secrets. Comme ce qu'elle voyait à Baque-morte et qui elle y voyait. De son air buté, un rien sournois, il avait prétendu qu'une fille y venait quelquefois, le dimanche, en voiture. Mais Jojo n'osait pas s'approcher de la maison car les fantômes et les esprits des morts rôdaient. C'est du moins ce qu'affirmait Céline qui, elle, était assez gonflée pour s'en approcher de très près. Elle prétendait que la visiteuse de Baque-morte était « hyper-belle ». Une fois

Céline avait raconté qu'elle avait vu un homme avec elle et entendu de la musique. Elle s'était vantée d'être entrée dans la maison mais Jojo pensait que ce n'était pas vrai. En tout cas, elle avait refusé de dire ce qu'elle avait vu à l'intérieur.

— Tu sais avec quelle voiture elle vient? avait demandé Marion.

Mais Jojo avait haussé les épaules, trois fois. Céline ne connaissait rien aux voitures. Pourtant, il s'en souvenait, c'était ce jour-là ou le lendemain qu'elle lui avait montré l'anneau d'or. Elle disait qu'elle l'avait trouvé dans les bois, mais lui savait que ce n'était pas la vérité et qu'elle l'avait volé dans la maison. Marion rapporta ces menus faits à Cabut tout en sachant qu'il s'en fichait comme d'une guigne. Son propre intérêt pour Baque-morte n'était que subjectif, elle ressentait des sentiments confus pour la ruine et une instinctive attirance qu'elle savait bien que Cabut ne partageait pas puisque lui, son attirance, c'était pour l'heure un vieil homme barbu qui signait son nom dans les poils emmêlés de sa barbe grise.

— En fait, si ça se trouve, ce n'est qu'un endroit pour baiser, cette maison, dit-il toutefois. Les jeunes du coin doivent se régaler...

— Les jeunes et les moins jeunes, fit Marion avec une moue. Ronquey, père de famille et époux irréprochable, tripotait la petite Céline.

— Plus, si affinités, déclama Cabut.

— Il prétend que non. Mais ce n'est sûrement pas vrai puisqu'elle n'était plus vierge... Enfin ça, c'est l'enquête de Cadaux.

Cabut émit un « mouais » goguenard qui en disait long sur ses sentiments pour celui qu'il appelait en douce « le joli commissaire ».

Marion lui lança un regard mécontent et, pour le punir, tendit la main vers le dessin que le lieutenant essayait de faire disparaître par un improbable tour de magie en détournant l'attention de Marion. Elle ne se laissa pas avoir :

— Donnez-le-moi, Cabut. Sur ce coup, je serai votre conscience.

22

Cadaux ne réapparut pas de la soirée. Marion avait décliné la proposition d'un dîner avec son équipe enrichie des deux conquêtes de Lavot qui ne parlaient pas mieux le français que lui l'anglais, situation promettant des échanges intéressants mais limités. Elle avait tout aussi fermement repoussé l'offre d'un repas en tête à tête avec la tante Victorine qui s'en était allée, seule et renfrognée, manger sa soupe devant la télé. Installée dans un des hamacs de la galerie, Marion avait parcouru deux livres de tauromachie prêtés par Mme Lafon jusqu'à ce que la lumière du jour devienne insuffisante puis elle s'était laissée dériver dans de sombres pensées. Le comportement de Philippe Cadaux la laissait perplexe. Elle ne regrettait pas son abandon de la nuit précédente et n'y songeait même pas. Elle n'éprouvait pas de remords vis-à-vis de Benjamin qu'elle ne pouvait plus lier à sa vie de femme, malgré le vide qu'il laissait en elle. L'attitude ambiguë et les réactions peu cohérentes de Philippe Cadaux le dénonçaient comme un flic peu mobilisé. En cela il n'était, hélas, pas une exception. En revanche, sa façon de tout mélanger, les affaires de service et de fesses, les maîtresses aussi en les confrontant stupidement, la dérangeait.

Elle sortit de la chambre bleue une couverture qu'elle étala sur l'herbe au fond de l'enclos. Couchée sur le dos, elle se laissa emporter dans les étoiles, comme dans les moments heureux de son enfance lorsque son père lui racontait Cassiopée et la Grande Ourse, Altaïr et Véga. Saisie d'une appréhension inattendue, elle se demanda ce que son père penserait de sa vie, de ce qu'était devenue l'enfant qu'il adorait. Quand elle était petite, elle voulait ardemment qu'il fût fier d'elle, elle faisait tout pour cela. C'étaient alors des choses faciles : être première à l'école, être la meilleure en gym, rafler des récompenses et des prix. Elle était moins sûre qu'il aurait approuvé ses actes d'adulte, admis ses échecs, compris ses tourments et ses doutes. Était-elle dans le bon chemin ? Son père, lui, parlait du « droit chemin ». Enfant, elle imaginait une ligne rectiligne et sans fin qui montait jusqu'au ciel puisque c'était là, semblait-il, que devaient accéder ceux qui avaient suivi ce mystérieux droit chemin. Puis le concept était devenu flou et les couleurs de la vie moins tranchées. C'était quoi au juste le droit chemin ? Elle ne pourrait jamais le savoir : son père était mort avant que la petite fille qu'elle était encore ait eu le temps de lui confier ses chagrins et ses bonheurs de grande. Elle chassa la mauvaise nostalgie qui montait dans sa gorge et se concentra sur les étoiles. Mais la lune à son plein pâlissait leur éclat, les figures des constellations disparaissaient presque entièrement dans un ciel trop clair. Elle repéra Vénus au ras de l'horizon en même temps que la fraîcheur humide du sol attaquait sournoisement son dos. Elle frissonna et décida de se replier vers la maison.

Aux environs de minuit, alors qu'elle venait de se coucher après une douche fraîche, des bruits lui parvinrent de l'extérieur. Quelques mots chuchotés, puis le grincement du hamac qu'elle avait occupé quelques heures plus tôt. Sans bruit, dans la pénombre, elle s'approcha de la fenêtre, écarta le rideau de coton à carreaux et coula un regard dehors. Debout contre le hamac, la tête renversée vers les étoiles, Cadaux semblait prendre un ineffable plaisir au traitement que lui administrait Janita Moreno, agenouillée devant lui. L'abondante chevelure noire de la jeune femme dissimulait son visage et ondulait au rythme de la fellation. Sans bouger et sans exprimer rien d'autre qu'un plaisir croissant, Philippe Cadaux laissa sa compagne accélérer la cadence jusqu'au spasme muet qui lui arracha une crispation bien visible sous la lune. Marion vit Janita se redresser, Cadaux se réajuster et donner sur les fesses de la jeune femme une tape amicale avant de la pousser vers le portail. Elle s'éloigna à pied, sans se retourner et sans un mot. Puis Marion vit Cadaux se diriger vers sa chambre. Il traversa la pièce à pas retenus, soucieux de faire le moins de bruit possible. Les yeux fixés sur la porte de communication, Marion crut défaillir quand elle se rendit compte que la porte était dépourvue de clef.

« Il n'osera pas », murmura-t-elle.

Il osa. Quelques secondes plus tard, la poignée de la porte tournait. Marion, nue dans l'obscurité, debout au milieu de la chambre, décida de l'affronter. Il s'approcha du lit, mains tendues, le visage invisible dans la pénombre de la pièce. Marion recula jusqu'à la tête du lit, actionna le commutateur de la lampe de chevet. Philippe Cadaux sursauta, surpris de trouver Marion debout. Il ferma les yeux, agressé par la lumière.

— Éteins ça, intima-t-il sur un ton brusque.

— Pourquoi ? fit Marion, braquée et toujours nue. Tu n'aimes pas les situations claires, on dirait. N'avance pas !

Il sourit, sûr de sa séduction :

— Oh ! Marion, tu n'es pas la femme des aventures sans lendemain. Une nuit et on change de cavalier !

— C'est délicat, ça ! ironisa Marion. Je ne sais pas à quoi tu joues mais je ne suis pas la partenaire qu'il te faut.

Cadaux haussa les épaules :

— Comprends pas !

— Je t'ai vu avec Janita, il y a moins de dix minutes.

— Janita est une fille charmante. Je ne refuse jamais une friandise que l'on m'offre avec autant d'insistance.

« Cynique avec ça », songea Marion. Elle croisa les bras :

— Et toi ?

— Quoi, moi ?

— Tu tiens à elle ?

— C'est une maîtresse agréable. Les règles du jeu sont claires. Elle n'a de moi que ce que je veux bien lui donner.

— Et tu l'as sous la main chaque fois que tu veux tirer un coup.

— Ne sois pas vulgaire, Marion. Ça ne te va pas.

Il la contemplait, sérieux et attentif. Son regard l'enveloppait, changeait, devenait trouble. Elle eut envie d'être agressive.

— Je regrette ce qui s'est passé la nuit dernière. Je n'en avais pas envie.

— Menteuse !

— Sors de ma chambre ! dit-elle, la voix ferme. Tu n'es pas drôle.

Au lieu d'obéir, il avança de deux pas. Encore un mètre et il pourrait la toucher. Marion ne bougea pas. Les yeux plantés dans les siens, elle affronta la situation, comme un brave petit soldat.

— Marion, dit Cadaux très bas, ce que j'éprouve pour toi n'a rien à voir avec ce qui se passe entre Janita et moi. Nous avons une relation purement physique.

— Je ne te crois pas, protesta Marion, soudain en colère. Elle n'est physique que pour toi. Janita est amoureuse, ça crève les yeux.

— Et alors ? s'énerva-t-il. Qu'est-ce que ça peut faire ? Je t'en prie, Marion, ne complique pas tout. Je suis très attiré par toi. Quand je t'ai vue, j'ai eu envie d'autre chose... Je crois que je suis amoureux. C'est nouveau pour moi.

« Quel cinéma, songea Marion avec amertume. Il fait le même numéro à chaque fois, j'imagine. Et cette façon de dire "moi, moi" sans cesse. Décidément, c'est toujours le même film qui passe. »

Il tendit les bras. Marion serra les siens autour de son buste, histoire de protéger sa nudité.

— Non. Tire-toi.

Il fit un pas de trop. La gifle partit sèchement. Cadaux fixa Marion, incrédule.

— Demain, je partirai m'installer à l'hôtel, ajouta-t-elle, tremblante de rage.

Sans un mot, le commissaire Cadaux fit demi-tour, une drôle de lueur dans son regard bleu à présent très foncé, presque noir. La porte claqua derrière lui en faisant vibrer la cloison.

23

Lavot freina pour éviter de percuter le véhicule bourré d'enfants et de matériel de camping qui venait de se rabattre devant lui.

— Tu fais gaffe, dit Talon calmement, c'est la prochaine sortie.

— Putain, grimaça Lavot sans écouter, je me demande quel plaisir ils peuvent trouver à cette transhumance estivale après avoir été entassés à la verticale toute l'année dans leurs cités.

— Si vous les connaissiez, les cités, vous comprendriez, dit Marion en bâillant.

— Tourne à droite ! s'écria Talon qui avait déplié une carte routière sur la banquette arrière où il prenait ses aises. T'as pas l'impression de dormir, là ?

— Oh, écrase, monsieur l'être parfait ! ronchonna Lavot en donnant un coup de volant sec.

— Ça va, Talon ! dit Marion. Si on rate une sortie, on prend la suivante.

— Je vous donne la carte si vous voulez, grinça Talon.

Lavot évita de justesse un camion. Son coup d'avertisseur, grave et profond comme une sirène de paquebot, le fit grimacer.

— Tu vois, s'écria-t-il, à cause de toi, on a failli mourir !

Talon, vexé, replia sommairement la carte et la propulsa en avant entre les deux sièges en déclarant qu'il ne ferait plus le copilote dans ces conditions. Marion lui renvoya le document froissé :

— Trêve de gamineries ou je continue toute seule.

— Avec le joli commissaire, marmonna Lavot, plagiant Cabut.

Marion se rembrunit à l'évocation de Philippe Cadaux. Dans la nuit, alors qu'elle avait du mal à trouver le sommeil, il était revenu à la charge. Il avait tout essayé : la déclaration enflammée, les prières, les supplications, jusqu'à la menace. Marion en ressentait encore une pénible impression, celle d'être prise pour un objet par un homme qui n'admettait pas qu'ayant cédé une fois, elle eût pu ne pas vouloir récidiver. La tante Victorine ne pouvait rien ignorer de ses délires mais elle devait avoir un sommeil de plomb ou, plus sûrement, elle faisait la sourde oreille. Excédée, Marion s'était habillée, hésitant entre la fuite et le meurtre. Les mots de son père lui étaient alors revenus : quand tu es en danger et que tu ne sais pas quoi faire, cours, vite et loin. Elle était bien petite quand il tenait ces propos pleins de sagesse mais ils étaient restés gravés en elle. Sans doute était-ce une des raisons qui la jetait, en short, tous les matins, été comme hiver, sur les chemins.

Plus tard, elle était revenue, avec des ruses d'Indienne sur le sentier de la guerre. Installée dans la Renault elle avait somnolé, portières verrouillées, jusqu'au lever du jour. Au petit matin, elle avait croisé la tante Victorine qui allait nourrir ses poules au fond de l'airial, revêtue d'un ample tablier gris à fleurettes mauves qu'elle tenait relevé pour transporter le grain et chaussée de sabots de caoutchouc pour se protéger de la rosée matinale. Son visage pointu n'offrait qu'une morne indifférence que démentaient ses petits yeux curieux et, du moins Marion le crut-elle, méchants.

Marion avait promptement rassemblé ses affaires et annoncé qu'elle partait dans le Sud, avec ses gars. Philippe Cadaux ne s'était pas montré. À l'arrivée de ses hommes, flanqués d'une Janita plus agressive que jamais, Marion leur avait donné l'ordre de libérer les chambres d'hôtel. Cabut avait une mine de papier mâché. Il avait vomi toute la nuit, mettant son indisposition sur le compte de son coup de soleil. Un excès de bière avec les Hollandaises draguées par Lavot était sans doute une version plus réaliste mais Marion ne voulait pas s'encombrer d'un officier en mauvais état et avait décidé de le renvoyer à Lyon. Cabut avait protesté mollement jusqu'au moment où Marion l'avait rasséréné en lui rendant le supposé Goya avec l'ordre de le faire examiner par des experts chez lesquels l'officier avait ses habitudes. Elle avait ensuite chargé Janita Moreno de dire à Cadaux qu'ils étaient partis. Soulagée de la tournure nouvelle des événements, Janita, prise d'une subite faiblesse, avait proposé de conduire Cabut à l'aéroport de Mérignac.

Ils quittèrent la nationale pour se retrouver sur une petite route presque déserte. Au bout d'une ligne droite de quelques kilomètres, un panneau indiqua qu'ils arrivaient à Saint-Pierre, commune où ils devaient trouver le domaine des Chartreux, propriété de José Lorca.

— Café ! décida Marion en bâillant une nouvelle fois.

— J'ai l'impression qu'il vous en faudra plusieurs, insinua Lavot en s'arrêtant devant un petit bar modeste et discret.

Sur la place du village désert, trois vieux platanes dont les branches se rejoignaient, reliées entre elles par la volonté de l'homme et des années de vie commune, ombrageaient une terrasse meublée de chaises en plastique d'un orange criard. L'entrée du café était protégée par une portière faite de perles de bois multicolores qui tintèrent sourdement sur leur passage. Un homme au nez turgescent et portant béret était affalé dans un coin de la pièce tout en longueur où ils pénétrèrent, surpris par une fraîcheur agréable bien qu'imprégnée de relents de bière et de vin. C'était le seul client de l'établissement. Une grosse femme d'un âge incertain, les jambes déformées par les varices, surgit du fond de la salle de café, une longue planche à découper dans les mains. Un pain rond et doré et un pâté landais farci de foie gras y étaient disposés. La femme posa le tout sur le comptoir qu'elle contourna lourdement pour y rincer des verres. Les yeux de Lavot brillèrent. La femme surprit son air affamé :

— Vous pouvez y aller, c'est pas pour regarder.

Marion protesta qu'ils n'avaient pas le temps.

— Nous sommes encore loin de l'élevage Lorca ? lança-t-elle en détaillant la femme au visage sans grâce orné d'une grosse verrue sur l'aile du nez.

La femme haussa les épaules :

— Dix minutes à peine, dit-elle en s'emparant d'un torchon crasseux. Mais ce n'est pas très facile à trouver. Vous connaissez le chemin ?

— Non, répondit Marion, nous avons l'adresse, c'est tout.

— Eh bé ! vous n'êtes pas rendus.

— Quand même ! protesta Marion, si on nous explique...

— Et qu'est-ce que vous allez y faire, donc ?

Elle ne prononçait pas le « c » de donc et son regard s'était chargé d'une interrogation soupçonneuse.

— Des affaires, répondit Marion avec assurance, peu soucieuse de dévoiler à une inconnue curieuse les motifs de leur visite à la ganaderia.

La femme soupira en se tournant vers l'homme qui cuvait son vin au fond de l'établissement :

— Tiens, Julot, s'écria-t-elle à son adresse, au lieu de t'arsouiller, emmène-les donc.

Elle revint à Marion :

— C'est Jules Dante, il est employé au domaine, justement, dit-elle à voix basse. Il est de repos aujourd'hui et il cuve sa première cuite de la journée. En fait, il dessoûle rarement. Remarquez, moi, ça m'arrange !

Elle éclata d'un rire tonitruant qui révéla des dents gâtées, du moins celles qui lui restaient.

Le dénommé Julot grommela quelques mots indistincts, se leva de son siège en tanguant.

— Il travaille là-bas depuis vingt ans, reprit la femme, en verve. C'est un vacher mais il a été péon aussi.

Il y avait de la fierté dans sa voix et à la façon dont elle le regardait, Marion comprit que le Julot n'était pas seulement un client du café. Il avait dû, en d'autres temps, remplir d'autres fonctions auprès de la femme au physique aussi ingrat que le sien.

Marion, perdue dans ses pensées, capta un nom que venait de prononcer la femme. Elle lui demanda de répéter.

— Je disais, soupira la grosse vendeuse de bière, qu'il a été péon de Manolito. Manuel Bianco.

— Le plus grand maestro de tous les temps, bafouilla Julot en titubant jusqu'à la porte.

— Ah ça ! rêva la femme, on peut le dire. Tenez, je le vois encore avec sa *cuadrilla,* quand il s'arrêtait pour prendre Julot en descendant du domaine. Il était beau comme un soleil. Ah, j'étais jeune moi aussi. J'aidais ma mère au café. Il lui disait, à m'man : « Mamita, j'ai les tripes en feu. » Comme toujours avant une corrida, il avait la colique. Je lui faisais boire un Fernet-Branca...

Elle se tut, les yeux au loin. Puis une larme roula lentement jusqu'à sa verrue, se perdit dans les commissures de ses lèvres. Elle renifla :

— Il méritait pas une fin pareille...

Marion avait suspendu son souffle. Découpé dans le contre-jour de la porte, Julot vacillait entre les deux chambranles.

— On a bien fait de s'arrêter, on dirait, marmonna Lavot en finissant son café.

— Il s'en remet pas, reprit la femme en désignant l'ex-péon d'un signe du menton. Il boit comme une éponge depuis « sa » mort. Il faut dire qu'ils étaient comme des frères. Jules, Manuel Bianco et José Lorca, un sacré trio. Y avait pas une fille à cent kilomètres à la ronde qu'ils avaient pas troussée...

— Tais-toi donc, éructa Julot. C'est des conneries tout ça.

Il se retourna vers la femme qui allait protester, chancela dangereusement et proféra, la voix raffermie :

— Alors *ils* viennent ?

Un peu plus tard, Marion comprit pourquoi le domaine était difficile à trouver. Julot les fit tourner à gauche, à droite, à gauche, à droite, dans des pistes forestières évidemment toutes semblables, à peine empierrées et dépourvues de tout panneau de signalisation. Aucune pancarte ne signalait le domaine, pas le plus petit bout d'indication. Marion s'en étonna auprès de Jules qui avait pris place à l'avant, à côté de Lavot. L'homme marmonna que c'était ainsi que José Lorca le voulait et qu'il n'avait pas besoin des curieux en tout genre qui se pressaient dans la région au moment des vacances.

— Au fait, c'est quoi, un péon ? s'exclama Lavot sans préavis.

— Un paysan ! répondit Talon qui, à ses heures, parlait l'espagnol.

Julot ne réagit pas et Marion s'empressa de corriger Talon, à la lumière de ce qu'elle avait lu dans les livres de Mme Lafon :

— Les péons sont les aides du torero, des gens à son service, des subalternes qui descendent avec lui dans l'arène mais ne combattent pas le toro. Il y en a trois en tout et avec le matador ils forment une cuadrilla. C'est ça, monsieur Jules ?

Julot grommela quelque vague approbation. Il bafouilla que le matador était le seul maître de l'arène quand il avait « pris l'alternative ». Avant il n'était que *novillero.* Puis il se tut, les yeux mi-clos, se contentant d'indiquer le chemin par brèves onomatopées. Marion, attentive, prenait des repères pour le cas où elle et ses hommes devraient revenir sans leur guide.

À l'entrée du cortijo, Marion regarda autour d'elle avec curiosité. Les quelques informations lues dans les ouvrages spécialisés lui revenaient en mémoire et elle laissa son imagination courir sur le paysage brutalement changé. La forêt avait laissé la place à des prairies à peine vallonnées, parsemées de boqueteaux de pins. L'herbe jaunie criait le manque d'eau d'une région où le sol, bien que plus compact qu'au nord du massif, contenait encore trop de sable pour la retenir durablement. Quelques grands animaux sombres aux formes massives, regroupés sous les arbres, attendaient en ruminant le moment de se battre dans l'arène. Marion distingua une construction blanche de forme arrondie, abritée derrière une haute clôture, à deux cents mètres de la maison. Un taureau découpait sa silhouette noire contre la blancheur aveuglante du mur. Étant donné ce que l'on faisait en ces lieux, elle en conclut qu'il s'agissait d'une arène privée, là où s'entraînaient les toreros en herbe, là aussi, elle l'avait lu, où l'on testait les vaches qui allaient donner naissance aux toros de combat. De leurs qualités dépendraient celles des futurs combattants et c'était la seule façon d'en avoir une idée. Car les toros braves, jusqu'au moment où on viendrait les choisir pour les conduire à la plaza, ne devaient jamais être en contact avec l'homme.

Devant la maison dont tous les volets étaient clos, elle faillit déchanter. Un homme de haute taille, massif et légèrement voûté, pourvu d'épais cheveux gris bouclés, se tenait debout devant le coffre ouvert d'une Golf blanche, en train d'y déposer un sac de voyage. Quelqu'un était assis au volant mais, d'où elle était, Marion ne pouvait distinguer de qui il s'agissait. L'homme jeta sur la Renault grise un regard bref qui devint hostile quand il reconnut Julot chancelant dans la poussière soulevée par le véhicule.

— C'est José, dit Julot. Vous avez pas de chance, té, on dirait bien qu'il part en voyage.

José Lorca fit face à Marion quand elle descendit de voiture pour marcher vers lui mais continua de fixer Julot d'un air mécontent. Celui-ci s'avança à son tour :

— C'est Anita qui m'a demandé de les conduire ici, dit-il, presque craintif.

— Monsieur Lorca ? interrogea Marion en se voulant la plus neutre possible.

Puis, dans la foulée, elle se présenta ainsi que Lavot et Talon qui étaient sortis du véhicule à leur tour pour se placer derrière elle, à distance respectueuse mais vigilante.

José Lorca ne marqua aucun étonnement à l'annonce d'une descente de police dans son domaine. Il se contenta de claquer d'un coup sec le coffre de la Golf :

— Désolé, mais il vous faudra revenir, dit-il sèchement, non sans regarder Marion à la dérobée, en homme qui n'a pas perdu le goût des femmes. Je vais à Lyon régler quelques détails et chercher ma fille.

— Marie-Sola, murmura Marion. Bien sûr. Vous serez de retour quand ?

— Dans deux jours, peut-être moins. Ensuite, ce seront les obsèques...

— Je ne veux pas ajouter à votre peine, monsieur Lorca, mais j'ai une commission rogatoire d'un juge d'instruction lyonnais et je dois avoir un entretien avec vous.

— Je n'ai rien à vous dire, trancha José Lorca. Ma fille est morte accidentellement et je n'étais pas présent.

— Il y a aussi la mort de Manuel Bianco, non accidentelle celle-là, dont nous devons parler avec vous, insista Marion en détachant les mots. C'est prévu dans les instructions du juge. Si vous préférez, je dois vous auditionner. À défaut d'accomplir cet acte de votre plein gré, il y aura carence de votre part et vous serez convoqué par le magistrat. Au besoin il délivrera un mandat d'amener. Vous me comprenez ? Nous vous verrons après les obsèques de votre fille.

Marion avait utilisé un ton calme et ferme. José Lorca la dévisagea puis son regard passa rapidement à Talon et Lavot qui ne bronchaient pas mais dont les visages exprimaient la même détermination que les yeux de leur commissaire avec, en plus, une petite lueur de jubilation comme chaque fois qu'ils assistaient à une passe d'armes entre Marion et un récalcitrant.

Celle-ci, gagnée par une curiosité soudaine, se déplaça de quelques pas afin de voir la tête du conducteur de la Golf. Elle n'aurait su en dire la raison mais ce véhicule la troublait. Il faisait frémir sa mémoire, lui procurant une vague sensation de déjà-vu. La jeune femme au volant ne tourna pas la tête vers elle. Le regard fixé droit devant, sur la forêt que l'on distinguait au loin dans un halo de brume de chaleur, elle offrait à Marion un profil d'une extraordinaire pureté à peine dissimulé par des cheveux auburn mi-longs. Des anneaux d'or minuscules et un clou en rubis ornaient le lobe de son oreille. Marion poursuivit son examen à toute allure, remarqua les jambes brunes et parfaites découvertes par un short blanc, la chemisette de lin échancrée qui laissait deviner un soutien-gorge en dentelle fine et des seins troublants. Les quelques bijoux qui rehaussaient le teint ambré de la fille laissèrent Marion songeuse. Elle n'en portait pas elle-même mais elle en connaissait le prix et ceux-là avaient sans doute coûté très cher. Un mouvement de José Lorca attira son attention. Après s'être éloigné très brièvement avec Julot, il avait rejoint la Golf et posé la main sur la poignée de la portière passager. Marion le rattrapa en quelques enjambées rapides. Elle fit un signe de tête en direction de la jeune femme au volant :

— Qui est-ce ?

— Une de mes employées, répondit José Lorca avec une contrariété qu'il ne cherchait plus à dissimuler. Elle me conduit à la gare. Cela ne vous dérange pas, j'espère ?

Marion eut la brusque révélation que la ravissante jeune fille n'était pas seulement une employée de Lorca. L'agressivité de ce dernier résonnait comme un aveu.

— Monsieur Lorca, dit-elle doucement, ne prenez pas ma visite de travers, ni mes questions. Elles étaient inévitables et vous le savez. Il y a eu plusieurs morts, en plus de celle de votre fille, je n'aimerais pas qu'il y en ait d'autres. Autant que vous le sachiez, je ne renonce pas facilement. Je ferai comme prévu.

Sans un mot, sans un regard, José Lorca ouvrit la portière et se laissa tomber lourdement sur le siège de la Golf. La conductrice lança le moteur et démarra en souplesse sans avoir bougé un cil dans leur direction.

« Elle a du sang-froid, cette demoiselle », songea Marion qui se demandait toujours où elle l'avait vue. Ce ne pouvait être que dans la région, à Salles ou à Bordeaux. Elle repassa en accéléré les quelques jours précédents sans résultat. Elle se passa la main sur les yeux, renonçant à poursuivre cette investigation stérile.

Au moment où le véhicule franchissait le portail, elle eut un flash. Elle revit une jeune avocate, souriante et heureuse de vivre. La fille de la Golf ne souriait pas mais elle avait le même âge, les mêmes cheveux, sûrement le même profil. Cette fille lui rappelait, de manière criante, Marie-Sola Lorca.

Marion se tourna vers Julot qui triturait son béret, l'air embêté. Quand José Lorca l'avait pris à part, il lui avait sûrement reproché d'avoir amené les flics chez lui et conseillé de la boucler.

— Comment s'appelle cette jeune femme ? interrogea Marion.

Julot resta muet, dégrisé soudain.

— Voyons, insista Marion, ne soyez pas inquiet. Votre ami n'est pas très content de nous voir, je le comprends. Il a perdu sa fille, son meilleur ami, et la police débarque... On ne peut pas dire qu'il soit à la fête, mais vous n'y êtes pour rien.

Julot haussa les épaules, remit son béret sur sa tête et tourna le dos. Il s'éloigna en direction des annexes d'un pas qui se voulait rapide mais qui hésitait encore. En quelques enjambées, Lavot fut sur lui. Il lui fit faire un demi-tour sur lui-même et l'agrippa par le col de sa chemise pas très nette.

— Dis donc, grinça-t-il à deux doigts de son haleine avinée et en le soulevant de terre, la dame t'a posé une question. Alors tu réponds. En plus c'est pas très poli de partir sans dire au revoir !

Julot maugréa que, s'il avait su, il ne les aurait pas amenés à la ganaderia. Lavot le secoua un peu plus fort en le faisant décoller et retomber sans douceur. À chaque contact avec le sol, un petit nuage de poussière grise voltigeait autour des pieds de l'homme qui se mit à transpirer abondamment. Plusieurs silhouettes apparurent, surgies de derrière les bâtiments et du fin fond du domaine. Une demi-douzaine d'hommes s'avançaient, des outils entre les mains, pas menaçants, seulement encore curieux. Marion pressentit que les choses pouvaient mal tourner.

— On l'embarque, intervint-elle avec brusquerie. On l'interrogera chez les gendarmes.

Les gendarmes auxquels ils auraient dû rendre visite avant d'entamer toute démarche sur place, comme l'imposait le code de procédure pénale. Marion avait bien averti le procureur de la République de Dax de leur arrivée mais elle avait omis, dans la précipitation des événements, de demander l'assistance, obligatoire, d'un O.P.J. territorialement compétent. Rencontrer un homme de José Lorca dans un café sur la route du domaine n'était pas non plus prévu au programme, se dit-elle pour se justifier. Elle se promit de réparer cet oubli dès qu'ils quitteraient les Chartreux et avant d'engager tout acte de procédure.

— Et, renchérit Talon sans sourire, quarante-huit heures de garde à vue, c'est bon pour commencer une cure de désintoxication.

Julot n'eut pas besoin d'un dessin. Plus que tout, il dut redouter le sevrage, même de courte durée, dont on le menaçait et qui, dans l'état d'imbibition qui était le sien, représentait un danger autrement pire que la colère de José Lorca dont de toute façon il ferait les frais.

Marion s'avança pour affronter les hommes qui se dirigeaient vers eux. Elle les interpella avec un large sourire, les bras le long du corps, en apparence décontractée, en réalité tendue comme une corde de violon.

Talon l'avait suivie, prêt à intervenir. Quant à Lavot, il avait fini par lâcher Julot et, les mains à hauteur de son artillerie, se tenait prêt lui aussi à affronter le pire.

— Attendez ! cria Julot. Je vais vous répondre. Ça va les gars, ajouta-t-il à l'adresse des hommes qui s'étaient immobilisés, plus surpris par la tournure des événements que vraiment méchants. Retournez au boulot. La fille dans la voiture, c'est celle qui s'occupe de la vieille Quitterie, la mère de José. Elle s'appelle Lucie.

24

Luna sentit des picotements désagréables parcourir ses mains en même temps qu'une mollesse à laquelle elle n'était pas habituée envahissait ses jambes. Elle regarda aussi longtemps qu'elle put dans le rétroviseur la scène qui se déroulait devant la maison. Elle avait tout de suite identifié la femme blonde et ses sbires : c'étaient ceux qu'elle avait aperçus la veille près de Baque-morte, de l'autre côté de la voie ferrée. Ces gens que l'homme de la forêt avait amenés dans son 4 × 4 rouge et qu'elle avait observés sans qu'ils la voient, elle avait immédiatement compris qu'ils étaient dangereux pour elle. Avec le regard acéré que donnent les longues périodes de solitude dans la nature et l'obligation de se battre pour survivre, Luna avait épié leurs gestes, ceux du gamin brun qui les accompagnait. Que savait-il, celui-là ? D'elle, de ses habitudes, de la maison ? Que voyait-il et que leur avait-il raconté ? Cachée derrière une touffe de fougères, Luna avait attendu qu'ils partent, puis elle avait compris que la présence de sa voiture blanche en plein milieu de l'airial les intriguait et qu'ils allaient venir ! La femme blonde n'était pas du genre à laisser des questions sans réponse. Luna savait pourquoi elle était là, elle devinait du même coup qui elle était et elle avait dû fuir Baque-morte en toute hâte pour n'être pas surprise ou, pire encore, prise. L'air malicieux, les regards appuyés et inquisiteurs de la blonde, la façon dont elle l'avait inspectée par la vitre de la voiture, lui donnaient la chair de poule, plus encore depuis qu'elle avait la certitude de ne pas s'être trompée : ces gens étaient bien des policiers. Luna sursauta ; le maître parlait :

— Pourquoi es-tu si inquiète ? demanda-t-il doucement.

— Je ne suis pas inquiète. Je n'aime pas les flics en général, ceux-là en particulier. Ils ne sont pas d'ici.

Sa voix était rauque, son ton bourru.

José Lorca eut un sourire :

— Je ne vois pas ce que ça change. Ceux-là enquêtent sur des choses qui se sont passées loin d'ici.

— Justement. Ceux d'ici, on sait comment ils pensent.

— Tu te fais du souci ?

José Lorca la regardait avec insistance. Elle afficha un air résolu et blasé en haussant les épaules. José lisait sur son visage malgré les efforts qu'elle déployait pour paraître indifférente et ce constat l'irrita. Un dérapage pouvait anéantir son projet. Pourquoi être allée si loin régler leur sort à Manuel et à cette sainte-nitouche de Marie-Sola pour voir débarquer ici des flics de là-bas ? Elle savait d'instinct comment traiter les gendarmes et les flics de Bordeaux menés par ce séduisant commissaire dont elle était convaincue que, le cas échéant, elle n'aurait fait qu'une bouchée. Se montrer plus prudente qu'à l'ordinaire, ne pas se rendre trop souvent à Baque-morte suffirait-il à éloigner le risque de se faire prendre par ces « estrangers » qui, dès leur arrivée, s'intéressaient à Baque-morte ? Il n'était pourtant pas question de renoncer à son entreprise, ni de renoncer à Baque-morte car c'était là qu'elle ferait ce qu'elle devait faire.

Et Julot qui s'était cru malin en amenant ces flics au domaine des Chartreux ! Une bouffée de chaleur la terrassa. Son corps se couvrit d'une fine sueur et ses mains tremblèrent sur le volant. Des images percutèrent sa mémoire, fulgurantes.

L'homme à la montera tourne et se retourne sur la pointe des pieds. Il brandit ses banderilles bleu et rouge qu'il tient devant lui à hauteur de son visage. Sa face rouge luit dans la lumière instable des bougies et il titube un peu. Parfois un des hommes le rattrape avant la chute et le remet dans le rythme des autres qui tapent dans leurs mains pour l'encourager. Il est ivre comme tous les jours, et bien qu'il ne soit pas encore très âgé, cela se voit sur son visage strié de couperose. Il rit bêtement tandis que la femme à genoux balance sa croupe rebondie, pressée de sentir une mâle présence entre ses jambes. Mais l'homme, malgré le désir qui gonfle son pantalon moulant, ne semble pas s'en apercevoir. Il ignore la femelle qui s'offre en toute impudeur, qui appelle de son sexe humide les hommages des hommes. Il s'arrête le temps de vider un plein verre de tequila, il chancelle en voulant recommencer à tourner, ses banderilles bleu et rouge toujours levées. Son visage change, le rire disparaît de ses lèvres dégoulinantes d'alcool dont la fillette, serrée contre l'autre derrière le fenestron, perçoit l'odeur écœurante. Il s'est approché de la femme d'une démarche plus assurée. Il se dresse sur ses pointes de pied, son regard fonce, animé d'une incompréhensible ferveur, d'une peur aussi qui sue de sa peau d'ivrogne. Ce n'est plus une femme qu'il voit, mais un toro qui fonce sur lui. Il pousse un cri sauvage, fait un brusque écart en se jetant en avant de toute son énergie furieuse. Un ou deux hommes ont compris son projet mais ils ne peuvent empêcher les fers des banderilles de s'enfoncer avec une violence féroce dans le dos opulent de la femme. Son hurlement dévaste les tympans des fillettes dont les cris, recouverts par ceux des hommes en bas, passent inaperçus.

Luna sursauta comme au seuil du sommeil. La Golf fit une embardée. José Lorca se cramponna à la poignée au-dessus de la vitre en protestant.

— Tu t'endors ? s'inquiéta-t-il.

— Non, mentit Luna, j'ai juste voulu éviter une pierre.

Il n'y avait pas plus de pierre sur la piste que de nuages dans le ciel chauffé à blanc. Luna tourna d'un cran vers la droite le bouton de la ventilation pour refouler le nouveau coup de chaleur qui l'assaillait. « Attention, se tança-t-elle. Il va finir par tout comprendre. »

De plus en plus souvent, ses souvenirs revenaient dans des situations de la vie courante, aux moments les plus inopportuns. Là, dans cette voiture, aux côtés de l'homme qu'elle haïssait d'une haine inhumaine, elle avait retrouvé le visage du banderillero. Jules Dante. Julot. Elle jubila. Dans le même temps, et par une subtile association de ses souvenirs, le visage de la fille qui servait ce soir-là de l'alcool aux hommes s'imposa tout naturellement : Anita. Elle avait sur son visage d'une incroyable laideur un sourire stupide et content tandis qu'elle remplissait les verres des vachers déjà soûls pour les exciter encore plus, comme l'ordonnait le maître. Anita ! Luna se réjouit. Sans en comprendre la raison, quand elle les avait croisés trois mois plus tôt dans le village, elle avait détesté d'emblée cette vendeuse de bière tout comme son amant alcoolique. À présent, elle savait pourquoi leurs faces dévastées la révulsaient. Elle les imagina ensemble, en train de copuler. Une nausée jaillit au fond de sa gorge.

José Lorca ne dit plus un mot jusqu'à la gare. Une fois sur le quai où Luna avait tenu à l'accompagner, il se planta face à elle et lui souleva le menton d'un doigt :

— Petite Lucie, n'aie pas peur, « ils » ne me feront rien. Je suis fort et avec toi je suis encore plus fort.

Luna ferma ses yeux magnifiques. Elle eut soudain envie de hurler de rire. Encore une fois le maître ne pensait qu'à lui, ne se préoccupait que de lui. Uniquement, exclusivement de lui. Une bouffée d'excitation ravie la chavira. Quel stupide orgueil ! Quelle inaltérable vanité, aveuglante, terrifiante. Ses propres craintes étaient sans fondement : il ne soupçonnait rien, ne voyait rien. Rien que lui.

— D'accord ? dit José Lorca.

Elle rouvrit les paupières, de l'interrogation dans son regard clair.

— Tu n'écoutais pas ! protesta José Lorca. Je disais que pour ta tranquillité, en attendant que je revienne, je préfère que tu ne parles pas à ces... gens. Va à la mer, à Biarritz. L'hôtel Excelsior a toujours une chambre pour moi. Je vais les appeler pour les prévenir.

— Et Quitterie ?

Le visage de Lorca se rembrunit. Un pli de contrariété apparut entre ses sourcils grisonnants. Il réfléchit un bref instant :

— Passe chez Anita et dis-lui de s'en occuper jusqu'à mon retour. En même temps, demande-lui de rester discrète avec la police. Dis-lui bien que ce... conseil vient de moi.

Il insista sur le pronom. Moi... Moi, moi, moi... Luna promit. Cela ne lui coûtait rien de promettre mais ces contretemps la dérangeaient. Elle pria le ciel furtivement pour que la vieille passe sur-le-champ de vie à trépas. Puis elle prit une décision dans l'urgence : Anita et Julot ne pourraient pas sauver la vieille...

— D'accord, dit-elle doucement en se haussant sur la pointe des pieds pour effleurer les lèvres de José Lorca.

Elle prit sur elle pour demander :

— Et les obsèques ?

— Inutile que tu y sois, trancha Lorca. Je te ferai signe à Biarritz quand le front sera calme. Après nous serons heureux, tu verras.

Luna sourit, les yeux mi-clos sur ses secrets, n'offrant que le visage candide et lisse d'une jeune femme amoureuse.

25

Affalée sur un des sièges orange de la terrasse de la Bodega, le café d'Anita, Marion s'éventait avec un vieux numéro de *Barrera Sol,* une revue de tauromachie qui traînait sur une table. À côté d'elle, Talon consignait dans son Mac le procès-verbal de transport au domaine des Chartreux et les éléments recueillis sur place.

« Pas de quoi s'exciter », se dit Marion que sa rencontre avec José Lorca et son entourage immédiat avait laissée sur une mauvaise impression. Les quelques hommes présents, des vachers pour la plupart, s'étaient fait tirer l'oreille pour décliner leurs identités et indiquer leurs fonctions à la ganaderia. Marion avait dû hausser le ton et menacer de les convoquer à la brigade de gendarmerie de Saint-Sever, compétente dans le secteur. Les hommes répondaient avec réticence aux questions, de toute évidence terrorisés par José Lorca dont l'autorité tyrannique influençait les réactions les plus ordinaires de ses employés. À côté de lui, la menace des gendarmes ressemblait à une farce. Le seul sujet sur lequel ils s'étaient montrés loquaces concernait l'occupation à laquelle la plupart d'entre eux se livreraient le lendemain : les fêtes de la Madeleine de Mont-de-Marsan. Des fêtes estivales autour de la tauromachie, de la boisson et de la musique des bandas. Là où justement Marion se proposait d'assister à une corrida qui réunirait un cartel exceptionnel : César Rincon, Antonio Ferrera et Manolito II — un enfant du pays — confrontés à des toros de... José Lorca. Marion avait appris de Jules Dante que celui qu'il appelait « le maître » avait mis des années pour imposer son élevage, des années pour le produire, avec des échecs, des remises en question, des bêtes souvent superbes mais peureuses ou *manso,* le contraire de braves, parfois entachées de faiblesses congénitales impossibles à redresser. Il avait souvent recommencé, bataillé pour trouver d'autres souches, conserver les géniteurs et les vaches en bonne santé, les accoupler pour faire naître le « toro brave », mythique et inégalé. Et tremblé sans répit à cause des maladies, des blessures, du refus des plazas d'accepter ses animaux, le marché du toro brave représentant un monde sans pitié où tous les coups étaient permis. Marion apprit aussi de Jules que Lorca s'était lancé dans l'élevage de toros de combat contre l'avis de son père qui, lui, gagnait sa vie en engraissant des bovins et des moutons pour les vendre dans les foires landaises. Le vieux Lorca possédait les terres et de l'argent qu'il engrangeait avec une patience obstinée. Il ne s'était pas opposé longtemps aux projets de son fils unique : il était mort subitement, écrasé par une machine agricole. Quitterie, sa femme, avait abdiqué face à un fils dont elle redoutait l'autoritarisme et les délires. Malgré l'insistance de Marion et les questions dont elle le pressait, Jules avait refusé catégoriquement de poursuivre ses confidences imprudentes, ses yeux rougis par l'anisette exprimant déjà le regret d'en avoir trop dit.

Anita apparut sur le seuil où elle s'arrêta, retenant d'une main les billes de bois de la portière :

— *Ils* boivent quelque chose ?

« Curieux cette manie qu'ont ces gens, songea Marion intriguée, de nous parler à la troisième personne, comme s'ils s'adressaient à d'autres... »

Ils passèrent leur commande, Lavot en profitant pour demander quelque chose à manger car ils n'avaient rien avalé depuis le matin. Il était à peine seize heures et Anita suggéra quelques tapas, ce qui fit naître de l'inquiétude dans le regard de Talon, sur la réserve dès qu'il s'agissait de mets inconnus.

— Ce sont des « amuse-gueule » plutôt consistants, expliqua Marion qui se souvenait d'une expédition en Espagne avec son ex-mari.

Un voyage morose qui précédait de quelques semaines la décision de Jean-Baptiste d'échanger « son courant d'air contre un boulet »...

— On les mange à l'apéritif mais, en fait, c'est un vrai repas, reprit-elle en chassant ce mauvais souvenir.

La chaleur était devenue étouffante, de gros nuages s'étaient sournoisement amoncelés au-dessus des arbres. Il ne faisait aucun doute qu'un orage s'annonçait.

— Ça va pas, non? protesta Lavot. Moi je ne me contente pas de trois cacahuètes et de deux saucisses miniatures... Vous n'auriez pas une entrecôte, plutôt?

Marion fit à l'intention d'Anita un geste pour signifier que les tapas conviendraient très bien.

En même temps, elle fronça les sourcils et se redressa sur son siège : une 4L bleue de la gendarmerie s'arrêtait devant elle, libérant deux hommes, le képi à la main. L'un avait l'air avenant, le visage de l'autre ressemblait au faciès d'un toro à qui l'on aurait planté les banderilles par inadvertance, loin de la protection du *calleron.*

Le gendarme en colère s'avança. Sans dire bonjour et, surtout, sans les gestes rituels des hommes de l'arme, il pointa un doigt accusateur sur Lavot.

— « On » ne nous a pas menti... Il y a bien des gens armés dans ce village !

Marion observa le militaire qui les interpellait sans précaution. Le second gendarme restait en retrait, les bras ballants, comme s'il n'était pas concerné. Elle eut la sensation de se trouver au cœur d'un mauvais scénario. Ou ces gendarmes étaient totalement inconscients ou, plus vraisemblablement, ils savaient à qui ils avaient affaire et jouaient à quelque jeu mystérieux. Jamais des gendarmes ou des policiers entraînés et compétents n'intervenaient pour contrôler des gens armés sans un minimum de technique.

— Je suis commissaire de police, clama-t-elle si fort que Julot, dans les vapeurs du pastis, sursauta. (Elle ajouta sèchement :) Et ces hommes sont les lieutenants Lavot et Talon de la P.J. de Lyon.

— Vous avez des cartes professionnelles ? aboya le gendarme sans se démonter. Doucement ! intima-t-il à l'adresse de Lavot dont il fixait le Manurhin dans le holster.

Marion se sentit bouillir. Elle fouilla la poche arrière de son jean et, se levant d'un bond, fourra sa carte tricolore sous le nez du gendarme qui recula.

— Ça vous va ? Vous pourriez dire bonjour avant les menaces.

— Et vous, vous n'avez pas quelques formalités à accomplir quand vous débarquez sur un territoire étranger ?

Lavot se dressa en bombant le torse, jeta sa carte professionnelle sur la table. Debout, il dominait le militaire, un homme plutôt chétif. Talon posa son Mac sur sa chaise et vint se placer derrière le gendarme en sortant de sa poche de poitrine son carton tricolore plastifié, l'air menaçant. L'homme changea de couleur.

Le second gendarme, qui n'avait encore rien dit mais sentait que la situation lui échappait, intervint :

— Allons, messieurs, je vous en prie, du calme. Nous avons vu vos papiers, je suggère que nous allions ensemble à la brigade. Vous nous expliquerez ce que vous êtes venus faire par chez nous.

Anita réapparut sur le seuil de la porte, les bras chargés de plats. Elle s'arrêta, interdite :

— Qu'est-ce que c'est que ce cirque, Pascal Demora ? tonna-t-elle, la verrue frémissante. Ces policiers sont mes locataires. Je te prierai d'être poli.

Encore une fois, Marion se vit projetée au centre d'une clownerie, d'un vaudeville grossier. Elle aurait parié que la grosse Anita avait elle-même alerté la troupe et qu'elle s'amusait comme une folle de la situation. Pourtant quelque chose frappa son esprit : le nom du gendarme. Elle interpella Anita :

— Comment avez-vous dit qu'il s'appelle, ce monsieur agressif ?

La femme haussa les épaules avec un rire de crécelle :

— Demora ? La moitié de la région s'appelle Demora. Quand ils se reproduisent c'est par deux ou trois...

Elle posa ses plats sur une table, des rigoles de sueur luisant sur son cou marqué de plis disgracieux :

— J'y suis, dit-elle en hochant la tête, vous pensez à ce pauvre drôle.

— Quel drôle ?

— Ne parle pas inconsidérément aux « estrangers », la sermonna le gendarme Pascal Demora qui n'avait pas complètement perdu sa hargne.

— Mais dis donc, toi ! C'est pas un secret ! Tout le monde le sait qu'il a été tué, Paul Demora, et de bien terrible manière encore... Saigné et grillé comme une volaille !

Marion retint son souffle. Anita Mano connaissait le mort de la forêt de Salles et, visiblement, elle n'était pas la seule. Marion se tourna vers le gendarme :

— Paul Demora était un parent à vous ?

Il hocha la tête sans répondre, ce qu'Anita fit à sa place :

— Ils étaient vaguement cousins, comme tous les Demora.

— Vous le connaissiez, Paul ? insista Marion.

— Si on le connaissait ? Té ! Il a passé son enfance ici, au domaine des Chartreux.

— Il faut que nous parlions, dit Marion en se levant.

Anita essuya ses mains à un tablier bleu pourvu d'une vaste poche sur le devant. Elle ramassa sans un mot les assiettes vides des tapas que Lavot et Talon avaient engloutis en buvant beaucoup d'anisette car Anita n'avait pas lésiné sur le piment. Lavot en avait gagné des rougeurs sur le cou et Talon, un peu gai, décoiffé et les lunettes embuées, avait enfin acquis une apparence humaine.

Marion n'avait rien avalé, contrariée par l'attitude grotesque du gendarme Demora. Les militaires avaient fini par se retirer après avoir reçu l'engagement de Marion de se présenter le lendemain à Saint-Sever, au chef de brigade, et de n'entreprendre aucune investigation ni aucun acte de procédure d'ici là. Marion avait rétorqué qu'elle connaissait son métier. Le rictus ironique du gendarme avait mis un point d'orgue à son irritation.

— Rentrons et fermez le café ! intima Marion.

— Vous n'y pensez pas ! s'exclama Anita. Ça va être le coup de feu de l'apéro.

— Y va y avoir au moins deux clients, balbutia Julot du fond de sa cuite.

— Allez, tonneau à pattes, maugréa Lavot en lui donnant une bourrade. La patronne veut causer avec vous.

— J'ai rien à dire, marmonna l'ancien péon.

Marion les entendit vaguement poursuivre leurs échanges. Elle s'était figée sur la terrasse, essayant d'attraper une impression qui se dérobait. Une idée qui vagabondait quelque part entre le domaine des Chartreux et la forêt de Salles. C'est quand elle survola Baque-morte qu'elle trouva ce qu'elle cherchait.

Son cri fit sursauter ses compagnons. Talon, installé à l'intérieur, son Mac posé devant lui sur une des tables en bois, se précipita sur la terrasse. Lavot, qui s'efforçait de faire entrer Jules Dante dans le café, se retourna brusquement. L'homme tituba avant de s'affaler sur une chaise. Anita occupée à repousser un vieil homme, client miraculeux d'un établissement étrangement désert, suspendit son geste.

— Un problème, patron ? s'inquiéta Lavot en débouchant sur la terrasse.

Marion lui fit face en se frappant le front :

— La voiture blanche !

— Quoi, la voiture blanche ? s'exclama Talon.

Ils regardèrent autour d'eux : la rue était vide, désertée par les habitants de Saint-Pierre, inquiets de l'imminence de l'orage. Le seul véhicule visible à une centaine de mètres était une Jeep bâchée dont le pare-brise s'ornait d'un pare-soleil représentant une mer bleue, un soleil rouge et des cocotiers.

Leurs airs ahuris la firent éclater de rire.

— Faites pas cette tête ! Je n'ai pas perdu la mienne, rassurez-vous ! La voiture blanche, je sais où je l'ai vue !

— Ah oui ? marmonna Lavot. Je sais même pas de quelle voiture il est question, moi.

— Celle qui conduisait José Lorca à la gare, dit Marion en baissant le ton pour n'être pas entendue d'Anita et de Jules.

— Et vous l'avez vue où ? s'inquiéta Talon.

Elle se pencha vers eux :

— Dans la cour de la vieille baraque, Baque-morte.

Talon se récria que les voitures blanches n'étaient pas une espèce rare et Marion admit qu'elle ne pouvait rien démontrer. Ce n'était qu'une intuition. Pourtant, ce qu'elle ressentait en invoquant Baque-morte la mettait mal à l'aise. Elle fit un geste d'apaisement à ses lieutenants, signifiant qu'en effet elle pouvait se tromper. Puis elle pénétra dans la Bodega.

26

Luna suivit avidement les mouvements des uns et des autres. Elle vit partir les gendarmes, se douta que les flics venus d'ailleurs s'étaient installés chez Anita, dans les chambres que la grosse femme louait aux rares touristes qui s'aventuraient par là malgré les manœuvres dissuasives de José Lorca.

À présent elle les voyait rentrer dans le café. Elle essaya d'interpréter les gestes excités de la femme blonde, et il y avait fort à parier que celle-ci manigançait quelque chose. Elle vit le grand flic athlétique pousser Julot dans la grande salle. Anita allait sûrement fermer la Bodega. Une bouffée de haine la cloua sur le siège de la Jeep. Cette femme blonde était malfaisante, chargée de mauvais projets à son égard. Luna se félicita d'être allée à la grange des Espieds échanger la Golf contre la Jeep pour surveiller le café et le couple et guetter leur sortie. Il n'était pas question d'envoyer Anita auprès de la vieille comme le maître l'avait ordonné. Quitterie crèverait et personne n'y pourrait rien. Quant à Anita et Jules, ils subiraient le sort des autres. C'était inscrit dans leur avenir depuis que sa mémoire avait restitué leurs visages à Luna. Deux semaines plus tôt, elle lui avait fait apparaître la silhouette maigrichonne du jeune Paul Demora s'enfuyant dans le pré des Chartreux. Demora. Le gendarme qui était venu au café après l'appel de Luna à la brigade portait aussi ce nom et elle les haïssait, lui, ses semblables et tous les Demora de la création.

Le cri de la femme blonde la fit décoller de son siège d'où elle épiait, à l'abri derrière le pare-soleil, la terrasse de la Bodega. Elle entendit les mots « voiture blanche ». Ou peut-être le crut-elle. L'émotion fit dégouliner la sueur le long de son dos et les images affluèrent comme une marée nauséabonde.

Le banderillero, rendu fou par le bruit et le sang qui coule à profusion du dos de la femme, revient à l'assaut. Il tourne la tête de droite et de gauche, il cherche quelque chose. Un enfant d'une dizaine d'années l'appelle en claquant la langue, comme font les toreros pour appeler le toro dans l'arène. Il tend une nouvelle paire de banderilles, blanches cette fois. Des hommes protestent, s'interposent tandis que l'ivrogne se met à tourner en levant les objets devant lui. L'enfant, c'est Marco, enroulé dans une cape mauve et rose, il tourne aussi sur lui-même, debout sur la table, au milieu des assiettes sales et des verres dont on devine qu'il en a terminé quelques-uns. Il rit d'un rire cristallin, enjoignant au banderillero de poursuivre la tierce.

Cette fois, l'homme ne titube plus, sa démarche est assurée, ses gestes clairs, parfaits. La femme s'est assise par terre. Elle crie qu'on lui enlève les banderilles qui lui perforent le dos. Le sang coule autour d'elle, imbibe ses vêtements. Elle est livide, affolée. Un homme tente de ceinturer le banderillero mais celui-ci l'envoie valdinguer d'un coup de pied. D'autres s'avancent. La voix du maître tonne dans l'agitation confuse de la pièce :

— Laissez-le faire ! Il n'a jamais été aussi bon !

Le maître éclate d'un rire violent et tout le monde obéit. Les hommes s'écartent, le banderillero s'approche de la femme en tournant. De nouveau, il se fige face à elle, claque la langue comme devant l'animal furieux, s'écarte, plante avec une fougue passionnée les banderilles dans son cou. Son cri de triomphe rauque et les « olé » de l'assistance couvrent le râle de sa victime qui projette devant sa bouche déformée par la douleur une nébuleuse sanglante, tandis que ses yeux se révulsent.

— La troisième paire ! intime le maître alors que les hommes se sont remis à frapper dans leurs mains.

Le banderillero n'a pas attendu l'ordre. En état second, les yeux injectés de sang et projetés hors des orbites, il s'est déjà saisi des deux dernières banderilles, jaunes et vertes, tendues par le petit Marco à présent fin soûl.

À la troisième attaque, la femme atteinte aux seins n'a même pas la force de crier. Elle bascule sur le côté, se laisse aller dans une mare de sang qui imbibe le papier des banderilles et coule le long de ses bras. Ivre, Marco s'est endormi sur la table. Il a une tache brune sur la joue, un gros nævus poilu en forme de poire.

Dans le grenier la petite fille s'est à moitié évanouie. Elle n'entend même pas le maître ordonner la mise à mort. L'estocade.

Luna revint à elle pour constater que la terrasse était vide. Elle fut saisie d'une agitation inhabituelle à cause de la femme blonde qui contrariait ses plans. Elle respira plusieurs fois avec application en s'exhortant au calme.

Une minute plus tard, elle avait trouvé une solution acceptable. Elle mit son pouce dans sa bouche pour prendre son mal en patience et s'endormit comme un enfant qui s'ennuie.

27

Anita soupira, les bras croisés sur sa monumentale poitrine.

— Que voulez-vous que je vous dise ? se plaignit-elle, mauvaise comédienne.

Pour calmer Julot et l'amener à composer, Marion avait posé devant lui une bouteille d'anisette. L'alcool avait arrangé le moral de l'ancien péon mais pas son état qui se dégradait de verre en verre.

— Tout, exigea Marion. José Lorca d'abord.

Anita secoua ses joues flasques avec véhémence.

— Ça, non, dit-elle, il n'aimerait pas. Je préfère que vous lui posiez les questions directement. Et il n'est pour rien dans ces meurtres, que je sache...

— Qu'en savez-vous, justement ? objecta Marion. Personne ne peut affirmer une chose pareille. Vous avez peur de José Lorca ?

Anita haussa les épaules :

— Je n'ai peur de personne. C'est un homme qui a fait beaucoup pour les gens d'ici et je le respecte.

— Ouais, balbutia Jules, on le respecte.

— Bien, alors parlez-moi des autres, soupira Marion qui espérait bien obtenir satisfaction d'une manière ou d'une autre. Par la ruse ou à l'usure. (Elle ajouta :) Paul Demora, par exemple.

— Il est né au domaine, dit Anita en posant les mains sur la table devant elle. Son père était vacher et sa mère femme de service. Ils logeaient dans les bâtiments du personnel. Y en avait plus qu'aujourd'hui à cette époque, des employés qui habitaient sur place. C'était du temps du père César Lorca. Maintenant plus personne n'habite aux Chartreux, ils ont des autos, des motos.

Elle marqua une pause, le regard au loin :

— Petit, Paul Demora voulait être torero comme tous les drôles qui traînaient par là.

— Suffit pas de vouloir, éructa Jules en hochant la tête. Y faut avoir le don.

— Comme Manolito ?

— Manolito II ? Ah oui, pardines ! Lui, il est pas mauvais. Mais ça vaut pas l'autre, l'ancien. Le grand Manolito.

Talon leva les yeux de son écran. Il croisa le regard de Marion qui, tout comme lui, paraissait larguée.

— Que voulez-vous dire ? De quel Manolito parlez-vous ? demanda-t-elle en recommençant à s'éventer avec le numéro de *Barrera Sol*.

Anita désigna le journal du doigt :

— Vous l'avez là, Manolito II, sur le livre...

Sur la couverture de la revue de tauromachie déjà ancienne de deux ans, un jeune homme bombait le torse dans son habit de lumière, la tête dressée vers un invisible objectif, le visage aux traits harmonieux empreint d'une fierté farouche. La photo couleur montrait une chevelure presque rousse, bouclée sur la nuque, et une cape brodée de fleurs de couleurs vives qui lui emprisonnait le bras gauche. Il paraissait très jeune, pourtant son regard vert implacable démentait cette impression. La montera dans la main droite, il semblait prêt à affronter le diable. Une tache brune en relief et couverte de duvet ornait une de ses joues.

— C'est une photo prise juste avant la corrida, dans le patio, marmonna Julot qui, malgré son ivresse, avait suivi l'examen de Marion.

— Manolito II ! murmura celle-ci, en lisant le nom sous la photo. Vous pouvez m'expliquer ?

— C'est Marco Sanchez. Un gosse que José Lorca a élevé, dit Anita à contrecœur. Il l'a recueilli quand ses parents ont disparu. Il avait alors douze ans et il en a quinze de plus à présent. Marco a toujours voulu être torero, comme son frère, Antoine. Ils étaient doués tous les deux mais Toine n'a pas eu de chance...

Elle s'arrêta brusquement, plongée dans des souvenirs enfouis et douloureux, à en juger par les frémissements qui agitaient son faciès sans grâce.

— C'était un bon, le Toine, renchérit Julot, à moitié effondré sur la table. Un bon.

— Pourquoi « c'était » ? questionna Marion, impatiente. Il lui est arrivé quelque chose ?

— Un accident. Dans un pré du domaine. On n'a jamais su ce qui s'était passé vraiment mais Antoine, Toine comme on l'appelait, a dû vouloir affronter un taureau. José l'interdisait mais vous savez, les gosses... Il s'est pris une *cornada* à travers le cou. Il est mort sur place. C'est Marco qui est devenu torero à sa place. Il a choisi de s'appeler Manolito II en hommage à l'autre, Manuel Bianco.

— Il le connaissait ?

Julot hennit dans les brumes de l'anisette :

— Il le connaissait ! Elle demande !

Marion protesta contre le couple qui lui servait avec parcimonie une histoire embrouillée comme si elle avait été baignée d'évidence.

— Manuel Bianco était l'ami de José Lorca, rappela Anita. Il a vu naître et grandir tous ces drôles.

— Quand Antoine est mort, reprit Marion après une rapide réflexion, Marco était présent ?

Anita hocha la tête lentement.

— Marco n'était pas là... Il y avait seulement Paul Demora...

Elle s'interrompit. Marion fronça les sourcils.

— Je ne comprends pas.

— Y a rien à comprendre. On n'a jamais vraiment su ce qui s'était passé. On a enterré le Toine et un peu après ses parents ont quitté le domaine. Ils ont filé une nuit avec leur fille. On les a plus revus. Jamais.

Marion remarqua que le regard d'Anita fuyait sur la fin de son propos.

— C'étaient des employés de José Lorca eux aussi ?

— Pensez ! Le *mayoral,* c'était. Un Espagnol froid et renfermé.

— Mais droit, gargouilla Julot. Droit comme un I.

Marion fronça les sourcils :

— Mayoral ? Si j'en crois les livres, c'est un poste important dans une ganaderia, un genre d'homme-orchestre ?

— Oui, approuva Anita. C'est l'homme de confiance du patron, celui qui dirige les vachers, qui veille sur l'élevage jour et nuit. Il contrôle la reproduction, compte les bêtes, les sépare, écarte les malades, sélectionne les vaches de ventre.

— Et ces gens sont partis en laissant leur fils Marco derrière eux ! s'étonna Talon qui avait suivi sans rien dire. Ils avaient d'autres enfants ?

Anita secoua ses bajoues :

— Non. Marco était pensionnaire dans une école de tauromachie en Espagne. C'est José qui l'y avait envoyé. Manuel Bianco était le parrain du gosse, il l'a formé et il était là quand il a pris l'alternative à Saint-Sever, en 92. C'est pour ça que Marco a voulu s'appeler Manolito II.

— Le frère, Toine, n'allait pas à l'école des toreros ? interrogea Marion qui sentait Anita en train de prendre de nouveaux chemins de traverse.

— Non. C'était pourtant le plus doué des deux mais il refusait l'aide de José Lorca. C'était un fier-à-bras. Il voulait arriver tout seul.

Julot ricana :

— Y pouvait rien sans le maître. Y serait arrivé nulle part.

Marion se mit à faire les cent pas :

— Et leur mère ?

Le regard d'Anita s'échappa du côté du plafond. Il y eut un silence troublé par les grondements de plus en plus forts de l'orage dont la proximité assombrissait la pièce.

— Alors ? s'impatienta Marion.

— Pas sérieuse, dit Anita très vite et très bas. Si vous voyez ce que je veux dire.

— Une traînée, gueula Julot en éclusant les dernières gouttes d'anisette avec un affreux bruit de succion.

Il éructa ensuite bruyamment. Lavot, dégoûté, s'enfuit du côté de la porte devant laquelle il se campa en maugréant, le dos tourné à la compagnie.

— Expliquez-vous ! intima Marion.

— Qu'est-ce que vous voulez de plus ? Elle couchait facilement, voilà, avec tous ceux qui la voulaient.

— C'était une belle salope, balbutia Julot en ricanant. Salope mais bonne. Ça, il faut le reconnaître.

— Ouais ! gronda Anita. Je sais que tu y es passé aussi, sur la Louisa. Les mauvaises langues disaient qu'aucun de ses enfants n'était de son mari.

— Et le mari laissait dire ? s'étonna Marion.

— Stefano ne disait jamais rien sur rien. Mais certains prétendaient qu'il ne pouvait remplir ses devoirs conjugaux, vous comprenez ?... C'est pour ça que Manolito II, on a dit que c'était le *drôle* de Manuel.

— De Manuel Bianco ? s'exclama Marion, incrédule.

La discussion avec le docteur Marsal sur l'azoospermie de Bianco lui revint.

— Ça m'étonnerait ! rigola Talon qui avait fait le même travail de mémoire.

Anita ouvrit la bouche pour ajouter quelque chose quand le téléphone mobile de Marion se mit à sonner. C'était Cabut qui appelait de Lyon. Il avait fait un voyage moyen, malade comme un chien et achevé par le tête-à-tête avec Janita qui semblait en vouloir à la terre entière. « Faites gaffe, patron », répéta Cabut pour ne pas dire qu'en fait c'était à Marion et à elle seule qu'elle en voulait. La jeune femme l'interrompit :

— Ça suffit, la vie de ces tristes sires ne m'intéresse pas. Est-ce qu'il y a du nouveau ?

Il y avait du nouveau mais pas celui que Marion attendait. Cabut soignait son insolation et il allait mieux. D'autant mieux qu'il espérait de bonnes réponses des experts au sujet du Goya. Marion le coupa encore une fois dans son élan. Cabut, vexé, se montra très bref pour la suite : le conseiller Abel Lafon cherchait à joindre Marion. Il avait un problème de pins à lui soumettre.

— D'accord, je le rappellerai. C'est tout ?

Ce n'était pas tout : Lavot avait reçu une lettre.

L'intéressé, toujours figé derrière la porte, fit volte-face quand Marion le héla. Il revint sur ses pas, s'empressa :

— De qui ?

— Il dit qu'il ne se permet pas encore d'ouvrir votre courrier, riposta Marion après un temps.

— Ça vient d'où ? Je reçois jamais de lettre.

— Du Venezuela !

Lavot ouvrit et referma la bouche, aphasique soudain. Marion lui tendit le portable sans un mot.

— Écoute, Cabichou, dit Lavot, la voix enrouée. Je

vais te demander un truc difficile. Pas pour toi, pour moi. Mais je peux pas attendre. Ouvre la lettre et lis-la-moi.

Il s'écoula quelques secondes que l'orage mit à profit pour se rapprocher. Un éclair inonda la salle de café d'une lumière brutale. Un coup de tonnerre suivit, puis un autre.

Lavot écouta sans un mot. Lui qui rougissait si facilement, pâlit. Il marmonna un vague remerciement à l'adresse de Cabut, referma l'engin et le tendit à Marion. Il paraissait bouleversé et dut s'asseoir.

— C'est grave ? demanda Marion, inquiète.

Une succession d'éclairs et de déflagrations empêchèrent l'officier de répondre. Le courant fut coupé et Anita sortit des bougies.

Dans une brève et fragile accalmie, Lavot demanda à Marion de reprendre son interrogatoire et elle comprit qu'il n'avait pas envie de raconter sa vie à tout le monde.

Mais le téléphone les interrompit de nouveau. Cette fois, il s'agissait de celui de la Bodega, un vieil engin mural à cadran dont la sonnerie stridente les fit sursauter. Anita décrocha.

— Ah, c'est vous ? dit-elle après un bref silence hostile. C'est pas prudent de téléphoner en ce moment. Comment, pourquoi ? À cause de l'orage, tiens !

Puis elle écouta son interlocuteur en proférant çà et là quelques syllabes agacées. Elle s'indigna de devoir sortir par un aussi mauvais temps et raccrocha, mécontente.

— Julot, amène-toi ! Il faut qu'on « monte » au domaine.

— À c'te heure-ci ? Avec un orage pareil ! protesta Julot. Qu'est-ce qui se passe ?

— La mère est toute seule, dit Anita en disparaissant dans le fond de l'établissement. Faut aller la coucher.

Elle avait crié la dernière phrase depuis la cuisine.

Quand elle revint, elle avait revêtu un ciré rouge qui la faisait doubler de volume. Elle lança un vêtement identique à Julot en lui intimant l'ordre de se lever de sa chaise, ce qu'il fit en chancelant.

— C'est quoi, ce plan ? demanda Marion, soupçonneuse. Qui c'est, la mère ?

— La mère de José Lorca, expliqua Anita, laconique. La vieille Quitterie. Elle est impotente, elle est toute seule, faut aller la nourrir et la coucher.

— Quitterie ! s'exclama Talon. C'est son nom ?

— Pardines ! C'est répandu par ici, Quitterie. C'est le nom d'une sainte qui protège la fécondité, la maternité. Les femmes qui veulent avoir des enfants lui font des dévotions.

— Et ça marche ? rêva Marion.

— Je suppose, grinça Anita. En tout cas pour les autres, parce que moi, elle m'a pas écoutée.

— Et cette fille qui s'occupe d'elle d'habitude ? fit Marion pour changer de sujet. Comment s'appelle-t-elle déjà ? Elle n'est pas là ?

— Lucie. C'est elle qui a appelé. Elle a dû aller voir son père en catastrophe. Il est très malade. Soi-disant.

Le ton d'Anita indiquait qu'elle ne portait pas ladite Lucie dans son cœur.

Marion repassa dans son souvenir le minois qu'elle avait entrevu dans la Golf blanche. Un détail infime la dérangeait. Elle ne pouvait pas identifier lequel. Elle ferma brièvement les yeux pour visualiser de mémoire les traits de la fille. Mais c'est le visage de Marie-Sola Lorca qui se superposait à celui de cette Lucie. Agacée, Marion renonça, plus troublée encore.

— Elle avait une sœur, Marie-Sola Lorca ? demanda-t-elle tout à trac.

Anita s'arrêta au milieu de la pièce, coupée dans son élan. Elle murmura, décontenancée :

— Marie-Sola ? Mais non, pourquoi ?

— Pour rien, dit Marion. Pour savoir. Vous avez parlé d'une autre fille, il me semble ?

Anita la coupa, brusque :

— C'était de Maria que je parlais, la fille de Stefano et de Louisa, la sœur des garçons, Toine et Marco. Elle est partie avec ses parents, je vous l'ai dit, il y a quinze ans.

Encore une fois, sa voix faiblissait, son regard s'éclipsait. Marion l'observa attentivement, certaine qu'elle mentait ou récitait une leçon.

Le ciel à ce moment creva comme un sac trop gonflé. Un mélange de pluie et de grêle vint frapper violemment les carreaux des fenêtres. Lavot s'avança vers la porte et jeta un coup d'œil au-dehors où les éléments se déchaînaient. La lumière des éclairs illuminait le rideau de pluie qui cinglait violemment le sol, projetant des gerbes de boue. Un torrent commença à se former dans le milieu de la rue.

— Une fille avec des cheveux longs et blonds, presque blancs, ça vous dit quelque chose ?

Marion avait posé sa question sur un ton abrupt. Une intuition fulgurante la lui avait dictée. Elle s'entendait parler, dédoublée, comme en dehors d'elle-même.

Anita perdit les pédales. Elle posa sur Marion un regard dérouté.

— Mais, protesta-t-elle en se remettant en marche, j'en ai assez de vos questions. Vous savez très bien...

La fin de sa phrase se perdit dans le fracas d'une succession de coups de tonnerre, un front orageux en arc de cercle dont la Bodega aurait été le centre. D'instinct Marion plaqua les mains sur ses oreilles. Talon fit un bond en arrière.

— Bon Dieu, gronda-t-il, je déteste l'orage.

Marion, au contraire de son lieutenant, aimait l'orage. Elle avait des souvenirs d'une enfance blottie dans les bras de son père quand les éléments se déchaînaient. Sa mère faisait le noir, claquemurait la maison et se terrait au fond de son lit, tétanisée. Son père choisissait un endroit d'où ils pouvaient contempler le spectacle sans risque et elle se gavait de lumière et de feu. Un jour la foudre était tombée derrière la maison et Marion avait vu, éblouie, une boule de feu fracasser un gros acacia.

Julot avait déjà atteint la porte. Anita le rejoignit. Elle se retourna vers Marion avec un sourire contrit :

— On doit y aller. Attendez-nous si vous voulez, on n'en a pas pour longtemps.

Marion revint à la charge :

— Et la fille blonde ? Vous ne m'avez pas répondu !

Anita leva les yeux au ciel, ce que Marion interpréta comme un aveu d'ignorance. Sans doute son idée de retrouver ici une fille aperçue à Lyon par une femme de chambre espagnole était-elle farfelue.

— Vous ne voulez pas qu'on vous accompagne ? proposa Talon.

Anita refusa d'un geste de la main en se glissant dehors.

L'ouverture de la porte fit entrer une bourrasque humide et fraîche dans la pièce. Ravi de l'aubaine, Lavot qui, pas plus que Marion, ne craignait l'orage, s'avança sur le seuil.

— Tiens, grommela-t-il machinalement, la Jeep est partie.

28

Luna les vit sortir, découpés en ombres chinoises contre le mur du café par les déferlements d'éclairs qui illuminaient le village comme la scène d'une salle de spectacle. Deux silhouettes en rouge. Le cœur battant, elle avait distingué pendant de longues minutes la masse du flic balèze embusqué derrière la porte. Elle était sûre qu'il la regardait. Elle avait cru qu'il ne partirait jamais, que jamais elle ne pourrait quitter l'abri rassurant de la Jeep pour aller téléphoner à la grosse Anita. Puis regagner la Jeep et démarrer en vitesse pour aller attendre le couple plus loin, sur la route forestière qui menait au domaine. Elle avait cru ne jamais y arriver tant il tombait d'eau et de feu du ciel et, à présent, elle était trempée.

La présence de ces policiers la déroutait. Elle savait qu'Anita avait besoin d'un conducteur puisqu'elle était incapable de tenir un volant. Le risque était que Julot ait été trop imbibé pour l'emmener. Le risque bien présent était qu'un ou plusieurs des flics « montent » aussi au domaine, l'obligeant à renoncer à son projet.

Elle sentait que le danger se rapprochait, qu'il était là à rôder autour d'elle comme une mauvaise muse. Elle devait trouver un moyen de se débarrasser de ces trois policiers.

Elle démarra sur les chapeaux de roues, soulevant des gerbes d'eau.

Quelques minutes plus tard, Anita, assise à côté de Julot dans la vieille Peugeot qui tremblait de toute sa ferraille martyrisée par l'âge et la grêle, distingua un spectacle étrange à travers le rideau d'eau venue du ciel et la masse brumeuse qui montait du sol. Elle dirigeait Julot tant bien que mal dans une véritable purée de pois et l'ivresse du bonhomme n'arrangeait rien. Comme toujours dans ces cas-là, Anita se reprochait de n'avoir jamais eu le courage d'apprendre à conduire.

— Méfie-toi, dit-elle avec de l'anxiété dans la voix, y a quelque chose devant.

Elle ne reconnut pas la voiture qui barrait la piste. Aucun des employés du domaine n'en possédait une pareille. Elle aperçut une fille qui faisait de grands gestes dans la lumière brouillée des phares. Elle crut avoir une hallucination. La fille qui se mettait en travers du chemin pour les obliger à s'arrêter, c'était Marie-Sola. Ou son sosie, ou son fantôme.

Quand ils furent plus près, elle reconnut Lucie. Mais une Lucie transformée, avec des cheveux mi-longs, brun-roux. Comme ceux de Marie-Sola la dernière fois qu'elle était venue au domaine.

En un éclair, elle entendit les questions de la femme commissaire : Marie-Sola avait-elle une sœur? Connaissez-vous une fille avec des cheveux longs et blonds, presque blancs? La deuxième question lui avait paru absurde : Julot lui avait dit que les policiers avaient croisé Lucie au domaine au moment où José Lorca partait pour la gare. À présent, elle comprenait. Marion avait vu cette fille brune qui leur barrait la route, pas la trop belle Lucie aux cheveux presque blancs. En un éclair aussi, les neurones paresseux d'Anita opérèrent une connexion fulgurante. Comme la zébrure de feu qui illumina le visage de la fille plantée devant la Peugeot. Elle reconnut le regard halluciné, le rictus mauvais, qui la glacèrent tout entière malgré la chaleur excessive qui s'accumulait entre le ciré et sa peau. Une sueur nauséabonde l'inonda.

— T'arrête pas, cria-t-elle à Julot. Roule !

Mais Julot ne l'entendait pas. Il s'était affalé sur le volant, assommé par le litre d'anisette qu'il avait avalé dans la soirée. Le moteur de la Peugeot toussa et s'arrêta dans un hoquet exténué. La dernière vision nette d'Anita fut celle d'une fausse Marie-Sola brandissant un fagot de banderilles.

29

— Monsieur Lafon ? Pardonnez-moi, il est tard, je ne vous dérange pas ?

À l'autre bout de la ligne encore polluée par les grésillements résiduels de l'orage sur sa fin, le conseiller avait son habituelle voix affable. Marion imagina son sourire bon enfant tandis qu'elle s'adossait au mur, tournée vers la salle du café.

Lavot et Talon étaient attablés devant un reste de pâté landais et une bouteille de madiran. Talon, les yeux brillants, fixait sur son environnement un regard légèrement trouble.

— Vous dites ? s'exclama Marion. Vous êtes sûr ?

Lavot, alerté par l'excitation qu'il percevait dans la voix de Marion, se redressa sur son siège. Il capta au passage l'air bizarre de Talon et une inhabituelle langueur dans son attitude relâchée.

— Attendez, je note.

Elle fit un signe impérieux en direction des deux officiers pour se faire apporter un crayon et du papier. Lavot se tourna à son tour vers Talon qui ne le quittait pas des yeux. Il se pencha, l'air mauvais :

— Ça va pas, coco ? T'as un malaise ? Tu devrais arrêter le jaja.

Talon sursauta légèrement, chassa de la main d'imaginaires insectes :

— Excuse-moi, je rêvais, murmura-t-il.

— Ouais, ben rêve pas, martela Lavot. T'entends, mec, rêve pas !

Il se redressa, la main sur son Manurhin :

— Aboule du papier pour la taulière !

— Alors ça vient ? À quoi vous jouez ? s'énerva Marion. Non, non, monsieur Lafon, ce n'est pas à vous que je parle.

Elle prit des notes au vol, posa une ou deux questions. Puis elle se remit à écouter le conseiller.

— C'est une bonne idée, je vous remercie, dit-elle. Où la retrouverons-nous ? Dans le hall de l'hôtel des Arènes ? D'accord, à seize heures. On la reconnaît comment ? C'est votre femme en brune, très bien ! Merci, monsieur Lafon.

Elle raccrocha, pensive.

« Qu'est-ce qu'ils fabriquent ? » s'inquiéta-t-elle en jetant un regard rapide sur le coucou, pas vraiment landais, qui ornait le mur au-dessus du comptoir, au milieu de quelques cartes postales aux coins cornés. Il était presque vingt-deux heures, Anita et Jules n'étaient pas encore de retour.

— Si ça se trouve, ils ont décidé de coucher là-bas, objecta Lavot. Dans l'état où il était, l'autre plein de pastis, il a sûrement pas pu ramener la bagnole.

— On devrait peut-être aller voir, suggéra Marion que tenaillait le remords d'avoir laissé un homme ivre prendre le volant.

— On ne retrouvera pas le chemin, jugea Talon qui avait récupéré son état normal. De nuit et sous cette pluie, ce n'est pas raisonnable.

Lavot affecta un air insouciant :

— Je suis sûr que c'est pas la première fois qu'il roule bourré, l'ancien. Vous en faites pas, patron, ils vont rappliquer. En tout cas moi ça va pas m'empêcher de dormir.

Il s'arrêta pile comme s'il venait de faire une découverte majeure.

— On dort comment, au fait ? demanda-t-il.

— Allongés ! se moqua Marion.

— Merci, j'aurais trouvé ça tout seul. Je voulais dire, où ?

— Il y a deux chambres, une pour moi, une pour vous deux. Correct ?

Talon baissa le nez sur son Mac, l'air très affairé. Lavot s'assit et se servit un verre de vin avec une grimace de contrariété. Marion les observa, irritée par leurs incessantes querelles :

— Ça ne vous intéresse pas ce que m'a dit monsieur Lafon ?

— J'allais vous le demander, mentit Talon.

— Fayot et menteur, dit Lavot entre ses dents.

— Vous vous souvenez, enchaîna Marion, hier, quand nous étions près de la voie de chemin de fer avec Jojo Ronquey, monsieur Lafon avait l'air bizarre ?

Les deux hommes n'avaient rien remarqué.

— Pendant quelques minutes, il m'a paru lointain. Je n'ai pas compris sur le coup mais il avait vu quelque chose d'intéressant.

— Et quoi donc, pardines ? s'écria Lavot en imitant l'accent gascon du conseiller.

— Des pins.

— Ça, par exemple ! Des pins ? Mais comment se peut-il ? J'en reviens pas !

— Des pins sylvestres, oui, Lavot. Au lieu de vous moquer bêtement...

— Je vois pas ce que ça change, bougonna l'officier. Des pins, d'une façon ou d'une autre, c'est toujours des pins.

— Que tu crois ! commenta Talon sans quitter des

yeux son écran où s'imprimaient les mots qu'il tapait avec dextérité. Les variétés de pins sont infinies et un pin maritime a des caractéristiques différentes d'un pin sylvestre.

— Exactement, renchérit Marion.

— Alors, la coupa Lavot, le chevalier Lafon est arrivé avec son Toyota rouge et d'un coup de casquette magique, il a transformé les pins machin en pins truc. Super !

Marion sourit. Elle ne se lassait pas de ces échanges stupides qui alimentaient leurs conversations parfois.

— Non, Lavot, sourit-elle, les fées étaient couchées et le conseiller a les pieds sur terre. Il a découvert dans la forêt un carré de pins sylvestres ! Presque deux hectares d'arbres plus petits que les pins maritimes. Il affirme qu'il s'agit d'une plantation expérimentale réalisée il y a trente ans. Un essai d'ensemencement avec une nouvelle variété, abandonnée depuis car de pousse trop lente donc pas rentable. Et cette *pineda,* vous savez où elle est située ?

Les officiers ne savaient pas. Ils n'avaient pas, comme Marion, gardé dans un coin de leur tête une vieille baraque abandonnée dans la forêt.

— En face de Baque-morte, à cent mètres, de l'autre côté de la piste.

Une heure plus tard, Marion sortit sur la terrasse. Elle avait fini de recenser les éléments recueillis au cours de la journée, une somme de détails bien loin encore de donner la clef d'un mystère d'heure en heure plus épais. Il y avait trop d'acteurs, trop de relations encore inconnues entre eux, et trop peu de langues disposées à porter quelque éclairage dessus. Marion en était à présent convaincue : les taureaux étaient au cœur du problème. Pas en tant que taureaux mais à cause de tout ce qui tournait autour d'eux : l'élevage, la corrida. Malgré ce qu'elle avait perçu de la personnalité de José Lorca, elle n'arrivait pas à se convaincre qu'il pût être seul en cause, que son activité ou la manière dont il la conduisait fussent directement à l'origine de toutes ces morts. La corrida, elle le savait, faisait couler beaucoup d'encre, beaucoup d'argent aussi. Talon avait reçu l'ordre de répertorier les associations qui tentaient de s'opposer aux pratiques tauromachiques, d'enquêter sur les antécédents financiers du domaine et de son propriétaire. L'inventaire était dressé mais Marion ne croyait pas à ces pistes. Confusément, elle dérivait vers une autre explication. En débouchant sur la terrasse elle prit conscience qu'elle n'avait pas la moindre idée de sa nature. Une affaire dont les deux pôles semblaient être le domaine Lorca et un coin de forêt où s'abandonnait au néant une baraque nommée Baque-morte. Mais ce n'était là qu'une vision personnelle de Marion que ne partageaient ni Lavot ni Talon. Ils ne parvenaient pas à établir le lien rationnel entre les deux lieux mais Marion était le patron : elle avait décidé de suivre son instinct et de retourner à Baque-morte dès que leurs investigations au domaine seraient terminées.

Lavot rêvassait, la tête levée vers le ciel où couraient encore de nombreux nuages menaçants. La pluie avait presque cessé et une forte odeur de terre mouillée, d'arbres rafraîchis par l'eau imprégnait l'atmosphère.

— Talon est allé se coucher, dit Marion en s'asseyant près de lui. Ça va?

Lavot soupira.

— Il fait chier, Talon, se plaignit-il. Il est pédé, vous savez, patron.

Marion fit la moue :

— Vous avez une façon de dire ça! Qu'est-ce que vous en savez? Il vous a fait des avances?

— Il a pas intérêt, je lui défonce la gueule.

— Il ne le fera pas, affirma Marion. Il est trop bien élevé.

— Quand la queue parle, même les intellos et les culs serrés pensent avec. Y compris les curés.

— Ce n'est pas le genre de Talon, dit Marion sèchement.

Un oiseau de nuit hulula quelque part dans le village désert. À part le vieux bonhomme éconduit par Anita, et la Jeep qui était partie au milieu de l'orage, ils n'avaient perçu aucun mouvement. La tenancière du café et l'ancien péon n'avaient pas reparu ni donné signe de vie. Marion se demanda si elle devrait fermer le café ou le laisser ouvert au cas où le couple reviendrait au milieu de la nuit. Elle étouffa un bâillement.

— Il faut aller dormir, dit-elle. Je suis curieuse de voir comment se passe une corrida... Monsieur Lafon a eu une bonne idée en demandant à sa fille de nous cornaquer. Qu'en dites-vous ?

Lavot ne répondit pas. Il était déjà reparti dans les étoiles qui, pour l'heure, se cachaient derrière de gros moutons noirs.

— C'est ma femme, dit-il soudain d'une voix cassée et lointaine.

— Pardon ?

— La lettre que Cabut m'a lue, elle est de ma femme.

— Non !

— Si. Elle revient en France le mois prochain. Elle ramène deux bébés, un Brésilien et un Guatémaltèque qu'elle a adoptés. Elle veut me revoir, elle me pardonne, enfin je crois. Nom de Dieu !

Pour la première fois depuis longtemps, Marion le vit désemparé. Il avait perdu cette gouaille parfois énervante et l'inaltérable optimisme qui faisaient de lui un compagnon pas toujours délicat mais sûr et constant. Marion se remémora la tragédie qui avait, dix ans auparavant, provoqué la mort de son enfant et le départ de sa femme pour de lointaines contrées où elle essayait de digérer son malheur en se consacrant aux enfants déshérités. Il ne l'avait jamais revue.

— Qu'est-ce que vous allez faire ? s'enquit Marion qui ressentait l'angoisse et l'espoir qu'avait fait naître chez Lavot une toute petite lettre venue de loin.

— Qu'est-ce que vous feriez à ma place, patron ?

— Si c'est au patron que vous parlez, je vous réponds que cela vous regarde et qu'il s'agit de votre vie. Si c'est le conseil d'une amie que vous voulez, je vous dirai de suivre les élans de votre cœur. Posez-vous les bonnes questions : est-ce que vous l'aimez toujours ? Est-ce que vous envisagez encore un avenir avec elle et, de surcroît, maintenant, avec ces deux petits ? Vous seul pouvez répondre. Mais si vous l'aimez, foncez ! C'est peut-être une chance de donner un sens à votre vie. Je veux dire un autre sens, plus conforme à vos désirs profonds. Il n'y a pas de hasard, vous savez.

L'officier poussa un soupir venu du fond de sa grande carcasse et passa une main sur ses yeux. Ses Ray-Ban pendues à sa chaîne cliquetèrent et le revolver coincé dans son dos choqua le plastique du siège avec un bruit sourd. Marion sourit, attendrie.

Comme elle l'avait fait une fois, quelques mois plus tôt, en évoquant la pénible histoire de Lavot[1], elle se pencha vers lui, dont les joues bleuissaient sous l'assaut d'une barbe drue et lui donna un baiser fraternel.

1. *Le Sang du bourreau.*

30

Luna poussa doucement la porte de la petite chapelle au décor dépouillé qui jouxtait le patio, l'entrée des artistes. Elle s'était glissée dans les arènes par l'arrière, là où régnait l'animation fébrile des grands préparatifs, mais personne ne lui avait marqué la moindre opposition. Les murs blanchis à la chaux étaient constellés de peintures naïves et de dessins sommaires représentant des scènes de la vie tauromachique ou paysanne. Les noms de leurs créateurs figuraient au-dessous ou s'enroulaient autour, malhabilement tracés, pauvres ex-voto de gens simples et reconnaissants. Luna contempla avec acuité l'homme en jean et chemise à carreaux, agenouillé devant une Vierge dorée, le seul objet brillant alentour dans lequel la jeune femme capta son propre reflet déformé. Elle plaqua sur ses lèvres son plus éblouissant sourire en refermant la porte qui grinça dans le silence. L'homme était seul, la tête baissée vers les pieds de la Vierge, les mains jointes devant son visage, recueilli, ses cheveux roux en bataille. Son corps marqua une légère crispation, il hésita puis, vivement, se retourna, courroucé de cette intrusion interdite dans sa méditation, prélude vital à la plongée dans l'arène.

Les bruits du dehors parvinrent à Luna : quelques

cris d'hommes à la voix rugueuse qui s'interpellaient dans le patio, les chocs des sabots des chevaux énervés par la chaleur et le monde. Elle s'avança vers l'homme en prière, obnubilée par la tache brune sur sa joue gauche.

Marco Sanchez, dit Manolito II, était sur le point de virer avec perte et fracas l'impudent qui bravait l'interdit en s'immisçant dans sa prière. Mais il s'arrêta net, le souffle coupé. La fille qui s'avançait vers lui était sans comparaison la plus belle personne qu'il eût jamais vue. Une de ces femelles qui peuplent les rêves les plus fous sans qu'on les rencontre jamais. Pourtant, il en avait eu des filles, Marco. De toutes les tailles, de tous les acabits. De belles idiotes à usage unique ou de savantes potiches aussi expertes en amour que des bûches. Celle qui lui faisait face ne se contentait pas d'être belle. Son regard magnifique, voilé par une dentelle aussi légère que l'air qu'elle déplaçait, hésitait entre le vert et l'or. Il véhiculait une sensualité aérienne comme son corps élancé autour duquel ondulait une robe rouge sang. Il se leva, envoûté, les tripes fouillées par un désir brutal, sûr qu'il allait se réveiller bientôt, en sueur, dans le lit d'une chambre d'un hôtel anonyme et triste au côté d'une fille insipide.

La jeune femme s'arrêta à un demi-mètre de lui, l'enroulant d'un regard brûlant sous lequel il se sentit aussi démuni qu'un prisonnier empêtré dans ses fers, aussi maladroit qu'un veau sortant des entrailles de sa mère. Incapable de prononcer un mot, d'esquisser un geste, il la regarda s'agenouiller devant lui, sur le prie-Dieu qu'il avait abandonné un instant auparavant. Le parfum chaud de son corps monta jusqu'à lui, une odeur de femme mêlée d'effluves subtils, indéfinissables, qui lui coupa les jambes.

Il n'eut plus alors qu'une envie, qu'un désir. Qu'elle le touche et que cela ne s'arrête plus jamais. Quand elle tendit vers lui ses doigts aux ongles rouges, du même vermillon sanguin que sa robe de soie, il ferma les yeux.

31

Une foule clairsemée, excitée quoique alanguie par la torpeur de l'après-midi, se pressait devant l'hôtel des Arènes. Marion et ses deux sbires se frayèrent un chemin parmi des groupes de jeunes gens en blanc, la taille et le cou ceints de rouge et qui éclusaient, à même la bouteille, d'incroyables quantités de sangria. À chaque instant, un de ces groupes se reconstituait, récupérait des instruments de musique posés à même le sol et se mettait à jouer. Des spectateurs surgis de nulle part se laissaient entraîner par les rythmes endiablés, certains ivres depuis plusieurs jours. Le soleil qui s'était remis à cogner de plus belle après l'orage de la veille violaçait des teints déjà trop colorés.

— Ça promet ! se lamenta Talon, morose.

— Ben quoi ! C'est plutôt marrant comme ambiance, le contredit Lavot en remontant ses Ray-Ban sur son nez. Et parmi tous ces jolis petits culs, tu vas peut-être trouver ton bonheur.

Il avait prononcé la dernière phrase entre ses dents mais Marion l'avait entendue. Dans la mesure où les comportements privés des uns et des autres restaient dans les limites de la décence et de la dignité, elle avait pris le parti, une fois pour toutes, de ne pas s'en mêler. Elle n'aimait pas non plus que les goûts des uns devinssent sujets de dérision pour les autres. Elle protesta :

— Vous n'êtes pas drôle.

Lavot ne répliqua pas. La nuit précédente, Talon, l'insomniaque chronique, avait dormi comme un bébé et lui, qui ne connaissait habituellement pas ce genre de souci, avait vécu un sommeil chaotique. Au cours de brèves périodes d'abandon, il avait vu sa femme en rêve, les enfants qu'elle lui apportait en cadeau et dont les traits se confondaient avec ceux de son petit garçon mort depuis dix ans.

Marion, incapable de se raisonner, avait guetté une partie de la nuit les bruits de la Bodega et le retour de ses propriétaires. Au petit matin, elle avait dû en faire le constat : ils n'étaient pas rentrés. C'est elle qui avait préparé le café, cherché en vain une boulangerie dans un village qu'on aurait cru mort tant ses habitants se faisaient discrets. Pour la première fois de sa vie, elle avait fait son footing avec l'impression désagréable d'être épiée, observée.

Puis ils s'étaient rendus comme convenu à la gendarmerie de Saint-Sever. Un seul militaire tenait la permanence du dimanche mais comme tous les membres de la brigade, l'adjudant-chef logeait sur place. Avisé de la présence de Marion en ses murs, il s'était empressé de venir voir de quoi il retournait. La cinquantaine dodue, il était pourvu de petits yeux bruns rapprochés qui lui faisaient un regard à la limite du strabisme, empreint d'une douceur qui jurait avec son uniforme.

Les formalités accomplies, Marion lui avait fait part de l'absence prolongée d'Anita Mano et de Jules Dante. Pas rancunier malgré les manières de Marion que ses hommes avaient qualifiées de cavalières, il avait promis d'aller faire un tour au domaine des Chartreux pour s'assurer que tout y était en ordre. Il était convaincu d'y retrouver le couple dont il connaissait les particularités, notamment le penchant de Jules pour la chopine. Puis Marion l'avait orienté sur l'histoire à peine dévoilée par Anita. Il avait entendu parler de la disparition de Stefano Sanchez et de sa famille mais l'affaire remontait à quinze ans et lui-même n'était arrivé que depuis trois ans à Saint-Sever. De cette époque déjà lointaine et presque anecdotique ne subsistait qu'un gendarme : Pascal Demora, un enfant du pays. L'adjudant-chef Allard avait promis de communiquer à Marion tout ce que la brigade possédait dans ses archives dès son retour de Mont-de-Marsan. L'attitude coopérative de ce gradé l'avait réconciliée avec l'arme malgré l'accueil ambigu de ses hommes.

Une mince jeune femme brune, vêtue d'une longue jupe noire fluide et d'un débardeur blanc qui dissimulait à peine une poitrine menue, rejoignit Marion en haut des marches de l'hôtel des Arènes. Elle lui tendit la main :

— Catherine Lafon. Madame le commissaire, je suppose ?

Ses yeux noirs riaient. Elle détailla rapidement la tenue de Marion, jean et chemisette de coton blanc, tennis, lunettes noires et sa chevelure abondante et claire qui la faisait repérer de loin. Elle sembla satisfaite de son examen.

— Comment nous avez-vous reconnus ? demanda Marion.

La fille d'Abel Lafon secoua ses cheveux bruns coupés au carré.

Elle avait l'air d'une petite fille même si l'on voyait, à la gravité qui, parfois, voilait son regard, qu'elle n'en était plus une.

— Papa m'a dit : une très jolie dame blonde coiffée comme un pétard. Un grand costaud brun aux yeux fragiles et toujours frigorifié...

Lavot, piqué, remit machinalement ses Ray-Ban en place et écarta vivement un pan de son incontournable blouson de cuir, dévoilant la crosse de son Manurhin :

— Vous préféreriez que je me balade tout nu ?

— Et l'autre ? s'enquit Marion, amusée.

— Il a dit : un jeune homme propre comme un sou neuf, l'air sérieux.

— Parce que moi, j'ai l'air d'un clown, peut-être ? s'exclama Lavot. Y a des choses qui font de la peine !

Catherine sourit largement :

— Mais non, je vous trouve superbe. Venez, dit-elle, je vais vous expliquer deux ou trois choses qui vous serviront.

Un mouvement se fit devant la porte. Quelques applaudissements retentirent et des gens assis dans le hall de l'hôtel se levèrent. Un petit groupe d'hommes fendait la foule dans leur direction. Parmi eux se trouvait un jeune type de taille moyenne, les cheveux roux en désordre. Le regard vert, droit et farouche, il s'avança, l'air lointain, déconnecté, indifférent aux mains qui se tendaient pour quémander un autographe.

— C'est Manolito II, dit Catherine Lafon dont le visage s'illumina.

Marion l'examina avec curiosité. Elle paraissait soudainement transportée dans un autre monde, éclairée de l'intérieur par un feu mystérieux. « Elle est amoureuse de lui », songea Marion. C'était l'explication la plus simple qui lui venait mais sans doute aussi la plus stupide.

— Il est beau... non ? rêva Catherine.

Elle redescendit sur terre, fit une moue :

— C'est un torero moyen, dit-elle en retrouvant un ton plus neutre, mais complètement allumé. Baroque. Ça lui donne du charme et un peu de talent...

« Elle n'est pas amoureuse », reprit Marion qui venait de comprendre que ce n'étaient pas les toreros qu'aimait Catherine, mais leur art, la confrontation entre un homme et un animal cinq ou six fois plus gros que lui. Elle observa à la dérobée son minois délicat. La jeune femme rayonnait.

— J'ai vu les toros de José Lorca ce matin, reprit-elle. Magnifiques. Des *bragados* énormes avec des armures immenses. Ce sont des tueurs.

Il y avait de la gourmandise dans sa voix. « Elle aime les toros aussi », se dit Marion, décontenancée par la passion de cette femme pour les combats d'arène indéniablement sexuels — couilles contre couilles — et mortels — ta mort ou la mienne.

— Venez, répéta Catherine. Je vous emmène au patio. Vous ne pourrez pas entrer dans le *calleron,* vous, madame le commissaire. C'est un endroit interdit aux femmes.

Elle sourit de l'air surpris de ses interlocuteurs, expliqua en quelques mots ce qu'était le calleron : l'espace situé entre les gradins des arènes et le sable, le lieu mythique où n'étaient admis que les toreros et leurs aides, leur entourage immédiat et quelques privilégiés. Sauf les femmes.

Marion eut un léger sourire goguenard. Elle tapota la poche de poitrine de sa chemisette de toile d'où dépassaient son téléphone portable et sa carte professionnelle :

— Avec ça, je rentre partout, affirma-t-elle.

Catherine haussa les épaules :

— On peut essayer. Je connais le directeur des arènes. Mais vous savez, en tauromachie, les traditions ont la vie dure.

Marion pencha la tête de côté :

— Les traditions ou les préjugés ?

Catherine rit encore. Au moment où ils sortaient de l'hôtel, une jeune femme vêtue de rouge, le visage presque dissimulé sous une mantille noire retenue par un chignon sophistiqué, montait les marches. Elle marqua une légère hésitation à la vue du groupe. Marion, occupée à bavarder avec la fille d'Abel Lafon, ne fit pas attention à elle. Mais Lavot, estomaqué, faillit la percuter. Il se retourna deux fois sur la silhouette époustouflante de grâce et de sensualité.

32

Manolito II pénétra dans sa chambre d'hôtel, suivi de son *apoderado*[1] et de quelques membres de sa suite.

— Je vais faire une sieste, dit-il en rejetant ses chaussures loin de lui.

— Il est trop tard, protesta l'apoderado. Tu vas être cassé.

L'homme connaissait bien le jeune torero, il l'avait presque vu naître. Il avait remarqué ses yeux légèrement injectés de sang, les cernes qui marquaient son visage trop pâle. Il savait que malgré l'interdiction, il l'avait fait. Il gronda :

— Tu sais que je ne veux pas que tu baises avant la corrida... maestro.

Il avait appuyé sur le « maestro », avec un rien d'ironie.

Manolito se frotta les yeux, redressa une mèche qui lui tombait dans l'œil, gratta son nævus en forme de poire d'un ongle distrait, fit de l'autre main un geste agacé.

— Tu verras, je serai bien. Il faut juste que je dorme un peu.

1. Imprésario.

Il s'allongea tout habillé, ferma les yeux sur la vision d'une fille aux doigts et à la bouche magiques. Après la corrida, quand il aurait tué ses deux toros, il la retrouverait, l'emmènerait. Il la posséderait mille fois, jusqu'à mourir. Il frissonna de plaisir anticipé et sombra dans le sommeil.

Luna se présenta à la porte de la chambre de Manolito II. Un homme noir de poil au visage en lame de couteau lui barra la route.

— Qui êtes-vous ? Que voulez-vous ? demanda Miguel, l'apoderado, avec une tension inhabituelle dans la voix.

Luna releva sa mantille. Miguel reçut de plein fouet le regard de deux yeux magnifiques, le sourire énigmatique d'une bouche rouge au dessin délicat qui découvrait des dents petites et blanches. Il hocha la tête, subjugué.

— J'ai compris, dit-il. C'est vous...

— Le maestro m'attend, souffla-t-elle.

— Là, ça m'étonnerait. On va le réveiller pour le *vestido*.

— Je vais le réveiller, dit-elle d'une voix ferme et sans réplique.

— Ça m'étonnerait, répéta-t-il, il ne veut personne dans la chambre pour l'habillement.

— Laisse-la entrer, intervint Paco, le valet d'épée de Manolito. *Il* est réveillé, *il* veut qu'elle assiste au vestido.

— Manquait plus que ça, maugréa Miguel. Une femelle en chaleur dans la piaule. Il va péter les plombs. Toi, tu ne le touches pas !

Il s'adressait à Luna, mauvais.

— On ne me tutoie pas ! cingla-t-elle.

Elle ajouta entre ses dents :

— Pousse-toi, tocard !

Interloqué, Miguel s'effaça pour la laisser entrer. Il

vit le sourire niais de Manolito qui fondait devant l'apparition rouge. Il referma la porte en se disant que c'était encore pire que ce qu'il craignait.

Luna resta debout, adossée à la porte, la mantille toujours relevée mais les yeux baissés, curieuse de la réaction de Manolito II. Est-ce qu'il allait la reconnaître? C'était la question qu'elle se posait, le cœur battant, chaque fois qu'elle croisait une ombre de son passé. Elle releva lentement les paupières, entrouvrit les lèvres, sûre de son effet.

Le bas du corps déjà revêtu du collant blanc qui montait haut sous les bras, Manolito, assis sur le bord du lit, se leva. Luna vit ses mains trembler, son visage s'illuminer et son sexe se tendre, emprisonné dans le collant. Elle fut rassurée, s'il en était besoin. Le torero n'avait l'air que d'un homme fou de désir pour une belle inconnue. Elle parcourut la pièce du regard, vit, posée sur une chaise, la panoplie du torero, l'habit de lumière, préparé avec soin par le valet selon un ordre immuable. Son esprit disjoncta.

Toine et Marco ont revêtu des habits de lumière trop grands pour eux. Surtout pour Marco, le plus petit des deux, qui flotte dans la chaquetilla. *Ils ont bravé l'interdit, fouillé les malles du grenier, déniché les derniers habits de Manolito, douze en tout, impeccables et gardés avec un soin jaloux dans la naphtaline. C'est Marco qui a eu l'idée. Il l'a dit à Luna, l'a mise au défi de convaincre Toine. Non que Toine soit le dernier à faire des bêtises mais il a le respect du torero et il dit que mettre un habit de lumière quand on n'est pas dans l'arène, ça porte malheur. Luna l'a convaincu. Elle n'a pas eu trop de mal, elle a juste promis à Toine de la laisser la toucher et de le toucher aussi. Après.*

Les garçons ont pénétré dans l'arène de tienta du

domaine. Il fait nuit, le ciel est troué de milliers d'étoiles. Ils portent chacun une muleta et Toine une boîte à épées qu'il a sortie de l'autre malle. Sous la lune à son plein, ils exécutent les gestes rituels, sans foule et sans toro. Mais dans leurs têtes, ils y sont, ils sont dans l'arène des grands. Ils sont maestros et rivaux. Dans la tête de Luna, perchée sur le haut du mur d'enceinte, il y a le bruit des musiques, les cris des gens, le souffle chaud des arènes et l'odeur du taureau. Elle marche sur le mur, les bras écartés pour garder l'équilibre, sa longue jupe enroulée autour de ses chevilles graciles. Ses cheveux couleur de lune ruissellent devant son visage penché en avant, lui composant une mantille argentée. Elle va et vient sur ce mur, se retourne d'un mouvement gracieux, revient, recommence. Une autre silhouette sort de l'ombre, vient à sa rencontre sur le mur. Une autre elle-même, vêtue de la même jupe, drapée dans une chevelure sombre qui masque son visage. Les fillettes se rejoignent, leurs mains s'entrelacent. Elles dansent, dansent sans fin sur le mur étroit.

En bas, les garçons ont aussi entamé leur danse de mort. Ils se mesurent du regard, s'excitent de la langue. Ils ont chacun une épée dans la main. Les mille paillettes dorées des habits scintillent sous la lune, leurs yeux étincellent. Il y a de la folie, de la mort dans ceux de Marco.

— Nooon! crie Luna en perdant l'équilibre.

Elle sursauta au sortir de ce rêve inopportun, inquiète du spectacle qu'elle avait pu offrir. Mais Manolito II, occupé à fixer des jarretières noires sur ses bas roses enfilés par-dessus le collant, ne broncha pas.

Elle le vit se mettre debout et se glisser dans la *taleguilla* bleu marine et or, le pantalon moulant qui grimpe jusqu'aux aisselles. Tellement ajusté que, sans l'aide de Paco, le valet d'épée, il ne pourrait l'enfiler seul. Paco attacha les bretelles et tendit au torero la montera afin de fixer, bien centrée au-dessus de la nuque, la *coleta,* cette petite mèche de vrais cheveux, roulée comme une crotte, symbole au sens enfoui dans la nuit des temps taurins que les toreros font couper quand ils quittent la profession.

La coleta en place, le valet retira la montera, tendit la chemise blanche et la cravate noire à Manolito qui avait retrouvé un peu de sa concentration. Puis il l'aida à enfiler la chaquetilla, la veste courte qui complète l'habit de lumière.

Ainsi paré, beau comme un soleil, Manolito II s'avança vers Luna, toujours immobile, le cœur emballé. Le souffle court, elle vit le jeune homme poser un genou à terre, prendre dans ses mains une de ses mains, la porter à ses lèvres en un geste amoureux et fervent. Puis sa tête vint à la rencontre de son ventre. Elle sentit le souffle chaud de l'homme traverser le tissu léger, son intimité tressaillit. Une brève onde de plaisir la plongea de nouveau dans l'arène de tienta.

Luna est tombée du haut du mur. Sa cheville blessée la fait atrocement souffrir. Son cri et celui de l'autre fillette ont alerté les toreros en herbe et suspendu leur affrontement. Toine, un genou à terre, pose sa tête entre les cuisses de Luna tandis que sa main caresse la jambe blessée. Elle surprend le regard de haine de Marco qui siffle dans ses doigts. Paul Demora surgit de nulle part. Marco fait un geste et le gosse part en courant vers la maison du maître.

La colère du maître explose, le fouet claque. Elle plaque ses mains sur ses oreilles. Marco et Paul montrent Toine du doigt. C'est lui qui a franchi l'interdit, et le maître ne l'aime pas.

Attaché nu à un piquet comme une chèvre idiote ou une vache désobéissante, Toine passe la nuit dans le froid humide et la journée du lendemain en plein soleil, exposé aux regards fuyants des vachers et aux quolibets des femmes. Le maître interdit qu'on lui parle, qu'on lui donne à boire et, bien sûr, qu'on le détache jusqu'à ce qu'il ait demandé pardon. Toine, les yeux secs, le regard au loin, refuse de solliciter l'absolution du maître. Il refuse de dire qu'il n'est pas à l'origine de l'affaire. Son frère et Paul le chargent à bloc mais il ne dit rien. Pas un mot. Vers la fin de la journée, il s'évanouit, à cause de la chaleur et de la soif.

Luna reste là, à côté de lui, tout le jour. Assise sur une pierre, elle refuse de boire et de manger. Le maître menace de l'enfermer dans une maison de redressement. Elle ne l'écoute pas.

Dans la nuit qui suit, à trois heures du matin, Stefano sort de sa maison de mayoral. Sans un mot, il va détacher Toine et le porte jusqu'à son lit. Il lave en silence le corps desséché, le réhydrate lentement à la petite cuiller. Toine pleure sans larmes, à sec, des sanglots de colère et de haine. Luna le suit pas à pas, fière, éperdue d'amour. Le maître a envoyé Quitterie et Esmeralda pour la faire rentrer dans la maison. Elle griffe, cogne de ses poings si petits et si forts. Elle les bat au sang. Elle saigne aussi par de multiples plaies car les femmes, Quitterie en tête, rendent coup pour coup. Sa cheville abîmée la fait cruellement souffrir mais elle ne sent rien, ne se souvient de rien que de la chaleur de la bouche de Toine sur son ventre.

— On y va, s'impatienta Miguel en entrebâillant la porte.

Il surprit l'air hébété de Luna, se méprit sur la nature de son émoi.

— Ça ne pouvait pas attendre, non? s'écria-t-il, fou de rage. Il ne va rien faire de bon, je le sens.

Il donna une légère tape dans le dos de Manolito II.

— Je me trompe pas, t'as les couilles à l'envers, là! C'est mauvais pour le torero.

Il lança à Luna un regard noir :

— S'il arrive quelque chose, ce sera votre faute.

Paco se signa furtivement. Il protesta dans sa barbe qu'il ne fallait pas dire des choses qui portent malheur.

Manolito marcha sur Miguel :

— Qu'est-ce que tu insinues?

— Cette femme..., bafouilla Miguel.

— Cette femme, je l'aime, rugit Manolito. Elle est à moi. Et toi, petit connard, tu peux raccrocher et te chercher un job. Tu es viré. Vu?

Luna ferma les yeux à demi. Comme quinze ans plus tôt, Marco l'aimait, Marco la voulait pour lui. Il était le même, exigeant, possessif, jaloux. Il ne l'avait pas reconnue mais il avait identifié d'instinct son odeur, ses phéromones. Ce serait facile de l'envoyer au tapis, d'en faire sa chose et de le tuer. La main du torero se posa sur ses seins, timidement, religieusement. Il en effleura les tétons qui pointaient à travers la soie rouge. Elle ressentit une jubilation qui déclencha, de la tête aux pieds, un spasme violent. Manolito II prit cela pour du plaisir. À regret, il retira sa main.

— Va! dit-il. Je vais prier un peu.

33

Devant la porte qui donnait accès à l'enceinte des arènes, un groupe de quelques personnes agitait des banderoles en poussant des cris. Une camionnette surmontée d'un écriteau annonçait la couleur : HALTE AU MASSACRE. Ils étaient une trentaine, en majorité des femmes. Quelques policiers en tenue se tenaient à distance, décontractés, comme si la situation leur était familière.

— C'est une association anticorrida, expliqua Catherine Lafon. Ils sont là, à chaque feria. C'est à croire qu'ils prennent des vacances pour couvrir la *temporada.*

Elle fit un signe de la main à une jeune femme aux cheveux blonds très longs qui portait un tee-shirt couvert d'éclaboussures de peinture rouge et une pancarte sur laquelle s'étalait le mot « ASSASSINS » en lettres de sang. Elle était maquillée à outrance et répondit au salut de Catherine en lui tirant la langue. Puis elle tourna le dos brusquement, vira vers ses camarades en se remettant à psalmodier des slogans énervés. Marion fronça les sourcils :

— Vous la connaissez ?

— Elle était au lycée à Bordeaux avec moi. Nous

étions inséparables. Elle ne me parle plus, vous pensez. Je suis aficionada, pour elle, c'est pire que le diable.

Talon se rapprocha des femmes. Songeant à ce que Marion lui avait demandé sur les associations de défense des taureaux de combat, il s'enquit :

— Ils sont nombreux, les anticorridas ?

— Je ne sais pas. Il existe quelques associations, une dizaine peut-être en Europe mais je crois qu'elles ne sont pas spécialisées. La corrida n'est qu'un de leurs dadas, si j'ose dire.

Elle rit, les yeux plissés dans le soleil encore haut.

— Talon, dit Marion, renseignez-vous sur ces gens.

Elle désigna les policiers qu'avait rejoints un homme en civil.

— Allez voir les collègues. Le mec en jean avec eux, ça doit être un gars des R.G.

Elle se pencha vers lui, baissa le ton :

— La blonde, occupez-vous de la blonde. Identité, pedigree complet. Je veux tout savoir d'elle... Et si vous pouvez, arrachez-lui un cheveu.

Talon recula vivement la tête, fixa sur Marion un regard inquiet qu'elle capta aussitôt.

— Quoi ? Vous pensez que j'ai pris un coup de soleil, c'est ça ? Je vous rappelle qu'on cherche une fille *très* blonde qui doit avoir une dent contre la tauromachie.

— On cherche une fille qui a laissé des traces sur des lieux de crime, rectifia Talon.

— Mais oui, professeur ! Vous êtes d'une prudence !

— Rigoureux seulement.

Talon paraissait contrarié. Lavot parlait avec Catherine Lafon dont il semblait apprécier la compagnie, son visage proche du sien. La jeune femme secouait ses cheveux noirs, manifestement mise en joie par les propos de l'officier et sensible au charme viril qu'il dégageait.

— Ressaisissez-vous, Talon ! l'apostropha Marion, je ne sais pas ce qui vous chagrine et je ne veux pas le savoir. Au boulot !

— Bien, patron !

Marion lui donna une tape amicale dans le dos, le poussa du côté des flics. Il était raide comme un manche à balai.

— Patron ?

— Quoi encore ?

— Comment je fais pour lui piquer un cheveu ?

Marion se mit à rire :

— Les cheveux, c'est votre spécialité. Talon. Je vous fais confiance.

Elle rejoignit les deux autres. Lavot grogna :

— Il a pas l'air dans son assiette, Talon ! C'est sa libido qui le chatouille ?

Marion éluda. Ce n'était pas la première fois qu'elle avait à gérer une situation de ce genre. Dans ses précédents postes, elle avait été confrontée à des histoires d'amour ou de sexe que la mixité engendrait de façon naturelle. Un officier homosexuel, la chose en soi était banale. Que celui-ci eût des états d'âme à cause d'un de ses proches collègues était une première.

— Quelque chose ne va pas ? s'inquiéta Catherine Lafon.

— Tout va bien, s'empressa Lavot en lui prenant le bras.

Ils contournèrent l'arène en se frayant un chemin parmi la foule déjà dense qui attendait l'ouverture des portes pour se presser sur les gradins. Plusieurs bandas attendaient aussi en jouant de temps en temps un petit morceau, pour garder le rythme. Au moment où ils atteignaient la porte du patio, où n'étaient admises que quelques personnes triées sur le volet, Marion s'entendit héler par une voix qu'elle reconnut aussitôt.

Elle fit volte-face avec une telle brutalité qu'elle heurta Lavot.

— Enfin ! plaisanta-t-il, vous vous décidez à me tomber dans les bras, patron !

L'air contrarié de Marion et la soudaine transformation de son visage firent disparaître son sourire. Il se retourna. Philippe Cadaux s'avançait vers eux, plus beau et séduisant que jamais, les mains dans les poches d'un pantalon d'alpaga beige, le col de sa chemisette bleue marine ouvert sur sa poitrine hâlée, en pleine forme.

— Tiens, voilà le blaireau ! grinça Lavot entre ses dents.

Catherine Lafon s'était aussi retournée. Son visage marqua une légère crispation quand elle vit Cadaux à son tour. Le commissaire s'arrêta, se pencha pour baiser la joue de Marion, enjoué, brillant, lisse comme un galet doré. Puis sans paraître autrement surpris de la voir, il embrassa également Catherine Lafon qui se raidit sans lui rendre son baiser.

— Tout le monde est là, à ce que je vois, dit-il avec un sourire éblouissant.

— Je croyais que la corrida n'était pas ton truc, s'étonna Marion en s'efforçant de paraître naturelle.

— Je voulais te voir. Ça va, Catherine ?

L'interpellée ne répondit pas. Cadaux perçut l'hostilité ouverte de Lavot, la raideur de Catherine Lafon, l'embarras de Marion.

— Cachez votre joie, surtout !...

Catherine tourna le dos, cogna avec force à la porte du patio.

Cadaux fit un pas en avant, emboîtant celui de Marion. Catherine s'interposa tandis que le portail s'entrouvrait.

— Je regrette, Philippe, dit-elle sèchement, mais tu ne peux pas venir avec nous.

Il avança pourtant.

— Je t'en prie ! renchérit Marion.

Il accusa le coup, s'arrêta, les mains levées à hauteur des épaules.

— Bon, bon ! C'est une coalition, je n'insiste pas. Marion, il faut vraiment que je te parle. Je t'attends à la sortie ?

Marion acquiesça pour s'en débarrasser, en proie à un véritable malaise.

Cadaux s'éloigna, dépité et très en colère.

— Vous le connaissez ? s'étonna Marion alors qu'ils pénétraient dans le patio dont la porte se referma aussitôt sur eux.

Catherine fit un signe de tête affirmatif sans se défaire de la tension qui avait d'un coup marqué ses traits, lui donnant dix ans de plus.

— C'est sans intérêt, dit-elle. *Il* est sans intérêt.

— Ça c'est vrai, approuva Lavot en reprenant le bras de la jeune femme.

Elle se dégagea doucement, presque triste, comme si la seule présence de Cadaux avait rompu le charme.

Le patio grouillait de monde. Des chevaux lustrés comme des bronzes précieux, la crinière tressée ornée de pompons multicolores, piétinaient sous la conduite d'hommes en cape noire et chapeaux à plumes.

— Les *alguacils,* commenta Catherine, reprise par sa passion. Ceux dont l'entrée dans l'arène marque le début de la corrida. Ensuite viendront les hommes à pied.

D'autres chevaux, caparaçonnés et aveuglés, attendaient dans un coin.

— Et ceux-là ? demanda Marion. Ce sont les chevaux des picadors, n'est-ce pas ?

Catherine Lafon acquiesça :

— Autrefois les chevaux étaient introduits dans l'arène sans protection. La plupart n'en sortaient pas vivants, éventrés par les taureaux ou en tout cas, en piteux état. On y a remédié.

— Je préfère ça, bougonna Lavot qui se sentait mal à la vue du sang. C'est un sport de sauvages...

Catherine haussa les épaules sans répondre, mais avec une mimique qui signifiait qu'elle voulait bien servir de guide et expliquer mais qu'elle n'engagerait pas une discussion sur la corrida.

Les aficionados le savaient : le sujet faisait toujours recette dans les dîners en ville. Comme la peine de mort, il avait ses partisans et ses adversaires, tous aussi passionnés. C'était, par excellence, un cas dont il ne fallait pas débattre, sauf à prendre le risque de se fâcher avec ses meilleurs amis comme elle l'avait fait avec sa copine de lycée.

Elle connaissait de nombreuses personnes présentes et quand le grand portail du fond s'ouvrit pour laisser entrer une Mercedes noire aux vitres teintées, son visage retrouva sa luminosité. Un instant plus tard, César Rincon, en habit de lumière et cape d'apparat, lui tendait les bras et tourné vers quelques photographes amateurs baisait sa main avec grâce.

34

Luna s'attarda devant l'entrée de la travée B. Elle avait acheté deux billets, barrera ombre et soleil. De bonnes places. Aujourd'hui, la seconde place ne lui servirait pas mais elle l'avait prise malgré tout. Depuis qu'elle avait débarqué aux Chartreux et entrepris le grand nettoyage, elle achetait deux places chaque fois qu'elle décidait de se rendre à une corrida. Elle hésitait. Pourquoi aller s'asseoir sur les pierres brûlantes et se faire du mal à regarder toréer cet obsédé repoussant de Manolito II ? Pourquoi se donner la nausée à voir couler tout ce sang ? Elle n'avait qu'à l'attendre à la sortie, le rejoindre dans sa chambre, comme il l'en avait priée, suppliée. Même qu'il avait fallu l'intervention de Miguel, l'apoderado, pour qu'il ne lui saute pas dessus séance tenante. Elle irait le trouver. Ce serait un jeu d'enfant de l'embarquer. Et de le tuer à Baque-morte.

La foule s'écoulait lentement, avalée par les travées. La chaleur faisait ruisseler les fronts. Les pieds impatients des vrais aficionados et des autres, touristes curieux en mal de sensations fortes ou pervers en quête d'un petit spasme furtif, soulevaient des volutes de poussière qui s'éparpillaient dans un vent léger de queue d'orage.

Luna vit venir à elle un homme qu'elle avait déjà aperçu du côté de Baque-morte. Un beau mâle suffisant, sûr de lui et de sa séduction. Doté d'un corps admirable, la démarche nonchalante et sportive, le regard plus bleu que le ciel. Flic. C'était un flic. Elle se revit deux semaines plus tôt, à la même place, avec sa robe noire rebrodée d'or et d'argent, guettant cet imbécile de Paul Demora.

Le flic parvint à sa hauteur, aspiré par son aura rouge. Quand il fut à un mètre d'elle, elle tourna les talons brusquement, lui offrant le spectacle de son dos parfait dévoilé jusqu'aux reins par une mousseline transparente, rouge comme la soie de sa robe.

Les ondulations du tissu qui dessinait les jambes de la fille, le balancement irréel d'une chute de reins comme il n'en avait encore jamais vue, asséchèrent la bouche de Philippe Cadaux. Il voulut aussitôt y porter les mains, palper les deux globes parfaits, ployer la nuque émouvante qu'il devinait sous la mantille, goûter cette femme, la déguster sur place, séance tenante.

— Attendez, cria-t-il comme elle s'éloignait dans la travée.

Elle s'arrêta, bloquée par les hommes en blanc qui contrôlaient les billets. En quelques enjambées, il fut contre elle, le corps en feu.

— Mademoiselle, haleta-t-il, je vous en prie, ne disparaissez pas. Pas maintenant. C'est... c'est trop tôt. Je n'y survivrais pas.

Luna se retourna légèrement, observa de profil le commissaire séduisant. La raison lui dictait de l'éconduire. Manolito II était son programme du jour. Son programme ! Elle ricana intérieurement.

« Voilà des jours qu'il va de travers, mon programme ! » Du coup sa mémoire s'offrit un petit tour en forêt, un voyage éclair sur les visages hébétés d'Anita et de Jules.

La pluie s'est remise à tomber avec violence. Elle frappe fort contre les tôles de la Peugeot à moitié délabrée, dégouline en larges rigoles sur le pare-brise qui déforme les traits convulsés de peur de la femme. Luna est trempée, ses vêtements lui collent au corps mais elle n'y prend pas garde. Elle ouvre la portière, les banderilles dans la main gauche. La grosse Anita refuse de descendre de la Peugeot. Luna voit sur son visage ingrat qu'elle a compris. Elle ne sait pas encore avec certitude qui est en face d'elle mais elle a un doute intuitif et brutal et elle sait qu'elle va mourir. Luna retire sa perruque, la jette au sol en ricanant. Son crâne rasé arrache un sursaut d'épouvante à Anita qui se signe, se met à prier. Des mots incompréhensibles franchissent ses lèvres molles. Julot, le nez sur le volant, paraît endormi ou évanoui. Luna fait le tour du véhicule, arrache l'homme de son siège. Il titube, tombe sur le chemin détrempé. Luna le relève mais elle doit le relâcher car la grosse Anita tente une sortie. Elle a déjà fait quelques pas lourds et maladroits dans le sous-bois. La nuit est dense dans ce coin, loin de la lueur des phares. Anita tombe à genoux, au milieu des ajoncs et des bruyères. Quand elle relève la tête, la pointe acérée d'une banderille transperce sa paupière inférieure. Elle hurle mais Luna retient son geste. Pas la tuer, pas tout de suite. « Debout, grince Luna, ou je te crève l'œil ! » Anita supplie : « Pitié, pitié, pourquoi, qu'est-ce qu'on vous a fait ? » Luna la traîne jusqu'à la Peugeot contre laquelle Jules s'est avachi. Anita reçoit l'ordre de s'asseoir à côté de lui. Épouvantée, la grosse femme s'exécute tandis que Luna, sans les quitter des yeux, plonge dans la Jeep, en extrait une longue cordelette de Nylon et une torche.

Puis, sous la menace des banderilles, le couple se relève et se met en marche, Luna derrière eux. Ils par-

courent une vingtaine de mètres sous la pluie qui tombe encore mais de moins en moins fort, comme au regret de devoir s'arrêter bientôt. La torche éclaire leurs dos, grotesques dans les vêtements de Nylon rouge. « Stop ! crie Luna, terminus, c'est fini, vous pouvez dire vos prières ! » Elle pose la torche sur le sol, face à la forêt, choisit deux pins. « Là ! dit-elle, mettez-vous là. Assis. » Elle arrache les imperméables, noue les mains de la grosse Anita qui s'est laissée tomber, anéantie. De sa paupière blessée le sang coule en rigoles vite diluées par la pluie qui la pique et la brûle. Jules se laisse ficeler à son tour, hébété.

Il fixe l'ombre chinoise qui s'affaire autour d'eux, à contre-lumière de la torche. Elle s'interrompt, contemple son travail, satisfaite. Puis elle se penche vers Julot, lui parle très près du visage. « Regarde bien ce qui va se passer maintenant. Ça va te rappeler des souvenirs. »

Luna s'est emparée de deux banderilles. Elle tourne sur elle-même, sans hésiter, ni trébucher malgré les obstacles, racines, pommes de pin, ajoncs et bruyères qui jonchent le sol. Elle lève bien haut les banderilles, feint une passe, fait un écart pour éviter un adversaire invisible et se rue sur Anita. Les deux banderilles plantées dans ses cuisses énormes, la femme hurle de douleur. Luna recommence son jeu de mort. Cette fois, elle vise le ventre. Ce n'est pas un hurlement mais un râle profond de bête blessée à mort qui sort de la gorge d'Anita. Julot essaie de se lever mais il ne le peut. La peur relâche ses sphincters, ses tripes s'abandonnent. La troisième paire de banderilles perfore le cou d'Anita, une de chaque côté, une pour chaque carotide. Le sang coule en abondance, se mêle à l'eau du ciel tandis que la tête d'Anita s'incline lentement vers l'avant. Avant de perdre conscience, elle entend le ricanement de Luna. « Tu as vu, demande celle-ci à

Julot, tu te souviens, n'est-ce pas, tu sais faire ça, banderiller une femme ? »

Julot, terrorisé, voit Luna extirper un poignard de sa ceinture, s'avancer vers lui. Elle se penche, d'un geste sec, tranche le pavillon de son oreille gauche. Julot, encore imbibé d'alcool, ressent la douleur avec un temps de retard. Il ouvre la bouche pour hurler mais une banderille lui ouvre le fond de la gorge. Son cri se transforme en gargouillis, il préfère s'évanouir. Il ne sent pas le poignard qui s'acharne sur son oreille droite mais lorsque Luna s'attaque à son entrejambe, il est brutalement tiré de son inconscience. Dans un flot de sang et de bile mélangés, il vomit la brûlure atroce. Sa bouche s'ouvre grande pour aspirer de l'air, ses mains liées se jettent sur son sexe mutilé. Il perçoit vaguement les mots de triomphe de la fille qui le tue : « Les deux oreilles et la queue pour un péon, Julot de mes deux... c'est exceptionnel, non ? Tu ne "la" baiseras plus, plus jamais, ni elle ni personne. Ouvre la bouche, je n'ai pas d'épée mais je vais t'achever quand même. » Elle se tourne vers un public imaginaire, salue : « Messieurs, la mise à mort ! » La bouche de Julot est déjà béante à cause de la première banderille. La seconde transperce son palais. Il agonise un long moment, bien après qu'Anita, le cerveau privé de sang et depuis longtemps inconsciente, a rendu son âme au diable.

L'instinct lui souffla qu'elle ne se débarrasserait pas du commissaire tout comme elle ne pourrait faire que la femme flic, la blonde et ses deux acolytes, n'aient jamais existé. Elle les avait vus devant l'hôtel des Arènes. Elle les haïssait d'être là, de lui fermer l'horizon, de contrarier son plan d'extermination. Elle haïssait ce flic trop beau et trop sûr de lui qui allait se coller à elle et l'empêcher de tuer Manolito II ce soir à

Baque-morte. Et ce contretemps, le flic allait le payer, tout de suite. Elle sourit, énigmatique à travers la mantille. Ébloui, Philippe Cadaux se sentit décoller.

— Venez, dit-elle.

— Je n'ai pas de billet, balbutia-t-il.

Il se trouva aussitôt stupide. Un billet ! Quel besoin avait-il d'un billet ? Il entrait où il voulait.

Un flic entre où il veut. La fille agita un bout de papier.

— J'en ai un pour vous. Je vous attendais...

Elle lui prit la main. Il se laissa entraîner, sans force.

35

Au moment où les clarines résonnèrent dans l'air surchauffé, des milliers de poitrines exhalèrent un cri fiévreux. Précédés des alguacils à cheval, les trois matadors firent leur entrée dans l'arène, le bras gauche emprisonné dans la cape d'apparat. À gauche, César Rincon, le plus ancien des trois toreros, arborait un habit rouge et or. Au centre, Antonio Ferrera, le dernier à avoir reçu l'alternative, était en vert et or, tête nue, la montera à la main, détail indiquant qu'il n'avait encore jamais toréé dans cette place. Manolito II, le plus grand des trois dans son habit marine et or, était à droite. Il bomba le torse lorsqu'il s'arrêta pour saluer la présidence. Puis, face aux gradins, ses yeux scrutèrent les rangs des spectateurs tellement serrés les uns contre les autres qu'il était impossible de distinguer qui que ce soit. Il resta ainsi longtemps, soulevant des murmures étonnés autour de lui. Rincon qui allait toréer le premier était déjà prêt, la cape à la main, légèrement appuyé contre un *burladero* tandis que Ferrera rentrait dans le calleron.

— Qu'est-ce qu'il fabrique ? s'étonna Catherine Lafon. C'est tout lui, ça. Imprévisible et caractériel.

— On dirait qu'il cherche quelqu'un, murmura

Marion en balayant d'un regard lent les gens vêtus de couleurs vives.

Ils étaient installés dans le calleron, à l'endroit réservé à la presse, au milieu de journalistes et de reporters radio, juste en dessous des caméras de Canal Plus. C'était l'ultime concession accordée par le directeur des arènes capitulant devant Marion qui menaçait de recourir à la force publique s'il lui refusait cette faveur. Lavot avait même évoqué la possibilité de faire évacuer les arènes, ce qui avait fait hurler de rire les aficionados les plus proches.

« Qu'est-ce qu'ils ne se croient pas permis, ces pointus de Parisiens ! » s'était exclamé un homme énorme au visage violacé brandissant le fanion d'une *peña* taurine.

Dos tourné à l'arène, Marion et Lavot continuaient à observer la foule, tentant de percer le mystère d'une passion dont les ressorts leur échappaient encore. Lavot se pencha à l'oreille de Catherine :

— Qu'est-ce qu'ils ont dans la culotte, les toréadors ? s'enquit-il, les yeux rivés sur l'entrejambe des trois hommes.

— On ne dit pas toréador, le corrigea la jeune femme, on n'est pas à l'opéra. (Elle rit :) Ils n'ont rien dans la culotte, comme vous dites !

— Seulement le service trois pièces ? Ils ont des slips Wonderbra, alors !

Le journaliste le plus proche émit une série de sons proches du hennissement. « Je vais la garder, celle-là ! » dit-il en notant fébrilement la bluette de Lavot dans un calepin.

Manolito II ne se décidait toujours pas à rentrer dans le calleron. Son regard avait fait le tour des gradins, il atteignait les places au soleil quand il repéra enfin ce qu'il cherchait : une robe rouge sang et une mantille noire relevée sur un visage de madone, pur, divinement beau. Il souleva sa montera en souriant, prit son élan et la lança en direction de la fille dont il réalisa soudain qu'il ne connaissait même pas son nom. Elle attrapa le chapeau avec habileté et le relança aussitôt au torero qui le baisa avant de le jeter derrière lui. La montera retomba à l'envers. Manolito se signa.

— Cinéma ! hurla un spectateur.

— C'est pour une fille, maugréa Catherine, il fait le coup une fois sur deux, c'est un coureur de jupons frénétique.

Le torero ne fit pas attention à sa montera à l'envers. Il se défit de sa cape d'apparat et alla l'étaler sur la barrière juste aux pieds de la femme en rouge en envoyant un baiser du bout des doigts dans sa direction. Puis sans se presser il rejoignit le calleron tandis que les clarines annonçaient l'arrivée du premier taureau. Un murmure impressionné salua l'entrée de Fusilito, un beau mâle bicolore, bas sur pattes, porteur de la devise vert et noir de José Lorca.

— Beau morceau, apprécia Marion qui n'y connaissait strictement rien. Je parle de l'esthétique.

— On va bientôt savoir s'il est brave et noble, dit Catherine en suivant la course du taureau qui avait repéré Rincon et se jetait avec hargne contre le burladero où le torero s'était réfugié. Il repartit dans l'autre sens, attiré par les péons et leurs capes mauve et jaune. Rincon se fendit de quelques belles véroniques avant que retentissent les clarines annonçant l'entrée des picadors perchés sur leurs chevaux caparaçonnés. Rincon et ses péons attirèrent l'animal près de l'attelage tandis que le picador chaussé de sabots métalliques ajustait sa lance. Quand il eut le cheval dans son champ de vision, Fusilito chargea. La pointe de métal taillée en lame tranchante se ficha dans son dos d'où fusa aussitôt une large coulée sanglante. La foule hurla des protestations véhémentes. Lavot s'insurgea :

– C'est nul, ce truc ! Ça doit faire vachement mal !

— Bonne charge, franche, commenta Catherine, impassible. Il devrait être correct, ce toro.

Elle perçut l'air outré de Lavot et crut bon d'expliquer :

— S'ils ne sont pas piqués, les toros sont intoréables. Il faut qu'ils baissent la tête pour aller à la muleta. La pique est le « châtiment » nécessaire. C'est ainsi.

Marion contemplait le spectacle qu'elle ne trouvait pas grandiose mais qui lui procurait une étrange sensation. Un peu comme un plaisir défendu. César Rincon fit un signe en direction de la présidence pour demander l'arrêt des piques. Un autre jeu commença, celui des banderilleros dont les corps frôlaient avec grâce celui du mastodonte.

— Ils ne se font jamais attraper à s'approcher si près ? s'étonna-t-elle dans l'oreille de Catherine qui suivait les mouvements des péons.

— Parfois. C'est beau, non ? C'est un des moments que je préfère. Certains toreros placent les banderilles eux-mêmes. Ils sont peu nombreux, hélas !

Fusilito beuglait, furieux, en donnant de violents coups de tête en arrière pour se débarrasser des pointes de fer qui lui vrillaient les chairs, déjà imbibées d'un sang rouge sombre. Les banderilles claquèrent les unes contre les autres et le toro râla de plus belle. Puis le maestro changea sa cape pour une muleta, rouge comme le sang qui bouillonnait hors de l'orifice creusé par la lame de la pique et dégoulinait jusque sur les sabots de Fusilito. Il s'empara de l'épée de *faena.* La foule l'admirait, ponctuant les passes du maestro d'olé excités sur fond de flamenco tandis que les femmes s'éventaient avec ce qu'elles avaient sous la main.

Catherine commenta avec le plus d'exactitude possible ce qu'elle appelait « le combat », « l'affrontement » jusqu'au moment où César Rincon changea d'épée pour donner l'estocade. Sans musique, dans un silence suspendu à ses gestes, il prit son élan pour la mise à mort. L'épée fichée jusqu'à la garde dans le cou, le toro resta un moment debout, la langue hors des babines. Puis il plia les genoux et, comme pris d'une infinie fatigue, il se laissa aller sur l'arrière-train en cherchant son souffle par saccades. Un de ses poumons avait été perforé et du sang coula de sa bouche. Un péon remit à Rincon le descabello, une lame terminée par une croix. D'un coup sec le torero transperça le cervelet de l'animal qui bascula sur le côté, foudroyé. La foule debout se mit à agiter des mouchoirs blancs tandis que la musique reprenait quelque part dans les gradins. La présidence accorda une oreille après une brève consultation entre ses trois membres et malgré les cris désapprobateurs des spectateurs qui espéraient mieux. L'oreille du toro à la main, César Rincon entreprit un tour d'arène, sa cuadrilla derrière lui pour ramasser les fleurs qui fusaient des gradins. Des chapeaux tournoyaient par-dessus les têtes, atterrissaient aux pieds du maestro qui les renvoyait aussitôt à leurs propriétaires, un sourire de triomphe sur son visage lisse aux formes enfantines.

Un attelage de deux chevaux de trait mené par un homme en blanc coiffé d'un béret rouge muni d'un long fouet, suivi par d'autres hommes armés à l'identique, entraîna Fusilito hors de l'arène après un dernier tour de piste sous l'ovation des spectateurs debout. Déjà des hommes munis de râteaux et de balais effaçaient sur le sable les dernières traces de son passage ici-bas.

Puis le calme revint et ce fut le tour de Manolito II.

36

Luna sentait sous elle la chaleur de la pierre des gradins à travers sa jupe de soie rouge. Les cris des gens autour lui tournaient la tête et le flic la serrait d'un peu plus près à chaque fois qu'il reprenait la position assise. Le parfum de son eau de toilette exacerbé par l'odeur de son corps chauffé à blanc par l'excitation et le soleil qui n'en finissait pas de tomber derrière les arènes l'agressait, sans déclencher autre chose qu'un irrépressible dégoût.

Manolito II marcha sur le sable tandis que s'ouvrait la porte du toril et qu'un frère de Fusilito se jetait dans la lumière. Tourné du côté de Luna, Manolito II se cambra, faisant saillir la protubérance de son entrejambe. Des souvenirs assaillirent la jeune femme.

Luna marche sur le mur de l'arène de tienta, les bras écartés. Elle fait cela tellement souvent qu'elle est devenue experte. Il a fallu plusieurs chutes pour un résultat presque parfait. Le mur est étroit, le soleil cogne. Ce soir, elle se mesurera avec Sola, mais elle sera la meilleure. Toine, pour rire, a dit qu'il embrassera la meilleure. Et plus s'il veut. Car il a tout ce qu'il veut, Toine. Il a Luna, il a Sola. Luna est jalouse. Ce soir, la meilleure ce sera elle. Toine est à elle.

De l'ombre de l'arène, monte soudain une série de claquements de langue, ceux que les toreros font avec leurs bouches pour appeler les toros. Luna baisse les yeux, elle perd à moitié l'équilibre, se reprend de justesse. D'en bas, Marco l'appelle. « Viens, chuchote-t-il, viens, on va le faire ! » Il regarde sous ses jupes, elle le sait. Luna hausse les épaules, reprend son manège inlassable en faisant tourbillonner sa robe, découvrant largement ses cuisses brunies par le soleil et jusqu'à son sexe étroit de fillette, exhibé sans pudeur. Quand elle repasse devant lui, Marco a le short baissé jusqu'aux genoux. À treize ans, il est monté comme un homme. Luna s'arrête, regarde, fascinée, s'agiter ce sexe trop gros pour lui, puis jaillir sa semence qui brille dans le soleil avant de s'écraser sur les feuilles d'un aloès en y laissant une traînée luisante.

Luna sursauta et le flic s'inquiéta. Il avait surpris son « absence » momentanée. Elle le rassura d'un geste puis reporta son regard vers l'arène. Le toro fonçait sur Manolito et sa cape mauve et jaune.

Miguel, l'apoderado de Manolito II, se tenait à quelques mètres du groupe formé par Marion et ses compagnons. Catherine Lafon, experte en art tauromachique, remarqua son air inquiet. Certes, Manolito n'était pas un torero facile à contrôler mais de là à faire cette tête... Puis elle vit Paco, de la suite de Manolito lui aussi, se signer à plusieurs reprises, furtivement comme un enfant pris les doigts dans la confiture. Le toro lui parut trop fougueux, trop fou.

— Schizo... ce toro, murmura-t-elle en le voyant gratter le sol du sabot. Franc comme un âne qui recule. Un vrai mulet. Charge courte, tête haute, il va avoir besoin d'une bonne pique. Je pense qu'il va chercher l'homme plutôt que le chiffon...

Marion n'en savait pas suffisamment pour juger mais elle sentit que quelque chose n'allait pas et que Manolito lui paraissait prendre des risques considérables.

Il exécuta une figure esthétique en s'enroulant dans la cape, le visage tourné vers Luna.

— Il ferait mieux de regarder le taureau, s'écria Catherine.

Miguel frappa de la main le bois du burladero, les tripes nouées.

Manolito n'eut pas le temps de dérouler la cape et de se remettre en position que, déjà, le taureau revenait sur lui après une charge brève, avortée. L'air sournois et l'œil vicieux, il fonça sur l'homme qui le défiait. Manolito, glacé de peur, n'eut pas le temps d'esquiver. Il vit le taureau immense, affolant de vice et de hargne. La corne gauche le cueillit en dessous de l'aine. Les péons surgirent de partout à la fois, ceux de Manolito et les autres, mais il était trop tard. La foule se dressa dans un cri consterné et resta debout, figée. Il fallut plusieurs secondes pour éloigner le taureau excité par le sang de l'homme, les cris du public et les mouvements désordonnés des péons. Manolito, couché sur le dos, les bras en couronne autour de sa tête rousse, perdait son sang en abondance.

— C'est sûrement la fémorale, dit Marion, au bord de la nausée.

Miguel, le poing levé vers le public et une invisible femme en rouge, s'écria qu'il avait « senti la patate arriver ». C'est Paco qui eut le bon réflexe en se précipitant, l'épée d'estocade du maestro à la main. Il l'avait sortie de la boîte trop tôt, comme d'habitude, mais là, s'il avait eu le temps d'y penser, il se serait félicité de sa hâte maladive. À genoux, il fendit d'un geste sec le tissu déjà largement imbibé de sang, écarta de la main les débris de chairs meurtries et glissa son doigt dans le trou creusé par la corne. Le visage inondé de sueur et de larmes mêlées, la tête levée vers le ciel nu, il se mit à prier en attendant l'arrivée des secours.

— Cela devait arriver, commenta Catherine, fataliste. Manolito prend trop de risques et il n'est pas dans son assiette aujourd'hui. Il n'y avait rien à faire mais, c'est bizarre, je n'arrive pas à m'habituer.

— Je comprends, marmonna Lavot, tout pâle. C'est un carnage votre... art. Enfin, heureusement, c'est pas toujours le taureau qui perd.

Luna resta collée aux gradins de pierre, livide. Une bouffée de chaleur couvrit son visage d'une fine pellicule humide tandis que sa vue se brouillait. Les sons se firent lointains, bourdonnant au creux de ses tympans comme le ressac. Une autre scène remplaça le spectacle de mort qu'elle ne regardait plus.

Au pré des Chartreux, l'animal s'est mis en mouvement, tête baissée. Sa large armure paraît immense à la fillette sur laquelle il fonce sans retenue. Puis jaillit le cri de Toine, son brusque écart pour changer l'ordre des choses. Au choc mou du taureau contre le corps du garçon succède un craquement d'os brisés. La corne droite de l'animal transperce son cou, le brandissant dans les airs comme un trophée obscène. La colère du taureau le secoue comme une poupée de chiffon pour s'en défaire au plus vite. Le sang de Toine jaillit en larges gerbes qui incendient l'espace dans les rayons du soleil couchant, retombent en pluie chaude sur la fillette statufiée.

Elle fixe le taureau de ses yeux mordorés. L'animal gratte le sol, le souffle énervé et odorant de ses naseaux parvient jusqu'à elle, caresse tiède sur ses cuisses nues. Puis, il se couche, le regard soumis, juste devant le corps de Toine qui saigne encore doucement jusqu'au dernier soupir.

À genoux, elle implore Toine de se relever. « Ne meurs pas, Toine, ne meurs pas ! » Mais Toine ne l'entend plus, il a offert son sang à la terre, rendu sa vie au néant. Elle se couche sur lui de tout son long pour lui donner la sienne.

Luna vit le sang de Manolito II se répandre à la place de celui du taureau. Elle en ressentit une énorme frustration. « C'est pas juste, gémit-elle à l'intérieur d'elle-même comme une petite fille privée de dessert. C'est moi qui dois faire couler son sang. »

Elle vit arriver l'équipe médicale, la civière, perçut la sirène de l'ambulance des pompiers qui s'arrêtait juste en dessous d'elle. Le flic s'était dressé, prêt à bondir par-dessus les barrières mais l'attraction de Luna sembla plus forte que le besoin de se rendre utile. Et sans doute craignait-il de ne plus la retrouver à son retour car il ne bougea pas.

En suivant des yeux Manolito couché sur sa civière, les doigts de Paco remplacés par l'appareillage des spécialistes, Luna pria pour qu'il ne meure pas. Sa mort lui était due. À elle, pas à un taureau insignifiant et anonyme que de placides cabestros entraînaient déjà hors de l'arène et qui devrait sa survie à une misérable cornada.

Elle se leva brusquement, lissa sa jupe rouge à présent froissée et auréolée de marques laissées par la sueur et l'émotion.

— Où allez-vous ? s'inquiéta Philippe Cadaux.

Elle méprisa la question et se fraya un chemin entre les pieds des spectateurs qui, leur frayeur digérée, attendaient la suite, avides de sang et de mort. Arrivée au bas des marches de la travée B, elle tourna la tête imperceptiblement. Le flic qui la suivait s'inscrivit dans son champ de vision. Elle l'imagina dans la chambre de Baque-morte, le regard hagard, le visage déformé par la douleur, les sphincters relâchés à cause de la souffrance insupportable et de la peur immonde de la mort. Elle sourit en rabattant sa mantille devant son visage.

37

Marion ne retrouva pas Philippe Cadaux à la sortie des arènes comme il le lui avait annoncé. À vrai dire, elle ne le chercha pas ni ne l'attendit. Elle récupéra Talon qui était resté à l'extérieur.

— Alors ? demanda-t-elle, impatiente.

— J'ai l'état civil de la femme blonde. Elle est vice-présidente d'une association qui s'appelle tout bêtement — si je puis dire : A.D.A. — Association pour la défense des animaux. Elle est surtout impliquée dans les manifestations anticorridas mais elle fait aussi dans le bébé phoque, la baleine, le rhinocéros. Elle ferait le nain de jardin s'il le fallait. Le plus drôle c'est qu'elle est mariée à un boucher ! Plein aux as à ce qu'il paraît.

— Ça doit faire un couple sympathique, ironisa Marion, pas très fusionnel mais intéressant. Quoi d'autre ?

— Rien. Elle a une vie rangée et pas de trous dans son emploi du temps. À l'époque de la mort de Bianco et Marie-Sola Lorca, elle était en Australie, pour un congrès d'écolos. Deux cents témoins peuvent en attester.

— C'est elle qui vous l'a dit ?

— Non, son mari. Le mec que vous avez pris pour un collègue des R.G., c'est lui, le boucher. Il revend des billets à la sauvette, il vient toujours se montrer aux flics avant de commencer son petit commerce... Il y a des gens qui ont des principes et des manières.

— Non!

— Si. Drôles de mœurs, n'est-ce pas ? Cela dit, ils sont tous bien gentils, enchaîna Talon. J'ai relevé les identités, on les passera au fichier et aux antécédents judiciaires mais ça ne doit pas aller bien loin. En revanche, j'ai vu un truc intéressant.

Ils avaient regagné le véhicule après avoir fait leurs adieux à Catherine Lafon qui rejoignait son club taurin pour dîner. Marion se tourna vers Talon, assis à l'arrière, s'impatienta :

— Eh bien, Talon ?

— J'ai vu partir le « joli commissaire », dit-il avec un sourire ironique. Il n'est pas resté longtemps à la corrida. Il a dû partir au deuxième taureau. Juste avant que l'ambulance n'emporte Manolito à l'hôpital.

— Et ensuite ?

Talon attendit pour répondre tandis que Lavot se frayait péniblement un chemin entre les aficionados qui déferlaient vers le centre-ville et occupaient la chaussée sans s'en faire.

— C'est un jeu ? grinça Marion.

— Il est parti avec une fille. Grande, mince, brune, habillée de rouge, une robe décolletée jusqu'à la racine des fesses. Une splendeur.

— Ben dis donc, grommela Lavot, pour un mec qu'aime pas les gonzesses.

— J'ai des yeux pour voir, dit Talon.

Marion feignit d'ignorer leur discussion mais en son for intérieur elle se dit que Cadaux était pire encore que ce qu'elle pensait. Un vrai chien d'arrêt. Il avait sûrement levé cette fille entre le moment où elle l'avait croisé devant le patio et celui où Talon les avait vus partir. Marion sentit son visage s'empourprer, ses mains devenir moites. Suffoquant d'indignation, elle passa un bras par la portière, puis la tête et le buste tout entier, pour respirer un grand coup.

— Vous êtes pas jalouse, patron, quand même? demanda innocemment Lavot.

— Pauvre type! le méprisa Marion.

Jalouse! Comment aurait-elle pu être jalouse d'un homme qu'elle n'aimait pas? En revanche, ce pincement détestable qui irritait sa gorge, elle le reconnut : c'était l'humiliation d'être, un soir d'abandon, entrée sur la liste.

— Essayez d'accélérer un peu, Lavot. Il faut que nous retournions au domaine.

— Je vais quand même pas en buter un pour vous faire plaisir, s'insurgea Lavot qui progressait avec difficulté au milieu de la foule nonchalante. Vous avez vu, c'est une mer humaine. La prochaine fois, on prendra un char antimanif...

— *J'espère* qu'il n'y aura pas de prochaine fois, dit Marion en se rencognant dans le siège. Cette affaire, on va la régler là-bas, aux Chartreux. En attendant, je vais faire un petit somme.

Quand ils arrivèrent en vue de la Bodega, ils crurent que la guerre avait été déclarée pendant leur absence. Plusieurs véhicules de la gendarmerie squattaient l'espace. De nombreux militaires écoutaient les instructions du chef Allard dont les épaules se voûtaient à vue d'œil sous l'effet de la chaleur et de la fatigue. Certains étaient accompagnés de chiens qui tiraient sur leurs laisses, énervés par la chaleur et les muselières.

Marion s'avança au milieu des hommes qui s'écartèrent sur son passage, intrigués par la présence de cette jolie blonde à la démarche décidée.

— Que se passe-t-il? s'enquit-elle quand elle fut parvenue à proximité du chef Allard.

Le strabisme du gradé de la gendarmerie semblait avoir fait du chemin depuis le matin. Marion lui trouva l'air abattu. Il s'écria :

— Ah, commissaire ! Heureux de vous revoir. Venez, je vais vous expliquer.

Il entraîna Marion à l'écart des hommes. Bien qu'ils n'y aient pas été expressément conviés, Lavot et Talon se joignirent à eux.

— Nous cherchons Anita Mano et Jules Dante depuis ce matin. Après votre départ, le café est resté fermé. Dans la matinée, j'ai envoyé deux hommes au domaine des Chartreux. Personne ne les avait vus ni hier soir ni aujourd'hui. Monsieur Lorca n'étant pas encore de retour, mes hommes ont eu l'idée d'aller faire un tour chez sa mère, Quitterie. Ils l'ont trouvée dans son lit, baignant dans ses excréments. Une infection. La vieille femme est mal en point. Elle a été conduite à l'hôpital de Dax. Visiblement, personne ne s'était occupé d'elle depuis au moins deux ou trois jours. Rien à boire ni à manger. Enfin je suppose, car elle est paraplégique et ne parle plus depuis plusieurs années. Elle n'a pas loin de quatre-vingt-dix ans.

Il s'arrêta, essoufflé. Marion remarqua qu'il suait trop, de même qu'il était trop enveloppé, trop stressé, sans doute guetté par un infarctus qui le plierait en deux, un jour ou l'autre.

— Cet après-midi, reprit le chef Allard en s'épongeant avec un mouchoir en papier qui laissa quelques débris accrochés aux poils de sa barbe, j'ai lancé des recherches plus vastes. Voilà une heure, on a retrouvé leur véhicule, une vieille Peugeot, de l'autre côté du domaine, à l'opposé exact d'ici.

— Loin ? demanda Marion.

— Deux kilomètres à peine à vol d'oiseau. La Peugeot était cachée derrière un bâtiment désaffecté, une ancienne bergerie où le vieux Lorca parquait des moutons, dans le temps.

— Et le couple ?

— Introuvable. Aucun signe d'eux à proximité de la voiture et rien à l'intérieur n'indique ce qui a pu leur arriver. Pas de sang, pas de traces d'accident ou de choc. On dirait qu'ils se sont volatilisés !

« C'est une manie dans ce coin », songea Marion en évoquant pour elle-même la disparition lointaine de la famille Sanchez.

— Qu'est-ce qu'ils ont pu faire ? interrogea-t-elle à voix haute. C'est incompréhensible. Ils n'ont pas fugué, tout de même...

— Je ne vois pas la raison d'une fugue.

— Ils se seront trompés de route, supposa Talon, et comme Jules Dante était ivre, ils ont dû s'arrêter quelque part pour dormir.

L'adjudant-chef regarda sa montre :

— Il est vingt heures, je doute qu'ils dorment encore, tous les deux, vingt-quatre heures après leur départ de la Bodega.

— En effet, admit Marion, il y a un malaise. Que décidez-vous ?

— J'ai fait venir des renforts de Dax. On a commencé à fouiller ce côté-ci du domaine mais c'est de la forêt mélangée de taillis et de broussailles, ça ne facilite pas les investigations. Les hommes de Lorca cherchent dans les bâtiments et les enclos. On va essayer de progresser avant la nuit. Voilà.

— Nous sommes à votre disposition, monsieur, dit Marion.

Le gradé remercia. Il n'eut pas le temps d'aller plus loin. Un mouvement de véhicules se fit vers l'extrémité de la rue. Un gendarme en treillis descendit d'un 4 × 4 vert militaire flambant neuf. Il se présenta devant le chef Allard qu'il salua en claquant des talons.

— Repos ! s'exclama Allard, impatient. Du neuf ?

— On les a trouvés, dit l'homme simplement. Il faut que vous veniez voir ça.

38

— Putain, la vache ! murmura Lavot. C'est grandiose...

Talon avait déjà franchi la bande de plastique que les gendarmes avaient tendue autour des deux cadavres. Un militaire tenta de s'interposer mais le regard résolu de Talon l'en dissuada juste avant que le chef Allard ne s'en mêle pour dire qu'il autorisait sa présence sur les lieux du crime. Marion les rejoignit devant le spectacle hallucinant.

Anita et Jules, assis, étaient adossés à deux grand pins, immobilisés contre les arbres par une corde de Nylon qui les reliait entre eux. La tête légèrement penchée en avant, les yeux grands ouverts, Anita semblait contempler l'infini, l'air songeur, vaguement inquiet. Sans doute à cause des deux banderilles fichées de chaque côté de son cou, dans chacune des deux carotides et dont elle semblait se demander ce qu'elles venaient y faire. Elle s'était vidée de son sang et la chair de ses joues flasques était livide et froide. Ses vêtements imbibés de rouge avaient été délavés par la pluie, sa robe déchirée dévoilait des sous-vêtements maculés de sang et de boue : un soutien-gorge aussi énorme que la poitrine qu'il contenait, en satin rose défraîchi, une lingerie des années cinquante, démodée et usagée. La chair boursouflée et blême débordait en plis disgracieux et se creusait en sillons profonds de part et d'autre des bretelles. La déchirure de la robe descendait jusqu'au nombril découvert par une culotte en coton rosie par l'écoulement sanguin et surmontée d'un gros bourrelet graisseux d'où émergeaient deux autres banderilles détrempées par les pluies de la nuit. La troisième paire, profondément enfoncée dans le gras des cuisses, marbrait celles-ci de tons verdâtres à cause de la peinture du papier qui avait coulé en petites rigoles complexes.

— Beurk, commenta Lavot, un vrai remède contre l'amour.

— Les grosses femmes, dit le chef Allard sans rire, ça peut avoir son charme. Y en a qui aiment! D'accord, ce n'est pas très esthétique...

— Ouais, ricana Lavot, les grosses c'est comme les pantoufles, on est bien dedans mais on ne sort pas avec! Le Julot, y devait pas prendre son pied tous les jours...

— D'après ce que je sais, deux à trois grammes d'alcool dans le sang en permanence, ça doit un peu casser la libido. De toute façon, à présent..., conclut le chef gendarme toujours sérieux.

Marion leur décocha un regard plein de réprobation. Il était vrai que dans son état, Jules Dante ne risquait plus rien, ce n'était pas une raison pour en faire un sujet de dérision. Pour elle-même, Marion reconnut que le couple était rien moins qu'appétissant. Et elle savait aussi que cette raillerie des professionnels confrontés à la mort était une manière de chasser le stress qu'elle provoquait inévitablement. De se rassurer sur leur propre statut d'humains bien vivants. Jules Dante était aussi maigre qu'Anita était imposante. Son corps dévasté par l'alcool avait été, à l'instar de celui de sa compagne, en partie dénudé. Sur son maigre poitrail pâle folâtraient quelques poils gris collés par le sang. La braguette ouverte de son pantalon descendu à mi-cuisse laissait entrevoir une bouillie de chairs sombres déchiquetées. Marion eut un haut-le-corps quand elle réalisa que Jules Dante avait été émasculé. Elle regarda plus attentivement le cadavre et son environnement proche pour y découvrir les attributs détruits de Jules. Elle ne vit qu'une bouche grande ouverte sur des dents qui avaient dû connaître des jours meilleurs et d'où sortaient deux banderilles blanches, trophées dérisoires pointés vers le ciel. Une des banderilles avait transpercé le cou de Jules latéralement tandis que l'autre, bloquée par le maxillaire ou une vertèbre cervicale, retombait sur le côté, déformant sa lèvre inférieure.

— Comment les a-t-on trouvés ? s'enquit Marion.

— En suivant le chemin qu'ils étaient censés prendre pour se rendre au domaine, dit le chef Allard. À cause de la pluie, il a fallu chercher longtemps mais mes hommes ont refait le parcours mètre par mètre depuis la Bodega.

Marion approuva ce choix qui s'était avéré payant. Le chef fit un large geste du bras en direction de l'est :

— Au bord du chemin, ils ont remarqué de petites anomalies, des herbes couchées, une fougère cassée. Ils ont exploré le coin et sont arrivés là.

— Bravo, apprécia Marion. Et sur le chemin, il y a quelque chose ?

Le gendarme fit la moue. La pluie avait effacé la plupart des traces et les véhicules de la gendarmerie avaient détruit le reste. Mais les recherches continuaient.

— Installez les projecteurs ! ordonna le chef Allard, la nuit tombe vite, dans une heure on y verra moins que dans le trou du cul d'une vache noire.

Les gendarmes rirent, des rires nerveux, crispés. Pas

plus qu'ailleurs, chez eux on ne se faisait à la mort, surtout lorsqu'il s'agissait de personnes connues, que l'on avait croisées presque chaque jour, avec lesquelles on avait parlé. Car les commentaires l'attestaient, tous les militaires présents, ou presque, avaient au moins une fois au cours des semaines passées pris un verre à la Bodega. Marion regarda autour d'elle.

— C'est plus un règlement de comptes, patron, dit Lavot, c'est un carnage, une extermination. Je comprends rien à cette histoire.

— Ça se complique en effet, admit Marion. Venir tuer, jusque sous notre nez, des gens qui logent des policiers, c'est de la provocation ou de la folie. Et bien entendu, nous n'avons rien vu venir. Chef ?

Le chef Allard, occupé à recueillir le compte rendu d'un gendarme sur les recherches — encore vaines — de l'appareil génital de Jules, fit volte-face. Il suivit un instant des yeux Talon qui furetait sous l'œil irrité des gendarmes O.P.J. Les hommes avaient entamé leurs constatations sans se presser mais avec méthode, dans l'attente de l'arrivée du procureur de la République de Dax et du véhicule du poste d'identité judiciaire, spécialement équipé pour les recherches scientifiques et techniques.

— C'est une affaire pour la P.J., dit Marion en mettant les mains dans les poches de son jean blanc.

Le chef Allard sursauta :

— En quel honneur ?

— En l'honneur du fait que ces deux morts viennent s'ajouter à une liste déjà fournie et qu'elles sont à l'évidence en relation avec des faits précédents de même nature.

— Vous allez vite, commissaire. Laissez-nous instrumenter d'abord. Le procureur décidera.

En quelques phrases, Marion lui résuma les chapitres précédents avec quelques détails supplémentaires qu'elle avait éludés le matin lors de sa visite à Saint-Sever. Elle fit part de sa certitude que les meurtres tournaient autour du domaine des Chartreux et qu'il y avait nécessité et urgence à en surveiller les occupants pour éviter une suite à l'hécatombe jusqu'à ce que l'on ait mis la main sur le tueur. Allard admit le bien-fondé de cette réflexion et donna ses ordres en conséquence.

— Je pense que le commissaire Cadaux, conclut Marion, en charge d'une partie de l'affaire, apprécierait d'être avisé assez tôt, c'est-à-dire tout de suite.

Le chef Allard lui jeta un coup d'œil en coin :

— C'est Cadaux qui a ce dossier ? Vous avez collaboré avec lui ?

— Oui, dit Marion. Enfin, collaborer est un grand mot...

— Je me disais aussi !

Le ton était chargé de sous-entendus.

— Et que vous disiez-vous, chef ? se moqua Marion.

— Oh, rien ! C'est un drôle de type. J'ai travaillé avec lui une fois, sur un Basque réfugié dans la région et qui nous posait quelques problèmes. Il m'a mis le secteur et la brigade à feu et à sang.

— Le Basque ?

— Non, sourit Allard. Votre... collègue. C'est un sacré zigoto.

— Genre ?

— Genre le sexe ici, à la place du cerveau ! Il a fait des ravages dans la population féminine.

Il se frappait le milieu du front en un geste explicite. Il précisa :

— Pardonnez-moi, je suis grossier ! Mais je n'ai pas pu m'en empêcher. En réalité, son cas est plus compliqué. Les femmes tombent à la renverse quand elles le voient et je crois que lui ne peut pas vivre sans leurs regards extasiés. Excusez-moi, je crois qu'on m'appelle...

Le regard de Marion s'échappa sur la cime des arbres où se mourait lentement une lumière douce et tiède, doré et rose. La forêt, propre comme un sou neuf, retrouvait la paix du soir avant la petite mort nocturne.

Le chef Allard s'était éloigné. Marion vit s'agiter sa silhouette replète au milieu d'un groupe de personnes en uniforme et en civil. Le procureur sans doute. La nuit tombait vite à présent, les hommes avaient déjà branché quelques projecteurs alimentés par un groupe électrogène véhiculé par un gros 4 × 4.

Lavot rejoignit Marion, se pencha pour chuchoter à son oreille :

— Y vous fait pas de gringue, quand même, le gros gendarme ?

— Qu'est-ce qui vous fait penser ça, Lavot ? grinça-t-elle. D'abord ce n'est pas mon type, je les aime grands et secs, vous devriez le savoir !

— Je risque pas de l'oublier, soupira Lavot en lorgnant sur la petite bouée qui tendait son polo. Un bon coq n'est jamais gras, n'est-ce pas ?... Vous me le diriez si un jour vous changiez d'avis ?

Elle protesta :

— Lavot, on a autre chose à faire, non ? Où en sont-ils ?

— Ils ont trouvé des traces de pneus sur le bord du chemin. Ça n'appartient pas aux véhicules de la gendarmerie. Ils font un moulage. Un pandore a aussi trouvé un bout de carton détrempé à deux cents mètres du moulage. Un truc rectangulaire avec des couleurs effacées par la pluie.

— Et c'est quoi ?

— Je sais pas. On ne voit pas grand-chose. Y a qu'un coin qui reste visible, on dirait la mer et des palmiers...

Lavot fronça les sourcils comme s'il cherchait dans le fin fond de sa mémoire à rattraper un souvenir qui lui échappait.

— Ça n'a peut-être rien à voir avec l'affaire, suggéra Marion. Les gens balancent leurs détritus n'importe où.

Elle s'avança vers le groupe au centre duquel les découvertes des gendarmes étaient exposées. Le chef Allard la présenta au procureur de Dax, un homme à lunettes plus très jeune mais au visage encore couvert d'acné, les cheveux gras, et qui sentait la sueur à trois mètres. Elle lui avait parlé au téléphone la veille mais ne l'avait pas imaginé comme il était : négligé, timide et sûrement célibataire. Quelle femme aurait supporté un compagnon à l'hygiène aussi approximative ? Ils s'entretinrent quelques instants de l'affaire, il admit la nécessité de saisir la P.J. de Bordeaux mais déplora de ne pouvoir joindre le commissaire Cadaux. Elle échangea avec Allard un regard entendu, songeant avec rancune à ce que faisait Cadaux à cet instant précis puis, dans la foulée et par association d'idées, chercha Talon du regard : il était le dernier à avoir vu le commissaire en bonne compagnie. Elle aperçut justement l'officier qui venait d'un pas pressé dans leur direction. Elle baissa les yeux vers le morceau de carton plissé où s'étalait un palmier ou un cocotier au bord d'une mer de carte postale. Elle posa un doigt sur ses lèvres :

— On dirait un de ces trucs qu'on met sur les tableaux de bord...

— Un pare-soleil que ça s'appelle, patron ! s'exclama Lavot.

Il se tut aussitôt, se frappa le front d'une claque sèche qui se répercuta dans les pins.

— Merde ! Un pare-soleil ! Ça y est, je sais !

Il avait presque crié. L'assistance se tut, à l'exception d'un gendarme qui énumérait, comme un leitmotiv, les éléments descriptifs des cadavres et de leurs vêtements dont les détails alimenteraient le P.V. de constatations. Deux civières attendaient déjà, prêtes à accueillir les dépouilles torturées de l'ancien péon et de sa compagne.

— La Jeep ! s'écria Lavot. Je savais que c'était pas net.

Marion s'impatienta :

— Quelle Jeep ? Qu'est-ce que vous racontez ?

— Y a une Jeep qui a passé une partie de la soirée d'hier pas loin de la Bodega. Elle avait un pare-soleil sur le tableau de bord, un truc très coloré avec la mer, un soleil rouge et des palmiers.

— Et la Jeep, elle était comment ?

— Il y avait quelqu'un à l'intérieur ?

— T'as vu la couleur ?

Les questions fusaient de toutes parts. Lavot se prit la tête entre les mains, poussa un rugissement :

— Attendez ! Faut que je me rappelle !

Il se concentra, yeux fermés, un pli creusé entre les sourcils. D'un geste machinal, il palpa la croix qui brillait dans le col ouvert de son polo tout en essuyant d'un doigt la sueur qui perlait à sa lèvre supérieure envahie de poils drus.

— Une Jeep verte, un modèle militaire, plutôt ancien, en tout cas pas en bon état et pas propre. Une bâche kaki un peu délabrée aussi. Mais j'ai surtout le souvenir du pare-soleil... Je n'ai vu personne à l'intérieur, ni monter ni descendre. Je ne l'ai pas vue arriver ni partir, elle était là pendant l'orage, et quand la grosse Anita et son biturin sont partis, elle était plus là.

Marion et Talon échangèrent un regard consterné tandis que celui du chef Allard se teintait d'une légère ironie.

— Votre description serait-elle celle d'une Jeep Willis ? s'enquit-il comme s'il s'était trouvé dans un salon de la préfecture.

— Exact, admit Lavot. Une Jeep Willis.

Marion contourna le groupe, s'approcha de Talon resté en retrait. Il tenait un autre objet à la main et personne, à l'évidence, ne l'avait encore remarqué.

— Vous avez entendu, Talon ? demanda Marion, dans tous ses états. Une Jeep Willis. Ça vous rappelle quelque chose, non ?

— Bien sûr, dit Talon, mais il ne faut pas fantasmer, patron, le « joli » commissaire l'a dit, il y en a des centaines dans la région.

— Vous êtes agaçant avec vos raisonnements ! Moi aussi je l'ai vue cette Jeep devant la Bodega. Et si c'était la même qu'à Baque-morte ?

— Il n'y avait pas de Jeep à Baque-morte, rectifia Talon en appuyant sur les mots. Vous avez dit que vous aviez vu une voiture blanche. Faudrait savoir !

— C'est un lapsus, admit Marion. Je pensais à la Jeep qui a tué la petite Céline Duroc. Reconnaissez que Baque-morte n'est pas loin de l'endroit où elle est morte...

— O.K., patron, soupira Talon, on ira voir cette baraque. Puisque vous y tenez... Moi j'ai trouvé mieux, je crois.

Il brandit ce qu'il tenait à la main, une chose poilue, informe, constellée de débris organiques.

Marion examina l'objet qu'elle distinguait mal dans la pénombre car Talon se tenait légèrement à l'écart de la zone éclairée par les projecteurs.

— C'est une perruque, dit-il sobrement. Je l'ai trouvée dans le fossé à trois mètres du chemin, près de l'endroit qui conduit ici.

— C'est incroyable ! s'exclama Marion. Vous avez trouvé des cheveux ! Vous auriez dû être coiffeur, vous ! Non, mais franchement, avouez que c'est incroyable, cette manie de trouver des cheveux !

— Je trouve ce qu'il y a à trouver, dit Talon sèchement. C'est pas ma faute si ce sont souvent des cheveux et si les autres ne voient rien.

Il désignait du menton les gendarmes affairés autour de Lavot que Marion entendait s'insurger car un militaire lui demandait s'il avait relevé le numéro minéralogique de la Jeep.

— Le numéro du moteur aussi et la date de la dernière vidange tant qu'on y est ! râlait l'officier.

Ils revinrent vers le groupe. Il fallait remettre la trouvaille aux gendarmes, ce que Talon fit à contrecœur. Marion examina à la lumière les cheveux bruns mouillés et collés entre eux, coupés au carré. Une étiquette cousue sur l'envers indiquait qu'ils étaient en vinyle véritable « made in China ». Quelqu'un remarqua que la perruque paraissait récente malgré les désagréments qu'elle avait subis.

Marion suggéra alors au chef Allard de lancer une diffusion régionale pour retrouver la Jeep, ce qu'il approuva sans discuter. Un homme qui tenait un téléphone mobile à la main le tendit au gendarme. Celui-ci écouta quelques instants puis se tourna vers Marion.

— C'est l'hôpital de Dax, dit-il. Quitterie Lorca a repris du poil de la bête. Le médecin pense qu'on peut l'interroger.

Marion se décida très vite. Elle prit Talon par le bras.

— Je m'en charge, dit-elle avant que le chef Allard ne change d'avis.

Elle fit trois pas en direction de la sortie de la clairière et s'arrêta brusquement. Elle s'adressa à Allard avec un sourire charmeur :

— Vous pourriez faire conduire Lavot à Mont-de-Marsan par un de vos hommes ?

Le gendarme acquiesça en retenant la question qui lui venait. Que pouvait bien aller faire Lavot à Mont-de-Marsan ? L'intéressé, visiblement, s'interrogeait aussi. Marion l'attira à l'écart :

— Le torero blessé. Manolito II. Il doit être sorti d'affaire à présent. Je suis sûre qu'il a des choses à nous dire.

— À cette heure-ci ?

— Y a pas d'heure...

— Je sais, bougonna Lavot.

39

Luna laissa se calmer son corps et ses sens frustrés. Elle n'avait trouvé aucun plaisir, aucune jubilation à toréer le flic. Il était déjà à moitié mort de peur en arrivant à Baque-morte et la drogue avait eu sur lui des effets désastreux. Luna n'avait même pas eu envie de s'en servir comme elle s'était servie des autres avant de les tuer. Du coup, elle n'avait pas eu davantage envie de le mettre à mort. Affalée dans le fauteuil de cuir râpé, elle se concentra pour identifier le motif de sa contrariété. Elle se repassa le film de l'après-midi, lentement, en détaillant chaque séquence. En revivant l'épisode de la chapelle, puis la scène de l'habillage dans la chambre de l'hôtel des Arènes, elle trouva ce qu'elle cherchait : son immense frustration, c'était Manolito II. C'est lui qu'elle aurait dû toréer ce soir, pas ce flic minable qui râlait encore dans la chambre de Stefano. Et d'ailleurs Stefano ne le connaissait pas, ne l'avait jamais vu. Le flic ne lui avait rien fait, il ne pouvait donc prendre la moindre revanche à le voir couché avec ses banderilles dans le dos. L'évocation de Manolito fit monter en Luna une vague de colère et de haine. Une bouffée qui la fit trembler des pieds à la tête et couvrit son corps de sueur.

En quelques secondes, sa décision fut prise.

Manolito II rêvait. À moitié abasourdi par les calmants, il voguait sur une vague douce. Le flux et le reflux lui montraient par intermittence une silhouette vêtue de rouge dont la peau incroyablement douce allait l'envelopper et l'emporter dans le bonheur. Il perçut un cliquetis de verre manipulé sans précaution et souleva une paupière. Une infirmière à la cinquantaine pesante bricolait la perfusion pour en contrôler le contenu. Puis, penchée vers le torero, elle vérifia les sangles qui l'immobilisaient sur le lit étroit.

— Si vous avez besoin de moi, je suis à côté, dit-elle sans douceur. Et ne vous agitez pas inutilement. L'Interphone est branché, je vous entendrai. Dormez à présent.

Fatigué, Manolito ferma les yeux. Il voulait savoir ce qu'on lui avait fait, comment s'était passée l'opération de sa jambe, quand il pourrait se tenir debout, quand il pourrait toréer de nouveau. Mais il était trop épuisé pour ouvrir la bouche et d'ailleurs la femme était déjà partie. Il entendit ses talons claquer dans le couloir, une porte battit quelque part.

La sensation d'une chaleur proche de lui et d'un parfum qu'il connaissait le sortit brutalement de la torpeur dans laquelle il se laissait glisser. Le visage penché sur lui n'était plus celui de l'infirmière revêche. Ce visage de madone il l'aurait identifié parmi des milliers rien qu'à ses contours délicats et à la douceur de son grain de peau. Il murmura quelques syllabes indistinctes. Un doigt fin se posa sur sa bouche pour le faire taire puis des lèvres tendres le remplacèrent, parcoururent son visage, excitant les nerfs de ses paupières, de ses joues, de son menton. Une main glissa le long de son torse emprisonné, effleura ses bras pris dans les sangles sur lesquelles elle s'arrêta comme pour en éprouver la solidité. Quand elle parvint à son ventre, Manolito se tendit, autant qu'il pouvait. Ses lèvres laissèrent fuser un gémissement que musela de nouveau la bouche experte. Sous les doigts habiles, sa virilité prit forme, il se sentit caressé, manipulé, livré corps et âme, prisonnier ébloui.

À l'approche du plaisir, il s'offrit un peu plus vers la main qui, pour différer la montée de l'orgasme, ralentit ses mouvements. C'est du moins ce qu'il crut. Car, alors qu'il allait protester, sa bouche toujours collée aux lèvres si douces qui l'empêchaient de parler et même de gémir, une pointe froide effleura sa poitrine, déchira d'un geste sec la chemise de papier vert dont il était couvert, se posa sur sa peau, navigua une seconde entre ses côtes, comme à la recherche d'un itinéraire praticable. Il voulut se redresser, se rebiffer, repousser la mort qu'il sentait à présent s'infiltrer entre ses côtes et son sternum, transpercer sa chair. Il perçut la chaleur du sang qui ruisselait sur sa peau tandis que la main qui tenait son sexe reprenait son rythme. Plus vite et plus fort, de plus en plus vite, de plus en plus fort. Il crut que son membre allait être arraché, déchiqueté. Il ne pensait plus à la jouissance qu'il avait espérée, il habitait ce sexe que la main pressait de toute sa force pour le faire éclater. La brûlure s'y fit plus grande, insupportable, la bouche si douce mordit ses lèvres au sang pour museler ses cris tandis qu'une pression sèche et décidée expédiait dans son thorax la pointe qui le tuait.

40

Entre le journal télévisé et le film du dimanche soir, Abel Lafon tenta à plusieurs reprises de joindre Marion. Mais le numéro du téléphone portable le renvoyait inlassablement à une messagerie vocale dont les sons numérisés déformaient la voix de la blonde commissaire, le faisant douter d'être réellement en contact avec elle. Abel Lafon avait les répondeurs en horreur. Il ne savait jamais quoi leur dire, il décida de ne pas parler à celui-ci.

Marion devrait donc attendre pour savoir que le conseiller rentrait d'une patrouille du côté de Baquemorte. Il n'avait pas plu sur la forêt de Salles, aucun orage n'était annoncé et la sécheresse persistait, inquiétant les autorités du département. L'après-midi même, bien que l'on fût dimanche, le préfet avait pris un arrêté interdisant toute circulation de véhicules à moteur sur les pistes forestières. Abel Lafon, exempté au titre de ses responsabilités à la D.F.C.I., avait saisi ce prétexte pour aller vérifier sur place l'application du règlement.

Il avait longé à petite vitesse le grand carré de pins sylvestres tassés au bord de la voie de chemin de fer, son regard de professionnel fouillant les rangées d'arbres serrés les uns contre les autres, plus branchus que les pins maritimes, plus denses et moins hauts. À la sortie du pare-feu, Baque-morte offrait au soleil couchant sa façade morne et abandonnée. Abel était resté un moment à contempler les formes encore belles de l'ancien relais forestier puis avait repris sa route en direction de la voie ferrée.

Il avait alors surpris le ronflement d'un moteur et sursauté d'indignation : un intrépide avait bravé l'interdiction préfectorale ! L'oreille tendue, il avait conclu que cela venait de l'airial de Baque-morte et avait fait demi-tour pour s'en assurer et sévir. La maison était toujours aussi solitaire et rien alentour n'avait confirmé ses soupçons sinon, au loin, le bruit étouffé d'un véhicule s'éloignant par la piste des Espieds. Pour lever le doute, il avait fait à pied le tour de l'airial, examiné l'arrière de la maison et constaté que la porte de la remise était grande ouverte. Si la cabane était vide, en revanche, des traces de roues étaient imprimées sur le sol de sable constellé de morceaux d'écorces de pin. De même, les herbes folles qui envahissaient l'ancien jardin potager étaient écrasées suivant une trajectoire qui coupait l'airial en deux jusqu'à la piste. Un véhicule était bien venu là et reparti. Abel Lafon avait conclu : s'il n'était pas dans l'airial à son arrivée, c'est qu'il était caché dans la remise.

Au bord de la piste, il s'était penché pour ramasser un bout de chiffon noir abandonné en rouspétant in petto contre le laisser-aller constaté quotidiennement dans les zones forestières que l'on prenait pour une décharge publique. Le tissu soyeux et finement ajouré dégageait un parfum subtil. Il ne s'agissait pas d'un vulgaire bout de tissu mais d'une mantille de dentelle précieuse et délicate imprégnée d'un parfum de luxe.

C'est alors que le conseiller avait décidé d'appeler Marion.

41

La vieille Quitterie Lorca reposait sur son lit d'hôpital dans une chemise de coton blanc surpiqué de bleu. Marion examina avec curiosité le visage raviné de la grand-mère de Marie-Sola. De longues mèches blanches s'échappaient de son chignon à moitié défait et elle observait le plafond avec une fixité intense, comme si sa vie en dépendait. On lui avait retiré ses dentiers et ses lèvres disparaissaient, avalées par sa bouche d'où jaillissait, à intervalles réguliers, une langue pâle et craquelée.

— Elle va bien, dit le médecin qui accompagnait Marion et Talon au chevet de la vieille femme, du moins aussi bien qu'on peut aller à son âge. Elle est presque centenaire, cette grand-mère. Elle avait seulement besoin d'un bain et d'un repas. N'en abusez pas quand même !

— Mais elle ne parle pas, objecta Marion. Vous avez une idée, docteur, de la façon dont on peut communiquer avec elle ?

Le médecin était un jeune interne blond dégarni au regard piquant, affublé d'une inutile barbe rousse qui le vieillissait. Il se pencha vers Quitterie :

— Comment ça, elle ne parle pas ? Bien sûr qu'elle cause, n'est-ce pas grand-mère ?

La vieille cligna des yeux une fois et reprit sa contemplation immobile.

— Les gens du domaine des Chartreux disent qu'elle ne parle plus depuis des années, insista Marion. Elle a eu un accident cérébral : elle ne marche ni ne parle.

— Elle parle, je vous assure, s'obstina le médecin.

Marion s'assit, approcha son visage de celui de la vieille Quitterie dont elle respira au passage l'odeur, un mélange de cheveux sales et d'haleine fétide. Elle recula instinctivement.

— Madame, vous m'entendez ?

Les paupières de la vieille dame clignèrent.

Elle entrouvrit sa bouche édentée, proféra une série de sons indistincts, incompréhensibles. Marion se pencha malgré sa répulsion. Son estomac grogna, elle s'aperçut qu'il était tard et qu'elle avait faim.

La vieille émit un nouveau gargouillis. Marion leva les yeux vers Talon qui avait contourné le lit et se penchait à son tour. Il saisit la main de la vieille et lui parla très lentement, avec une douceur qui surprit Marion. Quitterie se détendit peu à peu, elle parvint même à tourner légèrement la tête vers l'officier :

— Lufi, bafouilla-t-elle.

— Lufi, répéta Marion, c'est quoi, ça ? Lufi... Lufi...

— Lucie ? proposa Talon.

La vieille cligna des yeux.

— D'accord, Lucie, l'encouragea Marion. Qui est-ce ?

— La jeune fille qui s'occupe de vous, madame ? suggéra Talon.

Nouveau battement de paupières. La vieille crachouilla :

— Fait Luna.

— Fait Luna ? Bigre ! fit Marion avec une grimace.

— C'est Luna ? traduisit Talon.

La mère Quitterie approuva de ses paupières fatiguées.

— Ben voilà, vous avez tout compris ! C'est bien, grand-mère ! apprécia le médecin qui avait observé la scène sans mot dire. Je vous laisse. Une demi-heure, pas plus.

Ils poursuivirent leur travail de patience et, plus les mots sortaient de Quitterie, moins Marion comprenait. Des bribes de phrases et quelques noms arrachés à la vieille femme ne révélaient pas la moindre cohérence et elle avait fini par s'endormir sur ses secrets. Car de cela Marion était sûre : la vieille ne disait pas ce qu'elle savait. Du moins pas tout.

— J'ai besoin de votre aide, dit la jeune femme au chef Allard un peu plus tard.

Ils étaient revenus à la brigade de Saint-Sever. Des hommes surveillaient la Bodega et les environs du domaine des Chartreux. Anita et Jules avaient été transportés à la morgue de l'hôpital de Dax et la P.J. de Bordeaux n'était toujours pas arrivée bien qu'il fût déjà vingt-trois heures. Lavot avait appelé Marion en quittant l'hôpital de Mont-de-Marsan : Manolito II était sous calmants, il n'avait pas pu lui parler. L'infirmière de nuit lui avait interdit de pénétrer dans la chambre mais elle avait promis de le prévenir dès que le torero serait en état de s'exprimer.

À Saint-Sever, les bars étant tous fermés, une femme de gendarme avait fait des casse-croûte pour tout le monde. Marion but une gorgée de Heineken au goulot.

Le chef Allard attendit patiemment qu'elle ait terminé.

— Il me faudrait un ou deux véhicules tout-terrain et quelques hommes en civil, dit-elle enfin, c'est possible ?

— Tout de suite ?

Marion hocha la tête :

— Demain.

Le chef Allard claqua des doigts, fit signe à un gendarme qui mâchait un sandwich au pâté.

— Tu t'en charges, Louis. Le 4 × 4 Mercedes et le Peugeot. Quatre hommes, ça suffira ? Quoi d'autre, commissaire ?

Marion se mit à arpenter la salle de rapports de la brigade, les mains dans le dos, un pli de concentration entre les sourcils :

— Vous tenez une main courante dans votre brigade ?

Le chef Allard écarta les bras pour confirmer ce qu'il considérait comme une évidence. Marion poursuivit :

— Et ces registres sont archivés, je suppose, quand ils sont terminés ?

— Évidemment. On ne jette rien dans l'armée.

— Vous pouvez me trouver ceux de l'année 1982 ?

Allard fit un autre signe au gendarme Louis qui sortit sans un mot. Marion eut pitié de son air intrigué :

— Quitterie Lorca a parlé de façon peu compréhensible, hachée et confuse, expliqua-t-elle avec un regard perplexe pour Talon affairé sur son Mac, concentré, ses petites lunettes rondes bien propres.

Elle se pencha pour lui parler à l'oreille :

— Je ne vous savais pas ce talent avec les vieux, dites donc. Ça fait partie des sciences du comportement qu'on vous enseigne au F.B.I. ?

Talon haussa les épaules :

— J'ai une grand-mère, dit-il simplement sans relever la tête ni hausser le ton.

— Je croyais qu'elle avait perdu l'usage de la parole, Quitterie Lorca, s'étonna Allard.

— Moi aussi. Tout le monde le croyait. Le médecin estime qu'elle a toujours été capable de parler mais qu'elle s'est arrêtée de le faire d'elle-même. Curieux, non ? Lucic, cela vous dit quoi ?

— Lucie ? Je ne vois pas.

Le gendarme revenait avec un gros bouquin à couverture noire qu'il posa devant Allard.

— Lucie, dit Louis avec une lueur de vivacité intéressée dans son regard brun, c'est la fille qui s'occupe de la mère Lorca.

— Parfaitement, dit Marion. Que savez-vous d'elle ?

Le gendarme se troubla

— Mais rien du tout. Elle est arrivée il y a trois, quatre mois, à peu près, à Saint-Pierre. Je l'ai personnellement vue une fois près du domaine, lors d'une patrouille de routine, et une fois ici la semaine dernière. Elle est venue présenter son permis de conduire. Cela faisait suite à un contrôle routier des collègues de Dax. Excès de vitesse.

Marion se souvint de la jolie personne dans la Golf blanche, de son profil et de ses jambes. Une fois de plus, elle ressentit une impression dérangeante à évoquer cette fille, comme lorsque l'on tourne autour d'une idée qui vous échappe obstinément. « Lucie c'est Luna », disait la vieille. Mais qui était Luna ? Marion aurait juré quc cette Lucie avec ses cheveux auburn qui la faisaient ressembler à Marie-Sola... Là encore, Marion tiqua, arrêtée par un soupçon irritant. Elle regarda Louis qui attendait :

— Une jolie brune... Beau brin de fille, non ?

Le gendarme hocha la tête en rougissant.

— Vous avez son identité complète ? demanda-t-elle.

Le militaire ouvrit un registre posé sur une étagère, identique à celui qu'il avait apporté à Allard quelques secondes plus tôt.

— Lucie Carlo. Née le 25 juillet 1970 à Bordeaux.

Domiciliée à Bayonne où sa voiture est immatriculée. Profession : aide familiale.

Marion fit la moue. Elle aurait juré à voir la fille que ce métier n'était qu'une façade, une activité ponctuelle ou de circonstance.

— Elle est la maîtresse de Lorca ?

Le gendarme confirma d'un signe de tête.

— Mais ce n'est qu'une rumeur, dit-il en hâte.

— Vous pourriez faire vérifier l'identité et le domicile de cette Lucie Carlo ? suggéra Marion.

Allard acquiesça et Louis fit encore une fois mouvement vers la porte.

— Quitterie nous a parlé d'une certaine Luna. J'ai compris qu'il s'agissait d'une fille qui a vécu au domaine. Cela vous dit quelque chose ?

— Rien du tout. Mais peut-être Louis...

Mais cela ne disait rien à Louis pas plus que les affirmations de la vieille dame selon lesquelles la mystérieuse Luna et Lucie n'étaient qu'une seule et même personne. Ladite Luna avait, si Talon avait bien interprété ses bafouillages, été associée au sort d'une femme prénommée Louisa, quinze ans plus tôt. Louisa qui était la femme de Stefano Sanchez. Marion avait compris qu'elle évoquait le mayoral et sa femme infidèle, éclipsés un soir avec leur fille pour une destination mystérieuse et que personne n'avait revus par ici. On pouvait en conclure que Luna était cette fillette et qu'elle était aussi la Lucie qui soignait la vieille dame, du moins si l'on se fiait à ce qu'elle prétendait.

— Cela voudrait dire, réfléchit Marion à haute voix, que cette jeune femme que nous avons vue au domaine pourrait être la fille des Sanchez. Luna serait-il un surnom ?

Quitterie avait ajouté que si Lucie était Luna en revanche Luna n'était pas Luna. Le chef Allard se mit à rire en se prenant la tête dans les mains :

— On n'est pas sortis de l'auberge !

— Elle a évoqué une certaine Sola, reprit Marion sans partager son hilarité. Sans doute parle-t-elle de Marie-Sola Lorca, sa petite-fille. Là, c'était encore plus embrouillé. C'est curieux : Sola et Luna. Le soleil et la lune...

— Incompréhensible, se lamenta Allard. Elle est un peu sénile, Quitterie Lorca, je ne vois pas ce que l'on peut tirer de tout ça. Je ne sais que vous dire, commissaire.

Marion se creusait également la tête pour essayer de comprendre.

— Elle prétend que son mari, César Lorca, a été assassiné. Par son propre fils, José.

— C'est du délire.

— Elle l'a répété trois ou quatre fois.

— Doux Jésus ! murmura Allard, impressionné.

— J'aimerais savoir si vous avez quelque chose là-dessus. S'il y a eu un accident, on doit en retrouver la trace et une procédure.

Le chef Allard désigna du doigt le registre extrait des archives.

— Demain, affirma-t-il, José Lorca sera de retour, il faudra bien qu'il s'explique lui aussi. C'est curieux quand même les accusations de sa mère si longtemps après les faits.

Mais Marion n'entendait pas. Elle sauta du coq à l'âne, posa une main sur l'épaule de Talon :

— Il faut aller à la mairie de Saint-Pierre. Marie-Sola Lorca est née au domaine, dans cette commune... Son père aussi. On apprend toujours beaucoup des registres d'état civil.

Le chef Allard se rangea à cet avis :

— J'appellerai la secrétaire de mairie demain matin.

— On ne peut pas faire ça maintenant ?

Marion avait horreur d'attendre. Il lui fallait tout, tout de suite. En l'occurrence, cette hâte se justifiait : le temps pressait, les morts se multipliaient. Un mauvais présage faisait peser sur son estomac le sandwich trop vite avalé. À voir la tête du chef Allard, sa suggestion lui parut déplacée, pourtant elle insista, rien que pour s'assurer qu'elle n'avait pas affaire à un fonctionnaire mais à un vrai soldat.

— D'accord, céda le gendarme, je vais la réveiller tout de suite. Mais j'irai moi-même avec votre officier, cela vaut mieux. Le maire pourrait prendre ombrage d'une intrusion nocturne dans sa mairie.

— Merci, dit Marion.

Alors qu'Allard s'emparait du téléphone, le gendarme Louis passa la tête par la porte. Il avait l'air d'un gamin pris en faute.

— Je... j'ai... enfin... chef ! bredouilla-t-il.

— Oui, Louis ? Vous avez mal quelque part ?

Le chef Allard regarda Louis par-dessus ses lunettes de presbyte :

— Une bourde ?

— J'ai vérifié à la préfecture des Pyrénées-Atlantiques. La Golf...

Il s'interrompit, les yeux au plafond.

— Quoi, la Golf ? s'impatienta Marion.

— Elle appartient à une congrégation religieuse, dit Louis très vite. Je ne comprends pas.

— Elle est signalée volée ?

— Non, chef.

— Vous avez vérifié la carte grise que la fille a présentée ? s'enquit Marion.

— Bien sûr ! s'offusqua le gendarme. Je sais ce que je fais !

— Vous avez regardé la carte grise ou les yeux de la fille ? Son décolleté peut-être ?

Allard semblait furieux.

Louis baissa les yeux en secouant la tête.

— Non, chef, je suis sûr de ce que je dis : la carte grise est au nom de la fille. Lucie Carlo.

— Et cette congrégation se trouve où? demanda Talon.

— À Saint-Ange-des-Monts, dans le 64. Le couvent des sœurs de la Visitation.

— Fichtre ! s'exclama Marion.

— Il existe de nombreuses étapes de ce genre dans la région, dit le chef Allard. C'est sûrement sur la route de Saint-Jacques-de-Compostelle ou pas loin. Ça ne nous dit pas quel rapport il y a entre un couvent et cette... Lucie.

— Vous avez vérifié son adresse à Bayonne?

— Vous avez vu l'heure qu'il est! objecta Louis.

Le regard noir de Marion et celui courroucé de son chef firent avorter les protestations du gendarme.

— Ces jeunes! soupira Allard. À peine sortis des jupes de leur mère, ils sont affectés dans des brigades rurales. Couchés tôt, levés tard. Ça peut pas faire des champions...

Il composa un numéro sur un vieil appareil à cadran et attendit longuement avant de pouvoir se confondre en excuses. Après avoir raccroché, il agita la main comme s'il s'était brûlé :

— Elle est pas contente, la dame...

Il se tourna vers Talon :

— On y va?

Il désigna les registres alignés sur la table :

— Je vous laisse faire? Vous avez tout le temps et n'hésitez pas à appeler Louis à la rescousse.

Marion vit les coins de la bouche de Louis s'affaisser : sans doute avait-il projeté de filer à l'anglaise et feuilleter des vieux bouquins ne le réjouissait visiblement pas.

Lavot fit son apparition alors qu'elle contournait le

bureau pour s'y asseoir. Avant qu'il ait pu dire un mot, il avait déjà trois jours de travail devant lui. C'est du moins ce qu'il ronchonna en se rendant dans la pièce voisine avec l'ordre d'y écumer les archives en se servant de toutes les identités apparues dans les différentes enquêtes et dont Marion lui avait rapidement dressé la liste. Puis, avec un soupir, celle-ci ouvrit le gros bouquin noir.

42

Quand Luna reprit le volant de la Golf, son rythme cardiaque était celui d'un sportif de haut niveau au repos. À croire qu'au lieu de débrider son cœur, l'assouvissement de ses pulsions de mort l'apaisait. Elle revint à vive allure à Baque-morte et laissa la voiture à la grange des Espieds, où elle récupéra la Jeep.

Un moment plus tard, elle se glissa dans la vieille maison et sentit la fatigue l'assaillir. Une formidable envie de dormir la fit se lover dans le fauteuil de cuir, enroulée autour de ses bras resserrés sur son buste. Alors qu'elle sombrait dans le sommeil, un léger bruit, peut-être un frôlement ou les pas d'un animal en chasse, la fit sursauter. Elle se dressa, les sens en alerte, le souffle suspendu : quelqu'un rôdait autour de Baque-morte. Du moins le crut-elle et elle en éprouva une sensation désagréable, comme lorsqu'elle était venue chercher l'épée pour estoquer ce minable flic dont les cris de souffrance révoltée, à la troisième paire de banderilles, faisaient jaillir ses souvenirs comme une source malodorante.

Louisa s'est couchée sur le côté. Ses seins blancs sont couverts de sang. Elle s'est évanouie à deux reprises. La troisième paire de banderilles l'a ranimée et replongée dans l'horreur. Les hommes se sont tus quand le maître a ordonné l'estocade. Jules Dante, dégrisé et hébété, vacille, hésitant. C'est Manuel Bianco, Manolito qui s'avance. Il claque des doigts en direction de son valet d'épée. L'atmosphère épaisse est chargée des relents de vin et de sueur. Les hommes terrorisés essaient de gagner la porte mais le maître ordonne que tout le monde reste sur place. Il faut aller au bout de la tierce. Le valet pose la boîte à épées sur la table après avoir repoussé les assiettes et les verres sales de son avant-bras replié.

Les murmures reprennent tandis que Manolito s'avance. Anita a remis du vin dans les pichets, des verres sur son plateau. Elle les remplit en encourageant les hommes à boire. Elle hait Louisa depuis toujours. Louisa est belle et bonne, Anita est grosse et laide. Elle voudrait Jules mais lui, comme les autres, ne voit que Louisa. Manuel Bianco a saisi l'épée. Il avale d'un trait le verre tendu par Anita. Il se prépare, lève l'épée.

Dans le grenier, la fillette retient son cri. Elle regarde sa compagne qui ne bouge pas et dont les yeux vides n'expriment qu'indifférence et mépris.

Un mouvement se fait vers la porte. Stefano entre, vêtu de ses habits du dimanche, d'un grand chapeau noir qu'il retire quand il s'approche du maître. Il pose sur Louisa à terre un regard morne, froid et dénué de pitié. Puis il se plante devant Manuel Bianco :

— Tu ne peux pas estoquer dans cette tenue, tu es un torero, il te faut mettre l'habit. Laisse-moi faire.

Alors la fillette bondit. Elle se détend comme un ressort, court à travers le grenier, heurtant des objets tapis dans l'ombre. Elle dévale les marches jusqu'au pied de l'escalier où Esmeralda et Quitterie sont embusquées. Les femmes semblent terrorisées, mais elles ne peuvent s'en mêler, c'est une affaire d'hommes. Louisa n'est pas un homme, mais Louisa est la mère de Toine. Jamais Toine n'aurait fait une chose pareille. Toine voulait toréer les taureaux, pas les femmes sans défense. « Louisa est une traînée, une traînée », dit le chœur des femmes. « Et Toine n'était pas le fils de Stefano, il n'était le fils de personne. Un bâtard, un moins que rien comme sa mère. Jamais il n'aurait pu être torero, il avait un mauvais sang. » La fillette crie sa fureur, les larmes jaillissent de ses yeux mordorés, elle pleure de détresse et de désespoir. C'est Quitterie qui lui donne le coup de grâce : le matin de la mort de Toine, elle lui a dit la vérité sur sa naissance. Il l'avait défiée, affirmé qu'il serait un grand maestro, une gloire, une grande figure, sans l'aide de personne. Elle s'est moquée de lui : il n'est qu'un bâtard et le maître ne le laissera jamais toréer. Alors Toine est allé dans le pré défier le toro. Paul a ouvert la porte du corral mais n'est-ce pas Toine qui l'a voulu, à cause du secret de sa mère, de son péché ? Ils ont tué Toine. Ce n'est pas un Cameron, un Catalan, un Fusilito ou un de leurs frères, mâles toros braves, qui l'ont fait mourir. Les tueurs sont là, derrière la porte. Et parmi eux, Louisa, sa mère. La haine dévaste le cœur de la fillette, une voile rouge explose devant ses yeux dorés. Toine est mort à cause de Louisa et de ses fautes.

Alors elle se jette en avant, franchit le barrage des femmes. Leurs mains se tendent en vain. Elle leur échappe, elle est déjà dans la grande salle. Dans un grand cri sauvage elle dévore l'espace. Personne ne peut l'arrêter. Sa longue chevelure pâle vole derrière elle. Elle ne voit rien ni personne, ni les mains qui se tendent, ni les bouches ouvertes sur des cris muets, ni les verres qui explosent sur son passage, libérés par le souffle de sa colère qui va tous les détruire. Stefano est sur sa route, l'épée dans les mains. Elle la lui arrache avec une force terrible. Il résiste pourtant, les mains en avant. L'épée transperce sa main droite, effleure son bras, zèbre sa joue. Il recule sous l'assaut. Les hommes statufiés se taisent brutalement. Seuls les cris de Luna remplissent le silence et la voix du maître qui tonne : « Empêchez-la ! Va-t'en ! Sors d'ici ! » Mais la fillette se déchaîne, fouettée par la voix du maître qui soulève en elle une houle de haine. Elle est aveuglée, elle ne sait pas si c'est par la haine ou les larmes. Sa vue se brouille, les sons autour d'elle se déforment. Elle aperçoit Louisa, gros tas informe baigné de sang. Elle se rue, l'épée en avant.

Le flic hurlait par saccades. La musique couvrait à peine ses cris de bête à l'agonie. Luna jubilait, tremblante d'excitation. Le flic pouvait toujours gueuler, personne ne l'entendrait grâce aux couches superposées de l'isolant de bonne qualité qui couvrait les murs de la chambre. C'est alors que Luna avait remarqué que la porte de la chambre était restée entrouverte. Le rôdeur, peut-être ce sale gamin qui torturait les animaux à longueur de temps, avait-il entendu les bruits inhabituels de la baraque ? Depuis l'apparition de la policière blonde, elle accumulait de petites erreurs qui pouvaient interrompre son projet. La nuit dernière, dans la forêt, elle avait arraché sa perruque pour défier Jules et Anita et après, elle l'avait cherchée en vain dans le sous-bois gorgé d'eau. Pour aller à la corrida, elle avait dû se bricoler une coiffure décente avec sa mantille et un postiche acheté en toute hâte dans un supermarché. Ce soir elle avait perdu la mantille et le postiche mais elle était incapable de se souvenir du moment où c'était arrivé. Au chevet de Manolito II, c'est le descabello qu'elle lui avait enfoncé dans le cœur qu'elle avait oublié.

Elle écouta dehors de toutes ses forces, ne capta que le grondement de son sang contre ses tympans. Sans bruit, elle glissa jusqu'à une fenêtre et hasarda un œil par la fente d'un contrevent. De l'autre côté de l'airial, au bord de la piste, il y avait le Toyota rouge. Le cœur de Luna s'emballa.

Le vieux bonhomme amoureux de la forêt était revenu. Et peut-être n'était-il pas seul mais escorté de gendarmes, de flics qui allaient investir Baque-morte, emmener Luna, l'enfermer. Son corps se révolta à cette pensée. La sueur la mouilla tout entière.

Puis elle s'exhorta au calme, entendit la voix lointaine de sa mère, Esmeralda : « Si telle est la volonté de Dieu... » Elle devait terminer ce qu'elle avait commencé. Avec Anita et Jules, faute de préparation et de matériel, elle avait bâclé le travail, exécuté son projet de travers, inachevé son œuvre. Elle se sentit piégée dans cette maison, elle en perçut brusquement le froid, l'humidité, les relents pestilentiels qui sortaient de la chambre. Elle la trouva hostile, ennemie. D'un seul coup, elle scella le sort de la vieille baraque. Quand elle en partirait demain, elle la brûlerait. Car, à présent, dans l'obscurité qui tombait sur elle, l'enveloppant des ombres bruissantes des premières chauves-souris, elle se sentit en grand danger. Il fallait en finir. Il fallait qu'elle parte de Baque-morte et qu'elle aille où son chemin devait se terminer : au domaine des Chartreux, tuer le maître. Elle avait fait tout ce chemin pour lui, seulement pour lui. Demain, il reviendrait avec la dépouille de l'usurpatrice et il l'enterrerait. Luna se demanda où il avait prévu de l'enterrer. Elle ne s'était pas posé la question et là, soudain, elle avait besoin de savoir.

Au village dans le caveau de la famille ? Sous les grands pins au fond du parc ? Une autre séquence du passé, inopportune, surgit.

L'épée a transpercé le cou de Louisa. La carotide tranchée, elle a basculé sur le dos dans un ultime soubresaut. Son sang coule en rigoles jusqu'aux pieds de la fillette raidie et muette, encore tremblante de colère et de rage meurtrière. Les hommes l'ont attrapée mais elle s'est débattue et elle reste là à contempler le cadavre de la femme impudiquement offerte aux regards des autres. Personne ne songe à rabattre sur ses cuisses fortes la robe maculée de larges auréoles de sang rouge foncé. Le maître claque des doigts en se levant lourdement de son siège. Il appelle Pierre et Roger et d'autres encore. Il se tient au milieu d'eux, les dévisage sans mot dire, l'un après l'autre. Il s'arrête sur la face ravagée de Stefano qui triture son chapeau de mayoral, plus pâle que le cadavre de sa femme. Le maître pose sa main épaisse sur l'épaule de l'homme qui le fixe sans baisser les yeux. La fillette surprend dans son regard l'étincelle de haine, le feu qui va, à n'en pas douter, le dévorer vivant.

— Il ne s'est rien passé ici, martèle le maître à voix contenue, rien. Tu me comprends, Stefano ?

Stefano va ouvrir la bouche pour répondre, il cherche son souffle au fond de sa poitrine, il s'étrangle, aucun son ne sort. Le maître l'empêche d'aller au bout :

— Rien, Stefano. Et vous autres, vous n'avez rien vu.

Il se tourne vers les hommes qui baissent les paupières, contemplent le sol, obstinément terrifiés, statues du silence et de la peur.

— Vous savez ce qui vous attend si vous prononcez un seul mot. Pierre, Roger, allez creuser un trou. Dans l'enclos des sementales. Sous les étalons, c'est la meilleure place pour une femelle en chaleur.

Le maître rit. Un rire proche du rugissement qui égratigne les oreilles de la fillette.

Les hommes obéissent, se saisissent du corps de Louisa. Son sang a cessé de couler en même temps que la mort la prenait. Elle est lourde et ils peinent à la porter au-dehors.

Le maître reprend la parole, s'adresse encore une fois à Stefano :

— Rien, Stefano, rien. Cette femme n'était rien. Comme toi. Comme elle.

Sans la regarder, il désigne du doigt dans son dos la fillette aux cheveux pâles.

— Vous n'êtes rien.

La fillette regarde son dos massif. Elle est comme lui, faite du même bois dur, lisse comme celui du toro qui fixe le sol de Baque-morte de ses yeux morts. Ils ont le même sang, un sang froid d'êtres implacables, loin des humains. La fillette sait ce qu'il pense, ce qu'il va faire : tuer ceux qui lui résistent, ceux qui le menacent. Tuer Stefano puis la tuer, elle.

Demain le maître va mourir. Luna en a décidé ainsi au sortir de son souvenir. Elle a été la faille du monstre comme, il y a longtemps, Toine avait été la sienne. Un monstre ne faillit pas mais si par malheur cela arrive, il s'en souvient toujours comme d'une blessure inguérissable. Demain le maître se souviendrait.

Mais avant demain, il y avait ce soir.

Elle se concentra pour mieux réfléchir. Que pouvait soupçonner le bonhomme des bois ? Qu'avait-il vu ? La Jeep dans la remise ? Avait-il entendu la musique, les cris du flic à l'agonie ? Repéré des traces de ses visites à Baque-morte ?

Elle attendit un long moment. Tendue vers l'extérieur, elle s'habituait au silence peuplé de craquements, des cris aigus des oiseaux de nuit et des « vlouf » des chauves-souris qui frôlaient son crâne nu en accomplissant d'étranges ballets sans fin sous les tuiles. Un choc plus fort du côté de la remise la fit se dresser, des picotements envahirent le dos de ses mains. Le vieux bonhomme était là, derrière le mur.

Il était plus de vingt-deux heures et la nuit n'en finissait pas de tomber. La forêt sombrait doucement dans une torpeur tranquille qui gommait les formes, aplatissait les cimes des arbres, allongeait leurs ombres. Quelques chauves-souris avaient déjà entamé leur ballet silencieux au-dessus du toit de la ruine et les oiseaux diurnes s'étaient tus.

Le Toyota abandonné à bonne distance, Abel Lafon marcha avec précaution dans l'airial en direction de la grange en apparence déserte. Pas un bruit, pas un mouvement. Parvenu au fond de l'enclos, il ressentit comme un poids sur l'estomac. La sueur dégoulinait dans son dos et son cœur battait trop vite. Il tenta de se représenter ce qu'il dirait si quelqu'un survenait. Il évoquerait les risques d'incendie car, dans l'immédiat, c'était ce qui lui importait : vérifier que des inconscients ne bravaient pas les interdits. Le reste, mais quel reste au fond, ce n'étaient pas ses affaires. Il scruta les environs. Rien ne bougeait que quelques invisibles oiseaux de nuit froissant les feuilles des grands chênes. Aucune présence humaine décelable, aucun bruit sous la lueur blafarde qui lavait les couleurs. Il parvint à la remise, une inutile torche au bout du bras. On y voyait comme en plein jour. La grande maison dressait ses murs aveugles dans une fixité absolue, inquiétante. Abel Lafon se sentit oppressé, se demandant pourquoi il était revenu jusque-là.

Il n'eut pas à s'interroger longtemps. Au moment où il éclairait sa torche pour regarder à travers les planches de la remise, le ciel lui tomba sur la tête tandis que le sol sautait brusquement jusqu'à son visage. La lampe s'éteignit en heurtant la terre en même temps qu'il perdait conscience.

43

À deux heures du matin, alors qu'elle venait de sombrer dans un sommeil sans rêves, Marion fut réveillée brutalement par une furie qui la braquait avec un revolver sous la lumière crue du plafonnier. Elle cilla violemment, incapable d'identifier la personne qui s'agitait à contre-jour. La femme ricana :

— Faites pas cette tête ! Ah ! la belle commissaire, elle est pas terrible, dans cette tenue. On dirait une chouette !

Marion reprit vite ses esprits. Sortir du sommeil le plus lourd en quelques dixièmes de seconde, s'exprimer d'une voix normale constituaient un de ses plus sûrs atouts qui forçaient l'admiration de ceux dépourvus de cet avantage. Son arme de service était hors de portée, son interlocutrice n'en voulait pas à sa vie, du moins pas encore, sinon elle l'aurait exécutée dans le noir et sans préavis. Elle fit un effort pour accommoder sa vision mais avant même d'y parvenir, elle reconnut la voix de sa visiteuse.

— Où est-il ? cracha la ravageuse Janita.

Marion s'assit le plus calmement qu'elle put, sans geste brusque. Elle croisa les bras sur sa poitrine, secoua les mèches qui lui tombaient sur les yeux.

— Sous le lit peut-être ! ironisa-t-elle sans le moindre doute quant à l'identité de « il ».

Janita Moreno s'agenouilla, se pencha en avant tout en gardant son arme braquée sur Marion.

Elle se redressa, bredouille.

— Dans le placard ? suggéra Marion.

Janita obéit. L'arme toujours pointée sur Marion, elle alla ouvrir le placard, passa la main à l'intérieur, remuant les quelques vêtements suspendus sur des cintres en fil de fer.

— Vous êtes grotesque ! affirma Marion. Et rengainez votre artillerie, ça peut être dangereux quand on ne sait pas s'en servir.

— Ne me provoquez pas ! Je suis capable de vous buter.

Marion bâilla ostensiblement.

— Vous me fatiguez, lieutenant Moreno. Donnez-moi ça !

Janita Moreno baissa les bras. En une seconde elle se métamorphosa, s'assit sur le bord du lit. Sa lèvre inférieure se mit à trembler. Marion crut qu'elle allait pleurer, elle en fut d'avance ennuyée. Cadaux méritait le pire mais pas qu'une femme pleure sur son sort. « Elle l'a vraiment dans la peau », songea Marion à qui une chose pareille n'était jamais arrivée. Elle avait été amoureuse, plusieurs fois, intensément, passionnément, sans mesure. Mais jamais elle ne s'était sentie prête à tout, folle de jalousie au point de perdre son âme et sa dignité, ses repères et la notion même de la vie. Jamais elle n'avait supplié, comme le faisait le lieutenant Moreno, qu'on lui rende son homme, qu'on lui dise au moins où il était pour qu'elle puisse aller le chercher, le ramener, l'étouffer de son excessif amour. Marion se garda bien de le lui dire.

— Je le croyais avec vous, en train de baiser, hoqueta Janita en se tassant un peu plus.

— Désolée, dit Marion, glaciale.

— Je le cherche depuis ce matin. Il est sorti acheter des croissants à huit heures et... pfft... envolé. Je l'ai attendu toute la soirée. Le procureur de Dax aussi. Pour le double meurtre des Chartreux. Finalement on a dû rappeler le permanent. J'ai menti au magistrat, j'ai affirmé que Philippe était déjà sur place. J'avoue que j'en étais persuadée.

— Il n'a pas disparu, je l'ai vu à Mont-de-Marsan, cet après-midi. À la corrida. Ensuite je ne sais pas.

Janita se dressa, son regard flamboyait de nouveau :

— Avouez que vous avez couché avec lui ! cria-t-elle.

Avouer ce genre de chose à une femme ivre de jalousie et de rage était bien la dernière bêtise que Marion aurait commise. Elle avait appris de son premier chef de service, un homme expérimenté, sage et avisé, qu'en matière d'adultère ou de coucherie, il ne fallait jamais rien avouer. « Si t'es prise en flag, disait-il, tu mégotes, le reste du temps, tu chiques à mort ! Plus on est jaloux plus on veut savoir. L'enfer commence juste après. »

— Lâchez-moi ! dit Marion sèchement. Votre jules ne m'intéresse pas. Si j'ai un conseil à vous donner, reposez-vous et laissez-moi dormir. Demain...

Lavot s'encadra dans la porte, l'empêchant de poursuivre :

— Besoin d'aide, patron ?

— Manquait plus que lui, marmonna Janita, en se tournant vers l'officier qui dominait les deux femmes de son impressionnante stature.

Marion remarqua qu'instinctivement, le lieutenant Moreno avait cambré la taille et tendu la poitrine. Malgré la torture qu'elle vivait à cause de son amant infidèle, la présence d'un mâle réactivait aussitôt ses instincts.

— Je connais un truc infaillible, dit Lavot, tout sourires. Quand on se fait faire marron par un mec, il faut lui rendre la pareille tout de suite.

— Et t'es volontaire, je parie ? gouailla Janita. Vous devriez dire à ce singe de rentrer dans sa cage, ajouta-t-elle à l'adresse de Marion.

Lavot avança d'un pas, de l'orage dans le regard et une petite envie de cogner. Il était en jean et en tee-shirt, ses boots aux pieds. Marion intervint avant que les choses se gâtent :

— Vous n'étiez pas encore couché ?

Lavot fit la grimace.

— J'attendais que Talon revienne de la mairie. J'avais pas sommeil. Je me suis demandé même si j'allais pas retourner à l'hosto à Mont-de-Marsan attendre le réveil de l'autre pingouin. Enfin je savais pas trop...

— Voyons, Lavot ! protesta Marion qui savait que l'insomnie de son lieutenant avait un autre visage que celui de Manolito II ou de Talon. Il faut récupérer un peu, c'est essentiel !

Elle consulta sa montre.

— D'ailleurs je me demande où il est, Talon...

— Il est là, dit Talon en pénétrant dans la chambre qui parut brusquement insuffisante à les contenir tous.

Marion avait décidé de maintenir leur base à la Bodega dont les gendarmes avaient perquisitionné le café et la maison d'habitation et gardaient les abords. La bâtisse paraissait sinistre sans ses occupants habituels mais trouver un autre logis au milieu de la nuit n'était pas envisageable.

Talon alla jusqu'à Marion sans un regard pour les deux autres. Pâle de fatigue, il se figea à la tête du lit, considérant son patron d'un air morne, indifférent à sa tenue de nuit, un débardeur aux tons passés qui bâillait sur ses seins. Elle se fit l'effet du Roi-Soleil à son coucher.

— Alors ? s'impatienta Marion complètement réveillée. Intéressant ?

— Si on veut.

— Asseyez-vous, ajouta-t-elle en désignant le lit d'un geste large.

Talon hésita, chercha autour de lui. Quelques effets vestimentaires et l'arme de Marion encombraient l'unique chaise. Il repoussa les vêtements et s'assit sur le bord du siège. Puis il tira son mouchoir de sa poche, nettoya ses lunettes et sortit une liasse de papiers de son cartable noir. Lavot profita de la situation pour se coller à Janita qui le laissa faire sans broncher. Marion se redressa, pressée de savoir. Talon s'éclaircit la voix :

— J'ai relevé de nombreuses données d'état civil concernant la famille Lorca, implantée dans la région et le village de Saint-Pierre depuis plusieurs générations. La secrétaire de mairie connaît tout le monde, mais elle n'est pas commode. Il y a chez tous ces gens une réserve excessive comme s'ils avaient peur d'en dire trop.

— C'est l'effet Lorca, affirma Marion.

— César Lorca, poursuivit Talon, le père de José, est né, s'est marié, avec Quitterie, et est mort à Saint-Pierre. José Lorca est né et s'est marié à Saint-Pierre.

— Il a des frères, des sœurs ?

— Négatif. Une sœur morte à la naissance un an avant la sienne. Rien après. Il est fils unique. Il s'est marié en 1966 avec Esmeralda Sanchez, espagnole de naissance, sœur de Stefano Sanchez, le mayoral. C'est elle qui l'a fait venir aux Chartreux avec sa femme, Louisa-Dolores. À leur arrivée, ils avaient déjà un fils, Antoine. Il avait trois ans. Il est mort en 1982. Deux autres enfants sont nés au domaine, Manuel en 68 et Maria en 70. Les Lorca, comme vous le savez, n'ont eu qu'une fille, née en 70 aussi. D'ailleurs, il y a, à ce propos, une curiosité. Les deux fillettes sont nées pratiquement en même temps, en juillet 70, à un jour d'écart.

Elles ont été toutes les deux baptisées Marie, enfin Marie et Maria.

— Ah ! rêva Marion, la voilà, la fille de Stefano Sanchez. Celle qui a disparu avec ses parents il y a quinze ans. Pas de Luna ou de Lucie ?

— Non, rien de ce genre.

— Je ne comprends pas, murmura Marion, déçue.

— Les filles ont été élevées ensemble, reprit Talon, elles étaient inséparables selon la femme de la mairie.

— Et Sola ? interrogea Marion. Pourquoi Sola alors que cela ne figure pas sur le registre ? Ce sont des surnoms ?

— Je l'ignore. La femme de la mairie prétend ne pas savoir non plus. José Lorca devrait pouvoir éclairer notre lanterne.

Il se tut. Il n'y avait rien d'autre à dire sinon que la secrétaire de mairie avait vraiment ronchonné d'avoir été tirée de son lit au milieu de la nuit et d'avoir dû déballer une telle quantité de registres pour un si maigre résultat.

— Et vous, patron ? s'enquit Talon. Vous avez du nouveau ?

Marion bâilla.

— J'ai lu la procédure sur la mort du père Lorca, César. Selon les conclusions, il s'agit bien d'un accident. Toutefois le seul témoin sur lequel repose cette hypothèse, c'est son fils José qui était avec lui au moment des faits. Mais pour inverser le cours des choses et rouvrir ce dossier, ici, il faudrait un événement majeur.

— On pourrait le torturer pour le faire avouer, suggéra Lavot en bombant le torse pour faire le malin.

Marion ignora cette remarque absurde.

— Une enquête figure aussi dans le registre de 1982 suite au décès accidentel d'Antoine Sanchez, tué par un taureau dans un pré du domaine. Contrairement à ce qu'a dit Anita, il y eut deux témoins, Paul Demora et

Marie Lorca. Nous ne saurons jamais pourquoi Anita n'a pas dit la vérité. En tout cas les deux enfants furent incapables de donner une version cohérente des faits. La fillette était en état de choc. Au passage on remarquera qu'elle est mentionnée sous le nom de Marie et non de Marie-Sola. Sola doit donc bien être un ajout. La disparition de la famille Sanchez cette même année 1982 n'est pas mentionnée dans la main courante. Du moins pas comme telle. José Lorca a seulement envoyé quelqu'un signaler qu'on lui avait volé une voiture et les gendarmes ont associé ce vol au départ des Sanchez. Ils ont enquêté, bien sûr, mais personne ne semblait au courant de rien et ils n'ont jamais retrouvé les disparus. À mon avis, les gens se sont tus.

— Pourquoi ? s'étonna Talon.

— Je ne sais pas, dit Marion. Il est possible qu'il y ait eu des faits graves et une sorte de loi du silence autour.

— Quel rapport avec nos affaires ? marmonna Lavot.

Marion haussa les épaules :

— Peut-être quelque chose qui revient sur le tapis aujourd'hui. La mort du vieux Lorca ou celle du fils Sanchez, Toine... Ou bien la fuite des Sanchez. Allez ! vous devriez aller vous coucher, conclut-elle, épuisée. Les troupes pas fraîches ne sont bonnes à rien. On a besoin de toutes nos forces, demain.

— Je n'ai pas sommeil, dit Talon. Je vais faire un tour au domaine.

Marion hésita à le laisser faire. Déjà Lavot se retournait vers Janita.

Elle en eut assez, se sentit devenir molle et sans forces.

— O.K., dit-elle à Talon avec un soupir exténué, sortez si vous voulez mais prenez mon portable.

Sans écouter la réponse, elle sombra dans le sommeil comme on s'évanouit.

44

Surgissant de derrière la montagne, le soleil incendia d'un seul coup le couvent des sœurs de la Visitation accroché au flanc du pic des Crécelles. Le front collé à la vitre sertie de plomb, Esmeralda ressentit la même émotion profonde qui la gagnait chaque fois qu'elle assistait à ce spectacle. Le premier rayon, la première seconde de lumière qui frappait son regard d'humain émerveillé par le miracle du monde étaient son cadeau quotidien depuis quinze ans, un présent divin, sublime. Esmeralda baissa les yeux vers la vallée. La bruine et la nuit noyaient encore le village de Saint-Ange-des-Monts mais bientôt la camionnette de Gérard allait en jaillir dans les toussotements de son moteur poussif, exténué par la montée raide et des années de grimpette jusqu'aux sœurs, enfermées dans leur nid d'aigle et leurs prières, recluses loin du monde et de sa chienlit.

Au moment où elle s'y attendait, à l'heure très précise où ils arrivaient tous les lundis matin, Gérard et son Berliet débouchèrent sur l'esplanade. Ils s'arrêtèrent devant le portail de bois sombre ponctué d'énormes têtes de clous et surmonté de flèches acérées, des fois que des audacieux auraient voulu s'en prendre à la vertu de la vingtaine de religieuses quinquagénaires déjà en prière depuis le milieu de la nuit.

Esmeralda essuya ses mains à son tablier, délaissant pour quelques minutes l'épluchage des légumes pour courir au-devant de Gérard, sa seule distraction de la semaine. Tous les lundis, le livreur apportait le ravitaillement, il ne restait que quelques minutes, le temps autorisé par la mère supérieure pour déposer ses cageots, ses caisses et ses bidons, remonter dans son camion et redescendre vers la civilisation. Esmeralda sortit de sa cuisine, dévala les quelques marches qui menaient à la cour pavée, ouvrit le portail et sourit à Gérard qui répondit à son salut par un grognement. Il disparaissait presque entièrement derrière un gros carton plein de victuailles et marmonna une de ses mauvaises pensées du lundi. Il y était question du prix des légumes qui ne cessait d'augmenter et du gouvernement, un ramassis d'incapables. Précédant l'homme petit et trapu, Esmeralda pénétra dans la cuisine, une vaste pièce au plafond bas, inondée de soleil. Elle se précipita vers le grand fourneau où se tenait au chaud une cafetière en aluminium poli par des années d'usage quotidien. Avec un sourire, elle se pencha sur la réserve de bûches, déplaça un gros rondin qui dissimulait une bouteille pleine d'un liquide translucide. Esmeralda retira le bouchon et versa une rasade de marc dans un grand bol qu'elle posa sur la table. Gérard effectuait son troisième et dernier voyage pour apporter les provisions et il n'avait pas encore prononcé un mot. Esmeralda lui tendit le bol fumant que l'homme huma brièvement avant d'y plonger le nez. Il but à longs traits sous l'œil passionné d'Esmeralda et claqua la langue avec une satisfaction gourmande puis essuya sa moustache grisonnante d'un revers de manche.

— Quelles sont les nouvelles ? interrogea la femme avec une avidité mal dissimulée.

— Des morts, des drames, un accident d'avion, pas grand-chose, éructa Gérard.

— Je voulais dire, en bas...

— Tu veux dire la corrida ! grimaça le livreur d'un air entendu. Pas de quoi se taper le cul par terre. Sauf que le drôle s'est fait « prendre »...

Un silence pesant se posa entre eux. Esmeralda comprit à l'air sombre de Gérard que l'issue n'avait pas été favorable au « drôle », Manolito II.

— J'ai entendu à la radio qu'on l'a retrouvé mort cette nuit à l'hosto. C'est pas la cornada qui l'a tué, c'est quelqu'un qui est rentré dans sa chambre. C'est fou.

Il plongea la main dans la poche intérieure de sa veste en velours brun informe et élimé et en retira un exemplaire de *Sud-Ouest* roulé menu.

— Tu liras, dit-il avec sobriété, mais fais gaffe à la mère supérieure, hein ! Tu sais qu'elle m'interdit de monter le journal.

— Je sais, dit Esmeralda, je le brûle quand j'ai fini de lire.

Gérard n'avait pas eu le temps de refermer la bâche de son camion que déjà Esmeralda s'était jetée sur les nouvelles. Pressée d'aller à ce qui l'intéressait, elle ne remarqua même pas les photos d'Anita Mano et de Jules Dante qui s'étalaient en première page. D'ailleurs l'eût-elle fait qu'elle ne les aurait peut-être pas reconnus vu que les quinze dernières années les avaient marqués dans tous les sens du terme. Elle tourna les feuillets avidement, l'oreille tendue vers l'intérieur du bâtiment pour y guetter les murmures des sœurs et s'assurer que la mère supérieure ne lui tomberait pas dessus à l'improviste. La photo lui sauta au visage. À côté d'un médaillon représentant Manolito comprimant à deux mains sa jambe blessée, le visage pâle crispé par la douleur, une vue du public des arènes exhibant en gros plan un visage de madone superbe et bouleversé. La courbe parfaite des traits, la forme de la bouche pleine, l'éclat incomparable des yeux, une étrange lueur aussi dans le regard... Aucun doute n'était permis. Esmeralda fut saisie de vertige. La cuisine se mit à tourner autour d'elle et les battements désordonnés de son cœur lui firent redouter une de ces crises de tachycardie qui la terrassaient parfois à deux mille mètres d'altitude. Elle resta longtemps prostrée, hésitant sur la conduite à tenir. Lentement, elle referma le journal, lissa de la main les pages froissées, s'arrêta par hasard sur la première page. Le nom du lieu où s'était produite ce qu'un journaliste intrépide appelait la « macabre découverte » lui sauta au visage bien avant les noms des victimes. Elle lut à toute allure, les yeux agrandis d'épouvante au fur et à mesure qu'elle découvrait l'étendue des dégâts. Elle apprit pêle-mêle, et telles que l'article les relatait en vrac, les morts d'Anita Mano et de Jules Dante et aussi celle de Marie-Sola. Le journaliste en profitait pour rappeler les circonstances de la disparition tragique de Manuel Bianco. Esmeralda vacilla, se rattrapa à la table où elle resta agrippée le temps de retrouver l'équilibre et le souffle. Puis, le journal sous le bras, elle fonça à la recherche de la mère supérieure, oubliant toute prudence et les recommandations de Gérard.

Mère Thérèse fronça ses sourcils broussailleux et croisa les bras sur son énorme poitrine à la vue de sa cuisinière-bonne à tout faire, échevelée et rouge de confusion, en proie à un désordre incongru dans un lieu de prière et de recueillement.

— Ma mère, souffla Esmeralda en montrant le journal, je crois qu'on l'a retrouvée.

La mère s'empara du journal avec une grimace mécontente et une brusquerie qui montrait sa réprobation. Esmeralda lisait le journal ! Elle avait donc désobéi.

— Vous serez punie, Esmeralda ! dit-elle avec une feinte sévérité.

Elle jeta un regard rapide sur la photo, tendit le journal à Esmeralda.

— Lisez l'article en première page, ma mère ! insista la cuisinière.

Mère Thérèse lut du bout des yeux les horreurs décrites avec complaisance par un journaliste sans imagination, s'attarda quelques secondes sur la photo des victimes, se signa. Elle ordonna sans rendre le journal :

— Il faut parler aux gendarmes de Saint-Sever. Prenez le vélomoteur, allez jusqu'au village et appelez-les, ma fille.

45

Au petit matin, Marion connut le deuxième réveil en fanfare d'une nuit animée. Des coups répétés frappés à la porte de la chambre de la Bodega et une voix d'homme qui l'appelait « commissaire », comme dans les mauvais films, mirent un terme à un rêve embrouillé dans lequel Janita Moreno et Talon jouaient un rôle. Comme elle ne reconnaissait pas les voix de ses hommes, elle pressentit une tuile ou une mauvaise nouvelle et se vêtit en hâte avant d'aller ouvrir.

Le gendarme Louis se tenait sur le seuil, les yeux au milieu de la figure, pâle et les joues mangées par une barbe sombre qui creusait ses pommettes. Marion se dit qu'il ne devait pas souvent passer la nuit sur une affaire et que, Allard avait raison, il avait encore du chemin à faire avant d'être un champion.

— Je m'excuse de vous déranger, commissaire, dit-il avec un sourire confus, mais l'adjudant-chef demande si vous pouvez venir jusqu'à la brigade.

— Que se passe-t-il ?

— Manolito II.

— Quoi, Manolito II ?

— On l'a trouvé mort dans son lit, il y a moins d'une heure. Un descabello dans la poitrine.

Marion fit un effort pour rameuter ses connaissances

tauromachiques. Le descabello, c'était cette courte pointe terminée par une croix avec laquelle les toreros achèvent les toros.

— Assassiné ? s'exclama-t-elle, incrédule.

— C'est tout ce que je sais, se hâta de préciser le gendarme, sentant que Marion allait le bousculer de questions.

Le jour était à peine levé et une petite bruine poisseuse et tiède s'insinuait dans le cou de Marion. Elle frissonna, une vague nausée au fond de la gorge. Entre Saint-Pierre et Saint-Sever, les arbres se découpaient sur un ciel morose, lourd de nuages gorgés d'eau.

— Je peux vous poser une question, madame le commissaire ? s'enhardit le gendarme qui conduisait sa 4L avec sagesse.

Marion lui jeta un regard plein d'appréhension.

— Cela concerne la fille, ajouta l'homme. J'ai repensé à ce qu'on disait hier soir...

— Oui, alors ?

— Vous avez parlé d'une jolie brune...

— Exact, fit Marion, soudain intéressée.

— Lucie Carlo n'a pas toujours été brune. La première fois que je l'ai vue au domaine elle était blonde, très blonde même avec des cheveux longs, presque blancs...

Le chef Allard n'avait pas beaucoup dormi non plus mais il avait l'air néanmoins plus frais que son jeune gendarme.

— Désolé de vous avoir réveillée mais j'ai pensé qu'il valait mieux ne pas attendre.

Marion n'avait pas pris le temps d'une douche ni d'un coup de peigne et elle avait sauté dans son jean de la veille dont la blancheur n'était plus qu'un souvenir lointain. Elle disciplina d'une main ses mèches rebelles en écoutant le chef Allard lui expliquer que le torero avait été poignardé alors qu'il était sanglé sur son lit sans que l'infirmière de nuit n'ait vu ni entendu quoi que ce soit. Pour elle, le seul événement notable de la soirée était la visite de Lavot escorté d'un gendarme. Manolito était seul dans une chambre de réveil dotée d'un Interphone qui était resté muet. Le tueur avait été d'une discrétion et d'une efficacité déroutantes.

— J'allais partir pour Mont-de-Marsan, ajouta-t-il. J'ai pensé que vous voudriez venir aussi, profiter du spectacle...

— Je préfère que vous emmeniez Talon. Si cela ne vous ennuie pas.

Le chef Allard se frappa le front du plat de la main :

— Ah, justement, Talon...

L'estomac de Marion se contracta. Elle avait oublié que Talon était dehors avec sa voiture et son téléphone ! Le gendarme avait l'air préoccupé.

— Il y a une demi-heure, la rassura Allard, le lieutenant Talon a appelé ici. Il avait essayé la Bodega, sans succès. Il était quelque part par là-bas. (Il désignait la direction de Saint-Pierre.) Il a reçu un appel sur votre portable. D'une dame Lafon, de Salles. Son mari a disparu depuis hier, vingt-trois heures.

Marion releva la tête, la poitrine subitement libérée. Elle ne jugea pas utile d'expliquer aux gendarmes qu'elle était souvent trahie par les excès de zèle de sa sensibilité. Qu'elle réagissait spontanément aux événements en imaginant le pire dès qu'il s'agissait de ceux qu'elle aimait ou dont elle avait la charge matérielle ou morale.

— Ce monsieur Lafon, poursuivit Allard, a essayé de vous joindre dans la soirée, il avait des choses à vous dire, semble-t-il. Puis il est reparti dans la forêt et il n'est pas rentré. J'ai noté son numéro de téléphone.

Marion ouvrit la bouche, stupéfaite : le conseiller

municipal de Salles faisait une fugue et sa femme l'appelait, elle.

— Il doit être en train de surveiller un feu ou une hypothèse de feu, s'énerva Marion. Il est obsédé par le feu cet homme. Sa femme n'a qu'à appeler les gendarmes du coin. Pourquoi moi ?

— Je ne sais pas mais vous devriez peut-être la rappeler. Quand son mari est parti il n'a pas dit où il allait mais il a parlé d'une Jeep qu'il avait aperçue quelque part dans les bois. Sa femme s'en est souvenue car il a insisté et il a dit qu'il devait vous parler au plus vite... Vous croyez...

Marion avait bondi sur ses pieds. Elle arracha le papier des mains d'Allard et saisit le téléphone.

— Il faut réveiller Lavot à la Bodega.

Marion leva la tête vers le chef Allard dont l'allure pourtant toujours impeccable commençait à connaître le relâchement des petits matins qui ne chantent pas.

— Ils n'ont pas de prénom, vos gars ?

— Pardon ?

— Vos officiers, vous ne les appelez que par leurs noms. Ils n'ont pas de prénom ?

Marion esquissa une mimique de surprise. Elle devint lointaine comme quelqu'un qui réfléchit sérieusement à une importante question.

— C'est drôle, dit-elle en jouant avec un coupe-papier posé sur le bureau devant lequel elle se tenait debout, je dois faire un effort pour m'en souvenir. Dans la police, on s'appelle par nos noms ou par nos grades. C'est une règle rarement enfreinte. Chez vous aussi, non ?

— Bien sûr. Mais avec une femme au milieu, je pensais...

— Les policiers sont des êtres asexués, affirma Marion.

— Vous le pensez vraiment ?

Marion se mit à rire :

— Non, bien sûr que non. Mais c'est intellectuellement plus confortable. Pour moi en tout cas.

Elle pensa à Talon, à ses goûts homosexuels qu'il trimballait comme une maladie honteuse, à Lavot et Janita qu'elle avait aperçus par la porte entrouverte de la deuxième chambre à louer de la Bodega : nus et endormis sur un des lits étroits, les membres mêlés, les cheveux de Janita dans le visage de Lavot, collés l'un à l'autre. À Cadaux en train de se perdre quelque part dans les bras d'une créature inconnue après lui avoir affirmé, à elle, Marion, qu'elle était la femme de sa vie. À tous les hommes qu'elle avait côtoyés dans le travail et qui étaient prêts à lui faire la même promesse d'éternité. Les policiers, des êtres asexués... « L'amour, jamais dans le diocèse », disait un autre de ses profs à l'école de police. Elle avait vite compris qu'entre l'école et la vie, il n'y avait qu'un mur de papier que le fragile rempart de la pédagogie ne suffisait pas toujours à protéger.

Marion but à petites gorgées le café que Louis venait de lui apporter. Fort et brûlant. Les événements se précipitaient depuis la veille et rien ne semblait pouvoir freiner cette subite envolée. Marion recompta les morts et se dit avec angoisse que la liste n'était pas close. Et Mme Lafon dont la voix trahissait une anxiété excessive avait accentué son malaise. Si le conseiller était allé quelque part de son plein gré, ce ne pouvait être qu'à Baque-morte ou dans ses environs. Sans y mettre toute la conviction nécessaire, Marion avait suggéré à son épouse qu'Abel se trouvait dans un coin de forêt, en train de surveiller un reste d'incendie, mais qu'elle allait quand même prévenir les gendarmes de Belin-Béliet. Elle l'invita à mobiliser quelques amis et, parmi eux, les pompiers avec lesquels Abel Lafon était en contact quotidien. Talon avait rappelé juste après.

— Qu'est-ce que vous foutez ? avait-elle demandé. Où êtes-vous ?

La voix de Talon était étouffée, comme s'il se cachait pour parler.

— Je suis au domaine des Chartreux. J'ai eu raison de planquer. José Lorca vient de rentrer. Seul, en taxi. Il est dans la maison. Je présume que le fourgon mortuaire qui transporte sa fille arrivera plus tard. Qu'est-ce que je fais ?

Il était moins de huit heures, pas encore une heure légale pour se présenter au domicile d'un citoyen, surtout décente d'un citoyen auquel on n'avait, a priori, rien à reprocher.

— Je vous rejoins. Ne bougez pas.

Le téléphone déchira le silence. Le dos rond, l'air harassé, Allard se traîna jusqu'à l'appareil.

Il s'expliqua un moment avec un interlocuteur et soudain Marion le vit se redresser insensiblement.

— Ne quittez pas, madame, s'il vous plaît.

Il posa la main sur le combiné, fixa Marion d'un air excité.

— J'ai une certaine Esmeralda, la cuisinière du couvent de la Visitation. Elle appelle de Saint-Ange-des-Monts, d'une cabine. Je crois que ce qu'elle raconte va vous intéresser.

46

Luna avait emprunté la piste forestière encore mouillée par les pluies de la nuit et qui longeait le domaine des Chartreux, à l'opposé de l'entrée principale. Personne ne venait par là ni ne s'intéressait plus depuis longtemps à l'ancien parc à moutons comme on en construisait autrefois. Elle y avait introduit la Jeep, puis était restée tapie dans la vieille construction faite de planches irrégulières, de boue séchée mélangée à de la paille de seigle et recouverte d'un toit de chaume troué comme une écumoire, les sens aux abois. Aucun mouvement perceptible ne troublant le domaine encore assommé par les festivités dominicales, elle se glissa dehors sans bruit, légère, aérienne dans sa longue robe noire qui la fondait dans l'obscurité. Dessous elle était nue et le contact de la matière soyeuse électrisait sa peau comme une caresse d'homme, comme les baisers d'un amant passionné.

Elle longea l'enclos des sementales, salua Louisa mentalement. Passant derrière l'arène de tienta, elle fit un détour pour se faufiler le long de la haie d'hibiscus, courbée pour se dissimuler aux improbables regards des hommes, invisibles mais déjà présents, elle le savait, elle les sentait. La pensée de Brise et de ses yeux de vieille jument aux portes de la mort la troubla un instant mais elle la repoussa. Elle ne devait pas s'y laisser prendre, pas s'attendrir même si elle savait que Brise était le seul être au monde qu'elle était encore capable d'aimer. Ses pas la conduisirent derrière la petite maison basse où sans doute Quitterie avait déjà rendu son âme au diable. Elle eut la tentation d'aller s'en assurer mais trouva plus voluptueux de l'imaginer, agonisant dans ses excréments.

Elle ouvrit la porte de la souillarde, descendit deux marches. L'odeur de moisi et d'humidité l'assaillit. Sous les poutres noircies par les fumées de la cheminée de pierre, elle retrouva intactes ses sensations de fillette que Toine entraînait là pour lui faire découvrir des plaisirs interdits. Des plaisirs terrestres qui la faisaient s'envoler au-dessus des nuages, dans un grand bleu pur comme le paradis, brûlant comme l'enfer.

Elle ouvrit la porte basse qui grinça dans le silence presque parfait, hésita devant l'obscurité de la maison du maître. Sans doute ce passage secret que Toine avait découvert un jour derrière l'escalier n'avait-il pas servi depuis des années. Peut-être y avait-on disposé un meuble ou l'avait-on muré. Sa main tendue rencontra une matière douce et molle, un tissu tendu devant le trou sous les marches. Elle le poussa doucement et sans la moindre difficulté pénétra dans la maison.

Lentement, à pas feutrés, sans faire plus de bruit qu'un chat, Luna se dirigea vers la chambre du maître.

47

— Accélérez le mouvement, s'il vous plaît, ce ne sont pas les vacances, s'énerva Marion en posant un peu trop vivement la cafetière brûlante sur la table en bois. Du café gicla, éclaboussant sa main. Elle la secoua en grimaçant :

— Aïe, merde !

— Vous dites, patron ?

Lavot était assis, pas rasé et pas frais, vêtu d'un tee-shirt chiffonné et de son inévitable holster. Si Marion ne l'avait pas vu nu quelques minutes plus tôt, elle aurait pu croire qu'il avait dormi ainsi.

— Rien, je me brûle, maugréa Marion, maussade.

— Vous êtes de mauvais poil ?

— Non, juste une petite gueule de bois.

— Vous avez picolé ? Avec le gros adjudant-chef ?

— Ça m'étonnerait ! s'exclama Janita en franchissant la porte.

Fraîche, dispose, propre comme un sou neuf, radieuse, elle s'empara de la cafetière et versa le café dans les trois bols posés au milieu de la table. Elle sourit à Marion, moqueuse :

— Allard ne boit que de l'eau. Il est triste comme la pluie.

— Comment tu le sais ? s'enquit Lavot sans la regarder.

Janita haussa les épaules :

— J'en sais rien, ça se voit.

Marion la fixa sans aménité en soufflant sur son café :

— Et Cadaux ?

— Je suis guérie, la défia Janita. Gué-rie.

Elle posa sur Lavot un regard intense, ardent.

Marion serra les dents. À quoi bon s'intéresser à la vie amoureuse de cette femme ? Une séductrice hystérique qui jetait les hommes comme des mouchoirs en papier. Une malade sexuelle qui, cette nuit, hurlait son amour pour un homme infidèle et s'envoyait en l'air une heure après avec un autre auquel elle était prête, ce matin, à jurer une passion éternelle. Elle fit une pirouette :

— Je me fiche de votre vie sentimentale, madame. Je disais « Et Cadaux ? » parce que je trouve qu'il est un peu léger sur ce coup. Il devrait être là avec son équipe au complet.

— Elle est comme ça, dit Lavot en s'adressant à Janita. Y a que le boulot qui l'intéresse.

Il avait l'air sérieux en passant la main sur ses joues râpeuses de barbe :

— On est censés faire quoi, patron, à une heure aussi indue ?

Marion s'adossa à sa chaise, les yeux dans le vague. Lavot avait un air insouciant et léger qui la rassura : il était de la même trempe que Janita. Un cœur d'artichaut, une luciole de l'amour qui n'aimait que le temps d'un flash et pensait déjà à sa prochaine conquête, persuadé qu'elle serait forcément la plus belle.

— Je rejoins Talon au domaine, dit-elle. Ensuite il se rendra avec Allard à Mont-de-Marsan voir le corps de Manolito II tandis que j'interrogerai José Lorca avec les gendarmes d'ici. Vous deux, vous allez filer jusqu'à Saint-Ange-des-Monts.

— Super ! s'exclama Janita en posant la main sur le bras de Lavot.

— C'est uniquement parce que vous avez une voiture, la doucha Marion.

Lavot retira son bras, gêné.

— C'est quoi, ce bled ? s'enquit-il en repoussant son bol vide. Qu'est-ce qu'on va faire là-bas ?

Marion retint un sourire : Lavot n'était jamais amoureux plus d'une heure ou deux. Elle envia cette formidable force.

— Je vais vous expliquer, dit-elle.

48

Luna fixait le maître de ses yeux mordorés. Elle détaillait sans complaisance ses formes épaisses, avachies dans un sommeil qui agitait ses paupières closes. Bouche ouverte, il soufflait bruyamment et l'air qu'il expirait faisait trembler la toison blanchissante de son thorax proéminent. Son abdomen découvert par son pantalon dégrafé se soulevait par saccades et il sembla à Luna qu'il avait grossi. Ses pieds nus étaient pâles, des poils gris frisant sur le dessus et les orteils. Luna sentit le dégoût l'envahir. Elle avait beau se concentrer, elle ne se trouvait rien de commun avec cet homme. Au physique en tout cas. Car pour le reste, elle était comme lui : érotomane, amorale, sans foi, sans loi.

Elle parcourut la pièce du regard. Elle n'y vit que des objets sans intérêt, très peu en fait, le maître se fichait du décor et la chambre avait gardé l'empreinte d'Esmeralda, cette bigote qui cultivait le dépouillement et rêvait de vivre dans une cellule monacale. La mémoire de Luna réagit.

La cellule du couvent de la Visitation est humide et froide, sur l'eau de la cuvette une mince couche de glace s'est formée. Lasse, épuisée par les tremble-

ments et les claquements de dents, la jeune fille a réussi à s'endormir sous la couverture trop mince pour la protéger du froid polaire. Elle ouvre les yeux, le jour est levé.

Sur la couche étroite, son corps mince a presque chaud. Elle ne veut pas se lever, pas encore. Elle ne veut pas quitter cette tiédeur fragile.

La porte s'ouvre à la volée. Esmeralda est en colère. L'heure de la prière est passée, l'adolescente encore couchée. Celle-ci a vite refermé les yeux, elle fait semblant de dormir. Esmeralda pardonnera peut-être un sommeil trop profond, pas un accès de paresse.

Mais Esmeralda ne pardonne rien. Elle n'a jamais rien pardonné. Elle n'aime personne que Dieu. Elle sort de la cellule, revient bientôt. La jeune fille n'a pas bougé. Elle sait ce qui l'attend. Autant gagner quelques secondes. Savourer le temps, le petit bonheur précaire d'être au chaud.

Esmeralda tient le martinet dans la main droite, la règle en fer dans la gauche. Après deux douzaines de coups qui fouettent la peau délicate de ses cuisses, la jeune fille s'agenouille sur la règle posée à même les dalles de pierre glaciales. « Demain, tu n'oublieras pas l'heure de la prière », assure Esmeralda.

Luna sentit une bouffée de haine remonter du tréfonds de son cerveau. Elle poursuivit l'inspection de la chambre, lentement, méthodiquement. Le maître ronflait à petits coups comme pour économiser l'effort de respirer à fond. Au-dessus de la tête du lit, Luna repéra enfin ce qu'elle cherchait.

49

La brume s'effilochait lentement au milieu des troncs énormes et interminables de pins que les coupeurs avaient épargnés et de chênes aux feuilles luisantes, lavées dans la nuit par une rosée abondante. La lumière cascadait en couches successives, sombres ou claires selon la densité des arbres comme les marches d'un escalier géant posé sur l'horizon. Le soleil avait déjà franchi les cimes et irisait les dernières gouttes d'eau encore accrochées aux branches.

Marion abaissa la vitre de la voiture de gendarmerie pour respirer l'odeur de la forêt, mélange d'effluves forts d'humus des feuillus, plus délicats et piquants des résineux. Elle allait être privée de son footing, et en ressentit une petite frustration. Derrière, suivait un deuxième véhicule, un Peugeot tout-terrain occupé par deux militaires.

Talon stationnait un peu avant l'entrée du territoire Lorca, dans un renfoncement naturel de la piste. Il sortit du véhicule, vint à la rencontre de Marion.

— Rien ne bouge, dit-il. À croire que j'ai rêvé. Pourtant, je vous assure qu'il est rentré.

— Seul ?

— Seul. Pas de Lucie si c'est à cela que vous pensez.

Marion contempla de loin la façade de la maison, perplexe. Les contrevents rouge sang étaient clos, rien ne bougeait ni dedans, ni dehors. En quelques mots, elle mit Talon au courant des derniers événements.

— Je connais votre goût pour les cadavres, dit-elle, grinçante, je vous laisse celui de Manolito II. Moi, je m'occupe de José Lorca. Je garde ma voiture et le 4 × 4 des gendarmes.

— Vous n'auriez pas une idée derrière la tête, patron ? s'inquiéta Talon qui savait à quoi Marion comptait utiliser ce 4 × 4... Une obsession qui s'appelait Baque-morte.

— Les gendarmes ont vérifié l'adresse figurant sur la carte grise de la Golf, éluda-t-elle. Comme on pouvait s'y attendre personne du nom de Lucie Carlo n'habite là. C'est un ancien hôtel de passe, fermé depuis un an. Cette Lucie nous balade et un gendarme affirme qu'avant d'être brune elle était blonde. Elle aurait coupé et teint ses cheveux pour une raison mystérieuse.

Elle guetta la réaction de Talon. Celui-ci fronça les sourcils. Malgré sa nuit blanche, il était comme d'habitude et semblait avoir surmonté son début de déprime de la veille.

— Les cheveux blonds qu'on a trouvés dans la forêt, s'exclama-t-il, c'est à cela que vous pensez !

— Oui, et à ceux de la chambre de Manuel Bianco. Il faut mettre la main sur cette fille. Elle a dit qu'elle allait voir son père mais comme tous les éléments la concernant sont faux...

— Si elle est la fille de Stefano Sanchez...

— Vous savez où il est, vous ?

Talon ne savait pas répondre à la question brusque de Marion. Il se frappa le front :

— Alors, la perruque, cette nuit...

— Lucie-Luna-Maria, c'est une seule et même personne. Elle change d'apparence.

— Je ne vois pas le lien entre cette fille à multiples facettes, planquée sous des identités d'emprunt, la forêt de Salles, Lyon...

— Il est ici, le lien.

— Vous croyez ? Mais pourquoi ?

— C'est pour le trouver qu'on nous paie. Et on devrait se grouiller avant que la série continue.

Talon se tourna vers les gendarmes qui se tenaient à quelques mètres, muets, respectueux, impeccables :

— Et cette communauté religieuse ? Vous avez vérifié ?

— La communauté religieuse existe, répondit un militaire à la moustache sombre. Ce sont les sœurs elles-mêmes qui se sont manifestées ce matin. Enfin, plus exactement, leur femme de service. Elle connaît la fille qui roule avec leur voiture. A priori il ne s'agirait pas d'un vol mais plutôt d'un... emprunt.

— Bien sûr, s'offusqua Marion, plus une carte grise falsifiée...

Elle enchaîna, à l'adresse de Talon :

— Cette femme, une certaine Esmeralda, a vu la photo de la fille dans le journal *Sud-Ouest* de ce matin et elle prétend qu'elle s'appelle Marie Lorca.

— Seigneur ! sursauta Talon. Ça devient inextricable.

— Complètement, confirma Marion. Une Lucie Carlo qui est Luna, qui s'appelle Marie Lorca et que l'on pensait être la fille des Sanchez ! J'y perds mon latin. J'ai envoyé Lavot et Moreno à Saint-Ange-des-Monts pour interviewer les sœurs.

— Une mission en amoureux en somme..., dit Talon acerbe.

Il se reprit aussitôt :

— Vous n'avez pas apporté le journal, par hasard ?

Elle se rebiffa, agacée par le ton désagréable de l'officier. Le gendarme moustachu esquissa un petit sourire.

— Bien sûr que si, dit-elle en se penchant à l'intérieur de la voiture.

Elle tendit le journal à Talon en hochant la tête :

— C'est drôle...

— Quoi ?

— Rien, une vague impression de déjà-vu.

Talon prit le journal, examina la une :

— Ils n'ont pas perdu de temps, dit-il, l'air contrarié.

— Les fouille-merde arrivent toujours très vite, comme les mauvaises nouvelles.

À la page des sports, il poussa une exclamation étouffée.

— Quoi ? s'écria Marion, surprise.

Il approcha le journal de ses petites lunettes rondes :

— Sauf erreur de ma part, confirma-t-il, c'est la fille que j'ai vue partir hier avec Cadaux ! D'ailleurs regardez, là !

Il pointait son doigt sur le bord gauche de la photo. La fille en gros plan avec sa mantille de dentelle noire était encadrée à droite d'une femme d'âge mûr que l'on voyait de trois quarts, à gauche d'un homme dont on ne distinguait qu'une étroite partie du visage. Il était impossible de l'identifier mais on voyait bien son épaule et son bras posé sur la barrera.

— La chemise et la montre, s'exclama Talon. Ça c'est Cadaux, à tous les coups !

Marion se pencha. Mais, elle devait le reconnaître, elle n'avait pas fait cas de la montre de Cadaux. Sans doute qu'au moment où elle aurait pu, comme Talon, détailler des aspects vestimentaires ou accessoires du commissaire, son attention était-elle plus attirée par l'homme.

— C'est possible, admit-elle. À mon avis, il a dragué cette fille sur les gradins et il l'a embarquée dès qu'il a pu.

— Il est peut-être venu avec elle, objecta Talon.

Marion fit la moue :

— Quand il est venu près du patio, il était seul et il avait l'intention de rester avec nous. Je pense plutôt qu'il a fait cette rencontre fortuitement, même si, à la rigueur, il connaissait déjà cette Maria-Lucie-Luna. En tout cas, ça fait beaucoup de coïncidences, vous ne trouvez pas ? J'y vois de moins en moins clair.

Marion se mit à réfléchir, les yeux perdus. Le domaine était d'un calme absolu. C'est à peine si, de loin en loin, les bêtes se manifestaient par des beuglements brefs et quelques raclements de sabots. Seuls les oiseaux menaient leur habituel vacarme. Il n'y avait pas d'hommes à l'horizon, seulement, pas très loin, dans l'un des bâtiments situé près des écuries, le bruit lancinant d'une machine.

— Tiens, un truc ! s'écria le gendarme moustachu. Carlo, c'est l'anagramme de Lorca. Drôle, non ?

50

Luna sursauta, suspendit son geste. Quelqu'un tambourinait à la porte d'entrée.

José Lorca dut percevoir les coups nerveux sur le bois car il remua dans son sommeil. Ses paupières frémirent et ses globes oculaires se mirent à rouler à toute vitesse. Il finit par ouvrir les yeux tandis qu'une douleur aiguë, propulsée jusqu'à son cerveau par ses neurones assoupis, fouillait la base de sa glotte. Il capta la présence d'un intrus au pied de son lit avant de l'avoir vu, de même qu'il comprit, de manière fulgurante, que cet intrus allait le tuer avec l'épée qui commençait à transpercer son cou.

Dans un réflexe, il repoussa la lame avec la main, s'entaillant profondément la paume. Du sang coula de son cou et de ses doigts. Il se dressa sur le lit et la vit.

— Lucie ? Mais que fais-tu ?

Une coulée glaciale inonda son dos. Il recula jusqu'à la tête de lit, les yeux rivés sur ceux de la fille qui lui faisait face. Il y reconnut la haine, la folie et la certitude de sa mort.

Les coups redoublèrent à la porte, de plus en plus violents. Puis ils cessèrent. José Lorca perçut des voix à l'extérieur, quelqu'un qui l'appelait. Il reconnut une voix de femme. Il revit la femme policier, celle qu'il avait sèchement éconduite. Il la supplia en silence de venir le délivrer et se surprit à désirer sa présence comme un fou. La lame le rejoignit, forçant encore un peu plus sur son cou.

— Si tu cries, je te tue ! dit la fille.

Il ravala son projet, la supplia de retirer l'épée. La blessure le cuisait comme une brûlure et le sang qui rougissait le drap lui soulevait le cœur.

— Regarde-moi, insista la fille, regarde-moi bien, José Lorca !

Cette furie sèche et déterminée, ce n'était pas Lucie, ce n'était pas la fille au corps somptueux, voluptueux, érotique qui le faisait crier de plaisir... C'était...

— Qui êtes-vous ? demanda-t-il, la voix enrouée, étranglée par l'émotion et la peur.

— Tu as cinq secondes pour t'en souvenir, dit Luna sans broncher, le visage fermé sous son crâne rasé.

Dehors les voix s'étaient tues. De nouveau, quelques coups retentirent, faisant vibrer les contrevents.

Le loquet de la porte s'agita mais résista : Luna avait fermé à clef, elle avait tout bouclé, vérifié soigneusement l'étanchéité du tombeau du maître. José Lorca se sentit prisonnier, enfermé dans sa propre maison comme dans un cul-de-basse-fosse. Submergé par une terreur ignoble, il ouvrit la bouche pour crier.

— Je ne te le conseille pas, assura Luna. Alors, tu as trouvé ?

José Lorca la fixa, fouilla sa mémoire, rien ne venait.

Luna retira l'épée, prit la position de l'estocade. Un éclair de panique traversa le regard du maître.

— Luna. Je suis Marie-Luna.

Elle avait détaché chaque syllabe, posément. José déglutit avec difficulté. La peur le tétanisait, ce qu'il entendait de la bouche de cette fille si belle l'horrifiait. Il la scruta intensément. La vérité lui sauta au visage.

Marie-Luna ! Il eut la vision d'une petite fille gracile et farouche, aux longs cheveux pâles, argentés comme les rayons de lune, aux yeux dorés comme le miel. L'image qui s'imposa fut celle du dernier jour où il l'avait vue. Elle était comme ce matin, le regard halluciné, l'épée au bout de ses doigts crispés, le sang coulant en rigoles sur son bras mince.

— Oui, cher maître, c'est avec Luna, Marie-Luna, ta fille, que tu couches depuis trois mois...

Puis d'autres voix se firent entendre au-dehors. Luna sortit de l'état second dans lequel elle se laissait dériver, savourant sa vengeance, assouvissant la haine féroce qui l'avait ramenée auprès de ce maître qui, une nuit, l'avait reniée en la condamnant à mort. Elle était au bout du chemin, même si elle avait laissé des ombres de son passé sur le bord. Ils étaient trop nombreux ceux qui avaient tué Toine, qui l'avaient tuée elle aussi et détruit son enfance.

Une fois le maître mort, elle s'arrêterait. Elle se reposerait, murée pour toujours dans le nid d'aigle. Elle se sentit prise de nausée, vacilla comme la veille au soir quand elle avait traîné le corps évanoui du bonhomme de la forêt. Elle vit l'éclat mauvais dans les yeux du maître, le sentit prêt à reprendre l'avantage dans un formidable sursaut pour survivre. Elle assura sa prise sur le pommeau de l'épée, ferma un œil et plongea en avant.

Dehors le calme était revenu. Le craquement du larynx du maître explosa dans la moiteur du silence de la chambre.

Marion, les poings sur les hanches, recula pour essayer d'apercevoir un mouvement dans la maison. Mais rien ne bougeait. Elle ronchonna :

— Je suis sûre qu'il le fait exprès.

Elle se souvenait de l'hostilité de José Lorca, de son

manque d'enthousiasme à les recevoir et à se laisser interroger. Elle l'imagina embusqué derrière sa fenêtre, s'amusant de leur insistance et de son désarroi. Elle rejoignit le porche enfoui sous la glycine et se remit à cogner le bois en appelant le maître des lieux par son nom.

— On fait ouvrir ? demanda le gendarme à moustaches, s'attirant des mouvements de protestation de ses deux collègues.

Marion secoua la tête :

— Attendez !

Elle se dirigea avec vivacité vers le côté de la maison, là où une construction plus basse s'adossait, protégée elle aussi par de la vigne grimpante. Elle secoua la poignée de la porte mais celle-ci était fermée comme les contrevents. Elle s'apprêtait à se remettre en route pour contourner la maison de Quitterie quand un mouvement attira son attention du côté des écuries. Quelqu'un longeait la haie d'hibiscus d'un pas rapide en direction du fond du domaine. Marion fit quelques pas de côté, pleine d'espoir. Enfin un signe de vie dans cette désolation ! Quelqu'un qui allait pouvoir la renseigner. Elle distingua plus qu'elle ne la vit une silhouette de femme, légère et fluide, vêtue d'une longue robe noire, le visage dissimulé sous un grand chapeau. Elle l'apostropha avec force. Il se passa alors une chose étonnante. La femme marqua un temps, se retourna brièvement. Puis elle se comporta soudain comme si elle avait vu le diable lancé à ses trousses. Elle s'élança en direction d'une vieille construction dont Marion distinguait les formes tassées au fond du domaine et disparut derrière le bout de la haie.

Marion eut tout à coup l'intuition d'un événement majeur. Elle sut que la fille qu'elle cherchait était là, à trois cents mètres d'elle. Elle allait s'élancer à son tour dans l'allée d'hibiscus quand le ronflement énervé d'un moteur vrilla le silence.

— Nom de Dieu, jura-t-elle, elle se tire !

Elle hésita une demi-seconde, regarda autour d'elle, ne vit pas les gendarmes qui devaient garder la porte de José Lorca en attendant son bon vouloir. En revanche, elle aperçut leur 4 × 4 Peugeot, à dix mètres.

Au moment où elle se jetait dedans, le militaire moustachu arriva en courant. Elle lui cria :

— Une urgence, j'ai pas le temps de vous expliquer.

— Mais où allez-vous ? protesta le gendarme alors qu'elle lançait le moteur.

— Je reviens, affirma-t-elle. En attendant, défoncez la porte de Lorca. Il lui est sûrement arrivé des bricoles. Magnez-vous !

— Mais vous n'avez pas le droit ! C'est un véhicule de la gendarmerie !

Marion ne l'écoutait plus. Sans un regard pour son air horrifié, elle se lança à toute allure dans l'allée fleurie, soulevant à son tour un épais nuage blond.

À l'entrée de la zone que dissimulait le vieux parc à moutons, Marion ne vit plus rien. Il n'y avait aucun chemin, pas de piste, seulement, à quelques mètres, une clôture électrifiée qui courait à perte de vue. Elle aperçut au pied d'un groupe d'arbres trois gros taureaux qui l'observaient. Elle sortit du véhicule tout-terrain et s'avança vers le fil électrique. Les bovins s'arrêtèrent de mastiquer, fixant sur elle des regards strabiques et mécontents. Marion examina la clôture, déroutée. Elle semblait sans issue. Pourtant, quand son regard tourna vers la droite, elle distingua au loin une légère brume en mouvement.

— Elle est là ! murmura-t-elle en remontant dans le 4 × 4 Peugeot.

Elle fut saisie d'une angoisse : pour la forêt et les pistes sablonneuses, le 4 × 4 était idéal. Encore fallait-il savoir l'utiliser. Elle longea la clôture sur une centaine de mètres avant de trouver l'échappée entre deux lignes de fils électrifiés qu'elle n'avait pu distinguer de l'endroit où elle se trouvait auparavant. Le petit nuage de sable avait disparu quand elle s'y engagea et, quelques minutes plus tard, elle fut dans la forêt. Au sol herbeux et plutôt dur des prairies succéda une piste d'abord souple puis de plus en plus molle. Le 4 × 4 Peugeot perdit de la vitesse et Marion dut s'arrêter une nouvelle fois. Penchée sur la console centrale, elle repéra le petit levier de vitesse en retrait de la commande de la boîte principale.

Quand elle en eut compris le fonctionnement, elle repartit, constatant qu'ainsi, elle progressait beaucoup plus facilement. Elle roula un long moment, toute trace de celle qu'elle poursuivait disparue. Elle parvint à un carrefour de pistes. Devant, à gauche, à droite, les chemins de sable se perdaient à l'infini entre des murs de fougères roussies. Les bruyères d'un rose violacé tapissaient leurs bords soulevés par endroits par les racines rampantes des pins. Désorientée, Marion hésita sur la route à prendre, se remémora les réflexions de Lavot sur la monotonie de la forêt landaise.

— C'est un coup à se perdre, grogna-t-elle.

Elle lorgna sur la radio de bord, prête à lancer un appel au secours. Changeant d'avis, elle coupa le moteur, sortit dans l'air tiède qui brassait encore l'humidité du déluge de la veille. Elle se concentra comme un chasseur à l'affût, perçut très en avant un ronflement lointain. Elle repartit, droit devant.

Elle roulait sur une piste rectiligne, interminable, quand la sonnerie de son portable la fit sursauter.

À l'autre bout, Mme Lafon était sur le point de mourir d'inquiétude. Les gendarmes de Belin-Béliet n'avaient pas retrouvé son mari, les pompiers patrouillaient de leur côté, et elle ne savait plus à quel saint se vouer. Marion avait-elle unc autre idée ?

La jeune femme soupira en tentant de calmer la femme du conseiller qui mettait en doute les compétences des gendarmes et accusait, à mots à peine voilés, Marion d'avoir entraîné son mari dans une affaire qui ne le concernait pas. Une histoire pleine de morts, le journal le disait. Elle imaginait le pire, elle sentait son mari assassiné par le « tueur de la forêt ». Marion tenta de la rassurer. Elle conduisait tout en parlant avec la sensation de s'enfoncer de plus en plus dans la forêt. Un autre carrefour se présenta, cette fois ce n'étaient plus trois mais six ou sept pistes qui s'offraient à elle.

— Je viens, répéta-t-elle à la femme du conseiller, mais je crois que je suis perdue...

— Allez du côté du soleil ! conseilla Mme Lafon d'une voix angoissée. Et faites vite, par pitié !

51

Luna parvint difficilement à contenir son trouble. Elle qui avait misé sur la mort du maître n'était plus sûre du tout, à présent, que c'était la bonne thérapie. Elle se sentit la bouche amère, pleine de dégoût, de bile, de tous ces mauvais souvenirs qui remontaient sans cesse, dévorant son énergie, pillant sa mémoire, exacerbant ses émotions. Pourquoi étaient-ils revenus la déranger ainsi après des années de silence radio, de vide sidéral, de mort cérébrale ? Au volant de la Jeep, arc-boutée sur le volant, elle regarda ses mains, des mains fines et fortes qui avaient connu les travaux les plus durs et les coups de règle en fer sur les doigts quand Esmeralda décrétait qu'elle avait franchi un interdit — pas se toucher, c'est mal, c'est sale — mais aussi la peau des hommes, la peau de Toine, sa chair intime. À la place de ses propres mains sur le volant, elle vit celles de Stefano.

Ses mains calleuses et noueuses crochées sur le volant de la Jeep, Stefano fixe la nuit, droit devant lui. La fillette se retourne fréquemment pour voir si personne ne les suit. Mais la nuit se referme sur eux inexorablement, avalant les arbres et la poussière poudreuse de la piste.

Les hommes ont creusé un trou dans l'enclos des sementales, un grand trou rectangulaire où ils ont déposé le cadavre de Louisa enroulée dans son châle de coton multicolore frangé de noir qu'elle mettait sur ses épaules pour aller prendre le frais au bord de l'arène de tienta. Ils ont refermé le trou, posé les pelles, épongé leurs fronts en silence. Quitterie observe de loin. Elle marmonne des prières, des imprécations contre ceux par qui le scandale est arrivé : Louisa, Toine. Toine et pour finir Luna.

Chassée de la maison du maître, la fillette attend de savoir quel sera son sort. Esmeralda l'a repoussée comme une pestiférée. « Assassine, assassine. » Elle siffle les mots comme un serpent. Elle se signe aussi sans fin en implorant Dieu de la débarrasser d'un fardeau aussi pesant. Elle dit au maître qu'il faut éliminer le mal que la fillette porte en elle. Le maître acquiesce. Il fera justice. Stefano attend aussi le retour du maître. Quand il le voit apparaître, il dit à la fillette d'aller se cacher.

Stefano soutient le regard du maître. Il réclame vengeance, refuse d'écouter les paroles qui évoluent de l'apaisement à la menace, refuse d'accepter de continuer à vivre avec dans les yeux le corps dévasté de Louisa, dans les oreilles ses cris de bête mise à mort. « C'était ma femme et je l'aimais. » Le maître sort, rouge de colère. Il ordonne aux hommes de surveiller Stefano et de traquer la fillette.

Stefano vient la chercher, pose un doigt sur ses lèvres pour lui intimer le silence. Il l'entraîne vers le fond de la maison du mayoral. La porte de la cuisine est entrouverte. Stefano, le mayoral, glisse un œil dehors. La courette ornée d'un vieux prunier dépenaillé au tronc tourmenté assailli par un lierre aux feuilles luisantes est déserte. La Jeep est là. Stefano fait monter la fillette. Ils s'enfuient dans la nuit d'été par le fond du domaine, laissant derrière eux le vieux parc à moutons.

Des larmes montèrent aux yeux de Luna, piquant ses paupières comme des milliers de dards, brouillant sa vue. La Jeep fit une embardée au sortir d'un virage négocié trop serré. Luna sentit un sanglot nouer sa gorge. Pourquoi était-elle soudain si fragile ? Parce que le maître était mort ? Parce que la vengeance était enfin dans ses mains ? Et où allait-elle ainsi ? Où irait-elle demain ? Elle savait où son parcours prendrait fin. Elle savait qu'elle devrait revenir dans le nid d'aigle, retrouver les sœurs et mère Thérèse. Et Esmeralda, sa mère que jamais elle n'avait appelée maman. Sa mère qui ne l'avait pas aimée. Elle attendrait là-haut qu'elle soit vieille pour la regarder mourir à petit feu. Ou peut-être l'y aiderait-elle avant si elle avait encore assez de haine.

Luna avait repris le chemin de Baque-morte. Elle avait de l'ouvrage à terminer là-bas. Et plus que tout elle devait revenir vers Stefano, lui apporter l'épée du maître, celle qu'elle avait décrochée du mur et qu'elle avait reconnue entre toutes. Celle qui avait tué Louisa et défoncé la gorge du maître.

52

Marion finit par arriver jusqu'à Salles. En suivant les conseils de Mme Lafon et le soleil et en ayant l'impression de rouler pendant des heures. Après avoir cahoté sur des pistes parfois défoncées par les engins de débardage, elle était sortie de la forêt sans avoir revu celle qu'elle poursuivait. Les gendarmes s'égosillaient dans la radio pour la faire revenir et comme elle n'en avait nulle envie, elle décida de mettre un terme à leurs protestations en coupant le récepteur.

Marion suivit une piste qui lui fit traverser Bilos et elle se retrouva bientôt près du pont de Sillac. Elle croisa un véhicule des pompiers dont les occupants jetèrent un regard étonné sur la jeune femme seule dans un 4 × 4 de la gendarmerie. Elle s'arrêta après le pont et se laissa glisser sur la piste défoncée, apercevant aussitôt après les premiers pins sylvestres du grand carré qui longeait Baque-morte. Le 4 × 4 Peugeot commença à patiner dans le sable mou de la passe. Il lui sembla entendre la voix d'Abel Lafon et surprendre son geste pour enclencher les quatre roues motrices du Toyota. Elle actionna à l'arrêt la commande de boîte courte du Peugeot et redémarra. Mais sans doute était-elle trop peu expérimentée ou le terrain trop meuble, Marion sentit le véhicule lui échapper, déraper dans le sable. Elle eut le mauvais réflexe d'accélérer, ce qui eut pour effet de faire tourner les roues encore plus vite, creusant de grosses poches où elles s'enfoncèrent. Le moteur toussa puis, dans un râle affreux, cala.

À gestes prudents elle le remit en marche mais elle eut beau le prendre par la douceur puis le menacer, rien n'y fit, le véhicule refusa tout mouvement. Marion en descendit, contempla le décor forestier autour d'elle. Elle pouvait traverser la voie ferrée et se rendre au Grand-Lagnereau pour chercher de l'aide. Elle pouvait aussi appeler les pompiers de son portable. Elle imagina leurs têtes et leurs sourires goguenards. Femme au volant... Elle tâta son arme coincée dans sa ceinture, s'avança dans la passe, le téléphone à la main, le nez sur les chaussures, contrariée. Un grondement sourd déchira soudain la paix fragile du petit matin, s'amplifia. Un T.G.V. bleu et gris apparut derrière les grands arbres qui bordaient la voie, lancé comme une flèche argentée sur la grande ligne droite. Il fracassa le silence en mugissant de tous ses bogies qui projetaient, par à-coups, des gerbes d'étincelles sur le ballast. Marion sentit le souffle du convoi bousculer l'air déjà chaud. Ses cheveux s'envolèrent, son tee-shirt se plaqua contre sa poitrine, elle se sentit vaciller. Le train était passé depuis longtemps qu'elle était encore plantée dans la passe, complètement assourdie.

En se retournant pour reprendre sa route, elle eut un choc : Baque-morte, immobile et revêche, se laissait caresser par un soleil déjà haut tandis qu'un vent léger — mais peut-être était-ce le déplacement d'air provoqué par le T.G.V. — agitait les chênes américains. En approchant de la ruine, elle ressentit une impression de malaise, de curiosité et d'appréhension. Son intuition l'entraînait vers cette masure car là, elle en avait la conviction, se trouvaient une partie des réponses à ses questions. Pourtant, un petit lutin intérieur lui soufflait qu'elle avait tort de se lancer seule dans cette aventure. Elle résolut de se fier à la première et d'ignorer le second. Le cœur un peu agité, elle entra dans l'airial de Baque-morte.

53

Après une attente raisonnable et malgré l'opposition de ses collègues qui voulaient des instructions de leur chef avant d'agir, le gendarme moustachu donna l'ordre d'ouvrir la porte de la maison de José Lorca. Convaincu par l'assurance de Marion dont, au passage, il admirait l'audace, il usa de menace pour convaincre le mayoral, un jeune type agressif et suffisant, de lui fournir le double des clefs. Dès l'entrée, il eut l'intuition que la mort était passée par là. Suivi du mayoral renfrogné, il examina une à une les pièces du rez-de-chaussée. Dans celle du fond, une chambre au décor dépouillé, José Lorca gisait, la gorge ouverte, la bouche tordue, un rictus apeuré sur son visage exsangue, le pantalon dégrafé. Le gendarme lui prit le pouls, toucha la peau de son ventre velu dans lequel ses doigts laissèrent une trace en creux. Il estima, bien que ce ne fût pas sa spécialité, que la mort remontait à un peu plus d'une heure.

54

Penchée sur Abel Lafon, ligoté et bâillonné au fond de la resserre, Luna se demanda comment elle allait faire pour le transporter. Elle hésitait à le tuer sur place. Elle hésitait à le tuer tout court. Elle ne l'avait pas fait la veille au soir et elle était bien incapable de dire pourquoi. Était-ce son regard, franc et bon, plein de douceur et de commisération, qui la faisait flancher ? Était-ce le souvenir de Stefano qui lui était revenu en pleine figure quand elle avait ligoté les mains calleuses et fortes, couvertes de ces infimes et innombrables traces de vie, de coupures, de petites croûtes, de marques laissées par des échardes ou des épines, de durillons gagnés sur les outils qui abîmaient les mains autant qu'ils cassaient les reins ?

Elle l'avait laissé en vie et elle se demandait ce qu'elle allait faire de lui. Elle avait déjà le flic à évacuer. Lui, il devait être mort à présent. Il n'avait pas eu droit à l'estocade, il n'en était pas digne mais les banderilles l'avaient amoché et sûrement vidé de son sang, lentement, inexorablement.

Elle eut tout à coup l'éclair, l'idée. Elle allait désentraver l'homme de la forêt. Sous la menace de l'épée, elle le ferait rentrer dans la maison. Puis elle l'enfermerait dans la chambre de Stefano, avec le corps du flic. Enfin, elle ferait ce qu'elle avait dit : elle brûlerait Baque-morte. Les deux hommes partiraient en fumée avec les souvenirs d'une partie de sa vie. Elle s'attaqua au nœud qui immobilisait les poignets d'Abel en lui parlant doucement, sans le regarder. Elle lui expliqua qu'elle allait le libérer de ses entraves et qu'il devrait faire ce qu'elle demanderait. Faute de quoi, elle devrait le tuer sur place. Elle mit l'épée sous les yeux de l'homme dont l'expression ne changea pas tant il paraissait épuisé, à bout de forces. La corde se détendit, libérant le flux sanguin dans les artères comprimées du conseiller. Il grimaça de douleur alors que des milliers de fourmis investissaient ses mains.

Un bruit de bois déchiré résonna dans le silence ambiant comme le feulement d'un animal sauvage pris au piège. Un craquement plus fort suivit. Luna se dressa d'un bond, avec l'air farouche d'une guerrière, son épée au bout du bras. Elle repéra immédiatement Marion et ce qu'elle vit la révulsa. La femme flic était en train de fracturer un des contrevents vermoulus pour pénétrer dans Baque-morte !

Luna se sentit aveuglée par une terrible colère. Elle n'avait pas oublié la femme blonde. Comment l'aurait-elle pu ? Elle la trouvait sur ses talons depuis deux jours ! La femme flic la pistait avec obstination, sans relâche et sans pitié, accrochée à elle comme un pou de corps. Luna la détesta violemment.

Sans bruit, souple et silencieuse comme un des lézards qui habitaient les murs de Baque-morte, elle bondit derrière les planches disjointes de la resserre. Abel Lafon émit un grognement sourd. Elle lui fit face, les yeux fous, tendit l'épée dans sa direction. Affolé par l'expression de ce regard, l'homme prit le parti de se taire.

Luna attendit que le bois blanchi par la pluie et le soleil ait complètement cédé, que Marion ait cassé une vitre et ouvert la fenêtre, qu'après un regard circulaire de professionnelle aguerrie, elle ait enjambé l'appui recouvert de poussière et de gravats tombés du toit et disparu à l'intérieur de la maison. Alors, sans bruit, légère comme le vent, discrète comme la mort, Luna sortit de sa cachette.

Marion avança avec précaution dans la maison délabrée où régnait une atmosphère fraîche et humide aux relents de suie froide et de sang. Elle repéra le taureau de bois posé sur son socle au milieu d'un décor pauvre et abandonné. La seule trace humaine visible était un châle de dentelle accroché à une corne. Marion regarda autour d'elle, constata que la maison paraissait moins ruinée vue du dedans malgré les signes visibles d'une destruction en marche. Près de la cheminée landaise, elle avisa une porte fermée. Le bois en était récent et la poignée, un modèle moderne, parfaitement déplacée dans le contexte. Irrésistiblement, Marion fut attirée par cet élément incongru. Une fois devant, la main sur la poignée, elle hésita pourtant. Elle sentit les pulsations de son cœur s'accélérer, une fine sueur recouvrit ses épaules et sa nuque. Machinalement, elle tâta la crosse rassurante de son arme de service et son téléphone qu'elle avait éteint pour éviter une sonnerie intempestive. Elle songea à le remettre en marche mais le silence de la maison lui parut trop respectable pour être troublé.

Le petit lutin la mit en garde avec une insistance qu'elle jugea déplacée et parce qu'elle avait envie de le contredire, elle appuya sur le loquet et poussa la porte. Dans la clarté sourde apportée par l'ouverture, elle reçut d'abord en plein visage le scintillement des milliers de paillettes dorées d'un habit de lumière. Tel qu'il était, on aurait pu le croire occupé par un corps et il fallut à Marion un effort d'accommodation pour s'apercevoir qu'il était drapé sur un mannequin identique à ceux qui ornent les vitrines de mode. Aussitôt après, elle vit le corps allongé sur le côté à même le sol et le papier blanc et rouge des banderilles fichées dans son dos. Il était nu et bien qu'elle ne l'ait au fond qu'à peine entrevu dans cet état, elle sut d'emblée qu'il s'agissait de Philippe Cadaux. Elle se précipita, s'agenouilla près de l'homme qu'elle avait désiré puis détesté sans le connaître vraiment. Elle reçut le choc des yeux clos, des narines pincées et de la bouche entrouverte sur ses dents parfaites. La base de la partie temporale de son crâne n'était qu'un magma sanguinolent et Marion retint un hoquet horrifié en comprenant que ce qu'elle avait sous les yeux était le résultat d'une mutilation sauvage. Philippe Cadaux n'avait plus d'oreilles. Anéantie par le spectacle de son visage exsangue, ravagé par une souffrance qui avait dû être terrible, elle se fit la réflexion qu'aucun homme, même le plus détestable, ne méritait un tel traitement, un tel châtiment. Elle eut en un éclair la certitude aiguë que celui qui avait commis un tel carnage, après d'autres actes aussi barbares, ne pouvait pas être loin. En même temps, elle perçut un mouvement dans son dos, un froissement imperceptible d'étoffe et de cuir. Elle se figea, submergée par une panique violente et incontrôlable. Elle resta un moment ainsi, stupide, le cerveau vidé par sa réaction de peur abjecte. Puis elle se retourna lentement, un voile gris devant les yeux, les sens en déroute. À contre-jour, encadrée dans la porte restée ouverte, une silhouette se découpait, immobile, effrayante. Une longue forme fine, moulée dans une robe noire, le crâne à nu. Marion ne voyait pas les traits de son visage mais elle sut qui elle avait en face. Aussi sûrement elle comprit que Lucie, Luna ou Marie était là devant elle, déterminée à l'inscrire sur la liste de son mystérieux holocauste. La fille bougea légèrement, arrachant un éclat métallique à la longue lame qui prolongeait son bras droit. Dans un réflexe de survie désespéré, Marion porta la main à son arme et l'arracha de sa ceinture.

Luna capta le mouvement de la femme flic, le geste précis et fulgurant qui fit apparaître un revolver dans sa main tandis qu'elle se dressait comme un ressort en braquant son engin de mort. En une seconde la situation devint irréversible. L'une des deux allait détruire l'autre. L'une des deux allait mourir. Les deux peut-être puisqu'il y aurait un combat, nécessaire, inévitable. Luna ne pouvait se laisser prendre sans combattre et la femme flic n'était pas du genre à se rendre, à se coucher devant l'ennemi, à le laisser passer sur son corps sans lutter jusqu'à la dernière limite de ses forces.

— Lâchez ça ! intima Marion. Posez cette épée devant vous ! Doucement !

Sans quitter des yeux la silhouette toujours immobile, Marion essaya de se souvenir de ce qu'elle avait fait du portable. Elle fouilla dans sa mémoire, se revit accroupie près de Cadaux, se vit poser l'appareil près du corps. Elle baissa les yeux une fraction de seconde pour s'en assurer, estimer la distance et les gestes à exécuter pour le récupérer, actionner le bouton de mise en marche...

Luna n'attendit pas la fin de son projet. Elle avait perçu l'instant fugace où le regard de Marion s'était désuni. Ses antennes l'avertirent qu'il fallait l'anéantir sur-le-champ avant que l'arme ne crache le feu et la mort. Elle bondit dans la pièce, l'épée en avant.

Marion n'eut pas le temps de comprendre. Une masse sombre obscurcit son champ de vision. La lumière avare de la vieille baraque arracha quelques éclairs furtifs à l'épée que la fille brandissait devant elle, effectuant en fin de course de brefs zigzags nerveux. Marion hésita à faire usage de son arme. C'était un acte grave auquel elle ne se résignait qu'en dernière extrémité et elle comptait sur les doigts d'une main les occasions qui lui avaient été imposées d'y avoir recours. Et encore n'avait-elle jamais tué personne. La fille d'en face avait manifestement moins de scrupules. Son épée zébra l'air tout près du visage de Marion, effectua un retour fulgurant sur son bras qui tenait le revolver. Il sembla à Marion que le fil de la lame l'effleurait seulement, pourtant elle sentit sa chair s'ouvrir comme un morceau de viande sur le billot d'un boucher. Presque aussitôt, une sensation de brûlure insupportable l'envahit. Elle replia son bras pour le protéger de l'assaut suivant tandis que le sang dégoulinait déjà de la blessure. Elle s'arc-bouta sur la crosse de son Manurhin, appelant sa main gauche à la rescousse.

La détonation l'assourdit. Elle vit, presque en même temps que la flamme crachée par le canon, le recul brutal de la fille qui vacilla comme frappée d'un violent coup de poing. Au lieu de lâcher l'épée, elle parut au contraire la serrer plus fort. La lame brandie devant elle, elle revint à la charge mais au lieu d'attaquer une nouvelle fois, elle se baissa et ramassa le téléphone de Marion avec une promptitude qui laissa la jeune femme sur place.

Marion la vit reculer vers la porte sans songer un instant à doubler son tir. Elle se demanda où elle avait pu toucher sa cible, comment d'ailleurs elle avait pu la toucher. Le chien n'étant pas à l'armé, elle avait tiré en double action et la douleur ankylosait déjà son bras. La fille en tout cas ne songeait plus à l'attaquer. Marion fit un pas en avant. L'autre bondit en arrière, se ruant vers la lumière de la grande pièce. Comme dans un cauchemar Marion vit le jour disparaître alors que le claquement de la porte parvenait jusqu'à son cerveau.

La clef tourna dans la serrure, deux fois, puis des pas précipités indiquèrent que la tueuse quittait les lieux. Le silence revint dans la chambre. Marion en ressentit d'abord un bien-être soulagé. Puis elle prit conscience de son enfermement, du sang qui coulait le long de son bras. Elle se jeta dans le noir intense, à tâtons, mains en avant. Incapable de mesurer la distance qui la séparait de la porte, elle heurta le mur avec violence. L'onde de choc ébranla son bras blessé. Elle cria de douleur et le son de sa voix lui parvint, étouffé, aplati. De sa main valide, elle effleura le mur, toucha du bout des doigts un revêtement lisse ponctué de bouts de métal qu'elle identifia comme étant de grosses agrafes. Puis elle trouva la porte, en explora les contours, chercha la poignée. Elle ne trouva qu'une surface plane, sans rebord, nue. Sans poignée. Des picotements assaillirent son corps. Elle savait ce qu'ils signifiaient. La peur, l'horreur d'être enfermée dans une pièce capitonnée, insonorisée, sans issue. Elle comprit que cette chambre obscure était une tombe.

55

Talon appela Marion une bonne dizaine de fois sur son portable sans rien obtenir que la messagerie, inlassablement. Il fit une mimique agacée au onzième essai :

— Commissaire Marion, pouvez laisser un message, nasilla-t-il en imitant la voix numérisée de Marion, déformée par l'appareil. C'est agaçant ce truc !

— Elle a dû couper, soupira Allard, soucieux.

Allard et Talon étaient revenus au domaine des Chartreux à tombeau ouvert, dès l'annonce de l'assassinat de José Lorca. L'adjudant-chef était exténué, dépassé par les événements et, pour finir, contrarié par l'initiative de Marion qui, non contente d'avoir piqué un de ses véhicules, avait pris la poudre d'escampette et était injoignable. Radio de bord et téléphone coupés.

— Je vais appeler mes collègues de Belin-Béliet, ajouta-t-il. Ils sauront peut-être où elle est.

Talon acquiesça en fixant un regard las sur l'équipe de la P.J. de Bordeaux qui avait pris le relais des gendarmes et s'affairait dans la maison de Lorca. Ils allaient de catastrophe en calamité. Manolito II, José Lorca. Marion avait raison : la liste s'allongeait. Et les hommes de la P.J. n'avaient pas apporté de bonnes nouvelles. Cadaux restait introuvable mais, comme celle de Paul Demora deux semaines plus tôt, sa voiture avait été retrouvée près des arènes de Mont-de-Marsan. En outre, et ce n'était pas le plus rassurant, les clichés des moulages de pneus, comparés dans la nuit, étaient éclatants : la Jeep qui avait tué Céline Duroc avait circulé dans la forêt des Chartreux, tout près de l'endroit où avaient été retrouvés les corps de Jules Dante et Anita Mano. Et, sans aller plus loin, Talon aurait parié que les autres indices concorderaient. Il pensa à Marion, à sa théorie sur Lucie-Luna-Marie, à ces morts qui s'amoncelaient et qu'elle avait prédites, à son obsession nommée Baque-morte. Il se sentit submergé d'angoisse.

56

Luna roulait doucement, tenant son volant d'une seule main, la bouche tordue de douleur. Les cahots de la piste lui arrachaient des gémissements de petit chien privé de sa mère. Son bras gauche pendait sur le côté, coincé entre la portière et le siège de cuir éventré, inerte sous son épaule blessée. Elle déboucha sur la route, faillit emboutir un véhicule de pompiers qui circulait à petite vitesse à la sortie du pont de Sillac. Elle stoppa, les jambes tremblantes, le cœur en déroute. La camionnette rouge haute sur pattes passa son chemin après avoir fait un écart pour l'éviter. Les deux hommes à bord lui jetèrent un regard indifférent et l'engin disparut dans la forêt en direction de Sanguinet. Luna respira avec application, à fond. Une pointe acérée lui fouilla l'épaule, déclenchant une douleur aiguë tandis que des milliers de points lumineux voilaient son regard. Puis le paysage s'assombrit d'un coup et elle crut qu'elle allait s'évanouir. Plantée entre la passe et la route, elle dut attendre que se calment les battements accélérés de son pouls, que recule l'odieuse souffrance qui engourdissait son bras et refroidissait sa main privée de sang et de mouvement. Elle rejeta la tête en arrière, exténuée, le visage livide couvert de sueur. Son regard accrocha le rétroviseur extérieur.

Baque-morte s'y mirait, lointaine, inaccessible, posée sur le bord de la passe comme un vaisseau fantôme. Muette comme le reproche, inutile et hostile. Elle la contempla longuement, scrutant la bâtisse pour y déceler les premiers signaux de fumée. Mais il devait être encore trop tôt, elle ne décela que quelques vols d'hirondelles ponctuant la façade de leurs vols balancés comme des virgules en folie.

Lentement, avec des gestes mesurés de vieille, elle passa la première, accéléra avec quelques à-coups involontaires, et se lança sur la route en direction du sud.

57

Abel Lafon remua ses mains épaisses de terrien besogneux. Il avait entendu démarrer la Jeep sans pouvoir esquisser le moindre geste. La fille l'avait laissé seul. Affolé par l'angoisse de se retrouver ainsi au fond de cette remise qui sentait la poussière et les excréments de chauves-souris, à moitié étouffé par son bâillon. Après qu'elle eut disparu un long moment, elle était revenue. Elle était blanche comme une morte debout, la main droite crispée sur son épaule pleine de sang. Toujours accrochée à son épée comme à une bouée de sauvetage. En son absence, le conseiller avait capté quelques bruits inquiétants, des cris et le son caractéristique d'une déflagration.

Elle avait jeté sur lui un regard dégoûté et sans doute se demandait-elle ce qu'elle allait en faire. Elle s'était avancée, d'une démarche hésitante, titubante. Penchée sur le conseiller, elle avait commencé par resserrer légèrement la cordelette qui liait ses mains. Dans un réflexe qui l'avait lui-même surpris, il avait bandé ses muscles tétanisés par l'ankylose, gonflé au maximum ses poignets et ses mains calleuses, comme les héros de cinéma. La fille avait marmonné quelques mots d'où il avait compris que le feu allait le détruire. Elle avait ajouté quelque chose qui avait glacé d'effroi le conseiller. Puis elle avait tourné les talons et disparu, zigzaguant comme une femme ivre.

Abel relâcha la tension de ses mains, essayant de détendre ses muscles crispés. Il sentit revenir les fourmis et s'il avait eu assez d'air dans les poumons, il aurait crié de douleur. Il patienta un instant, se demandant comment il allait faire pour se libérer et se sortir de là. Il songea à Marion qui aurait dû être là, se demanda pourquoi elle n'était pas venue alors qu'il était sûr qu'elle le ferait. Elle l'aurait délivré. Elle...

Il remua les phalanges avec précaution. Le sang se remit à circuler jusqu'au bout de ses doigts engourdis. Le conseiller ferma les yeux pour mieux s'appliquer. Il sentit la cordelette se relâcher autour de ses poignets. Pas assez cependant pour libérer ses mains. Il fit un effort pour contracter sa nuque et lever la tête. Dans la lumière glauque de la cabane, il contempla ses mains entravées, aperçut le nœud, entama un lent mouvement pour faire tourner la corde. Il reprit son mouvement de friction pour tirer en arrière sa main droite, pas trop afin de ne pas resserrer davantage le nœud. Il sentit son dos se mouiller ainsi que ses paumes.

Après d'interminables efforts, méthodiques et prudents, il sentit enfin le nœud sous son index. En même temps, une odeur qu'il ne connaissait que trop parvint à ses narines. La fumée. Quelques craquements joyeux de bois sec qui brûle lui arrachèrent un frisson d'horreur. Le feu ! Il y avait le feu ! Dans la forêt proche ou, plus sûrement, dans la maison. Et, dans la maison, il y avait quelqu'un. « Des gens que vous connaissez... », avait dit la fille. Une ou plusieurs personnes. Décomposé mais stimulé par la panique, il reprit la lente reptation de ses mains. Quand il put poser son pouce gauche sur le nœud de la corde, juste au-dessus de son index droit, il marqua une pause, les yeux inondés de sueur et de larmes d'effort. Les claquements du bois martyrisé par les flammes fouettèrent son envie de sortir de là.

Marion s'exhorta au calme et s'obligea à réfléchir. Elle était enfermée, soit. Elle ne pouvait pas sortir de cette pièce noire comme un puits mais elle n'avait pas encore exploré les lieux en détail. Elle fit le vide dans sa tête, se livra à quelques exercices de concentration destinés à faire reculer le seuil de la douleur cuisante dans son bras. Elle avait comprimé la chair au-dessus de la blessure et le sang avait cessé de couler.

« Seigneur ! murmura-t-elle, qu'est-ce que je suis venue faire, seule, dans cette baraque ? Folle, ma vieille, tu es folle. » Elle avait remis son arme à la ceinture. Elle ne lui était d'aucun secours puisqu'il n'y avait même pas une serrure dans laquelle elle aurait pu tirer, comme dans les polars de série B. Et même plus de téléphone pour appeler au secours.

Elle se remit face à la porte, décidée à trouver une issue, un moyen de quitter cette prison. Elle entreprit de faire le tour de la pièce en explorant chaque centimètre des murs. Au passage, elle trouvait sous ses doigts des objets, des formes ou des matières qu'elle s'évertuait à identifier. Un poste de radio posé à même le sol. Elle se demanda comment cet engin pouvait fonctionner puisqu'il n'y avait sûrement pas le courant électrique dans cette ruine. Elle appuya au jugé sur les touches et brutalement la musique explosa. Elle se rejeta en arrière, affolée par la violence des sons et des rythmes de flamenco qui sortaient de l'appareil. Elle heurta les pieds de Cadaux. Elle s'accroupit pour le toucher et constata qu'il était froid. Elle refit mouvement vers le poste de radio et dut toucher plusieurs boutons dans l'obscurité avant de retrouver le silence. Ses tympans écorchés par la musique explosive bourdonnèrent longtemps après que le calme fut revenu.

Elle poursuivit son exploration. Sans rien découvrir, ni porte, ni fenêtre, ni vasistas, œil-de-bœuf, ou un orifice muré ou occulté par lequel elle aurait pu s'échapper. Elle soupira, découragée.

Au fond de la pièce, dans l'angle opposé à la porte, elle buta contre un tas de chiffons, vêtements ou tissus formant un monticule informe. Marion entreprit de le fouiller, espérant y trouver un objet ou une arme, une pelle, une pioche, une masse, n'importe quoi dont elle aurait pu se servir pour détruire sa geôle. Avec des tâtonnements prudents, elle explora méthodiquement les objets. Ses doigts heurtèrent une forme dure, enveloppée de ce qu'elle identifia comme un vêtement de velours côtelé. Elle perçut le renflement des poches, le métal des boutons sur lesquels un dessin était imprimé en relief. Au-dessus de la veste, elle rencontra un objet rond et dur qu'elle tâta avec précaution. Du bout des doigts, elle parcourut les contours de ce qu'elle reconnut très vite et dont la perception brutale lui donna comme un violent coup à l'estomac. Les orbites creuses, les dents irrégulières, la peau sèche et cassante comme du papier déshydraté, Marion les reconnut. Un crâne ! Elle avait sous les doigts un crâne humain desséché, à la chair racornie, à la peau parcheminée. Dans le prolongement du crâne, un cou et la forme d'un squelette humain. Marion retira sa main, faillit tomber à la renverse en poussant un cri horrifié.

« Mais qu'est-ce que c'est que ça ? s'écria-t-elle. Seigneur Jésus ! Au secours ! »

Son cri avorta, absorbé par l'isolation des murs, se mua en sanglot. Prise de tremblements, elle se mit à verser des larmes en hoquetant comme un enfant inconsolable.

Puis autre chose se produisit. Dans cette chambre-prison, parmi les différents effluves nauséabonds qu'elle reconnaissait mal tant ils se mêlaient intimement, une odeur nouvelle s'imposa. « De la fumée », dit Marion tout haut en reculant en direction de la porte. Le parfum caractéristique du bois brûlé se fit plus présent quand elle fut contre le vantail. Elle colla son oreille contre la porte, essayant de percevoir ce qui se passait de l'autre côté. Des craquements ténus écorchèrent ses tympans, affolèrent le rythme de son cœur. Le feu !

Une vague de désespoir submergea Marion. Elle se sentit épuisée, sans forces. Elle pensa qu'elle allait mourir là, prise au piège comme un rat dans une ratière. Elle se dit que c'était injuste, qu'elle n'avait pas encore vécu, en tout cas pas assez. Un petit film en accéléré lui fit revivre les quelques pans de sa vie qui avaient laissé des traces dans sa mémoire. Son père et son sourire rassurant lui apparurent. Une série de flashs fit revivre un bref instant les hommes de sa vie. Puis, de façon inattendue, surprenante, survint la petite Nina, la fille de l'inspecteur Joual, tué l'année précédente[1].

La jeune femme se sentit brusquement oppressée. L'air déjà se raréfiait dans la pièce close presque hermétiquement et Marion en s'agitant avait consommé de l'oxygène. Une bouffée de fumée âcre qui filtrait par l'infime ligne de démarcation entre la porte et le sol s'engouffra dans ses poumons, déclenchant une quinte de toux qui arracha de nouvelles larmes à ses yeux irrités par la fatigue, la douleur et la peur. Quand elle retrouva son souffle, elle constata qu'elle respirait de plus en plus de fumée et, mais peut-être n'était-ce qu'un phénomène d'autosuggestion, elle sentit la chaleur à travers le battant.

Marion se sentit lasse au-delà de tout. Elle se laissa glisser lentement contre la porte et s'évanouit.

1. *Le Sang du bourreau.*

58

Les deux pompiers s'étaient arrêtés devant la maison du Grand-Lagnereau avec leur camionnette tout-terrain. Ils écoutèrent un moment les échanges radio. Quelqu'un demanda sur les ondes si on avait des nouvelles : personne n'en avait, le conseiller restait introuvable.

Ils firent demi-tour. Alors qu'ils abordaient la passe longeant le carré de pins sylvestres, ils virent le 4 × 4 des gendarmes arrêté au beau milieu, ensablé, portières verrouillées. Ils cherchèrent un moment les occupants, en vain. Alors qu'ils allaient retourner sur la route, ils virent un léger panache de fumée au-dessus des pins sylvestres. Ce n'était encore qu'une échappée brumeuse qui brouillait le bleu cru du ciel mais pour eux, en alerte constante et obsédés par le feu, c'était assez.

— Va voir ! intima le chauffeur.

Abel Lafon lutta de longues minutes contre un bout de corde qui refusait de se laisser dénouer. Il relâchait à intervalles réguliers ses muscles tétanisés par la crispation et ses doigts lui faisaient un mal de chien. Puis il se laissait aller en arrière pour détendre son dos et sa nuque douloureusement contractés. Les craquements du vieux bois se faisaient plus présents et des traînées de fumée s'engouffraient subrepticement par les interstices des planches de la remise. Le bâillon réduisait la capacité d'Abel à respirer et il songea avec désespoir que lui qui s'était battu toute sa vie pour protéger sa chère forêt de la dévastation allait périr dans les flammes. Il se surprit à prier fugitivement un Dieu trop longtemps oublié. Prier pour que quelqu'un passe par là. Que les vigies censées scruter la forêt sans relâche tournent enfin leurs regards du côté de Baque-morte. Que les pompiers arrivent, le délivrent et le rendent à sa femme sûrement morte d'inquiétude. Il eut la vision soudaine de personnes enfermées, emmurées dans l'ancien relais forestier. Il vit les flammes lécher ces inconnus, les envelopper, noircir leur chair, fondre leurs yeux. Il revit le cadavre calciné qu'il avait découvert un jour de grand soleil dans la forêt.

Dans un sursaut, il reprit son travail. Il sentit enfin la prise de ses doigts se raffermir autour du nœud. Il banda ses muscles et tira avec une énergie venue du fond de ses tripes et de sa volonté de vivre. Le bout de Nylon bougea. Il insista, les doigts crispés, douloureux au-delà du supportable, comme détachés de son corps. Le nœud se détendit d'un seul coup, libérant un long morceau de corde. Ses poignets se décollèrent enfin l'un de l'autre et, avec d'infinies précautions, il réussit à libérer sa main gauche. Dressé sur son séant, il considéra un moment ses mains libres, incrédule. Il bougea les doigts comme un pianiste à l'échauffement. Puis il songea à ôter son bâillon. Il toussa, cracha, aspirant l'air avidement.

Les pieds désentravés, il se mit debout. Mais ses jambes trop ankylosées refusèrent d'obéir, il retomba assis et dut s'y reprendre à deux fois pour trouver l'équilibre.

Un instant plus tard, il était dehors, les yeux levés vers le ciel incroyablement bleu, et il se crut rendu au paradis. Un avion passait juste au-dessus de lui, traçant sur l'azur une double ligne blanche. Il abaissa le regard et vit Baque-morte lâchant des volutes de fumée par ses tuiles éclatées et ses huisseries closes. Déjà quelques flammèches léchaient les chevrons décapés par la vieillesse et l'abandon.

La démarche hésitante, il contourna la maison, trouva la porte principale verrouillée par un gros cadenas. Il revint sur ses pas, examina les fenêtres également closes. Il allait retourner dans la remise chercher un outil ou un bout de bois pour ouvrir un des contrevents quand il s'aperçut que celui de la dernière fenêtre était entrebâillé. En l'ouvrant tout à fait, il libéra un gros nuage de fumée grise qui le fit reculer. Dans le même temps, il sentit la chaleur intense qui se dégageait de l'intérieur. Il enleva sa veste, s'en couvrit la tête, prit une longue inspiration et, enjambant l'appui de la fenêtre, se jeta dans le ventre brûlant de Baque-morte.

Marion flottait entre un ciel plombé de nuages et la terre en flammes. La chaleur intense qui en montait excita sa blessure, avivant la douleur. Elle refit surface un court instant et fut tentée de hurler sa détresse. Mais ses poumons brûlaient, la pièce était à présent pleine de fumée. Elle fut prise d'une quinte de toux violente et retomba dans une léthargie qui lui ouvrit une brusque perspective sur le néant. Aussitôt après elle entendit les anges qui l'appelaient. Ils avaient une grosse voix et leurs cris résonnaient comme des coups sur la peau épaisse d'un tambour.

Abel Lafon ne vit personne dans la pièce envahie de fumée et de flammes. L'odeur infecte du vieux bois qui brûlait le prenait à la gorge, rendant aléatoires ses efforts pour trouver un peu d'air. Il repéra la porte du fond et s'y précipita, la tête rentrée dans les épaules, crevant de chaud sous sa veste. Du côté de la cheminée, les flammes grondaient plus fort, attisées par le tirage du conduit. Il vit la poignée et la serrure mais pas de clef. Aveuglé, à moitié asphyxié, il se mit à cogner contre la porte comme un fou. Aucune réponse ne lui parvint, aucun son, aucun cri laissant supposer qu'il y eût quelqu'un de vivant de l'autre côté. Il frappa encore, les yeux pleins de larmes, la gorge en feu, sans plus de résultat. Au moment où il allait renoncer, il entendit des voix au-dehors, des gens qui le hélaient, qui s'apostrophaient avec l'accent gascon, fort et rugueux. Il tourna la tête vers la fenêtre ouverte et la lumière du jour accrocha un objet qu'il aurait reconnu entre tous. Un casque doré, astiqué et rutilant. Une allégresse profonde monta en lui. Les pompiers, ses pompiers étaient là.

Talon reçut la nouvelle que la voiture empruntée par Marion à la gendarmerie nationale avait été retrouvée vide près de Baque-morte alors qu'il assistait à la levée du corps de José Lorca au milieu d'une scène parfaitement sinistre. Le fourgon contenant le cercueil de Marie-Sola stationnait dans la cour, le chauffeur désemparé attendant des instructions que personne ne semblait en mesure de lui donner. Les quelques employés présents au domaine avaient été réunis autour du mayoral dépassé qui avait beaucoup perdu de sa superbe. Dans un silence consterné, tous suivaient les allées et venues affairées des policiers et gendarmes. Mobilisés et retenus pour les besoins de l'enquête ils semblaient inquiets de leur devenir.

— J'étais sûr qu'elle irait là-bas, murmura Talon.

— La maison brûle, ajouta le gendarme de Belin-Béliet. Comme on ne l'a pas trouvée à proximité, on suppose qu'elle est à l'intérieur.

— Merde, s'écria Talon, perdant son self-control.

Il regarda autour de lui, désemparé. Marion était partie seule. C'était bien son genre d'aller affronter une situation pourrie ! S'il avait pu prévoir ! Mais prévoir quoi ? Les gendarmes qui étaient avec elle quand elle était partie n'avaient rien compris à ce départ soudain.

— Je trouve une voiture et j'arrive, dit-il.

— Pas la peine, lieutenant, répondit son interlocuteur, les pompiers sont sur place avec la motopompe. On va être fixés dans quelques minutes.

— Et monsieur Lafon ? s'exclama Talon alors que l'autre allait raccrocher.

— C'est bon, on l'a. Fatigué mais ça ira. Il a été évacué sur l'hôpital d'Arcachon.

Accablé, Talon s'en alla d'un pas harassé en direction de l'arène de tienta. La nuit blanche pesait sur ses épaules ainsi que le poids d'événements qui se précipitaient, incontrôlables. Il aperçut, creusée dans le mur chauffé à blanc par le soleil, une petite niche dans laquelle une statue de la Vierge penchait la tête sur sa poitrine, les yeux clos et les mains écartées. Il eut envie de se blottir dans les bras de cette femme si douce et de pleurer contre son sein. Il la contempla longuement et lui demanda de sauver Marion.

Marion avait posé la tête sur le sol, épuisée. Elle flotta un instant entre deux eaux puis renonça à lutter. Elle se laissa partir à la dérive, le corps allégé, toute douleur envolée. Un tunnel lumineux s'ouvrit devant ses yeux ouverts d'où les larmes avaient cessé de couler. Un long couloir clair et doux comme la peau soyeuse d'un petit animal tout neuf l'aspira. Elle s'y engouffra, soulagée de tout. Tout au bout, une silhouette immense se découpa contre la lumière intense. Elle la reconnut immédiatement. Son père était venu la chercher. Elle courut vers lui et il la prit dans ses bras, la souleva de terre comme un petit enfant. Il reprit le tunnel en sens inverse et elle sentit une grande chaleur l'environner. Elle ne voyait pas le visage de son père mais elle savait bien que c'était lui. Il était pourtant étrangement vêtu, la tête surmontée d'un couvre-chef brillant, étincelant, qui mirait des formes dansantes, incandescentes. À la sortie du tunnel, il la déposa doucement sur le sol dont le contact lui parut frais, agréable. Une bouche — celle de son père ? — se posa sur la sienne, lui redonnant vie. Des mains fortes appuyèrent plusieurs fois sur sa poitrine et elle expulsa de l'air plein de poussière.

Marion ouvrit les yeux sur un visage noir et rouge, au nez fort, aux yeux petits enfoncés dans les orbites. Elle fut saisie d'un accès de panique et hurla de toutes ses forces en se débattant.

— C'est bon, chef ! dit le pompier, triomphant. Elle a crié, elle est sauvée !

Luna fut tentée plusieurs fois de renoncer à aller au terme de son parcours. Elle souffrait le martyre, le sang coulait de sa blessure et elle avait dû s'arrêter sur une aire de stationnement pour se reposer. Des gens l'avaient regardée avec curiosité et elle était repartie comme elle était arrivée. Les dents crochées sur sa douleur, un cerne blanc autour de la bouche, elle luttait contre une envie de dormir, de tout lâcher pour s'enfoncer dans la nuit. Elle sentit ses yeux se fermer, ses forces l'abandonner. La Jeep traversa la ligne blanche continue, roula sur le bas-côté, heurta un panneau de signalisation. Luna s'arrêta, épuisée, prise d'une crise de palpitations qui la couvrit de sueur. Elle posa sa tête sur le volant, incapable de maîtriser les tremblements de sa main valide. L'autre, elle ne la sentait plus du tout. Le sang avait dégouliné sur le plancher de la Jeep, formant une mare qui coagulait lentement. Il continuait à suinter de son épaule et coulait en goutte à goutte au bout de ses doigts.

Après un temps dont elle n'aurait su estimer la durée, elle releva la tête et posa le regard sur le panneau qu'elle avait heurté. Elle lut qu'elle était au bout du chemin. Elle était arrivée à Saint-Ange-des-Monts.

59

— J'ai envie, affirma Janita Moreno d'un ton sans réplique.

Lavot rougit en jetant un regard furtif dans le rétroviseur. Sur le pas de la porte monumentale, la mère supérieure et Esmeralda les regardaient s'éloigner du couvent, statues de la réprobation en noir et blanc. Blanche pour la religieuse, noire pour sa domestique. Après les deux heures passées en compagnie du couple de policiers, il leur faudrait des années de prière pour effacer de leur mémoire la sensualité explosive de la satanique Janita et du grand mâle qui l'escortait.

— Arrête ! intima Lavot qui s'était installé au volant d'autorité et sentait la main de sa compagne ramper sur sa cuisse, de plus en plus haut.

Mais il en fallait plus pour arrêter Janita. Elle poursuivit son entreprise, un sourire non équivoque sur ses lèvres entrouvertes.

— T'es obsédée ! protesta Lavot alors que l'attouchement se faisait plus précis.

La voiture fit une embardée.

— Tu devrais t'arrêter, murmura Janita, la voix rauque.

— Pas question, dit Lavot d'une voix peu convaincue. Il faut qu'on appelle Marion depuis le village.

— Juste un moment ! dit Janita.

— Non, on trouve d'abord un bigophone. Faut qu'on raconte ça à Marion sans attendre.

Janita se rejeta en arrière, mécontente. Sa main quitta Lavot. Elle bougonna :

— Elles pourraient pas avoir le téléphone comme tout le monde, ces connes de sœurs !

Lavot ne répondit pas. Il se contenta d'accélérer pour satisfaire au plus vite son exigeante compagne sans fâcher son non moins exigeant patron. La route virait sec entre les roches à pic de la montagne et le ravin qui plongeait dans le fond de la vallée. Les pneus crissèrent, projetant un vol de gravillons derrière eux.

Au détour d'un virage, la Jeep leur sauta au capot et ils ne durent qu'à un formidable réflexe de Lavot de ne pas s'y encastrer. Il pila et la voiture se mit en travers tandis que la Jeep continuait sa course. Elle se planta violemment contre la glissière qui séparait la route du grand plongeon. Janita poussa un cri. Elle avait déjà la main sur la poignée de la porte pour se précipiter au-devant de l'automobiliste en difficulté quand Lavot, d'instinct, la retint :

— Attends !

Luna reprit ses esprits très vite. La tête lui tournait mais elle eut le temps d'apercevoir les deux occupants de la voiture blanche qu'elle avait failli emboutir. Son estomac remonta dans sa gorge et elle sentit le sang se retirer de son visage. Elle reconnaissait la femme, une brune qui était venue rôder dans la forêt avec le flic qu'elle avait exécuté à Baque-morte. Elle aussi était un flic. Et l'autre, c'était un des compagnons de la femme blonde qui, à présent, devait être réduite en cendres. Que faisaient-ils sur la route de la Visitation ? Comment pouvaient-ils être arrivés jusqu'ici ? Qui leur avait dit ? Elle essaya d'oublier toutes les douleurs qui broyaient son corps pour trouver la réponse. Mais c'était trop dur, elle n'en pouvait plus. Elle renonça. Elle ne sut qu'une chose.

Ils étaient venus la prendre. Ils étaient arrivés avant elle et ils lui barraient le passage. Ils allaient l'empêcher de monter se reposer. Et elle devait se reposer, Luna, avant de décider de ce qu'elle ferait à Esmeralda.

Elle ne pouvait pas les laisser faire. Elle jeta le bras droit en arrière, tâtonna à la recherche de l'épée. La lame avait glissé vers le fond de la Jeep et Luna dut se pencher pour l'attraper. La douleur de son épaule blessée lui arracha un cri, une nausée lui retourna l'estomac et un flot rouge sortit de sa bouche. Horrifiée, elle vit le sang se répandre sur ses genoux, éclabousser le volant et le tableau de bord rudimentaire. La balle de la flic blonde avait fait plus de dégâts qu'elle ne croyait. Elle avait un poumon perforé, elle hoquetait son sang comme les toros braves vomissaient le leur quand l'épée d'estocade déviait de sa course.

Ce constat la révulsa. Stimulée par l'imminence d'une mort qu'elle redoutait sans y croire encore, elle se saisit du pommeau de l'épée et tira l'arme à elle.

Lavot vit, comme dans un songe, la portière de la Jeep s'ouvrir. D'instinct, sans la reconnaître formellement, il sut qu'il avait devant lui l'insaisissable Jeep aperçue devant la Bodega. Comme il ne faisait aucun doute que la fille au crâne rasé qui en descendait était celle dont Esmeralda Lorca, la domestique des sœurs de la Visitation, leur avait parlé pendant deux heures.

Il descendit de voiture sans geste brusque et sans quitter la fille des yeux après avoir intimé à Janita l'ordre de ne pas bouger.

Elle s'avança lentement en titubant, ployée en avant comme un roseau dans la tourmente. Au bout de son bras, Lavot vit l'épée. Il s'arrêta, hésitant. À tout hasard, il tira de son dos son Smith et Wesson deux pouces. La fille fit un pas de plus, s'immobilisa à son tour. Face à face, chacun portant une arme, ils ressemblaient aux héros de westerns-spaghettis exposés au duel final. Le temps parut s'arrêter lui aussi. Un vent léger agita les branches des arbustes autour d'eux.

Alors la fille parut frappée d'un mal soudain, ses jambes ployèrent, elle tourna sur elle-même et, sans lâcher son épée, s'effondra doucement au sol.

Lavot arriva jusqu'à elle avec précaution. D'un coup de pied, il fit voler l'épée. En se penchant, il reçut le regard déjà voilé de la fille au visage de madone. Il y lut de la haine et un désespoir infini.

Luna sentit la vie se retirer d'elle comme la vague à marée basse. Un calme étrange la recouvrit. Le visage penché sur elle n'était pas hostile, pas laid non plus. Ce n'était qu'un visage d'homme. Elle eut envie de tendre la main pour le toucher mais son regard se troublait et elle n'eut plus en face d'elle que le visage de Toine, exsangue et froid dans sa boîte de bois. Les yeux clos, les narines pincées, il l'appelait du plus loin qu'elle pouvait l'entendre dans le ciel pur et bleu de l'été. La face barbue du flic obscurcit le paysage. Ses lèvres bougeaient mais elle ne comprenait rien. Elle le haït d'être là, de lui voler l'image de Toine.

— Mon Dieu, pria-t-elle, donne-le-moi. Je le veux. Rends-moi Toine et je te donne ma vie.

Et pour une fois, Dieu l'entendit et obéit.

60

— Quel gâchis !

Abel Lafon hocha la tête, le regard fixé droit devant lui. Sous un ciel peuplé de nuages bas, Baque-morte tendait ses vestiges calcinés, ses toitures effondrées noyées par les trombes d'eau déversées par les pompiers. Autour de l'airial, le feu avait gagné la forêt et détruit quelques hectares de pins envahis de broussailles. Un arbre tombé sur la voie avait même interrompu pendant plusieurs heures la circulation des trains. Il gisait à présent sur le bord de la passe et Marion s'y était assise, le bras droit soutenu par une écharpe, pâle et un peu faible encore.

Elle était sortie de l'hôpital la veille après sept jours de soins. On avait recousu son bras déchiré sur huit centimètres de long et deux de profondeur mais, plus encore que cette blessure spectaculaire, ses poumons agressés par les émanations de fumée lui avaient créé de substantiels désordres.

Elle réprima une quinte de toux, s'éclaircit la voix, les larmes aux yeux :

— Vous parlez de cette maison ? demanda-t-elle à tout hasard.

Mais elle savait bien qu'Abel Lafon englobait dans son propos la maison, la forêt menacée par le feu et les nombreuses morts qui leur seraient à tout jamais associées.

Marion avait tenu à revenir à Baque-morte avant de reprendre la route de Lyon. Emportée par une ambulance et maintenue à l'écart de la fin de l'enquête, elle n'avait pu assister à la lutte des hommes du feu, ni aux constatations criminelles qui avaient suivi. Elle avait juste eu le temps, dans un sursaut et entre deux crises de suffocation, de signaler qu'il restait un homme, peut-être encore vivant, dans la maison en flammes. Grâce à cette insistance, Philippe Cadaux avait été retiré in extremis de l'enfer, en piteux état, mais vivant. Marion l'avait vu à l'hôpital, derrière une vitre dans le service de réanimation, immobile sous ses appareils, les yeux clos sur le spectacle d'horreur dont il avait été l'involontaire acteur, piégé par son incorrigible besoin de séduire. Au-delà du monde, inaccessible. Janita était venue le voir, elle aussi. Son air apitoyé mais déjà indifférent disait plus qu'un long discours son soudain détachement d'un homme qu'elle avait cru aimer à jamais. Mais une femme comme elle pourrait-elle aimer un homme défiguré, mutilé, diminué, infirme ? Gravement traumatisé et enfoncé dans un coma qui laisserait des séquelles, si toutefois il en sortait un jour ? Janita était du monde des vivants. Elle aimait les corps chauds et vibrants, les hommes triomphants, les champions. Marion savait qu'elle le laisserait là et continuerait sa route sans se retourner. Et sans Lavot qui était rentré à Lyon, une fois les actes de procédure terminés, pour y attendre fébrilement d'autres nouvelles de sa femme et son retour probable. Dans sa vie à lui, il n'y avait pas de place pour une Janita. Marion laissait dériver ses pensées sans avoir la force d'en interrompre le cours. Il faisait à peine chaud, la température avait chuté brusquement et la pluie ininterrompue pendant les deux jours qui avaient suivi l'incendie de Baque-morte avait fait reverdir le sous-bois, gorgé d'eau les fossés qui bordaient les passes. La jeune femme coula un regard vers le conseiller. Elle percevait sa curiosité à fleur de peau, un besoin urgent de savoir et de comprendre. De décrypter les événements qui avaient un moment pris place dans le décor d'une vieille maison abandonnée.

Elle n'avait pas la force de raconter toute l'histoire, de remettre les choses à leur place et les faits dans leur chronologie. Lasse, ramollie, alanguie par le décor forestier, elle avait envie de rester là sans rien dire avec l'homme des bois debout en face d'elle, silencieux et attentif. Pourtant, elle lui devait la fin de la tragédie et les événements qui en avaient tissé la trame.

Le fracas d'un train qu'elle n'avait pas entendu arriver lui arracha un sursaut :

— Je ne m'y ferai jamais ! dit-elle en se redressant légèrement. Vous voulez bien vous asseoir, monsieur Lafon ?

Le conseiller s'exécuta, la casquette à la main. Marion caressa des yeux les ruines de Baque-morte et se lança doucement, presque à regret.

— C'est grâce à Esmeralda Lorca que nous avons compris l'histoire de cette jeune fille, Marie, Luna ou Lucie. Appelons-la Luna, c'est plus joli et ça lui ressemble, finalement. Nous avons cru qu'elle était la fille de Stefano Sanchez, en réalité, elle était celle de José Lorca. Esmeralda était donc sa mère et il a fallu plusieurs entretiens avec elle pour reconstituer cette pénible affaire de meurtres à répétition qui a pris racine voici quinze ans.

Marion reprit son souffle. Sa voix légèrement cassée lui donnait un charme nouveau. Le médecin lui avait dit de parler le moins possible pendant quelque temps mais autant le conseiller avait besoin d'entendre l'histoire, autant, elle s'en rendait compte, elle avait besoin de la raconter pour s'en débarrasser, la sortir d'elle, l'expulser de sa mémoire et de sa vie.

— Esmeralda est née à Séville en 1946. Elle rencontre José Lorca en 1966 à la feria de Madrid. Il est accompagné de Manuel Bianco, jeune torero plein d'avenir, et elle de son frère Stefano Sanchez, employé dans une ganaderia andalouse. Tous ces jeunes gens aiment les taureaux et la corrida, cette passion commune et dévorante les rapproche aussitôt. Pourtant, ce n'est pas de Lorca qu'Esmeralda s'éprend mais de Bianco qu'elle rejoint à Dax quelques semaines plus tard. Mais le torero est déjà marié et la famille Sanchez, très catholique, ne badine pas avec la morale. Esmeralda a enfreint une règle sacrée et on lui ordonne de rentrer en Espagne. José Lorca, attiré par la fortune des Sanchez plus que par la grâce d'une jeune fille trop pieuse à son goût, sauve la situation et la vertu d'Esmeralda. Il propose de l'épouser et fait ainsi d'une pierre deux coups. Esmeralda et Manuel Bianco ne seront pas séparés et lui pourra se rapprocher de son rêve : créer une race de taureaux de combat et l'implanter en France, un défi alors incroyablement culotté auquel son père, César Lorca, avait opposé un veto formel. Stefano s'y connaît en taureaux et Lorca n'a aucune peine à le convaincre du sérieux de son projet. José épouse donc Esmeralda et embauche son frère. Quant à Manuel Bianco, il reste le singe savant de Lorca, son ombre dévouée. Mais le père Lorca résiste : il ne donnera pas le domaine des Chartreux. Quelques mois plus tard, le vieil homme a la bonne idée de se faire écraser par une machine agricole sous les yeux de son fils. On sait à présent que cet accident a été provoqué par José Lorca et qu'il a eu un autre témoin : Manuel Bianco. Complètement dominé par son ami, le torero n'en dit rien à personne et l'enquête des gendarmes conclut comme on le sait. Commence alors une époque bénie pour José Lorca. Rien ne lui résiste, ni les femmes qu'il séduit à la chaîne, ni les hommes qu'il soumet à sa loi tyrannique. Il réussit et s'enrichit en usant de moyens pas toujours très nets. Esmeralda a connaissance de tout par les confidences intimes de Bianco auquel José Lorca abandonne son épouse par intermittence. Lui-même la délaisse, lui préférant les charmes de Louisa, la pulpeuse épouse de Stefano qui les dispense assez généreusement, il faut le dire. Stefano est un homme taciturne, un bourreau de travail qui arpente les torils et les prairies du matin au soir. S'il a connaissance des frasques de son épouse et de ses relations avec le « maître », il n'en laisse rien paraître.

« Quand Esmeralda est enceinte pour la première fois, José Lorca entre dans une grande colère. Elle lui a caché son état, incertaine de sa paternité. Lorca essaie de la convaincre d'avorter mais Esmeralda est croyante, elle s'y refuse. Lorca la soumet à des privations, la frappe. Bianco laisse faire, incapable de s'opposer à son ami. Battue et malade, Esmeralda met au monde un garçon mort-né. Un an plus tard, le même scénario recommence mais, cette fois, Esmeralda ne se laisse pas faire. Elle va, en secret, se mettre sous la protection des sœurs de la Visitation dans le couvent où elle a effectué un court noviciat avant de renoncer à une vocation trop incertaine. Elle y a été l'amie de sœur Thérèse qui deviendra plus tard la mère supérieure du couvent. Elle y passe le temps de sa grossesse et y met au monde une petite Marie sans que José Lorca ait réussi à lui remettre la main dessus. Louisa Sanchez, déjà mère de deux garçons, Antoine et Marco, donne naissance à son tour aux Chartreux à une fille qu'elle prénomme Maria. Quand Esmeralda revient au domaine avec son bébé, les deux mères constatent qu'elles ont accouché à un jour près de deux fillettes auxquelles elles ont, sans se consulter, donné le même prénom. Les deux naissances, celles de Marie Lorca et de Maria Sanchez, sont enregistrées à Saint-Pierre. José Lorca reçoit sa femme froidement et lui demande de s'installer avec l'enfant dans la petite maison contiguë à la sienne. Elle n'est dès lors admise dans la maison du maître que pour y servir de domestique en chef. Quant à la fillette, il ne veut même pas la connaître, persuadé qu'elle est la fille de Bianco même si c'est le nom de Lorca qu'elle porte. On sait, depuis l'autopsie de Bianco, que celui-ci souffrait d'azoospermie congénitale et qu'il ne pouvait en aucun cas être le père de Marie. En revanche, Louisa a habilement laissé croire à Lorca qu'il est celui de Maria, ce dont il s'est laissé convaincre.

« Les fillettes grandissent ensemble et deviennent inséparables. Marie Lorca est née la nuit, elle a le teint clair, les cheveux couleur de miel argenté, les yeux dorés. Maria Sanchez est brune, éclatante, de carnation mate, elle est née à midi. Elles symbolisent la lune et le soleil. Elles deviennent Marie-Luna et Marie-Sola, baptisées ainsi par Antoine, dit Toine, le fils aîné des Sanchez, un garçon intelligent et sensible, un peu rêveur. Les filles se ressemblent étonnamment malgré leurs différences fondamentales. Instinctivement elles adoptent les mêmes attitudes, les mêmes jeux. Comme cette manie de faire de l'équilibre sur les barrières au bord des prairies ou sur le mur de l'arène de tienta. Elles sont élevées au domaine d'où elles ne sortent jamais. Elles ne fréquentent pas l'école de Saint-Pierre, ce sont les professeurs qui viennent à elles car José Lorca protège jalousement ses biens et les âmes qui les occupent. Elles sont comme les deux moitiés d'une orange, indissociables et complices. Mais aussi férocement, mortellement rivales. Marie-Luna révèle très tôt des goûts morbides qui s'expriment à travers des actions macabres, dévoyées. Elle est facilement violente et sans scrupules. Sa grand-mère Quitterie en a peur, elle dit qu'elle incarne le mal. Esmeralda, sa mère, s'éloigne d'elle, la tient à distance comme un être diabolique et vaguement malfaisant. José Lorca ne rate pas une occasion de la punir : il est comme elle est, amoral, violent, sans scrupules. La fillette est son souffre-douleur de même qu'Antoine qui a pris la fâcheuse habitude de lui tenir tête.

« Les deux fillettes révèlent une sexualité précoce. Notamment Marie-Luna, qui, plus encore que Marie-Sola et alors qu'elle est à peine âgée de huit ou neuf ans, aime jouer avec les jeunes garçons du domaine. Si sa mère Esmeralda est atterrée par les histoires qu'elle entend raconter sur les activités de sa fille, José Lorca continue de s'en désintéresser. La vieille Quitterie essaie de son côté d'exorciser le mal qu'elle sent chez la fillette, elle se montre avec elle d'une grande sévérité, lui inflige des punitions et des séances de rédemption interminables. Puis Marie-Luna devient follement amoureuse de son cousin Toine. Ses jeux deviennent les actes d'une femme et le cousin adore ça. Tellement qu'en même temps il initie sa sœur Marie-Sola à ces exercices incestueux auxquels elle s'adonne en cachette et dans la honte. Seule Luna sait précisément ce que Sola et Toine font ensemble et leur rivalité devient paroxystique. Les adolescentes se défient en permanence tout en ne pouvant se passer l'une de l'autre. D'autres garçons essaient de se positionner dans le cœur et les jeux des deux filles, notamment le petit Marco Sanchez, sournois et fort précoce aussi et Paul Demora, un gamin chétif au caractère faible. Comme les filles, les garçons se défient mais face à un autre danger : les taureaux. Ils enfreignent les règles imposées par le « maître » et c'est toujours Antoine qui est puni. José Lorca ne lui fait pas peur et celui-ci en est ulcéré. Il multiplie les brimades et les punitions. À plusieurs reprises, les choses tournent mal. Stefano Sanchez est le seul qui protège Toine mais il ne fait pas le poids face au puissant Lorca. Toine a du respect et de l'amour pour Stefano bien qu'il ignore encore le pire : la dépravation de sa mère. Au cours des soirées qui suivent certains jours de corrida, elle est livrée aux hommes présents par le « maître » et elle y prend du plaisir. Antoine, en grandissant, nourrit des soupçons que la vieille Quitterie lui confirme en le laissant assister à une des scènes de luxure de Louisa. Le choc est d'autant plus violent que la vieille affirme qu'il est un bâtard, un enfant dont le père peut être n'importe lequel des hommes présents, des Chartreux ou d'ailleurs. Quelques heures plus tard, Antoine Sanchez est tué par un taureau dans un pré. Les circonstances du décès sont mal connues. Selon les déclarations d'Esmeralda Lorca, il s'est agi alors d'un acte volontaire d'Antoine pour défier Lorca et le domaine tout entier.

« Après la mort de son cousin, Marie-Luna Lorca reste aphasique pendant des semaines. Elle observe les gens qui l'entourent, surveille les uns et les autres. Le reste du temps elle le passe sur la tombe de Toine.

« Survient alors un événement qui s'avère déterminant, tant par sa nature que par ses conséquences.

Marion se releva complètement, s'assit près d'Abel Lafon.

— Il faut vous accrocher, monsieur Lafon, dit-elle, ce n'est pas une histoire facile.

Il acquiesça avec une légère appréhension.

— L'après-midi qui précède la disparition de la famille Sanchez, poursuivit Marion, José Lorca a organisé une corrida privée dans son arène. Cette pratique est formellement interdite mais il passe outre régulièrement. Manuel Bianco a toréé deux taureaux pour un cercle restreint d'amateurs. Le soir, les spectateurs et quelques proches de Lorca participent au repas traditionnel qui clôt les festivités. De mémoire, la femme Lorca cite, entre autres, la présence de Manuel Bianco, Jules Dante et, fait nouveau, du jeune Marco Sanchez, alors âgé de quatorze ans. Dans sa première version elle avait prétendu qu'il était à Madrid, à l'école des toreros. Elle justifiait ainsi le fait que ses parents aient pu partir sans lui.

« Stefano Sanchez est au travail, c'est un homme austère qui répugne à ces soirées de débauche. La vieille Quitterie s'occupe de la cuisine, Esmeralda et Louisa assurent le service. C'est Anita Mano qui sert les boissons. Elle est à l'aise : sa mère tient le bar la Bodega à Saint-Pierre. À la fin du repas, Lorca renvoie Esmeralda chez elle. Les hommes sont ivres, tout comme Louisa, abondamment servie par Anita sur ordre du « maître ». Ce dernier ordonne à la femme de son mayoral de s'occuper des invités. Elle ne demande que cela. Esmeralda et Quitterie, embusquées derrière la porte, ne perdent pas une miette du spectacle. Quand vient le tour de Jules Dante, les choses subitement tournent mal. Dante est alcoolique, il est soûl presque jusqu'au coma et confond la femme agenouillée devant lui avec un taureau. C'est du moins ce qu'il semble puisqu'il se met en tête de lui placer des banderilles comme il le fait dans l'arène dans la cuadrilla de Bianco. Au lieu d'intervenir, José Lorca l'encourage. Les autres sont trop sous la coupe de Lorca pour oser inverser le cours des choses. Jules Dante place trois paires de banderilles sur la malheureuse Louisa Sanchez sans que personne ne lève le petit doigt pour faire cesser cette horrible parodie de corrida. En tauromachie, le combat entre l'homme et le taureau se termine par la mise à mort de l'animal : l'estocade. C'est cela qu'ordonne José Lorca. C'est l'escalade. Lorca a perdu le sens commun, Jules Dante et Manuel Bianco sont trop ivres pour faire marche arrière. Bianco se propose pour l'estocade mais Stefano Sanchez, sorti d'on ne sait où, intervient. Il est probable qu'il a été alerté par quelqu'un, Esmeralda peut-être, bien qu'elle affirme n'avoir, pas plus que sa belle-mère Quitterie, quitté son poste d'observation. Il est en revanche avéré que la jeune Marie-Luna Lorca a assisté à la scène, sans doute en compagnie de Marie-Sola, son inséparable rivale. Elle fait irruption à son tour dans la salle à manger. C'est elle qui, s'étant emparée d'une épée que tient Stefano Sanchez dans le but probable d'empêcher le meurtre de sa femme, achève Louisa d'un violent coup de lame à travers la gorge.

« Deux témoins survivants ont confirmé cette version, Pierre Lopez et Roger Martin, des vachers qui ont quitté l'exploitation depuis. Lopez et Martin ont également reconnu avoir, sur ordre de José Lorca, enterré la femme Sanchez dans un enclos où sont gardés les animaux reproducteurs. Les mêmes témoins prétendent avoir entendu Lorca menacer Stefano de lui faire subir le sort de Louisa ainsi qu'à Marie-Luna. Stefano parce qu'il refusait de laisser impunis les assassins de sa femme et voulait alerter les gendarmes, Marie-Luna parce qu'elle échappait au contrôle du « maître » et qu'il disait n'en attendre que de graves ennuis. Stefano connaît José, il l'a observé et s'en méfie. Il prend peur. Dans la nuit, il décide de se soustraire à la colère meurtrière de Lorca et il s'enfuit avec Marie-Luna pour, semble-t-il, la mettre à l'abri des mauvais instincts de son père qui la hait. Stefano partageait avec elle l'amour d'Antoine. C'est sans doute la raison de cette attitude bienveillante avec une fillette qui vient de tuer sa femme. Les nommés Lopez et Martin ont participé à la chasse menée par Lorca pour les rattraper mais les fugitifs leur ayant échappé, aucun d'entre eux n'en entendit plus parler. Les autres témoins présents à cette corrida humaine et susceptibles de confirmer ces allégations : José Lorca, Manuel Bianco, Jules Dante, Anita Mano, Manolito II, et enfin Marie-Sola Sanchez-Lorca sont tous décédés.

Épuisée par ce long exposé, Marion se laissa de nouveau glisser au sol sur l'herbe clairsemée mais rafraîchie par les pluies des jours précédents. Elle s'adossa au tronc d'arbre couché, y laissa reposer sa nuque, les yeux levés vers les nuages. Elle voulait penser à autre chose, à la maison des Lafon qui lui plaisait avec sa cheminée odorante, son jardin de curé où s'accrochaient les brumes matinales dans le vacarme des pigeons massés sur le toit pour réclamer leur pitance. Elle eut envie d'en avoir une à elle, ici, au milieu des pins et de leur parfum fort et sensuel. Et aussi des enfants qui joueraient dans l'airial avec des fusils de bois et d'innocents corbeaux noirs. Elle se sentit gagnée par une grande fatigue. Elle ferma les yeux, offrant son visage à un rayon de soleil qui forçait les nuages. Le conseiller respecta son silence et ils restèrent ainsi jusqu'à ce qu'un train aux couleurs bleues de la région en casse le cours fragile. Marion reprit son récit sans ouvrir les yeux, en toussotant pour reprendre le fil.

— Dans les jours qui suivent cette soirée de cauchemar, Quitterie se rebiffe : elle n'a jamais digéré la mort de son mari. Elle n'accepte pas davantage que José Lorca ait condamné sa propre fille et qu'il ne mette pas les gendarmes à sa recherche. Esmeralda Lorca assiste à une scène d'une rare violence entre la mère et le fils. José Lorca jette au visage de sa mère qu'il haïssait son père, reconnaissant implicitement sa participation directe à sa mort. Il réfute la paternité de Marie-Luna. En revanche, il revendique celle de Marie-Sola et décrète qu'à partir de maintenant Marie-Sola sera

« sa » fille et qu'elle portera son nom. Pour tout le monde, ce sera Maria Sanchez qui a disparu. Quitterie décide ce jour-là de ne plus jamais parler à son fils ni à personne d'autre. José Lorca la punit en la reléguant dans la petite maison annexe avec Esmeralda. Celle-ci représente elle aussi un danger pour José Lorca. Elle réclame des nouvelles de son frère et de sa fille. Elle convainc Manuel Bianco d'alerter les gendarmes de la disparition de Stefano et de sa famille. Lorca, obligé d'en convenir, dépose plainte pour le vol de sa Jeep Willis et entre dans une terrible fureur. Il interdit à Bianco toute relation avec Esmeralda et l'accès au domaine. Répudiée, menacée, Esmeralda s'enfuit et vient s'enfermer au couvent de la Visitation pour échapper à son mari et, dit-elle par la suite, se punir de ce qu'elle a laissé faire sans intervenir. Selon elle, Lorca est ravi de s'isoler du monde avec Marie-Sola pour laquelle il nourrit une passion sans bornes. Il n'est d'ailleurs pas interdit de penser, selon certains témoignages non vérifiés, que cette passion n'est pas que paternelle. José Lorca aurait eu avec Marie-Sola des relations que l'on peut qualifier d'incestueuses dès lors qu'il est établi par l'étude des formules génétiques qu'il en était bien le géniteur. On trouve là sans doute l'origine de la première grossesse extra utérine de Marie-Sola.

« Esmeralda reconnaît que sa fille Marie-Luna ne lui a guère manqué. Elle n'a pas pour elle d'amour maternel, elle l'a subie comme elle a subi sa vie et seule l'hypothèse d'une paternité de Bianco la liait à cet enfant. D'un seul coup, en quittant le domaine, elle a renoncé au torero et rayé sa fille de sa vie. Quatre ans après cette sinistre période de son existence, Marie-Luna, alors âgée de seize ans, frappe à la porte du couvent. C'est un lieu dont Esmeralda lui a parlé parfois dans son enfance et n'oublions pas que la jeune fille y est née. Pourquoi les sœurs la recueillent-elles ? Par charité, je suppose, bien que les explications d'Esmeralda restent floues sur ce point. L'adolescente est atteinte d'une forme d'aphasie sporadique et persistante. Murée dans le silence, elle est effrayée de tout et refuse de sortir, d'affronter le monde. Elle est éduquée par les sœurs, sous le contrôle sévère et vigilant de sa mère. Environ un an avant les faits meurtriers de cet été, Marie-Luna se met à faire des cauchemars, devient agitée et difficile. Rebelle, torturée, comme réveillée par des souvenirs venus de loin, indésirables et dérangeants. Elle manifeste l'envie de sortir et, un jour, la mère supérieure l'autorise à descendre au village sur le vélomoteur d'Esmeralda. À quelques semaines de là, la jeune fille disparaît en même temps que la Golf du couvent. Esmeralda n'explique pas comment la jeune fille est arrivée au couvent ni comment elle a pu apprendre à conduire. Encore moins pourquoi la mère supérieure n'a pas averti la gendarmerie de Saint-Sever de sa disparition.

Abel Lafon ne put retenir un frémissement. Il avait peine à croire ce qu'il entendait. Une vague nausée lui montait dans la gorge, un écœurement sans bornes. Marion souleva les paupières, cligna des yeux dans le soleil à présent bien haut dans le ciel et dont les rayons incendiaient les crêtes des nuages massés autour. Elle grimaça en se frottant la nuque de sa main valide.

— Grands dieux ! murmura le conseiller. C'est...

— Horrible, oui, dit Marion à sa place.

— Le mot est faible.

À évoquer cette aventure, il ressentait une impression de malaise étouffant. Mais en même temps qu'une profonde curiosité, il éprouvait, il l'admettait, une certaine fierté d'avoir participé à l'affaire criminelle la plus retentissante que la région connaîtrait jamais. Les faits qui l'avaient précédée s'étaient déroulés presque sous son nez et il allait à présent figurer en bonne place dans les fichiers de la police ! Il lui restait à apprendre la fin, la vraie, pas celle que les journaux avaient relatée, celle que Marion avait vécue, ici à Baque-morte.

— Comme vous le savez la maison est la propriété de la commune de Salles depuis son abandon en tant que relais forestier par l'I.N.R.A. Elle a été louée à plusieurs reprises, le dernier occupant ayant été un certain Stefano Sanchez qui vivait là avec sa fille. Ils ne côtoyaient personne et l'enfant ne fréquentait pas l'école. Ils passaient dans le secteur pour des sauvages qui se cachaient dès que quelqu'un cherchait à leur parler. Il élevait quelques animaux et cultivait des légumes. Très rarement, ils quittaient Baque-morte. La commune a perçu un loyer pendant quatre ans, très régulièrement, puis les paiements ont cessé. La mairie a envoyé des courriers restés sans réponse, quelqu'un s'est déplacé. La maison était fermée et la Jeep sous une bâche dans une dépendance. Le maire a pensé que les occupants étaient en voyage et il s'est désintéressé de la question. La maison menaçait déjà ruine et il n'était pas envisagé ni de la relouer ni de la restaurer. La commune perdit définitivement tout intérêt pour Baque-morte qui devint un lieu de rendez-vous pour les amoureux du coin. Du moins l'airial car la maison n'était pas accessible.

« Du temps de Stefano Sanchez, la grange servait aux animaux de ferme et à l'entreposage de quelques outils agricoles. Jouxtant ce bâtiment, la remise à bois, fermée par une porte à deux battants où Stefano Sanchez entreposait la Jeep Willis volée à José Lorca. La maison était sans aucun confort, ni salle de bains ni W.-C. L'eau y était fournie par un puits et l'électricité par un groupe électrogène. Au rez-de-chaussée, on a retrouvé, après l'incendie, un taureau en partie calciné, sculpture d'un mètre de haut et deux de long munie de cornes véritables. Son origine n'est pas identifiable mais il s'agit sans doute d'un objet artisanal unique fabriqué par l'ancien mayoral. Sur les deux chambres du rez-de-chaussée, l'une était munie d'une porte moderne et entièrement équipée d'une isolation phonique (matériau composé de papier kraft et laine de verre en plusieurs couches). L'enquête avait permis d'établir que ces travaux étaient anciens, et sans doute destinés à protéger les occupants du fracas des trains. Le sol était en terre battue et l'intervention rapide des services de lutte contre l'incendie a permis d'en préserver l'intégrité et d'y effectuer des constatations déterminantes.

Elle était arrivée au moment le plus difficile. Abel Lafon frémit : les journaux avaient dit qu'on avait trouvé une momie dans les décombres de Baquemorte.

— Le corps desséché de Stefano Sanchez, confirma Marion. Le plus incroyable c'est que personne ne l'ait trouvé durant toutes ces années. Il y avait au moins dix ou vingt raisons pour que quelqu'un s'introduise dans cette baraque. Un cambrioleur, la mairie, des amoureux en mal de toit pour se cacher. Le rapport d'expertise indique qu'il s'agit bien de la dépouille du mayoral, réduit à l'état de momie après onze années de confinement dans cette pièce il est vrai presque hermétiquement close. Il est mort d'une forme fulgurante de cancer des os sans blessure apparente ni sur la peau parcheminée ni sur les parties osseuses. Il était encore habillé de ses vêtements courants et à moitié assis sur un matelas où il dormait.

Marion avait encore sous les doigts la sensation de la peau d'un crâne craquelée et tendue sur des os cabossés et dans le nez l'odeur du velours côtelé de la veste qui sentait la vieille guenille moisie. L'homme était sans doute mort dans son lit et avait été laissé sur place par la jeune fille qui partageait sa vie. Quand elle était revenue, dix ans plus tard, elle l'avait retrouvé au même endroit. C'était incroyable mais c'était la seule explication que les enquêteurs avaient trouvée. Abel Lafon resta un moment songeur, digérant la description glaciale et technique de ces horreurs.

— En fin de compte, dit-il après un temps, tout ce que vous avez reconstitué de la vie et des actes de cette Marie-Luna au cours des derniers mois ne repose que sur des déductions.

— C'est vrai, admit Marion. Tous les témoins sont morts. Elle est arrivée un beau jour au domaine. José Lorca cherchait, on le sait par la mairie, quelqu'un pour s'occuper de sa mère. Il n'est plus là pour nous dire la suite. Ni Manolito II qui avait rendez-vous avec Marie-Luna après la corrida et qu'elle avait sans doute projeté d'amener à Baque-morte. Même sa cornada ne l'a pas sauvé puisqu'elle est allée l'exécuter à l'hôpital.

— Et Philippe Cadaux ?

— Je ne sais pas s'il sera un jour en état de témoigner. Pauvre type...

— Pauvre type, sans doute, dit le conseiller avec une grimace, mais à force de jouer avec le feu !

Marion l'observa :

— Vous avez une dent contre lui, non ?

— Moi non ! rétorqua l'homme. Ma fille, Catherine, oui !

— Ah ! j'avais senti comme un malaise entre eux...

— Ils étaient fiancés, il y a une quinzaine d'années. À un mois du mariage, alors que tout était prêt ou presque, Catherine a présenté à Philippe son témoin, sa meilleure amie, Hélène. Une semaine plus tard, il rompait les fiançailles : il était tombé amoureux d'Hélène qu'il a du reste laissée choir au bout de six mois. Ma fille a perdu le même jour son fiancé et son amie d'enfance, elle a eu un peu de mal à s'en remettre.

— Cela valait sans doute mieux pour elle de toute façon, murmura Marion. On ne fait pas sa vie avec un homme comme lui.

Elle se voulait apaisante mais elle savait qu'on pouvait passer tout près d'une mésaventure identique.

— En tout cas, reprit-elle, avec Luna, il est tombé sur un bec. À mon avis, il ne faisait pas partie de son programme, pas plus que vous ou moi. Nous nous sommes trouvés sur sa route, c'est tout. Les autres c'est différent, elle les a exécutés délibérément, avec une rage et une haine systématiques.

— C'est de la folie pure...

— La haine, le chagrin, la douleur conduisent souvent à la folie, dit Marion. Marie-Luna a eu toutes les raisons d'y sombrer : sa naissance, ses années de petite enfance entre une mère qui ne l'aimait pas, un père qui la reniait et lui en préférait une autre, une espèce de double contrasté d'elle-même. L'amour qui lui manquait, elle l'a trouvé auprès de Toine, son cousin. Il y a des femmes comme elle qui aiment un seul homme dans leur vie, même si au départ ce n'en était pas encore un tout à fait. Elle l'a aimé au-delà de la raison et sa mort a été pour elle le plongeon dans l'horreur. Parmi les hypothèses qui expliquent la suite des événements, je retiens celle de Talon, à la fin de son rapport. Après la mort de Toine et la nuit qui suit celle de Louisa, Luna se retrouve dans la forêt avec Stefano. Comment arrivent-ils ici ? Sans doute par hasard. La maison est libre. Ils s'y installent grâce aux quelques économies de Stefano et à quelques bricoles qu'il a emportées. Luna était devenue aphasique après la mort de son cousin, le second choc a sans doute aggravé son état et embrouillé sa mémoire. Ce sont des symptômes courants chez les enfants. Quand Stefano meurt à son tour dans la maison, elle s'en va. Se souvient-elle du couvent ? Retrouve-t-elle dans une forme de mémoire instinctive le chemin qui conduit à sa mère ? C'est à croire car, par la suite, beaucoup de ses actes ressemblent à des comportements que l'on retrouve chez certains animaux, les chats notamment.

— Vous parlez de ces objets qu'elle prenait à ses victimes et qu'elle a entassés à Baque-morte ?

Marion approuva d'un signe de tête :

— Oui. Les chats rapportent de leurs chasses des souris, des mulots, des petits lapins ou des oiseaux. Ils ne les mangent pas mais les offrent à leur maître en les posant sur le seuil de la porte ou au pied du lit. Luna offrait sa vengeance à Stefano qui l'avait protégée et nourrie alors que tous la condamnaient. Mais elle devait le faire d'instinct, sans l'avoir programmé.

Marion énuméra :

— Une veste ayant appartenu à Manuel Bianco ainsi que son portefeuille, le sac de Marie-Sola, les clefs de son appartement parisien et une robe de soirée, les vêtements et les papiers de Paul Demora, le corsage et le cabas d'Anita Mano.

La casquette de Jules Dante et — Abel Lafon eut un hoquet dégoûté — emballé dans un mouchoir en papier, un morceau de chair sanguinolente que le médecin légiste avait identifié comme étant l'appareil génital de l'ancien péon que les gendarmes, Marion et ses hommes avaient cherché en vain dans la forêt des Chartreux. À José Lorca elle avait pris ses deux épées entrecroisées à la tête de son lit, dont l'une avait servi à son exécution. Il y avait aussi les vêtements de Céline Duroc mais ils étaient déposés dans un autre coin de la chambre, dissociés des autres, comme pour montrer que la mort de Céline n'était pas de la même nature, qu'elle était, en quelque sorte, accidentelle.

— Pauvre gamine..., murmura le conseiller.

— Elle était sûrement le seul témoin de ce qui se passait ici, regretta Marion. Je suis sûre qu'elle voyait tout et même qu'elle est entrée dans la maison. Vous vous souvenez de l'anneau d'or que vous avez trouvé dans la forêt ? Eh bien, il a été arraché de l'oreille de Luna, c'est un fait établi par les comparaisons de sang. Or cet anneau est le double de celui que portait Céline, le bijou que le père Ronquey lui a fait clouer à l'oreille. Il est vraisemblable qu'elle l'a volé dans la baraque comme d'autres objets qu'elle disait trouver dans la forêt.

— Comme le dessin du vieux bonhomme barbu ?

— Ah oui, probablement ! rit Marion. À propos, Cabut le fait expertiser.

— Alors ?

— Il n'a pas encore les résultats définitifs car les experts ne sont pas d'accord entre eux. Si c'est vraiment un Goya, Cabut le rendra aux Ronquey ou le vendra et leur remettra l'argent. Esmeralda Lorca n'a pas le souvenir d'avoir vu ce tableau dans la maison de son frère et personne ne sait d'où il sort. Peut-être était-il déjà à Baque-morte avant l'arrivée de Stefano.

Abel Lafon en convint : parfois dans les campagnes les gens se transmettaient des trésors ignorés.

— Parfois aussi, dit Marion, ils se déchirent ou s'entretuent pour ce qu'ils croient être des trésors et qui ne sont que des rebuts ou des faux.

Elle se leva et s'étira. Sans se concerter, ils se mirent à marcher, côte à côte.

Marion ne jugeait pas nécessaire d'en rajouter, d'évoquer les éléments qui avaient permis de rapprocher les deux séries de meurtres de Lyon et des Landes : la comparaison entre les cheveux découverts dans la chambre d'hôtel de Manuel Bianco et ceux que Talon avait débusqués sur le pare-feu, la comparaison entre les éléments géologiques et végétaux découverts dans les poches du K-way et l'environnement de Baque-morte. Il était établi que ces homicides volontaires, exécutés de manière rituelle et identique pour deux d'entre eux, pouvaient être attribués à un seul et même auteur, une jeune fille blessée par balle et décédée sur une route de montagne entre Saint-Ange-des-Monts et le couvent de la Visitation. Balle tirée par elle, commissaire Edwige Marion, en état de légitime défense, fait établi par l'enquête et les examens balistiques. À quoi bon se torturer ?

Ils se dirigèrent vers la maison, enjambant la bande de plastique jaune qui cernait l'airial. L'odeur de bois calciné et mouillé se fit plus présente au fur et à mesure qu'ils s'en approchaient. En contournant les murs maculés de longues coulées brunes, ils arrivèrent en vue de la grange et de la remise. Les deux bâtiments avaient complètement brûlé. De la grange ne restaient que les moignons de quelques grosses poutres de chêne posées sur des cubes de ciment et une vieille charrue. La remise avait flambé comme un tas de paille sèche et de la Jeep Willis ne subsistait qu'une carcasse noircie et tordue par la violence des flammes.

— J'essaie d'imaginer la vie de cette petite fille, ici, seule avec le mayoral, rêva Marion. Sans mémoire, sans souvenirs et sans mots pour s'exprimer.

— C'était peut-être mieux pour elle. Elle aurait pu vivre comme ça toute sa vie mais si j'ai bien compris cela n'a pas été le cas ?

— Les médecins qui travaillent sur son cas ont émis l'hypothèse qu'après des années de silence et d'oubli, sa mémoire s'est remise à fonctionner. D'abord à travers des cauchemars — Esmeralda en a témoigné — puis de manière plus directe. C'était comme si elle avait été ramenée au moment où elle a quitté le domaine des Chartreux. Elle retrouvait intacts ses sentiments, ses sensations d'alors, sa haine et son désir de vengeance. Comme un rideau qui s'ouvre dévoile une scène de théâtre avec un décor et des personnages qui sortent de l'ombre. Elle revoyait les visages, les scènes de son passé. Tout ce qui l'avait submergée alors la submergeait de nouveau.

— Ça a dû être terrible. De revenir ici, toréer ces hommes, revêtir cet habit de lumière...

— Volé dans la malle du grenier de José Lorca, indiqua Marion. Il appartenait à Manuel Bianco. Cette fille si belle a dû vivre un calvaire. Jusqu'à faire le voyage à Lyon pour y retrouver Marie-Sola, la convaincre de son identité en dansant sur la rambarde du balcon et l'obliger à le faire à son tour puis la pousser dans le vide. Ensuite Bianco... Nous ne pouvions imaginer alors qu'une jeune fille seule pouvait avoir fait tout cela. Manipuler les corps, les traîner...

— Elle était très forte, confirma Abel Lafon. Je pèse quatre-vingt-cinq kilos, quand même...

Il n'y avait plus rien à dire. Le temps et la pluie qui menaçait de nouveau allaient laver les dernières traces du drame qui s'était joué dans un coin de forêt si tranquille.

Marion déjà tournait le dos à Baque-morte, prête à affronter d'autres coups aussi durs qui laisseraient des traces sur son corps et plus sûrement sur son âme. Elle marcha lentement jusqu'à la passe où se dessinait la silhouette du vieux Toyota rouge. Abel Lafon lui emboîtait le pas, tranquille, le regard errant sur les pins, sur *sa* forêt.

— Et vos gars ? demanda-t-il alors qu'ils passaient en sens inverse par-dessus la bande de plastique.

— Ça va, dit Marion. Ils sont rentrés au bercail. Ils m'attendent.

Elle n'eut pas la force de dire au conseiller qu'ils l'attendaient avec leurs états d'âme, leurs soucis, leurs problèmes personnels et sentimentaux. L'homme des bois pourrait sûrement comprendre que Talon n'en finissait pas de se poser des questions sur la vie, la sienne en particulier, et que, vivant une vraie crise, il s'était mis en tête d'avoir un enfant pour l'exorciser. Il n'avait pas encore choisi la mère mais Lavot, bon prince, lui avait proposé son infirmière, sa plus récente compagne redevenue libre puisque sa femme revenait et qu'il allait se retrouver à la tête de deux petits... Il sourirait sans doute aussi en apprenant la suite des aventures de Cabut que le Goya du Grand-Lagnereau avait un temps libéré de son autre passion dévastatrice pour une créature infidèle. Cabut allait craquer de nouveau et l'histoire se répéterait ainsi jusqu'à la fin de cet amour sans issue. Marion préféra ne rien en dire. Abel Lafon avait eu son compte d'émotion.

— Vous devriez rester quelques jours avec nous, dit le conseiller. Cela vous ferait du bien.

— Merci, dit Marion avec gratitude, mais j'ai encore une visite à rendre avant de rentrer.

Il fit une mimique, signifiant qu'il brûlait d'envie de savoir à qui elle devait une visite mais qu'il mourrait plutôt que de poser la question. Il ouvrit la porte du Toyota et s'installa au volant.

Marion grimpa à son tour dans le 4 × 4 et se tourna vers lui avec vivacité :

— Au fait, je voudrais vous demander quelque chose avant de partir. Est-ce que vous pourriez me conduire à une fontaine de Sainte-Quitterie ?

Le conseiller ne cacha pas sa surprise. Marion se mit à rire :

— Non, je ne deviens pas folle. Vous m'avez bien dit, vous aussi, que sainte Quitterie est la patronne des mères et que c'est elle qu'il faut prier si on veut un enfant ?

— Vous voulez un enfant ? s'exclama-t-il malgré lui.

Marion regarda au loin, au fond de la passe où les pins s'alignaient à l'infini, immobiles, silencieux, apaisants.

— C'est un tel pas à franchir, murmura-t-elle comme pour elle-même. Et pourtant c'est si simple de faire un enfant... Je n'arrive pas à me décider. Pourtant il faut que je me jette à l'eau.

— Et pourquoi aujourd'hui ? s'étonna Abel avec un sourire attendri.

Elle embrassa d'un geste large le décor autour d'elle :

— À cause de tout ça peut-être. À cause du poids que me laisse l'histoire de cette petite Luna, perdue dans un monde cruel. À cause d'une autre petite fille que je n'ai pas revue depuis un an. Je crois qu'elle m'attend et qu'il est temps que j'aille la voir.

— C'est elle, la visite ?

Marion acquiesça :

— Elle est à l'orphelinat de la Police, à Osmoy, elle s'appelle Nina.

Le conseiller de la mairie de Salles élargit son sourire. Le bruit du moteur du vieux Toyota gronda dans le silence de la forêt, effrayant une buse qui tournoyait sous le ciel bas à la recherche d'une proie. Il fit demi-tour dans la passe, dérapa sur quelques mètres dans le sable humide et s'éloigna en pétaradant. Comme un dernier salut, un T.G.V. gris et bleu, majestueux et brillant, barra un instant l'horizon, faisant voltiger les premières feuilles lâchées par les grands chênes rouges de Baque-morte.

COLLECTION « THRILLERS »
CHEZ POCKET

BALDACCI DAVID
Une femme sous contrôle
Une triche si parfaite
Une femme sous influence
La simple vérité

BANKS IAN
Un homme de glace

BANNEL CÉDRIC
Le huitième fléau

BATAILLE THIERRY,
BRUNO JEAN
L'empreinte du serpent

BECKETT SIMON
Le rêve de l'antiquaire

BRUNO ANTHONY
Seven

CLANCY TOM,
PIECZNIK STEVE
Op-Center 1
Op-Center 2 : Image virtuelle
Op-Center 3 : Jeux de pouvoir
Op-Center 4 : Actes de guerre
Op-Center 5 : Rapports de force

COLLINS LARRY
Les aigles noirs
Dédale
Demain est à nous

COOK ROBIN
Mutation

CORDY MICHAEL
Résurrections

CRICHTON MICHAEL
Congo
Extrême urgence
Harcèlement
L'homme terminal
Jurassic Park
Le monde perdu
Soleil levant
La variété Andromède
Un train d'or pour la Crimée
Sphère
Turbulences

CRUZ SMITH MARTIN
Parc Gorki
L'étoile Polaire

DEMILLE NELSON
Le déshonneur d'Ann Campbell
Retour de l'enfer
Le voisin
Mayday Mayday !
L'île des fléaux

DIBDIN MICHAEL
Così fan tutti
Vengeances tardives

DRESDEN JAMES
Ne te retourne pas

DUNANT SARAH
Transgression
Double sens

DURAND LOUP
Daddy
Le grand silence
Le jaguar

EASTERMAN DANIEL
Le nom de la bête
Le testament de Judas
La nuit de l'apocalypse
Le jugement final
La nuit du 7e jour

K
Incarnation

Evans Penelope
La locataire
Voyage au cœur des ténèbres

Fielding Joy
Ne pleure plus
Vies éclatées

Finder Joseph
L'instant zéro
La trahison aux deux visages

Folson Allan
Jour de confession

Fullerton John
La cage aux singes

Gallagher Stephen
Mort sur catalogue

Gallois Sophie
Genius

Grant Michael
Ascenseur pour un tueur

Grippando James
Le pardon
L'informateur

Grisham John
La firme
L'affaire Pélican
Non coupable
Le couloir de la mort
Le client
L'associé
L'idéaliste
La loi du plus faible

Guerrini Remo
Écran noir

Hall James
Tueurs de jungle

Harrington Kent
Le jour des morts

Harris Robert
Fatherland
Enigma
Archange

Harris Thomas
Black Sunday

Harrison Colin
Corruptions
Manhattan nocturne

Harry Eric
10 juin 1999
L'ordinateur

Hayder Mo
Birdman

Hiaasen Carl
Pêche en eaux troubles
De l'orage dans l'air
Jackpot

Higson Charles
Le secret du bonheur

Hoag Tami
Meurtre au carnaval

Hunter Evan
Conversations criminelles

Hunter Stephen
Sales blancs

Ignatus David
Le scoop

Johansen Iris
Bien après minuit
Mort sur objectif

Katzenbach John
Juste cause

Kellerman Jonathan
Double miroir
Terreurs nocturnes
La valse du diable
Le nid de l'araignée

Kelman Judith
Un dernier baiser
Phobies
Plus que vous n'en savez
Entre les mailles du filet
Comme un voile d'ombre

Kenneally Jerry
Le chef d'orchestre

King Laurie
Un talent mortel
Le jeu du fou

Koontz Dean
Prison de glace

La Galite John
Mon nom est Kate Crow
Zacharie

Lapierre & Collins
Le cinquième cavalier

Lashner William
Les prévaricateurs
Veritas

Lescroat John T.
Justice sauvage
Faute de preuves
Meurtre par pitié

Ludlum Robert
Le duel des gémeaux
L'illusion Scorpio
Le manuscrit Chancellor
La route d'Omaha
Les veilleurs de l'Apocalypse
L'agenda Icare
L'échange Rhinemann
La conspiration Trevayne
Le secret Halidon
La vengeance dans la peau
Le week-end Ostermann

Madelin Ph.,
Ramonet Y.
23 heures pour sauver Paris

Margollin Phillip M.
La rose noire
La dernière chance
Les heures noires
Piège funéraire
Le dernier homme innocent

Meltzer Brad
Délit d'innocence

Miller Ramsey John
Dernière famille

Montecino Marcel
Crosskiller

Moore Robin
Moscow Connection

Moore Susanna
À vif

Osborne Richard
Basic Instinct

Ouimet Gilles,
Pons Anne-Marie
Thérapie mortelle

Palmer Michael
Mesure d'urgence

Patterson James
Et tombent les filles
Jack et Jill
Au chat et à la souris

Pearson Ryne Douglas
Code Mercury

Pelecanos George
Anocostia River blues

Perry Thomas
Une fille de rêve

Preston Douglas,
Child Lincoln
Cauchemar génétique

Prichard Hunter Jessie
L'assassin habite à la maison

Reichs Kathy
Déjà dead

Russo Enzo
Tous sans exception

Sandford John
La proie de l'ombre
La proie de la nuit
La proie de l'esprit

Sich Marc
Mortels abîmes

Smith Mitchell
La cité de pierre

Sousan André
Octobre II

Stein Harry
Victoire in extremis

Sullivan Mark
La mémoire du sang

Summers Judith
Crime et ravissement

Swindle Howard
Compte à rebours mortel

Thierry Alain
L'étrange destin du docteur Tillac

Tine Robert
Bodyguard

Truong Jean-Michel
Le successeur de pierre

Weaver Michael
Obsession mortelle
La part du mensonge

Willocks Tim
L'odeur de la haine

Winslow Don
Mort et vie de Bobby 2

IMPRIMERIE BUSSIÈRE À SAINT-AMAND (NOVEMBRE 2001)
DÉPÔT LÉGAL : JUILLET 2001. N° 16423